Janine Haller

Stunden zwischen Leben und Tod

*

Liebe war für ihn nur Lüge

*

Glaub ich seinem Liebesschwur?

www.karl-mueller-verlag.de

Umschlagfoto: gettyimages
Satz: ICS Internationale Communikations-Service GmbH, Bergisch Gladbach
Druck und Bindung: GGP Media, Pößneck
Printed in Germany

ISBN 3-8336-0176-0

Janine Haller

Stunden zwischen Leben und Tod

Bei einer Flugzeugentführung kam die große Liebe

»Stewardess!« rief der dicke Mann schräg gegenüber der Ärztin und hob die fleischige Hand. »Noch einen Whisky!«

Dr. Helma Felten hatte den Dicken, es war der Deutschamerikaner Bob Angelman, bei der Zwischenlandung in Rom kennen gelernt. Sie hatten nur ein paar höfliche Worte miteinander gewechselt.

Die Ärztin schätzte ihn als labilen Typus ein, dessen größtes Antriebsmoment die Angst war.

Als die Stewardess ihm den Whisky brachte, zitterte Angelmans Hand, die das Glas an die Lippen führte.

Flugangst, dachte Dr. Felten und lehnte den Kopf zurück. Diese Phobie war weiter verbreitet als allgemein bekannt war, und sie wurde auf die verschiedenste Art und Weise bekämpft.

Die meisten Menschen jedoch, die unter Flugangst litten, griffen zu Alkohol und Tabletten, die wenigsten begnügten sich mit einem Kopfhörer und lauter Musik, die jedes andere Geräusch übertönte.

Mark Kandler, der neben der Ärztin saß, betrachtete sie von der Seite her. Der Geschäftsmann war erst in Rom zugestiegen und versuchte seither, Kontakt mit der hübschen Frau an seiner Seite aufzunehmen.

Bisher hatte er nur einsilbige Antworten bekommen. Mark winkte eine Stewardess zu sich und bestellte einen Piccolo und zwei Gläser.

»Sekt trinke ich nicht gern allein«, sagte er zu Dr. Helma Felten, die ihn aus großen Augen ansah, als er ein Glas füllte und es auf ihr Klapptischchen stellte. »Cheers, Frau Doktor.«

Sie hatten schon bei der Zwischenlandung in Rom die ersten Worte gewechselt, sich miteinander bekannt gemacht. »Cheers«, sagte sie und nippte am Glas. Er hatte sie überrumpelt. Helma lächelte, denn so hatte sie ihn auch eingeschätzt. Mark Kandler wirkte wie ein

Mann, der stets bekam, was er wollte, wie der geborene Sieger.

Helmas Blick streifte ihn kurz. Er gehörte zu den Männern, die das Herz einer Frau höher schlagen ließen, und er wusste das offensichtlich.

Zu gern hätte sie von sich behauptet, dass Mark auf sie keinen Eindruck machte, dass sie zu den Frauen gehörte, die sich nur vom Geistigen beeindrucken ließen.

Doch dem war nicht so. Kandler gefiel ihr besser, als sie sich eingestehen wollte.

»Ist die Musterung zu meinen Gunsten ausgefallen?« Sein strahlendes Lachen traf sie mitten ins Herz. »Oder haben Sie noch ein paar Verbesserungsvorschläge?«

Seine Selbstsicherheit ärgerte sie, und so antwortete sie kühl: »Nicht jeder Adonis ist auch ein Sokrates.«

»Oh, mit dem Köpfchen kann ich meistens mithalten.« Er neigte sich leicht zu ihr und fügte leiser hinzu: »Allerdings macht mir das Herz oft Schwierigkeiten.«

Helma entging der Schalk in seinen graugrünen Augen. Sie deutete auf die Zigarette zwischen seinen Fingern. »Mir ist aufgefallen, dass Sie fast pausenlos rauchen. Sie sollten das einstellen, wenn Sie es mit dem Herzen zu tun haben.«

Mark grinste jungenhaft breit. Soeben wollte er ihr erklären, dass das Herz ihm organisch keine Schwierigkeiten machte, sondern ein Unsicherheitsfaktor in seinem Privatleben sei, als hinter ihnen Tumult entstand.

Männerstimmen wurden laut, eine Frau kreischte hysterisch.

»Was ist da denn los?« fragte Mark Kandler und stand auf, um sich Übersicht zu verschaffen.

Er schaute genau in die dunkle, drohende Mündung eines großkalibrigen Revolvers.

»Hinsetzen!« brüllte eine Männerstimme, und zwei

Augen hinter den Löchern einer Wollmütze starrten ihn kalt an.

Mark spürte, dass er ein toter Mann war, wenn er der Aufforderung nicht nachkam. Langsam setzte er sich wieder und flüsterte zu Helma: »Ich will nicht mehr Kandler heißen, wenn das keine Flugzeugentführung ist.«

Im Mittelgang tauchte ein zweiter, maskierter Mann auf. Er hielt eine Stewardess wie ein Schutzschild vor sich.

»Der Dritte ist wahrscheinlich im Cockpit und hält die Piloten in Schach«, sagte Mark leise zu der Ärztin.

Sie nickte nur und beobachtete Bob Angelman, der den Mann im Mittelgang wie hypnotisiert anstarrte. Er wird wahrscheinlich der Erste sein, der die Nerven verliert, dachte die Ärztin.

»Hören Sie zu!« brüllte der Mann im Mittelgang. »Das ist ein Flugzeugkidnapping. Verhalten Sie sich ruhig, und es wird Ihnen nichts geschehen. Wer glaubt, den Helden spielen zu müssen, ist schnell ein toter Mann.«

Sekundenlang war es totenstill im Flugzeug. Das Entsetzen breitete sich aus. Es gab wohl keinen Passagier, der nicht schon einmal eine Flugzeugentführung miterlebt hätte, doch zu Hause, vor dem Bildschirm. Und jetzt war man selbst beteiligt.

Hinter dem maskierten Mann im Mittelfeld erhob sich ein blonder junger Mann, der einen Texanerhut trug.

Dr. Feltens Augen weiteten sich ein wenig, als sie sah, dass er sich von hinten langsam an den Verbrecher heranschob. Warum will er unbedingt den Helden spielen? fragte Helma sich entsetzt. Er hat doch gar keine Chance.

In diesem Augenblick geschah es auch schon. Der

Maskierte hörte hinter sich ein Geräusch und wirbelte herum. Den schlaksigen Mann sehen und sofort schießen, war eins.

Entsetzt beobachteten die Reisenden, wie sich der junge Mann an die Brust griff. Der Texanerhut rutschte ihm ins Gesicht, dann fiel der Verletzte vornüber und blieb still liegen.

»Hat noch jemand Lust, sich eine Kugel einzufangen?« schrie der Maskierte und griff wieder nach der Stewardess.

Dr. Helma Felten stand langsam auf.

»Was denn? Sie?«

»Ich bin Ärztin«, antwortete sie ruhig. »Und ich möchte Sie bitten, mich zu dem Verletzten zu lassen, damit ich erste Hilfe leisten kann.«

Sekundenlang war die Mündung der Pistole drohend auf die Ärztin gerichtet. Dann wurde die Waffe um ein paar Zentimeter gesenkt. Der Maskierte deutete mit einer herrischen Kopfbewegung an, dass die Ärztin sich um den Verletzten kümmern durfte.

»Seien Sie vorsichtig«, flüsterte Mark Kandler, als sie ging.

Helma sah ihn kurz an. In seinen Augen lag ehrliche Sorge, und die Ärztin lächelte ihn zuversichtlich an, dann ging sie. Helma war sicher, dass man sie, als Medizinerin, nicht behelligen würde, da auch die Entführer damit rechnen mussten, ihre Hilfe noch zu brauchen.

»Ihre Tasche!«, rief Mark und stand eine Spur zu hastig auf, um das Gepäckstück aus dem Stauraum zu holen.

Der Mann im Mittelgang war offensichtlich sehr nervös, denn er riss sofort wieder die Waffe hoch und schoss.

Helma stand sekundenlang wie erstarrt, dann wandte sie sich um. Sie sah, dass Mark Kandler die

Hand an die rechte Schulter presste. Zwischen den Fingern quoll das Blut hervor.

Zorn packte die Ärztin, und sie sagte kalt und beherrscht zu dem Maskierten, der nur ein paar Schritte von ihr entfernt stand:

»Schießen Sie nicht so wild um sich. Wenn eine Panik ausbricht, dient es Ihnen auch nicht.« Dann wandte sie sich um und hob die Hände, um auf sich aufmerksam zu machen: »Bitte, meine Damen und Herren, hören Sie mir zu. Bewahren Sie bitte Ruhe, denn dass diese Männer vor nichts zurückschrecken, das sehen Sie.«

Ohne eine Reaktion abzuwarten, drehte Dr. Felten sich um und ging zu dem Bewusstlosen, der hinter dem Verbrecher lag.

Die Ärztin kniete sich neben den blonden Mann auf den Boden. Der große Texashut war ihm vom Kopf gefallen und lag ein paar Schritte weiter.

Behutsam drehte die Ärztin den Mann auf den Rücken. Unter ihm war eine große Blutlache. Als Dr. Helma Felten sich über ihn beugte und die gebrochenen Augen sah, wusste sie, dass hier jede Hilfe zu spät kam.

»Helfen Sie mir«, sagte die Ärztin zu zwei Passagieren, die rechts neben dem breiten Mittelgang saßen. »Wir können ihn hier nicht einfach liegen lassen.«

Die beiden Männer rührten sich nicht. Sie blickten starr auf den Gangster, der sich langsam näherte. Auch er sah, dass der Blonde tot war.

Rücksichtslos riss er einer älteren Frau die Wolldecke von den Knien und warf sie über den Toten.

»Das genügt«, herrschte er die Ärztin an. »Gehen Sie zu dem anderen, dort können Sie sich austoben.« Brutal stieß er der Ärztin den Lauf des Revolvers in den Rücken und schubste sie in Mark Kandlers Richtung.

Helma hatte wahnsinnige Angst, doch das ließ sie sich nicht anmerken. Kaum hatte sie ihren Sitzplatz erreicht, beugte sie sich über Mark. Er war sehr blass, sein Jackett war blutdurchtränkt.

Die Stewardess, die von dem Maskierten im Mittelgang immer noch mit der Pistole bedroht wurde, griff zum Mikrofon. Ihre Stimme zitterte, als sie sagte: »Meine Damen und Herren, wir setzen in wenigen Minuten zur Landung an. Bitte stellen Sie das Rauchen ein und schnallen Sie sich an.«

Dr. Felten hatte den weißen Seidenschal abgenommen und ihn zu einer halbwegs runden Kugel geformt, die sie nun auf die Einschussstelle presste. »Halten Sie es selbst, Herr Kandler.«

»Können Sie die Blutung stillen?« fragte Mark. Eine feine Schweißschicht bedeckte sein fahles Gesicht. »Diese Wahnsinnigen. Möchte wissen, wie viel Menschen sie noch umbringen werden.«

Helma antwortete nicht. Im Sitzen streifte sie ihren Batistunterrock ab und begann, ihn in gleichmäßige Streifen zu reißen.

»Lassen Sie sich doch Verbandzeug geben«, riet Mark ihr.

Sie schüttelte den Kopf. »Wir sollten die Verbrecher so wenig wie möglich reizen. Der junge Mann wollte den Helden spielen. Jetzt ist er tot. Das hier wird genügen, um einen Druckverband anzulegen. Mehr kann ich im Augenblick sowieso nicht tun.«

Die Maschine durchstieß die Wolkendecke und setzte Minuten später zur Landung an.

Helma schaute aus dem Fenster. Sie atmete erleichtert auf und sagte: »Wir sind nicht umgeleitet worden. Wir sind auf dem Flughafen München-Riem gelandet.«

»Ist das ein Vorteil?« fragte Mark wütend. »Es ist doch einerlei, wo sie uns terrorisieren.«

Die Ärztin antwortete nicht. Sie legte den Verband an, der den geballten Seidenschal fest an die Wunde drückte.

Wieder warf sie einen Blick aus dem Fenster. Am Rande des Flugfeldes sah sie ein riesiges Polizeiaufgebot. Die Verbrecher hatten also über Funk Kontakt zu den Behörden aufgenommen.

»Frau Doktor!« schrie plötzlich ein älterer Mann und stand auf. »Bitte, kommen Sie schnell, meine Frau ... Ich glaube, es ist das Herz!«

»Das wird halten«, sagte Helma zu Mark Kandler und überprüfte noch einmal den Verband. Dann stand sie auf und trat auf den Gang hinaus.

»Setzen Sie sich!« schrie der Maskierte sie an. »Wir sind hier nicht im Krankenhaus.«

»Aber ich bin verpflichtet, den Menschen zu helfen«, antwortete sie ungerührt und ging weiter. »Außerdem nutzt es Ihnen doch nichts, wenn ...«

»Sie sollen stehen bleiben!« schrie er sie an, und nun zeigte seine Waffe genau auf Helmas Kopf.

»Was haben Sie davon, wenn die alte Dame stirbt?« Helma ging unerschrocken weiter. »Bitte, ich will ihr doch nur helfen.«

»Okay, aber bringen Sie's schnell hinter sich«, knurrte der Verbrecher, doch nicht, weil er es für richtig hielt. Er wollte sein Gesicht wahren, denn Helma hatte ihn in die Enge getrieben.

Über den Außenlautsprecher nahmen die Entführer nun die Verhandlungen auf. Es war für alle deutlich zu hören, dass die Gangster die Freilassung von politischen Gefangenen forderten. Sollten ihre Wünsche nicht berücksichtigt werden, wollten sie in gewissen Abständen Passagiere erschießen.

Es wurde sehr still im Flugzeug. Die Menschen wagten kaum, vor Angst zu sprechen. Sie unterhielten sich flüsternd miteinander.

Jeder hatte Angst, der Nächste zu sein, der von den Terroristen erschossen würde.

Mark Kandler hingegen beobachtete bewundernd, wie Dr. Felten sich um die Fahrgäste bemühte. Sie ließ sich auch nicht von den drohenden Gesten des Gangsters im Mittelgang einschüchtern. Die Ärztin ging durch die Reihen und kümmerte sich um die Reisenden. Viele der Passagiere litten an Herzbeschwerden, andere wiederum an hysterischen Störungen.

Helmas Eigensinn machte sich bezahlt, denn schon eine Stunde später hatte keiner der Gangster mehr etwas dagegen, wenn sie sich um die Menschen kümmerte.

*

In dem Haus ›Am Rotbusch 2‹ ging es heute sehr lebhaft zu. Gerda Felten bereitete alles für die Rückkehr ihrer Tochter vor. Dazu gehörte selbstverständlich ein selbst gebackener Kuchen und ein Festtagsbraten.

Thomas, Gerda Feltens Enkel, hatte heute nichts zu lachen. Überall war er im Weg, und schon bald zog er sich in den großen Obstgarten zurück, denn hier hatte Oma Gerda, wie er sie nannte, nichts zu tun.

Thomas lebte schon seit vier Jahren bei seiner Großmutter. Genau seit dem Tag, als seine Eltern bei einem schweren Autounfall ums Leben gekommen waren.

Damals war Thomas vier Jahre alt gewesen. An seine Eltern hatte er nur noch eine vage Erinnerung. Im Haus seiner Großmutter fehlte es ihm an nichts, und auch seine Tante Helma hing mit abgöttischer Liebe an dem Sohn ihrer Schwester.

Als es an der Haustür läutete, hantierte Gerda in der

Küche. Sie richtete sich auf und stemmte die Hände in die Hüften.

»Wahrscheinlich wieder so ein windiger Vertreter, der mich nur stundenlang von der Arbeit abhält«, sagte sie und schüttelte den Kopf. »Nein, nicht mit mir, heute mache ich keinem auf.«

Sie wandte sich wieder der Bratröhre zu und begoss in aller Ruhe den köstlichen Lammbraten, den Helma besonders liebte.

Es läutete noch mehrmals, doch Gerda Felten kümmerte sich nicht mehr darum. Sie ahnte nicht, dass der Chefarzt Dr. Uwe Martens vor der Tür stand und verärgert ein paar Schritte zurückging.

Er hatte Geräusche im Haus gehört.

Frau Felten war also zu Hause. Dr. Martens, in dessen Klinik Helma arbeitete, überlegte kurz.

Er war schon häufig zu Gast im Hause der Feltens gewesen und kannte sich recht gut aus. Auch wenn es nicht die feine Art war, so beschloss er, den Weg durch den Garten zu nehmen. Immerhin war sein Besuch von Wichtigkeit.

Als er an der halbhohen Taxushecke stand und in den Garten spähte, entdeckte er Thomas, der im Gras saß und mit einem Taschenmesser hantierte.

»Tommy!« rief der Arzt, und als der Junge den Kopf hob, winkte er ihn zu sich.

»Onkel Uwe!« Helle Begeisterung lag in der Knabenstimme. Der Junge sprang auf und kam an den Zaun. »Was suchst du denn hier? Macht Oma Gerda dir nicht auf?« Er grinste breit.

»Nein.«

»Klar, sie macht sauber«, erklärte Tommy und schnitt eine Grimasse. »Was meinste, warum ich im Garten sitze? Ich bin ihr überall im Weg.«

»Und das alles wegen deiner Tante, was?« Dr. Martens blinzelte ihm zu. »Aber du weißt doch sicher, wie ich in den Garten komme, oder?«

»Klar.« Tommy deutete mit einer kurzen Kopfbewegung zum Ende der Taxushecke.

Dr. Uwe Martens folgte ihm, und kurz darauf schlüpfte er durch eine dünne Stelle in der Hecke, die man auf Anhieb nicht erkennen konnte.

»Kommst du wegen Helma?« fragte der Junge neugierig. »Sie wird in ungefähr zwei Stunden hier sein, weil sie noch ein paar Besorgungen machen will. Das hat sie auf der Ansichtskarte geschrieben. Du, hast du auch eine bekommen? Afrika ist toll. Wenn ich groß bin, werde ich auch dorthin fliegen.«

Dr. Martens antwortete nichts darauf. Er legte die Hand auf die Schulter des Jungen und schlenderte mit ihm durch den großen Garten, der sich dem Haus anschloss.

Der Chefarzt des Martens-Hospitals war nicht rein zufällig hier, und er überlegte, ob er dem Jungen den Grund nennen sollte. Tommy war alt genug, um sein Anliegen zu verstehen. Doch Uwe beschloss, zunächst mit Helmas Mutter zu sprechen.

»Ich werde deiner Oma mal Guten Tag sagen.« Uwe strich ihm flüchtig über den dunklen Lockenkopf. »Ich bin gleich wieder zurück.«

Über die Terrasse, die mit unregelmäßig geformten Sandsteinen gefliest war, betrat er das Haus. Er ging durchs Wohnzimmer, und als er den hübsch gedeckten Tisch in der Essecke sah, seufzte er ein wenig.

Dr. Martens brauchte nur den Geräuschen nachzugehen, die aus der Küche kamen, um zu wissen, wo Frau Felten sich aufhielt. Als er in der offenen Tür auftauchte, kauerte die Hausfrau vor dem Herd und begutachtete den Braten.

Der Arzt wollte Gerda Felten keinen Schrecken einjagen und hüstelte leicht. Sie wandte den Kopf und starrte ihn sekundenlang an. Dann lachte sie und stand auf.

Gerda hatte Dr. Martens zwar nicht eingeladen, doch wenn er zu Helmas Begrüßung kam, umso besser. Sie mochte den Mediziner, der sich auffallend um ihre Tochter bemühte.

Wenn Helma nur nicht so störrisch wäre, dachte Gerda. Laut jedoch sagte sie: »Das ist aber schön, dass Sie Zeit gefunden haben, zu Helmas Begrüßung zu kommen, Herr Doktor.«

»Tja, deswegen komme ich«, entgegnete er zögernd. »Zumindest so in etwa ...«

Gerda runzelte die Augenbrauen. Nanu? Was war denn mit dem Doktor los? So unsicher und verlegen kannte sie ihn nicht.

»Frau Felten, kann ich Sie einen Augenblick ungestört sprechen? Nicht hier in der Küche. Gehen wir vielleicht ins Wohnzimmer?«

»Wenn Sie wollen. Gehen Sie schon voraus, ich bringe uns eine Tasse Kaffee mit ...« Während sie die Tassen aus dem Schrank holte und den Kaffee einschenkte, gingen ihre Gedanken verborgene Pfade.

Dr. Uwe Martens, Chefarzt und Besitzer der Martens-Klinik, war genau das, was Gerda sich unter einem idealen Schwiegersohn vorstellte.

Er war ein Mann, auf den man sich verlassen konnte. Er hatte Ansehen und Vermögen, und schlecht sah er auch nicht aus.

Gut, ich gebe zu, er ist kein Adonis, dachte sie und stellte die Tassen auf ein kleines Tablett, aber er sieht interessant aus, finde ich.

Gerda seufzte, als sie daran dachte, dass ihre Tochter keineswegs ihrer Meinung war. Helma hatte ihr deutlich zu verstehen gegeben, dass sie Dr. Martens als

Menschen und als Kollegen achtete und schätzte, aber zu mehr hatte es noch nicht gereicht.

»Kommt Zeit, kommt Rat«, sagte Gerda halblaut und ging mit dem Tablett ins Wohnzimmer. Sie stellte es auf dem niedrigen Tisch ab und setzte sich Dr. Martens gegenüber in einen Sessel.

Erwartungsvoll schaute sie ihn an, und ihre Neugierde wuchs von Sekunde zu Sekunde. Gerdas Vorstellungen verstiegen sich in unendliche Höhen, und sie spielte mit dem Gedanken, dass der Arzt vielleicht gekommen war, um bei der zukünftigen Schwiegermutter vorzufühlen, wie seine Chancen standen.

Dr. Martens ließ sich viel Zeit Umständlich gab er, Zucker und Milch in den Kaffee, lange rührte er um.

Gerda betrachtete ihn nachdenklich. Sein schmales Gesicht war leicht gebräunt, hinter der Goldrandbrille lag ein blassblaues Augenpaar. Das schwarz, glatte Haar war ordentlich frisiert.

Das Kinn ist ein bisschen zu spitz, dachte Gerda und erschrak, als er sie unvermutet ansprach.

»Haben Sie heute schon die Nachrichten gehört, Frau Felten?«

»Nein, das tue ich immer erst abends. Warum?«

»Nun ...« Wieder zögerte er. Es fiel ihm schwer über das Flugzeug zu sprechen, das in der Gewalt von Verbrechern war. Seit gut einer Stunde wurde diese Nachricht über alle Radiostationen verbreitet.

Dr. Martens wusste, dass Helma in dieser Maschine sein musste. Sie hatte es ihm auf einer Postkarte geschrieben.

»Die Maschine Ihrer Tochter ist früher als geplant gelandet«, begann er vorsichtig.

»Wunderbar, dann wird sie ja gleich hier sein«, freute die Mutter sich.

»Nein, leider nicht«, entgegnete er ernst. »Frau

Felten, bitte, Sie müssen jetzt, ganz ruhig sein. Die Maschine ist früher gelandet, weil ... weil sie gekidnappt worden ist. Sie steht zwar jetzt auf dem Flughafen Riem, befindet sich aber in der Gewalt der Gangster.«

Gerda legte die Hände über den Mund, ihre Augen waren entsetzt auf den Arzt gerichtet. Ihre Helma, ihre einzige Tochter war in der Gewalt von Verbrechern?

»Ich bin gekommen, weil ich glaube, es ist besser, Sie erfahren es von mir, als aus den Nachrichten«, erklärte er bedrückt, und sein Blick glitt zur Essnische hinüber. Heute würde Helma bestimmt nicht nach Hause kommen.

»Und wie lange soll das dauern?« fragte sie leise, als sie sich wieder gefangen hatte. Angst flackerte in ihrem Blick.

»Das kann niemand vorhersagen.« Er hob bedauernd die Schultern. Dr. Martens hatte der Mutter verschwiegen, dass die Kidnapper bereits einen Flugpassagier erschossen hatten.

Die, Leiche hatten sie, wie der Nachrichtensprecher behauptete, einfach auf das Rollfeld geworfen.

»Und ... und ich kann da gar nichts tun?« fragte Gerda leise und wischte sich mit dem Handrücken über die Augen. Sie war im Allgemeinen eine resolute Frau, die mit beiden Beinen fest auf dem Boden stand.

Doch diese Hiobsbotschaft hatte sie fast umgeworfen. Vor allem aber machte ihr die eigene Hilflosigkeit zu schaffen. Sie hasste nichts mehr, als zur Untätigkeit verdammt zu sein.

»Nein, ganz sicher nicht.« Ein kleines Lächeln geisterte über sein schmales Gesicht. »Vielleicht sagen Sie es dem Jungen? Er wartet doch schon sehnsüchtig auf seine Helma.«

Und ich auch, fügte er in Gedanken hinzu. Seit mehr

als einem Jahr arbeitete Dr. Helma Felten in seiner Klinik, und seit dieser Zeit umwarb er sie.

Bis jetzt ohne großen Erfolg, doch Dr. Martens baute auf seine Hartnäckigkeit. Eines Tages würde Helma sicher erkennen, dass nicht die Liebe auf den ersten Blick eine gute Ehe garantierte. Für Dr. Martens Begriffe waren Achtung und ruhige Zuneigung die ausschlaggebenden Faktoren für eine gute Ehe.

Als Gerda nichts sagte, stand der Arzt auf. »Tja, dann werde ich wieder gehen. Die Arbeit muss erledigt werden, obwohl es auch mir schwer fällt, mich jetzt zu konzentrieren. Ich werde Sie heute Abend anrufen, Frau Felten.«

»Ja, bitte«, antwortete sie und erhob sich ebenfalls. »Es wird gut sein, wenigstens mit einem Menschen darüber reden zu können.« Die Hausfrau begleitete den Arzt zur Tür.

Als Dr. Martens sich zu ihr umwandte, sah er, dass ihre Wangen tränennass waren. »Kopf hoch, Frau Felten, es wird schon gut ausgehen«, sagte er leise und drückte ihre Hand.

*

»Nein! Ich will nicht!« kreischte die Frau mit den tizianroten Haaren, als einer der Gangster sie am Arm packte und aus dem Sessel zerrte.

Die Verbrecher hatten gedroht, jede Stunde einen Passagier zu erschießen, wenn auf ihre Forderungen nicht eingegangen würde.

Brutal zerrte der Gangster die Frau zur Tür und gab der Stewardess einen Wink, diese zu öffnen. Er hielt die rothaarige Frau wie einen Schutzschild vor sich.

»Hört zu!« schrie er aufs Rollfeld. »Wenn ihr euch nicht schnell entscheidet, wird diese Frau in zwanzig Minuten erschossen.«

»Geben Sie wenigstens Frauen und Kinder heraus!« schallte es von draußen zurück.

»Nichts werden wir«, antwortete der Gangster und trat einen Schritt beiseite. Auf seinen Wink hin musste die Stewardess die Tür wieder schließen.

»Warum vergreifen Sie sich nur an Frauen!« rief Mark Kandler dem Maskierten wütend zu.

Der Verbrecher kam auf ihn zu und schlug ihm mit der Faust ins Gesicht. »Noch ein Wort, und du bist ein toter Mann«, herrschte er Mark an. »Wir haben nichts zu verlieren, merk dir das.«

»Der Mann hat Fieber«, sagte eine Frauenstimme hinter dem Kidnapper. »Nehmen Sie nicht ernst, was er sagt.«

Er drehte sich um und musterte die Ärztin aus schmalen Augen. »Glauben Sie nicht, dass Sie sicher sind, bloß weil Sie Ärztin sind«, fuhr er sie drohend an, doch er ging rasch weiter und ließ Mark Kandler in Ruhe.

Deutlich war das erleichterte Aufatmen der Passagiere zu hören, ein leises Raunen ging durch das Flugzeug. Die Passagiere bewunderten den Mut und die Kaltblütigkeit der Ärztin, die sich jetzt um die rothaarige Frau kümmerte, die weinend auf einem Sitz neben der Tür kauerte.

Die Frau war einem Nervenzusammenbruch nahe, denn sie wusste, dass sie sterben müsste, wenn man den Verbrechern nicht nachgab.

»Ich habe doch zwei kleine Kinder zu Hause«, wimmerte sie, als Helma sich neben sie setzte und tröstend den Arm um sie legte. »Was soll denn aus ihnen werden? Oh, Gott, warum denn ich? Warum muss ich sterben, Frau Doktor?«

»Warten Sie erst einmal ab«, sagte Helma, doch irgendwie kam sie sich schäbig vor. Da saß eine junge

Mutter neben ihr, die nicht um das eigene Leben weinte, sondern sich um ihre kleinen Kinder sorgte. Und sie, Helma? Was hatte sie schon zu verlieren?

Die Ärztin senkte den Kopf. Es war kein leichter Entschluss, den sie fasste, doch plötzlich stand sie auf und wandte sich an einen der maskierten Männer.

»Ich habe eine Bitte«, sagte sie so leise, dass nur er sie verstehen konnte. »Lassen Sie diese Frau leben. Sie hat zwei kleine Kinder. Nehmen Sie mich an ihrer Stelle.«

Verwundert starrte der Verbrecher sie an. Er begriff nicht, dass jemand sein Leben freiwillig hergab. Wer war diese Frau? Eine Heilige? Eine Märtyrerin?

»Es ist Ihr Leben«, antwortete er nach kurzem Zögern hart »Schicken Sie die Frau zu ihrem Platz zurück. Und Sie setzen sich neben die Tür. Der Tanz geht gleich los.«

Helma antwortete nicht. Sie ging zu der Rothaarigen zurück und beugte sich zu ihr hinunter. »Gehen Sie wieder auf Ihren Platz. Sie werden nicht als Zielscheibe benutzt.«

»Das ... das ist wahr?« stammelte sie. »Aber wie ...«

»Reden Sie nicht, gehen Sie«, sagte Helma leise und eindringlich, und während die Frau zurücktaumelte, setzte die Ärztin sich auf den Platz neben der Tür.

Mark Kandler glaubte zunächst, seinen Augen nicht trauen zu können. Er begriff auch nicht, was da geschah. Doch plötzlich riss es ihn vom Sitz hoch, und er starrte zu Helma hinüber.

»Sie ist verrückt«, flüsterte er.

»Die Zeit ist um!« rief einer der Maskierten seinem Kumpan zu. »Los, Stewardess, öffnen Sie die Tür.«

Zitternd und bebend kam die Angesprochene dem Befehl nach.

Helma wurde am Arm gepackt und roh in die Höhe gerissen. Brutal stieß der Verbrecher sie vor sich her zur offenen Tür.

Kein Laut war im Inneren des riesigen Vogels zu hören, als der Gangster die Ärztin in der offenen Tür in Position brachte und hinter ihr Deckung suchte.

Dr. Helma Felten hingegen hatte mit ihrem Leben schon abgeschlossen, als sie rechts neben sich eine kleine Bewegung wahrnahm. Sie wagte nicht, den Kopf zu drehen, doch aus dem Augenwinkel erkannte sie mehrere Männer in den Uniformen des Bundesgrenzschutzes.

Wahrscheinlich standen sie bereit, um den Gangster zu überrumpeln, sobald er einen Schritt weiter vortrat.

Helmas Herz klopfte dumpf, und schwer, als sie den Atem des Verbrechers an ihrem Nacken fühlte. Die Ärztin war entschlossen, ihr Leben so teuer wie möglich zu verkaufen.

Es war ihr bewusst, dass sie kaum eine Chance hatte, das Flugzeug lebend zu verlassen, doch sie dachte an all die anderen Fluggäste, an die Frauen und Kinder, an die vielen Familienväter.

Der Angriff kam für den Gangster völlig überraschend, denn von überall hatte er Schwierigkeiten erwartet, aber nicht von der Ärztin, die sich als Opferlamm angeboten hatte.

Helma machte eine blitzschnelle, halbe Drehung und warf sich gegen den großen schlanken Mann, der rücklings in die Maschine fiel.

Ein Schuss krachte. Haarscharf ging die Kugel an Helmas Wange vorbei, denn die Ärztin spürte den Luftzug.

Dann ging alles blitzschnell. Noch bevor der Verbrecher, der auf dem Boden lag, sich von der Überraschung erholen konnte, stürmten die Spezialagenten das Flugzeug. Schüsse fielen, Stimmen schrien durcheinander.

Der Kidnapper am Boden bei der Tür wurde sofort überwältigt, der andere, im Mittelgang, mit einem gezielten Schuss zu Boden gestreckt.

Zunächst kehrte unheimliche Stille ein. Einige Agenten stürmten zum Cockpit vor und bewachten es mit entsicherten Maschinenpistolen.

Die anderen Männer versuchten, die Passagiere zu beruhigen, die panikartig zum Ausgang drängten.

»Bitte, bewahren Sie Ruhe, meine Damen und Herren«, sagte einer der Befreier. »Wir müssen erst abwarten, bis der dritte Mann im Cockpit überwältigt ist. Wir können Sie nicht der Gefahr aussetzen, jetzt schon übers Flugfeld zu laufen, denn der Kidnapper kann Sie vom Cockpit aus sehen.«

Mark Kandler stand auf. Er hatte viel Blut verloren, doch die Sorge um die Ärztin trieb ihn vorwärts.

Er taumelte durch den Mittelgang, und als ein Grenzschutzbeamter ihn aufhalten wollte, schrie er ihn an: »Lassen Sie mich in Ruhe. Ich muss nach Doktor Felten sehen. Ohne diese mutige Frau hätte es wahrscheinlich noch viel mehr Tote gegeben.«

Beifälliges Murmeln wurde laut, die Passagiere erhoben sich von den Sitzen und reckten die Hälse.

Helma lag immer noch neben der Tür. Sie war völlig fertig, denn dieser Einsatz hatte ihr das letzte an psychischer Kraft abgefordert.

Mark fiel neben ihr auf die Knie und legte die Hand auf ihre Schulter. »Sie ... Sie waren ...« Weiter kam er nicht. Wie im Zeitlupentempo fiel er neben ihr zu Boden. Tiefe Bewusstlosigkeit umfing ihn.

In diesem Augenblick knatterte eine Maschinengewehrsalve, und kurz darauf kamen Pilot und Copilot aus dem Cockpit.

Nun herrschte plötzlich reges Treiben auf dem Rollfeld. Krankenwagen und andere Busse rollten heran. Reporter drängten sich in die Nähe der Fluggäste, um erste Meinungen einzufangen.

Dr. Helma Felten hatte sich wieder ein wenig erholt. Sie sorgte dafür, dass Mark Kandler in einen Krankenwagen verfrachtet wurde.

Sie selbst sah sich plötzlich von Reportern umringt, denn immer wieder hatten die Passagiere auf die mutige Frau verwiesen, die sogar ihr Leben zur Verfügung gestellt hatte, um das einer Mutter zu retten.

Hilflos schaute Helma sich um. Sie war dem Ansturm nicht gewachsen.

Ein Offizier des Grenzschutzes bemerkte die Not der Ärztin. Rücksichtslos bahnte er sich den Weg durch die Journalisten und schreckte auch nicht davor zurück, einen besonders hartnäckigen Befrager hart am Arm zu packen und zur Seite zu reißen.

»Kommen Sie, ich bringe Sie weg«, sagte der Offizier ruhig zu Helma, die ihm einen dankbaren Blick zuwarf. Der Soldat führte sie zu einem Bundeswehrfahrzeug. »Ich bringe Sie zunächst in eine Klinik.«

»Nein, das ist nicht nötig«, wehrte sie ab und ließ sich erschöpft auf den Beifahrersitz nieder. »Ich bin Ärztin und weiß, dass ich okay bin. Was mir fehlt, ist ein heißes Bad und eine Mütze voll Schlaf. Bringen Sie mich bitte nach Hause.«

Sie nannte ihm die Adresse, und kurz darauf befanden sie sich auf dem Heimweg. Der Offizier wollte sie bis ins Haus bringen, doch Helma winkte ab.

»Danke, das schaffe ich schon. Vielen Dank für alles.« Die Ärztin hatte das Gefühl, die letzten Schritte nicht mehr zu schaffen, so elend fühlte sie sich. Doch sie wollte nicht auch noch mit einem Fremden reden müssen. Auch dann nicht, wenn es einer der Helfer war.

Gerda Felten stieß einen hellen Schrei aus, als ihre Tochter plötzlich vor der Tür stand.

»Kind, ach mein Kind«, schluchzte die Mutter und zog Helma in die Arme. »Ich habe gebetet, dich gesund wiederzusehen.« Gerda wollte Helma nicht aus den Augen lassen.

Auch Helma schluchzte leise. Die Anspannung der letzten Stunden ließ nur allmählich nach. Erst jetzt merkte Helma, dass ihre Knie zitterten.

»Bitte, Mama, sei mir nicht böse, aber ich möchte erst einmal schlafen«, sagte sie leise. »Nur schlafen ... Alles andere muss warten.«

»Das ist doch, selbstverständlich, Kind.« Gerda wischte sich energisch die Tränen von den Wangen und legte den Arm um ihre Tochter. »Komm, ich bringe dich nach oben, und danach werde ich dafür sorgen, dass dein Schlaf nicht gestört wird.«

*

Dr. Uwe Martens, der Chefchirurg des Martens-Hospitals, wollte sein Büro verlassen, als eine Schussverletzung eingeliefert wurde. Zunächst wollte Dr. Martens diesen Eingriff seinem Oberarzt überlassen.

Als der Klinikchef jedoch erfuhr, dass der Verletzte ein Opfer der Geiselnehmer auf dem Flugplatz Riem war, wollte er den Eingriff persönlich durchführen.

Mark Kandler wurde zunächst gründlich untersucht. Die Schussverletzung wurde geröntgt, die Blutgruppe festgestellt, Konserven bereitgestellt.

Währenddessen telefonierte Dr. Martens mit Helmas Mutter, und als er erfuhr, dass Helma unversehrt zu Hause angekommen war und nun tief und fest schlief, ging er beruhigt in den Waschraum.

Er desinfizierte Hände und Unterarme und hielt sich genau an die vorgeschriebenen zehn Minuten. Immer wieder schaute er auf. Durch die Glaswand, die den Waschraum vom OP trennte, konnte er beobachten, wie der Patient auf den OP-Tisch gelegt wurde.

Dr. Berthold Liebermann leitete die Anästhesie ein, Schwester Sonja richtete den Instrumententisch, und die zweite OP-Schwester stellte die Blutkonserven griffbereit in Dr. Liebermanns Nähe.

Im Großen OP herrschte reges Treiben, denn Eile war geboten, wenn der Verletzte noch gerettet werden sollte. Der hohe Blutverlust ließ den Eingriff zum Risiko werden.

Dr. Martens beendete die Desinfektion, ebenso seine beiden Assistenten Dr. Uhlen und Dr. Behrend.

Eine Schwester half ihnen in die sterile OP-Kleidung, band den Chirurgen den Mundschutz und reichte ihnen die hauchfeinen Gummihandschuhe, die sie sich überstreiften.

Als Dr. Martens den OP betrat, ging er zunächst zu seinem Anästhesisten. Dr. Liebermann. »Wie sieht es aus?« fragte Dr. Martens leise.

»Nicht gut«, entgegnete dieser. »Wir haben bereits die Bluttransfusion eingeleitet. Wir müssen aber trotzdem mit Komplikationen rechnen.«

Dr. Martens nickte, dann ging er zu den beleuchteten Schaukästen hinüber und betrachtete die Röntgenaufnahmen von Mark Kandler. Die beiden Assistenten blieben neben ihm stehen.

»Sie sehen, meine Herren Kollegen, die Kugel sitzt relativ hoch in der Schulter, und der Schusskanal verläuft von oben schräg nach unten.«

Der Chefchirurg prägte sich die Röntgenaufnahme gut ein, dann ging er zum OP-Tisch zurück und stellte sich auf die linke Seite.

Die Tiefstrahler über dem Patienten warfen gleißendes, schattenloses Licht. Sie strömten große Hitze aus, doch sie wurden benötigt, um jeden Winkel auszuleuchten, damit den Augen des Chirurgen nicht das Geringste verborgen blieb.

»Beginnen wir«, sagte Dr. Martens knapp und streckte die Hand aus. »Skalpell, Schwester Sonja.«

Kühl und schwer ruhte das chirurgische Messer in der Hand des Arztes. Er beugte sich über den Patienten, dessen Körper, bis auf das Operationsfeld, mit sterilen Tüchern abgedeckt war.

Mit sicherer Hand führte Dr. Martens den ersten Schnitt aus und durchtrennte die Haut. Dann drang er tiefer vor und durchschnitt die unteren Schichten, das Unterhautfettgewebe.

»Sonde, Schwester.«

Sie reichte ihm einen rötlichen Gummischlauch, den der Chefarzt in den Schusskanal einführte, um den genauen Sitz des Projektils festzustellen.

»Skalpell.« Wieder streckte er die Hand aus. »Die Kugel sitzt günstig, wir werden keine Rippe durchtrennen müssen«, sagte er zu seinen Assistenten, die Wundhaken setzten, Arterien abklemmten und mit einem Sauggerät das Blut entfernten, damit der Chirurg bessere Sicht hatte Dr. Martens arbeitete nun vorsichtig mit dem kleinen Skalpell. Er durchtrennte das Muskelgewebe, und knapp zwanzig Minuten später schimmerte das blauschwarze Projektil zwischen den kräftig roten Muskelsträngen.

»Pinzette, Schwester Sonja.« Vorsichtig packte Dr. Martens die Kugel, hob sie an und schwenkte die Pinzette beiseite. Es klirrte, als die Kugel in die bereitgehaltene Nierenschale fiel.

»Doktor Uhlen, Sie schließen das Operationsfeld«, ordnete Dr. Martens an und trat einen Schritt zurück. Der größte und schwierigste Teil der Arbeit war getan, den Rest konnten seine Assistenten erledigen.

Der Chefarzt ging wieder zum Kopfende des OP-Tisches, an dem der Narkosearzt saß und anhand von technischen Geräten und Monitoren die Körperfunktionen des Patienten überprüfte.

»Nun, Doktor Liebermann?«

»Der Mann hat eine Konstitution wie ein Pferd«, kommentierte der Anästhesist respektlos. »So etwas habe ich noch nicht erlebt. Dieser hohe Blutverlust und keine Komplikation? Ich bin platt. Aber . . .«

»Warum beschweren Sie sich?« Dr. Martens lächelte hinter dem Mundschutz. »Seien Sie doch froh, dass der Patient – wie sagten Sie doch gleich? – eine Konstitution wie ein Pferd hat. Vielleicht hätte er den Eingriff unter anderen Voraussetzungen nicht überlebt.«

»Darauf kann ich Ihnen mein Wort geben«, bekräftigte Dr. Liebermann die Vermutung des Chefarztes.

Dr. Martens nickte und ging zum OP-Tisch zurück.

Dr. Uhlen hatte die Wunde geschlossen und legte nun die letzten Fäden. Dr. Behrend kümmerte sich um die äußere Versorgung, stäubte Penicillinpuder auf die Naht und deckte sie mit sterilen Kompressen ab.

Dr. Martens wandte sich um und ging in den Waschraum. Die Arbeit war getan, und er fühlte sich hundemüde, denn sein Dienst hatte wieder einmal vierzehn Stunden gedauert.

Er war froh, die Klinik verlassen zu können. Während er sich Hände und Unterarme desinfizierte, dachte er an Helma. Am liebsten wäre er noch heute Abend zu ihr gegangen, doch er musste seine Ungeduld bezwingen und Rücksicht üben.

Morgen wollte er sie besuchen, wenn es ihr Gesundheitszustand erlaubte. Bei dieser Vorstellung klopfte Uwes Herz ein paar Takte schneller.

Seine Kollegin war genau die Frau, die er sich immer

erträumt hatte, und er wollte nichts unversucht lassen, sie für sich zu gewinnen.

*

Von der Villa, die auf einem kleinen Hügel dicht am Meer lag, hatte man eine herrliche Aussicht über das Mittelmeer, das sich wie ein blauer Teppich ausbreitete.

Weiße Segel kreuzten am Horizont, Möwen jagten kreischend durch die glasklare Luft, die Sonne hatte den Zenit noch nicht erklommen, doch sie brannte bereits erbarmungslos vom wolkenlosen Himmel.

Tanja Berger wandte den Kopf nach rechts. In der Ferne, wie in einen leichten Dunstschleier gehüllt, konnte sie die Häuser von Kalamata erkennen.

Dort herrschte reges Treiben, und Tanja war froh, nicht immer in dieser belebten Stadt wohnen zu müssen. Nach Kalamata fuhren sie nur selten. Meistens dann, wenn Max Insten die Einsamkeit satt hatte und einen lauten Abend in Gesellschaft von lebenslustigen Griechen verbringen wollte.

Griechenland, dachte Tanja und seufzte. Sie liebte dieses Land, in dem sie nun schon fast zwei Jahre lebte. Sie liebte die sonnendurchglühten Tage, die glasklare Luft und die lauen Abende, in denen die Zikaden ihre uralten Lieder anstimmen.

Doch seit einiger Zeit fühlte Tanja sich nicht wohl. Auch Max war sehr unzufrieden mit ihr, denn sie war nicht mehr jene lebenshungrige Frau, die er einmal geliebt hatte.

Tanja fühlte sich ständig müde und ausgelaugt und verbrachte den größten Teil des Tages liegend und lesend auf einem Bett. Auch die ausgedehnten Bootsfahrten auf Max' kleiner Jacht mochte sie nicht mehr, und wenn abends Gäste kamen, zog sie sich meist früh zurück.

Vor vierzehn Tagen war Tanja heimlich nach Kalamata gefahren, um sich von einem Arzt gründlich untersuchen zu lassen. Heute sollte sie das Ergebnis erhalten.

»Tanja!« Max' Stimme schmetterte durchs Haus. Die junge Frau hörte seinen kräftigen Schritt auf den Steinfliesen. »Wo steckst du denn schon wieder? Ich denke, wir wollten zum Fischen hinausfahren?«

Ein großer, athletisch gebauter Mann mit schwarzem, krausen Haar und wasserhellen Augen tauchte in der offenen Tür auf. Er war nur mit einer Badehose bekleidet, um den Hals hing ein weißes Frotteehandtuch.

»Ich komme nicht mit«, entschied sie. »Ich fühle mich nicht wohl.«

»Verdammt, ich werde dich eines Tages überhaupt nicht mehr fragen!« rief er wütend und gab einem Schemel in der Nähe der Tür einen Tritt. »Seit Wochen höre ich nichts anderes mehr von dir.«

»Weil es so ist«, entgegnete sie patzig.

»Dann will ich dir mal etwas anderes sagen: Wenn du so weiter machst, habe ich es bald satt. Ich bin schließlich kein Krankenpfleger. Ich will leben, hast du mich verstanden?«

»Du schreist ja laut genug.« Seine Worte trafen sie. Wie schon so oft, fragte sie sich auch heute, wie es möglich war, dass sie in Max einen Mann gesehen hatte, dem sie ihr Leben anvertrauen konnte?

»Heute Abend haben wir Gäste. Nico und Gregori kommen und bringen ein paar Mädchen mit.« Abwartend schaute er sie an. »Bist du bis dahin wieder fit?«

»Das glaube ich nicht«, entgegnete sie und strich sich müde über die Augen.

»Dann werden wir – bei Nico feiern, denn hier verdirbst du mir doch bloß die Stimmung«, sagte er brutal und stampfte aus dem Zimmer.

Tanja setzte sich und lehnte den Kopf zurück. Es hatte eine Zeit gegeben, da hatte Max sie auf Händen getragen. Wegen ihm hatte sie sich scheiden lassen, weil sie seinen Einflüsterungen erlegen war.

Sie lachte bitter auf. Doch was war aus all den Liebesschwüren und Versprechungen geworden? Schon nach dem ersten Jahr mit Max hatte sie bemerkt, dass er sich nach anderen Frauen umdrehte. Heute wusste Tanja längst, dass ihre Beziehung zu Max Insten in den letzten Zügen lag.

Die junge Frau bereute die Scheidung, doch sie wusste auch, dass sie nichts mehr rückgängig machen konnte.

Tanja schaute auf die Uhr. Es war an der Zeit, dass sie nach Kalamata fuhr, um den Arzt aufzusuchen. Sie stand auf und schaute aus dem Fenster.

Von hier aus konnte sie den kleinen privaten Strand und den Bootssteg beobachten. Max' Jacht tuckerte soeben aufs Meer hinaus.

Tanja wusste, dass sie ihn erst am Spätnachmittag wiedersehen würde, wenn er überhaupt noch einmal hierherkam. Vielleicht fuhr er direkt zu Nico, der ein paar Kilometer weiter eine herrliche Villa besaß.

Kurz darauf verließ Tanja Berger die Villa und holte den zitronengelben Sportwagen aus der Garage. Das Haus lag wunderschön, es war umgeben von hohen Zypressen, am Hang wiegten Olivenbäume ihre silbernen Blätter im Wind. Es duftete nach wildem Thymian und anderen Kräutern.

Es hatte eine Zeit gegeben, da war Tanja regelrecht verliebt in diese Villa am Meer gewesen. Doch heute empfand sie das Haus als Gefängnis.

Die private Zufahrt führte in engen Kurven auf der Rückseite des Hügels zu Tal und mündete in die schmale Landstraße ein, die an den Ausläufern des Taygetosgebirges entlang nach Kalamata führte.

Die Straße war schmal und kurvenreich, außerdem hielten die Griechen nicht sehr viel davon, die tückischen Schlaglöcher instand zu setzen.

Doch Tanja ließ sich Zeit. Sie genoss den Ausblick auf das Meer, bewunderte die Dörfer, die sich in die Buchten schmiegten, die endlosen Olivenhaine, die das Vermögen der Bauern darstellten.

Ohne, dass es Tanja bewusst wurde, nahm sie Abschied von einem Land, das zwei Jahre lang ihre Heimat gewesen war. Instinktiv spürte Tanja, dass sie nicht mehr lange hier bleiben würde.

In Kalamata empfing sie der laute und hektische Rhythmus der großen Stadt, war sie bald von hupenden Autos umgeben.

Sie war froh, als sie den Wagen verlassen konnte und die Praxis des Internisten Dr. Sortiri Teralopoulos betreten konnte. Tanja lächelte, als sie den Namen sah. Sie redete den Arzt grundsätzlich nur mit Doktor an, da ihr sein Nachname nie ohne – Holpern über die Lippen kam.

Die Sprechstundenhelferin führte die junge Frau ohne Umschweife ins Sprechzimmer des Arztes, der Privatpatienten und Touristen bevorzugt behandelte.

Der große Mann im weißen Kittel sah fantastisch aus. Er hatte blauschwarzes Haar, dunkle Samtaugen und ein Lachen, das Vertrauen einflößte.

Doch diesmal war Dr. Teralopoulos sehr ernst, als er Tanja die Hand gab. »Guten Tag, Frau Berger, bitte, nehmen Sie Platz.« Der Arzt, der in Heidelberg studiert hatte, sprach ein ausgezeichnetes Deutsch.

»Nanu, Doktor, heute so ernst?« fragte sie. Ihr Lachen klang gekünstelt, denn sie hatte Angst vor der Antwort des Arztes.

»Ja ...« Er ging zum Schreibtisch zurück und setzte sich. Mitleidig betrachtete er die hübsche Frau. Ihr kastanienrotes Haar glänzte seidig, die großen blauen Augen hatten die Farbe des Meeres bei Sonnenschein.

Wie schnell würde diese Schönheit dahinsiechen, dachte der Arzt resigniert. Er konnte seiner Patientin keine Hoffnungen machen, denn die Diagnose war eindeutig.

»Was ist denn, Doktor?« fragte sie nervös. »Warum schauen Sie mich so komisch an? Oder soll ich sagen, mitleidig?«

Tanja rutschte auf dem Stuhl hin und her. Ihre Handflächen waren feucht, ihr Gaumen ausgetrocknet, wie die Wüste Sahara. »Kann ich bitte ein Glas Wasser haben, Herr Doktor?«

Er brachte ihr das Gewünschte und setzte sich wieder. Bedächtig legte er die Fingerspitzen aneinander.

»Frau Berger, ich muss Ihnen raten, umgehend nach Deutschland zurückzukehren, denn hier können Sie sich gegen Infektionen nicht genügend schützen«, begann er weit ausholend. »Sie leiden an einer starken Abwehrschwäche, die ...«

»Doktor, sagen Sie mir endlich, was ich habe. Und zwar so, dass ich es auch verstehe.« Tanja klang aggressiv, doch das nahm der Arzt ihr nicht übel. »Ich vertrage die Wahrheit, und ich weiß, dass ich krank bin, sonst wäre ich nicht seit Wochen so müde.«

»Gut, wie Sie wünschen.« Er räusperte sich. Sie machte es ihm leicht, und das war gut so, denn ändern oder gar helfen konnte auch er ihr nicht.

»Sie leiden an einer akuten Leukämie, Frau Berger, und eine Prognose ist infaust, das heißt: aussichtslos.« Er holte tief Luft. »Daher auch mein Anraten, nach Deutschland zurückzugehen. Dort haben Sie die Möglichkeit, besser behandelt zu werden.«

»Aussichtslos«, wiederholte sie so leise, dass er sie kaum verstehen konnte. »Das heißt, dass man diese Krankheit nicht heilen kann?«

»Ja, das heißt es.« Dr. Teralopoulos senkte die schweren Lider halb über die dunklen Augen, bevor er leise weitersprach: »die Milz ist auch in Mitleidenschaft gezogen, Frau Berger. Es hat sich bereits ein Tumor gebildet.«

Tanja senkte den Kopf und schwieg. Alles hatte sie erwartet, aber das nicht. Sie hatte Leukämie? Sie war ein blutiger Laie, doch sie hatte in Illustrierten schon häufig über diese heimtückische Krankheit gelesen.

Sie machte sich keine Hoffnung oder gar Illusionen, als sie den Kopf hob und fragte: »Und wie lange habe ich noch zu leben, Doktor? Und auch jetzt bitte ich Sie um absolute Ehrlichkeit. Ich muss es wissen, damit ich noch die nötigen Schritte einleiten kann.«

»Genau kann ich es Ihnen nicht sagen, Frau Berger.« Er klang jetzt sehr bedrückt. »Aber ... es ... es kann sehr schnell gehen. Die ... äh ... Lebenserwartung beträgt bei einer akuten Leukämie einige Wochen oder auch Monate, selten jedoch länger.«

»So schnell?« flüsterte sie. Das hatte sie nicht erwartet. Tanja hatte das Gefühl, jeden Augenblick vom Stuhl zu kippen. Ihr Magen krampfte sich zusammen, das Blut rauschte und pochte in den Schläfen.

»Ja, leider.« In diesem Augenblick wünschte der Arzt sich, die Patientin möge gehen. Er konnte den Anblick dieser wunderschönen Frau, die schon dem Tod geweiht war, kaum noch ertragen.

»Werde ich sehr leiden müssen?« fragte sie. Ihre Stimme klang brüchig und zitterte leicht. »Davor ... davor habe ich wahnsinnige Angst, Doktor.«

»Sie werden nicht leiden müssen«, antwortete er, und jetzt schwindelte er ein wenig. Er verschwieg ihr, dass sie fast allen Infektionskrankheiten ausgesetzt war, da sie kaum noch über Abwehrkräfte verfügte. »Nur ... wenn es dem Ende zugeht, werden sich vermehrt Blutungen einstellen. Doch auch hier werden Sie keine Schmerzen haben, sondern sich nur sehr schwach und elend fühlen.«

»Nur ist gut.« Sie stand auf. »Ich werde so schnell wie möglich nach Deutschland zurückkehren. Wollen Sie hier noch eine Behandlung beginnen, Doktor?«

Tanja klang ungeduldig. Sie wollte rasch das Sprechzimmer des Arztes verlassen, denn sie empfand die Umgebung plötzlich als sehr bedrückend.

»Ich gebe Ihnen ein Rezept. Die Medikamente können Sie aus der Apotheke holen.« Er schrieb eifrig, während er, weiterredete: »Diese Medikamente werden die Vermehrung der Leukozyten hemmen. Sie bedeuten jedoch keine Heilung, sondern nur eine Hinauszögerung des Unabwendbaren.«

Der Internist stand auf und überreichte ihr das Rezept. Er begleitete Tanja bis zur Tür und gab ihr die Hand. »Es tut mir sehr Leid, Frau Berger, dass ich Ihnen keine bessere Nachricht geben konnte. Es tut mir sehr, sehr Leid.«

»Schon gut, Doktor«, erwiderte sie betont forsch und brachte sogar ein kleines Lachen zustande. »Jeder muss einmal von der Bühne abtreten. Schicken Sie die Rechnung wie üblich an Herrn Max Insten. Wiedersehen . . . Nein, ich sage besser lebewohl.«

Eine seltsame Frau, dachte der Arzt, als er wieder allein war. Nicht eine Träne hat sie vergossen . . .

Er ahnte nicht, wie gern Tanja geweint hätte, doch sie hatte das Gefühl, keine Tränen mehr zu haben. Sie lenkte den Wagen wieder aus der Stadt.

Als sie an einer kleinen, romantischen Bucht vorbeikam, stieg sie aus und ging ans Meer hinunter. Sie setzte sich in den Sand, zog die Beine an und legte das Kinn auf die Knie.

Nur ein paar Meter vom Ufer entfernt, zog ein Kahn

vorüber. Ein alter Fischer saß darin und schaute gedankenverloren aufs Meer hinaus.

Jetzt, da sie sich dem Alter in der Gestalt des Fischers gegenübersah, füllten sich ihre Augen mit Tränen. Was hatte der Arzt gesagt? Ein paar Wochen hatte sie noch zu leben? Vielleicht ein paar Monate?

Tanja ließ sich rücklings in den Sand fallen und schaute zum Himmel hinauf. »Ich bin dreißig«, flüsterte sie, und die Tränen liefen seitlich über die Schläfen in den Sand. »Dreißig . . . Ich habe kaum gelebt. Für viele beginnt das Leben jetzt erst.«

Sie schloss die Augen. Tanja war froh, in diesen Minuten allein zu sein, den poltrigen Max nicht ertragen zu müssen. Sie war auch fest entschlossen, ihm nichts von ihrer schweren Krankheit zu erzählen.

Max war ein Mann, der immer nur ans Geld dachte, und manchmal auch an schöne Frauen. Wenn sie, Tanja, ihm jetzt von der Krankheit erzählte, würde er sicher annehmen, dass sie Geld zum Abschied haben wollte.

»Aber ich brauche Geld«, sagte sie in das Meeresrauschen hinein. »Wenigstens für die Heimfahrt . . .«

*

Dr. Helma Felten hatte nach dem turbulenten Tag der Flugzeugentführung einige Tage Urlaub beantragt, die ihr Chef, Dr. Uwe Martens, sofort genehmigt hatte.

Doch Ruhe hatte Helma in diesen Tagen kaum gefunden, denn die Reporter umlagerten das Haus, und sobald sich nur ein Familienmitglied blicken ließ, stürzten sie darauf zu und bombardierten es mit Fragen.

Thomas, der jeden Morgen zur Schule ging, ließ sich den Trubel gern gefallen. Er war stolz auf seine Tante, die eine Heldin war, und das ließ er auch jeden wissen.

Nachdem zwei Tage verstrichen waren, und die Journalisten immer noch nicht abgezogen waren, hatte Helma sich entschlossen, ihnen die gewünschten Interviews zu geben.

Den dritten Tag ihres Urlaubes konnte sie dann endlich in Ruhe verbringen. In allen Zeitungen und Illustrierten wurde Dr. Helma Felten als Heldin gefeiert, denn auch die anderen Passagiere waren voll des Lobes über die Ärztin.

Besonders aber die Mutter der beiden Kinder, die der Kidnapper zuerst als Schutzschild benutzen wollte. Sie konnte nicht genug über Helmas Todesmut erzählen und davon, dass die Ärztin sich selbstlos opfern wollte, um zwei kleinen Kindern die Mutter zu erhalten.

Zu Dutzenden erhielt Helma Einladungen von Menschen und Vereinen, die ihr bisher kein Begriff waren. Sie sagte alles ab und es gab Minuten, in denen sie sich wünschte, sich nicht für die Passagiere eingesetzt zu haben.

Dr. Felten war froh, heute wieder ihren Dienst antreten zu können, denn im Martens-Hospital war sie einigermaßen sicher vor neugierigen Leuten.

Selbstverständlich wurde sie auch vom Pflegepersonal angesprochen, doch das konnte sie verhältnismäßig schnell zum Schweigen bringen.

Helma, die als Oberärztin und Chirurgin auf der allgemeinen Chirurgie Dienst tat, ging als Erstes von Zimmer zu Zimmer, um sich mit den Patienten vertraut zu machen.

Als sie Zimmer siebzehn betrat, das nur an Privatpatienten vergeben wurde, ahnte sie nicht, wer sie da erwartete.

Zunächst sah sie nur einen breiten Rücken und einen blonden Haarschopf. »Guten Morgen«, grüßte sie, doch sie erhielt keine Antwort.

Mark Kandler glaubte, seinen Ohren nicht trauen zu können. Diese Stimme kannte er doch? Narrte ihn jetzt der Spuk, oder besuchte die hübsche Ärztin ihn? Woher wusste sie, in welcher Klinik man ihn untergebracht hatte?

Vorsichtig drehte Mark sich auf den Rücken und richtete den Blick auf die Tür. Dann glitt ein Lachen über sein gebräuntes Gesicht.

»Frau Doktor Felten!« rief er und streckte ihr den gesunden Arm entgegen. Den rechten Arm wagte er noch nicht zu bewegen, da die Schulter immer noch schmerzte.

»Herr Kandler, ich wusste gar nicht, dass sie im Martens-Hospital untergebracht wurden«, sagte sie und kam näher. Die Freude über das Wiedersehen stand ihr im Gesicht geschrieben.

»Ja . . . wenn das so ist dann sind Sie keine Besucherin?« Erst jetzt bemerkte er ihren weißen Kittel und das Namensschildchen über der Brusttasche. »Waaas? Sie arbeiten hier? Man, hab ich einen Dussel!«

»Wie soll ich das verstehen?« Helma wurde ein wenig rot, holte sich einen Stuhl und setzte sich zu ihm.

»Ich zerbreche mir schon seit Tagen den Kopf, wo und wie ich Sie wiedersehen könnte, und nun kommen Sie mir gratis ins Zimmer geschneit. Sie arbeiten hier? Aber . . . aber warum sehe ich Sie erst heute?«

»Alles hübsch der Reihe nach«, antwortete sie und musterte ihn prüfend. Trotz seiner Bräune sah er sehr schlecht aus. »Wie fühlen Sie sich, Herr Kandler?«

»Der Doktor sagte mir, ich hätte Glück, dass ich so eine starke Natur habe«, antwortete er grinsend. »Ein anderer hätte das nicht überstanden. Aber nun zu Ihnen. Haben Sie absichtlich mein Zimmer gemieden?«

»Warum sollte ich?« Sie lachte amüsiert auf, und Mark ließ keinen Blick von ihr. Die herrlich blauen Augen und die pechschwarzen Locken bildeten einen faszinierenden Kontrast.

»Ich hatte noch ein paar Tage Urlaub drangehängt«, erzählte sie ihm. »Ich brauchte einfach ein bisschen Ruhe. Allerdings . . . die hatte ich kaum. Ich wusste bis vor kurzem ja nicht, wie anstrengend es ist, eine Heldin zu sein. Dieser Trubel – nicht auszuhalten.«

»Und jetzt sehe ich Sie jeden Tag?« fragte er, und der Blick aus seinen schmalen, graugrünen Augen beunruhigte sie.

»Einmal mindestens, bei der Visite«, antwortete sie und wartete gespannt auf seine Reaktion. Auch Helma konnte sich kaum an ihm satt sehen. Ihr Herz klopfte stürmisch, und immer wieder versuchte sie, sich einzureden, dass ein Mann wie Mark Kandler sicher nicht mehr frei war.

Das konnte nicht sein. So ein Prachtexemplar, von Mann musste sich in festen Händen befinden.

»Nur?« fragte er enttäuscht. »Das finde ich schade. Wissen Sie, ich habe mir schon überlegt, ob ich einen Privatdetektiv anheuern soll, der Ihre Adresse herausfindet. Ich wollte Sie um jeden Preis wiedersehen.«

»Um mir als Heldin zu danken?« neckte sie ihn.

»Auch«, erwiderte er ernst. »Auch wenn Sie es nicht mehr hören können, Frau Doktor, Ihnen habe ich mein Leben zu verdanken. Von den anderen hätte sich niemand um meine Wunde gekümmert, und wahrscheinlich wäre ich elend verblutet. Aber jetzt hat das Schicksal eingegriffen. Oder sehen Sie das anders?«

»Ich plädiere mehr für einen Zufall«, antwortete sie ausweichend.

»Das Schicksal hat viele Namen«, konterte er und lachte sie jungenhaft an.

Dr. Felten wurde unruhig. Da war es wieder. Jenes

Lachen, das sie bis in die Träume verfolgte, an das sie in den letzten Tagen so oft gedacht hatte.

»Was macht Ihre Schusswunde?« fragte sie, um ein anderes, weniger verfängliches Thema anzuschneiden. »Haben Sie noch große Schmerzen?«

»Jetzt nicht mehr«, erwiderte er neckend, wurde jedoch sofort wieder Ernst:

»Es ist zu ertragen, aber wenn ich Doktor Martens richtig verstanden habe, ist er mit mir mehr als zufrieden. Er sagte mir gestern, dass ich, wenn meine Genesung in so einem Tempo fortschreitet, schon in vierzehn Tagen entlassen werden kann.«

»Das höre ich gern.« Es war eine faustdicke Lüge, denn Helma hatte Angst, ihn wieder aus den Augen zu verlieren. Dieses Gefühl existierte zwar nur in ihrem Unterbewusstsein, doch es beeinflusste ihr Denken und Handeln.

»Ich nicht«, murrte er und kniff ein Auge zu. »Wenn ich hier erst mal weg bin, sehe ich Sie ja nicht mehr.«

»Sie werden's überleben«, erwiderte sie und stand ein wenig zu hastig auf. »Ich muss Sie jetzt leider wieder verlassen, Herr Kandler, denn ich bin nicht zu meinem Vergnügen hier. – Außerdem habe ich noch andere Patienten, die gern ein wenig mit mir plauschen.«

»Das kann ich mir vorstellen«, erwiderte er grimmig, denn das passte ihm absolut nicht. Doch was sollte er tun? Er war ans Bett gefesselt. »Aber vielleicht schauen Sie noch einmal zu mir herein?«

»In etwa zwei Stunden, mit der Visite«, erwiderte sie, und er schnitt eine Grimasse. »Bis später, Herr Kandler.«

»Wiedersehen!« rief er ihr nach. Er schloss die Augen. Mann, dachte er, ich bin vielleicht ein Glückspilz. Diese Frau werde ich nicht mehr aus den Augen lassen.

Reicht dir eine schlechte Erfahrung denn nicht?

fragte eine innere Stimme. Du bist schon einmal über beide Ohren verliebt gewesen und hast dich Hals über Kopf in eine Ehe gestürzt. Und was ist daraus geworden?

»Es sind doch nicht alle Frauen gleich«, sagte er halblaut vor sich hin. »Und Helma ist bestimmt anders ... So eine Frau findet man nur alle hundert Jahre einmal.«

Auch Dr. Felten war sehr nachdenklich, als sie sein Zimmer verlassen hatte. Sie hatte die Hände in die Taschen des Kittels versenkt und schlenderte langsam zum Stationsbüro zurück.

»Hallo, Helma, endlich sehe ich Sie wieder!«

Dr. Uwe Martens' Stimme riss sie aus den Gedanken. Sie hob die Lider und schaute den Chefarzt an, der nur ein paar Schritte von ihr entfernt stand und sie bewundernd anschaute.

»Ihr tut ja alle so, als sei ich eine Ewigkeit weg gewesen«, antwortete sie burschikos und ging ihm entgegen.

»Für mich war es eine Ewigkeit«, erwiderte er und küsste ihr die Hand. »Ich kann mir das Hospital gar nicht mehr ohne Sie vorstellen.«

»Übertreiben Sie nicht ein wenig, Uwe?« Wenn Sie allein waren, redeten sie sich beim Vornamen an. Helma wusste längst, was der Chefarzt für sie empfand, doch sie war sich über ihre Gefühle nicht schlüssig.

Herzklopfen hatte sie in Uwes Nähe noch nie gespürt. Doch war das so wichtig? Er war ein wertvoller Mensch, und Helma wusste, dass ein Leben an seiner Seite nie Tiefen beinhalten wurde. Er war ein Mann, der eine Frau auf Händen trug.

»Keineswegs.« Er schob die Hand unter ihren Arm und ging ein Stück mit ihr. »Ich habe die Absicht, Sie heute Abend zum Essen einzuladen, Helma, und ich hoffe, Sie werden mir keinen Korb geben? Liesel hat sich heute Abend auf Wildschweinbraten festgelegt, und bei ihr ist das ein Gaumenkitzel.«

»Dann kann ich gar nicht Nein sagen, Uwe, obwohl ...« Die Ärztin zögerte, denn sie dachte an ihre Mutter.

»Ich lasse keine Ausrede gelten«, scherzte er, doch in seinen Augen flackerte bereits die Enttäuschung.

»Ach, meine Mutter wird schon Verständnis dafür haben, wenn ich einem Wildschweinbraten nicht widerstehen konnte. Ich werde kommen, Uwe. Um wie viel Uhr ist es Ihnen recht?«

»Um sieben?« Er strahlte übers ganze Gesicht. »Ich freue mich schon sehr auf diesen Abend.« Dr. Martens war sicher, dass Helmas Mutter ihr keinen Stein in den Weg legte. Er glaubte zu wissen, dass Gerda Felten nichts lieber sähe, als ihn zum Schwiegersohn zu bekommen.

»Ich werde mich bemühen, pünktlich zu sein.« Helma schenkte ihm noch ein Lächeln, dann verschwand sie in einem Krankenzimmer. Obwohl sie hier nichts zu tun hatte, kontrollierte sie die Fieberkurven. Helma war sich nicht sicher, ob es richtig gewesen war, die Einladung des Chefarztes anzunehmen. Er musste sich in seiner Zuneigung doch bestärkt fühlen, und Helma konnte ihm ehrlichen Herzens keine Antwort auf die Frage geben, die sie schon oft in seinen Augen gelesen hatte.

Sie wusste nicht, wie sie sich entscheiden sollte, denn die große Liebe hatte sie sich immer anders vorgestellt.

*

Liesel Hoffmann arbeitete schon gute zwanzig Jahre in der schmucken Villa, die früher einmal Dr. Martens'

Vater gehörte. Die Haushälterin war aus der Villa nicht wegzudenken, sie war der gute Geist, der für die leiblichen Genüsse sorgte, der stets da war, wenn die Einsamkeit für den Arzt zu erdrückend wurde.

Ja, Dr. Uwe Martens war froh, nicht allein in diesem riesigen Haus leben zu müssen. Es tat gut, Liesel in der Küche werkeln oder im Haus rumoren zu hören.

Sein Vater, von dem er das Hospital und die Villa geerbt hatte, war vor zehn Jahren ganz plötzlich und unverhofft einem Herzinfarkt erlegen. Er, der Zeit seines Lebens vielen Menschen geholfen hatte, konnte sich selbst nicht helfen. Als er starb, war er allein im Haus und konnte sich nicht einmal zum Telefon bewegen, um Hilfe zu holen.

Als er, Uwe, spät abends nach Hause gekommen war, hatte er seinen Vater tot im Herrenzimmer gefunden.

Liesel hatte sich noch lange mit Selbstvorwürfen gequält, denn ausgerechnet an diesem Abend hatte sie sich bei einer Freundin verspätet.

Dr. Uwe Martens schlenderte zur Küche hinüber, in der es herrlich duftete. Er wusste, dass Liesel nichts mehr hasste, als wenn, er in die Töpfe schaute, doch hin und wieder konnte er es nicht lassen.

Er pirschte sich an den Herd heran, denn die Haushälterin hantierte am Waschbecken und säuberte Petersilie.

Doch kaum hatte der Arzt den Deckel des vordersten Töpfchens in der Hand, sagte Liesel warnend: »Das hab ich gar nicht so gern, Herr Doktor. Und überhaupt! Sie sollten sich lieber um den Wein kümmern, oder waren Sie schon im Keller?«

Uwe ließ den Deckel wieder los, legte die Hände auf den Rücken und schlenderte zu Liesel hinüber. »Alles schon erledigt. Sagen Sie, warum haben Sie auf der Terrasse gedeckt? Ist es im Speisezimmer nicht angenehmer?«

»Heute Abend ist Vollmond, Herr Doktor.« Über Liesels breites Gesicht huschte ein verschmitztes Lächeln. »Bei einem Glas Wein, leiser Musik und Mondschein ist schon so manche Bindung zustande gekommen, Herr Doktor.«

»So, so.« Uwe tat so, als sei dieser Gedanke etwas völlig Neues für ihn. »Woher wissen Sie denn so gut Bescheid? Ich denke, Sie waren nie liiert oder so was Ähnliches?«

»Unanständige Dinge habe ich nie getan«, brüstete die Haushälterin sich.

Uwe lachte schallend. Er konnte sich lebhaft vorstellen, was Liesel unter Unanständigkeit verstand. Das, was zwei Menschen empfanden, wenn sie sich liebten, wenn sie sich einander schenkten – das gehörte für die Haushälterin wahrscheinlich schon in den Bereich der Sünde.

»Lachen Sie nur«, meuterte Liesel und ging zur Tür, die sie weit öffnete. »Ich jedenfalls brauche mich vor dem Fegefeuer oder gar der Hölle nicht zu fürchten.«

»Obwohl Sie das über den Mondschein, den Wein und so weiter wissen?« neckte er sie.

»Man liest schließlich auch«, erwiderte sie von oben herab. Er ging an ihr vorbei, und sie rief ihm nach: »Läuten Sie, wenn Sie den Aperitif getrunken haben, Herr Doktor, dann werde ich zunächst einmal die Suppe servieren.«

»Ich werde es nicht vergessen.« Uwe lachte immer noch leise vor sich hin, als er ins Wohnzimmer ging, in dem zwei Stehlampen für weiches Licht sorgten.

Uwe blieb am Fenster stehen. Von hier aus konnte er die Auffahrt bis zum schmiedeeisernen Tor sehen. Es waren nur noch wenige Minuten bis sieben Uhr, und wie er sie kannte, würde Helma pünktlich sein.

Die Gedanken des Arztes beschäftigten sich noch eine Weile mit seiner Haushälterin. Uwe konnte sich nicht köstlicher amüsieren, als wenn er sich mit Liesel über die Kirche, den Himmel und die Hölle stritt.

Die Haushälterin war eine gläubige Katholikin, und was der Herr Pfarrer von der Kanzel predigte, war für Liesel fast so gut wie das Wort Gottes.

Das mit dem Mondschein wird sie noch eine Weile beschäftigen, mutmaßte er in Gedanken, denn sie wird über kurz oder lang dahinter kommen, dass sie mich quasi zur Sünde angestiftet hat.

Endlich tauchten zwei Scheinwerfer vor dem offenen Tor auf, und Uwe sah Helmas Mittelklassewagen die Auffahrt heraufkommen. Er wunderte sich, dass sie bereits die Scheinwerfer eingeschaltet hatte, es dämmerte erst ein wenig.

Rasch ging er zur Haustür. In der Diele warf er noch einen letzten Blick in den hohen Spiegel. Uwe war zufrieden, der Abendanzug saß tadellos.

»So, da bin ich«, sagte Helma und reichte ihm zur Begrüßung die Hand, als er sie in der offenen Haustür erwartete. »Ich habe mich bemüht, pünktlich zu sein, musste dann doch das akademische Viertel anbrechen.

»Auf Sie warte ich gern«, schmeichelte er, und ein bewundernder Blick streifte sie. Helma trug ein sandfarbenes, raffiniert geschnittenes Kleid, und als Schmuck eine gelbe Rose an den Ausschnitt geheftet. »Sie sehen bezaubernd aus, Helma,« Er hielt ihre Hand länger als üblich.

»Danke.« Sie lächelte verlegen. »Wollen wir nicht hineingehen?«

»Oh, verzeihen Sie«, bat er und reichte ihr den Arm. »Ich bin so hingerissen von Ihnen, dass ich die einfachsten Formen der Höflichkeit missachte.«

Das ist es ja, dachte sie und unterdrückte einen Seufzer. Er ist immer eine Spur zu höflich, ganz Gentleman, vom Scheitel bis zur Sohle.

Dabei gibt es Augenblicke, in denen man solche Gepflogenheiten einfach vergessen musste, um das Glück festhalten zu können.

Uwe führte die Kollegin zunächst ins Wohnzimmer und bot ihr einen Aperitif an. Helma entschied sich für einen Pernod mit einem Schluck Wasser.

Helma war schon einmal hier gewesen, doch immer wieder erfüllte sie Bewunderung, wenn sie in der Villa weilte. Sie war angefüllt mit Kunstschätzen und Raritäten, denn Uwes Vater war ein großer Kunstsammler gewesen.

»Wir sollten auf die Terrasse gehen«, schlug Helma vor. »Es ist ein wunderschöner Abend.«

Uwe kam sofort ihrem Wunsch nach, und als Helma den prächtig gedeckten Tisch sah, stieß sie einen Ruf des Entzückens aus. »Uwe, Ihre Haushälterin ist ein Juwel.«

»Wem sagen Sie das?« Auch er betrachtete den Tisch nicht ohne Stolz. Er war vergleichbar mit einem Tisch im besten Lokal der Stadt und unterschied sich lediglich durch das große Blumengesteck aus roten Rosen davon.

Was mag Liesel sich dabei gedacht haben, rote Rosen auf den Tisch zu bringen? fragte Uwe und schüttelte leicht den Kopf. Er hatte das Gefühl, als wolle die Haushälterin ihn unter allen Umständen unter die Haube bringen.

Auch Helma hatte die Blumen gesehen und spürte leichte Verlegenheit. Sie glaubte plötzlich zu wissen, warum Uwe sie zum feierlichen Abendessen eingeladen hatte.

Die Ärztin ging zur Brüstung und schaute in den Garten hinunter, den man schon als kleinen Park bezeichnen konnte.

»Sie leben hier wie in einem Paradies«, sagte Helma versonnen. »Wissen Sie das eigentlich zu schätzen?«

»Ja ... das heißt ... es fehlt noch etwas im Paradies«, antwortete er scherzend und kam zu ihr. Als er ihren fragenden Blick auffing, fügte er hinzu: »Adam war in seinen Gefilden auch nicht einsam. Mir fehlt ein Pendant, das mich ergänzt, das mit mir weint und lacht, dieses Paradies mit mir teilt, Helma.«

Die blassblauen Augen hinter der Goldrandbrille bekamen einen warmen Schimmer, und Helma senkte verlegen die Lider.

Lieber Gott, dachte sie, lass ihn jetzt nicht von Heirat oder Liebe sprechen. Ich weiß nicht, was ich ihm antworten soll.

»Sie wissen, wovon ich rede«, nahm er das Gespräch wieder auf. »Helma, ich verehre und liebe Sie schon lange. Ich weiß, dass ich mit Ihnen leben könnte. Sagen Sie mir ehrlich, Helma, ob Sie sich ein Leben an meiner Seite vorstellen könnten.«

Ach, warum ist er nur so unromantisch? dachte sie und schaute ihn fast ein wenig vorwurfsvoll an. So habe ich mir eine Liebeserklärung nie vorgestellt. Es hört sich fast so an, als bäte er mich, ihm bei einer interessanten Operation zu assistieren.

»Warum sagen Sie nichts? Bin ich Ihnen zu nahe getreten?« Sanft berührte seine Hand ihre Schulter. »Helma, Liebe kann wachsen. Wenn Sie keine Antwort wissen, dann bin ich Ihnen nicht böse.«

»Ich weiß es nicht ...« Helma zögerte. Unwillkürlich dachte sie an Mark Kandler. War er der Mann, den sie liebte und begehrte? Auch diese Frage konnte Helma nicht unbedingt mit ja beantworten. Sicher, sie fand ihn interessant, und er gefiel ihr wahnsinnig gut, aber war das Liebe?

»Ich kann Ihnen keine Antwort geben, Uwe. Lassen

Sie mir Zeit. Ihre Frage hat mich überrascht ...« Hilflos brach sie ab und hob verlegen die Schultern an. »Verzeihen Sie mir bitte.«

»Ich habe nichts zu verzeihen«, antwortete er weich. »Sie kennen mich doch ein wenig und können sich sicher vorstellen, dass ich nicht der Mann bin, der eine Frau bedrängt. Aber eines möchte ich wissen. Habe ich eine kleine Chance? Oder finden Sie mich absolut abstoßend?«

»Um Gottes willen, nein!« rief sie entsetzt, und das entsprach der Wahrheit. Helma hielt ihn für einen guten Menschen, für einen lauteren Charakter, der niemals etwas Schlechtes tun konnte.

»Dann bin ich zufrieden.« Er legte die Hand auf ihren Arm und führte sie zum Tisch. »Ich kann warten, Helma, denn ich habe viel Zeit. So, und jetzt wollen wir das Thema wechseln. Wenn Sie erlauben, werde ich nach unserer Liesel läuten, damit sie ihre Köstlichkeiten servieren kann.«

Dr. Martens ging zur Terrassentür und drückte auf einen Klingelknopf. Anschließend ging er ins Wohnzimmer, und Helma sah durch die offene Tür, dass er eine Schallplatte aussuchte. Als er zurückkam, perlte leise Klaviermusik hinter ihm auf.

Wie aufmerksam von ihm, dachte Helma und errötete leicht. Er musste irgendwann einmal gehört haben, dass sie Beethovens Tripelkonzert besonders liebte.

»Sie verwöhnen mich zu sehr, Uwe. Womit habe ich das verdient?« fragte sie verlegen, als sie zu ihm aufschaute.

»Sie brauchen keinen Verdienst«, antwortete er leise. »Es genügt völlig, dass Sie da sind.«

*

Noch am nächsten Morgen, erinnerte Helma sich gern an den bezaubernden Abend, den sie mit ihrem Chef verbracht hatte. Er hatte sich als vollendeter Kavalier gezeigt, und mit keinem Wort widersprochen, als sie recht früh wieder aufbrach.

Doch seinen traurigen Blick beim Abschied konnte Helma einfach nicht vergessen.

»Was will ich eigentlich?« fragte die Ärztin sich laut, als sie den Wagen auf den Parkplatz des Hospitals lenkte. »Uwe ist ein Mann, der eine Frau sicher durchs Leben führt ...« Verärgert warf sie die Tür hinter sich ins Schloss.

Ja, Helma war wütend auf sich selbst. Gut, Uwe war weder schön noch hässlich. Er hatte ein offenes, sympathisches Gesicht, er war gescheit und hatte ein liebenswertes Wesen. Und sein Reichtum war zwar nicht wichtig, aber auch nicht zu verachten.

»Hallo, Frau Doktor, die kleinen Leute sehen Sie wohl gar nicht mehr?« fragte eine Männerstimme von rechts unten.

Helma blieb stehen und schaute sich um. Dann lachte sie. Zwischen hohen Rosensträuchern kniete Hannes, der Gärtner, der die Grünanlagen des Hospitals pflegte.

Er verehrte Helma auf eine Art, die sie sich gern gefallen ließ. Und als der Mittfünfziger sich jetzt aufrichtete, verneigte er sich leicht und überreichte ihr eine lachsfarbene Rose.

»Bitte sehr, Frau Doktor«, sagte er und legte das Gesicht in Lachfalten. »Vor zwanzig Jahren hätte ich Ihnen garantiert eine dunkelrote Rose gepflückt, aber mit den Jahren wird man halt bescheidener.«

»Danke, Hannes, jetzt bin ich sicher, dass es ein guter Tag wird. Tschüs, und viel Spaß bei der Arbeit.«

»Ihnen auch, Frau Doktor!« rief er ihr nach und

schob die Mütze leicht nach hinten. Das ist eine Frau, dachte er und schnalzte leise mit der Zunge. Auch wenn ich keine Chancen mehr habe, träumen kann ich, soviel ich will.

Helma freute sich über diese kleine Aufmerksamkeit des Gärtners, und fürsorglich stellte sie die Rose in einem Väschen auf den Schreibtisch. Dann schlüpfte sie in den weißen Kittel und begab sich auf die Station.

Schwester Rosi erspähte die Ärztin und kam rasch auf sie zu. »Morgen, Frau Doktor.« Es klang recht unwirsch. »Es ist gut, dass Sie da sind. Der Patient von Zimmer siebzehn fragt penetrant nach Ihnen, es ist kaum noch auszuhalten.«

»Ich kümmere mich darum, Schwester«, versprach Helma und unterdrückte ein Lachen. Es war allgemein bekannt, dass Schwester Rosi auf der Suche nach dem richtigen Mann war. Sie war dabei nicht sehr wählerisch, doch es wollte einfach keiner anbeißen.

Umso wütender reagierte sie, wenn sich ein Patient ganz besonders um eine Schwester oder um eine Ärztin bemühte.

Als Helma Zimmer siebzehn betrat, war ihr Gesicht ernst. »Guten Morgen, Herr Kandler, Sie wollten mich sprechen?« fragte sie und blieb an der Tür stehen.

»Oh ... haben Sie jetzt Ihr Dienstgesicht aufgesetzt?« fragte er so trocken, dass Helma sich ein Lächeln nicht verkneifen konnte.

»So ähnlich«, antwortete sie und kam näher. Sie wusste selbst nicht, wie ihr geschah, doch wenn sie in seiner Nähe war, fühlte sie sich wie verwandelt. Ja, sie kam sogar von ihrem Prinzip, nie mit einem Patienten zu flirten, völlig ab. »Nun, was haben wir denn auf dem Herzen?« fragte sie und blieb am Fußende des Bettes stehen.

»Ich weiß nicht, was Sie auf dem Herzen haben,

Frau Doktor.« Er grinste verwegen. »Aber was mir fehlt, kann ich Ihnen sagen. Ich wusste bis heute nicht, wie lang ein Abend und eine Nacht sein können.«

»Aber jetzt wissen Sie es?« neckte sie ihn.

»Und ob.« Er griff sich stöhnend an den Kopf. »Wissen Sie eigentlich, wie viele Stunden ich Sie jetzt nicht gesehen habe? Genau achtzehn Stunden, vierundfünfzig Minuten und zweiundzwanzig Sekunden.«

Helma brach in helles Lachen aus. Sie glaubte ihm kein Wort und fragte harmlos: »Haben Sie genau nachgerechnet? Warten Sie, ich werde versuchen, ob ich das nachvollziehen kann.« Sie schaute auf die Armbanduhr.

»Hören Sie auf!« rief er vergnügt. »Es geht doch nicht um Zahlen, sondern um die Tatsache, dass ich Sie vermisst habe, Frau Doktor.«

»Nun, diesen Zustand können wir gleich fortsetzen, denn ich bin im Dienst, und da bleibt zum Plaudern nicht viel Zeit.«

»Und wann kommen Sie wieder?« fragte er wie aus der Pistole geschossen.

»Das müssen Sie dem Zufall überlassen«, erwiderte sie und ging zur Tür.

Plötzlich hörte sie lautes Stöhnen hinter sich. Sie wandte sich hastig um und sah, dass Mark Kandler sich leicht vornüberbeugte und eine Hand an die rechte Schulter presste.

Hatte er sich zu heftig bewegt? War vielleicht die Naht wieder aufgegangen?

Besorgt kam Helma näher und beugte sich zu ihm hinunter. »Herr Kandler, haben Sie Schmerzen?«

Noch bevor sie sich versah, hatte er ihre Hand ergriffen und an die Lippen gezogen. Als er sich aufrichtete und ihr erzürntes Gesicht sah, lachte er sie spitzbübisch an und sagte: »Einen Handkuss in Ehren kann niemand verwehren, Frau Doktor. So, jetzt fällt mir das Warten schon wesentlich leichter.«

Helma murmelte etwas, das sich wie Spitzbube und Gauner anhörte und verließ überhastet das Zimmer.

Mark Kandler hingegen legte sich in die Kissen zurück und lächelte wissend.

Er hatte viel Zeit, und er war fest entschlossen, sie zu nutzen, um das Herz dieser hübschen Ärztin zu erobern.

Dr. Helma Felten hingegen blieb vor der Tür stehen und atmete mehrmals tief durch, doch das stürmische Herzklopfen wollte nicht vergehen.

»Dieser Schuft«, flüsterte sie, doch ihr Lächeln verriet ihre geheimsten Gefühle.

Unwillkürlich verglich sie Kandler mit Dr. Martens. Ach, wenn Uwe doch nur einen Funken von Mark Kandlers Temperament hätte, ein bisschen von dessen Abenteuerlust. Dann wäre vieles leichter, dachte Helma und ein tiefer Seufzer entschlüpfte ihr.

*

Tanja Berger saß auf den Stufen, die zum kleinen Privatstrand hinunterführten. Es war noch sehr früh am Morgen, leichte Nebel lagen auf dem Wasser, und die Sonne stand wie ein glutroter, flammender Ball am Horizont.

Ein Fischer ruderte seinen Kahn hinaus. Er sang ein trauriges Lied von einem Mädchen, das ihn verlassen hatte.

Tanja lächelte wehmütig. Ja, dieses Lied passte zu ihrer Grundstimmung. Auch sie fühlte sich verlassen und einsam, und sie sehnte sich nach den Zeiten des Glücks zurück, die es vor vielen Jahren einmal für sie gegeben hatte.

Die junge Frau hatte in der Nacht nur wenig Schlaf

gefunden. Stunden hatte sie vor dem Spiegel zugebracht und sich genau betrachtet. Sie war der Ansicht, dass sie sich nicht verändert hatte, wenn sie von den dunklen Rändern unter den Augen absah.

Sie war schön wie eh und je – und doch sollte sie nicht mehr lange auf dieser Welt bleiben dürfen.

Obwohl Tanja die schreckliche Wahrheit wusste, sträubte sie sich, an den Tag zu denken, der sie in die ewige Nacht hinübergeleiten würde.

»Ich bin doch nur ein bisschen müde«, sagte sie im Selbstgespräch. »Mir geht es gut, und Schmerzen kenne ich nicht.«

Sie seufzte. Wie oft hatte sie sich diese Worte heute Nacht vorgebetet? Wie oft sie laut und deutlich vor dem Spiegel wiederholt?

Tanja wusste, dass sie sich selbst belog, dass sie nicht umhin kam, die Konsequenzen zu ziehen. Sie wäre vielleicht schon auf dem Flughafen von Athen gewesen, doch sie verfügte so gut wie über kein Geld.

Sie hatte nie darüber nachgedacht, denn alles, was sie sich gewünscht hatte, hatte Max Insten ihr selbstverständlich zu Füßen gelegt.

Doch nun war sie hier festgenagelt, konnte ohne seine Hilfe Griechenland nicht verlassen.

Es war bitter, erkennen zu müssen, dass sie auf Max' Wohlwollen angewiesen war, dass sie wie eine Bettlerin zu ihm gehen und um Geld für ein Ticket bitten musste.

Tanja wandte den Kopf und schaute zur Villa hinauf. Max schlief wahrscheinlich noch, denn er war in der Nacht spät nach Hause gekommen, und er war nicht allein gewesen.

Doch seltsamerweise berührte sie das nicht mehr. Es war ihr so gleichgültig geworden, ob er mit einer jungen Griechin da oben im Bett lag oder nicht.

Sie hörte plötzliches helles Frauenlachen durchs offene Fenster schallen, dann vernahm sie Max' Stimme. Gut, er war wach, dann konnte sie mit ihm reden.

Tanja erhob sich und schritt langsam die Stufen zur Villa hinauf. Mehrmals musste sie eine kleine Rast einlegen, denn das Treppensteigen schien ihr die letzten Kraftreserven zu kosten.

Als sie die Villa betrat und auf die Uhr schaute, erschrak sie. Für den kurzen Aufstieg hatte sie fast eine Stunde benötigt.

Max kam ihr in der kühlen Halle entgegen. Er hatte nur ein weißes Badetuch um die Hüften geschlungen. In der Hand hielt er eine Sektflasche.

»Max, ich muss mit dir reden«, bat sie leise und schwach.

»Willst du mir eine Szene machen?« fragte er unwillig und warf einen prüfenden Blick nach oben.

»Nein.« Sie lächelte vage und deutete auf das spärlich möblierte Wohnzimmer. »Bitte, es dauert nur ein paar Minuten.«

»Okay, aber mach's kurz, ich habe es eilig.« Er folgte ihr ins Wohnzimmer.

Das glaube ich dir, dachte sie, und ein spöttisches Lächeln kräuselte ihre Lippen. Wenn Max in Flammen stand, war er immer in Eile. So war es auch vor zweieinhalb Jahren gewesen, als sie mit ihm hierher gekommen war.

»Nun? Was ist?« fragte er ungeduldig, als sie nicht sofort redete. Er schob sich eine Zigarette zwischen die schmalen Lippen und musterte Tanja kühl.

»Ich mochte nach Hause«, sagte sie. »Nach Deutschland.«

»Und wer hält dich auf?« Es klang kalt und zynisch.

Seine Antwort traf Tanja schwer. Ja, als sie ihm noch eine leidenschaftliche Geliebte war, hatte er diesen Ton nie an den Tag gelegt. Doch in den letzten Wochen hatte sie sich stets zurückgezogen, wenn er sie in die Arme hatte nehmen wollen.

Nun, Max Insten war nicht der Mann, der einer Frau lange nachtrauerte. Er hatte sich einen Ersatz für Tanja mit ins Haus gebracht. Seine Ex-Geliebte war für ihn jetzt nur noch ein lästiges Anhängsel.

Es fiel Tanja schwer, ihn zu bitten,, doch sie hatte keine andere Wahl. »Ich habe kein Geld, um die Heimreise zu buchen. Kannst du es mir vorstrecken?«

»Vorstrecken?« rief er und lachte zynisch. »Von was willst du es mir denn zurückzahlen. Du hast mich schon genug Geld gekostet, meine liebe Tanja.«

»Gut, dann bitte ich dich, mir das Ticket zu bezahlen«, sagte sie und unterdrückte die Wut, die sie erfasste.

»Nein.«

»Was heißt das?« Sie wurde kreidebleich. War er wirklich so gemein? Wie soll ich denn nach Hause kommen?«

»Trampe doch«, schlug er ungerührt vor. »Du hast eine appetitliche Figur, ich bin sicher, dass du ein paar Typen findest, die dich bis nach Deutschland mitnehmen. Von mir bekommst du jedenfalls keinen Sou.«

»Du bist gemein«, flüsterte sie, und Tränen liefen über ihre Wangen. O ja, sie hätte ihm von ihrer Krankheit erzählen können. Vielleicht hätte Max sich erweichen lassen. Doch dazu war sie zu stolz.

»Ich werde schon irgendwie hier wegkommen«, stieß sie hervor, als sie sich wieder in der Gewalt hatte. »Aber du wirst mich schon noch ein paar Tage in der Villa ertragen müssen.«

»So lange du uns nicht störst?« Er zuckte gelangweilt mit den Achseln. »War das alles?« Als sie nickte, drehte er sich ungerührt um und ging ins obere Stockwerk hinauf.

Tanja sank weinend in einen Sessel. War das alles, was von der einst so leidenschaftlichen Liebe geblieben war? Womit hatte sie seinen Zynismus verdient? Oder war er immer schon so gewesen, und sie hatte es nur nicht bemerkt?

Tanja wischte sich die Tränen ab. Ein entschlossener Zug legte sich um ihre Lippen. Es gab noch einen Weg, um reisen zu können. Schon morgen wollte sie nach Athen fahren, um Geld zu besorgen.

Ein böses Lächeln huschte über Tanjas Gesicht. Eine kleine Überraschung hatte sie für Max noch in petto. Seinen geliebten gelben Flitzer, den teuren Sportwagen, wollte sie offen in Athen abstellen. Es würde sich schon ein Liebhaber dafür finden.

*

Dr. Uwe Martens stand an der Flurtür und nagte nervös an der Unterlippe. Es war ihm nicht entgangen, dass Helma sich in den letzten Tagen auffallend oft in Zimmer siebzehn aufhielt.

Sicher, sie hatten gemeinsam die schweren Stunden des Terrors im Flugzeug erlebt, und ein solches Abenteuer konnte zwei Menschen verbinden.

Vielleicht redeten sie immer noch über die aufregendsten Stunden ihres Lebens?

Dr. Martens versuchte vergeblich, sich einzureden, dass Helmas Besuche bei Mark Kandler einen harmlosen Charakter hatten. Zum ersten Male in seinem Leben lernte der Chefarzt Eifersucht kennen.

Bis heute hatte er geglaubt, zu diesem Gefühl überhaupt nicht fähig zu sein. Doch der Gedanke, dass die beiden sich vielleicht gerade in diesen Minuten küssten, trieb dem Chefarzt das Blut in die Wangen.

Er schaute auf die Uhr. Es war gleich Mittagstisch, und zu ihm kam Helma fast regelmäßig. Wenn sie ihn nicht versäumt, dann ist zwischen den beiden auch nichts, beschwichtigte Dr. Martens sich in Gedanken.

»Kommen Sie mit, Herr Chefarzt?« fragte eine angenehm dunkle Frauenstimme hinter ihm. »Oder mögen Sie kein Kalbsragout?«

Dr. Martens drehte sich um, obwohl ihm die Stimme vertraut war. Sie gehörte Schwester Doris, die schon seit zwei Jahren im Hospital arbeitete.

Sie war hübsch und fleißig, und nie hatte der Chefarzt einen Grund zur Klage bei ihr gefunden.

»Nicht unbedingt«, antwortete er, drehte sich um und ging an ihrer Seite zum Aufzug. »Was steht denn noch zur Auswahl?«

»Wiener Schnitzel oder Schweinerollbraten«, antwortete Schwester Doris und schaute ihn bewundernd an. Schon seit sie hier arbeitete, verehrte sie den Chefarzt. Viele wussten um die unglückliche Zuneigung der Schwester, nur Dr. Martens war blind und taub.

Gemeinsam fuhren sie ins Erdgeschoss, in dem auch das Kasino untergebracht war. Es war ein hübscher, freundlicher Raum mit üppigen Grünpflanzen.

Als sie das Kasino betraten, trennten sich ihre Wege, denn niemals würde Schwester Doris es wagen, sich mit dem Chefarzt an einen Tisch zu setzen.

Außerdem war es allgemein bekannt, dass er seine Mahlzeiten mit seiner hübschen Kollegin Dr. Felten einzunehmen pflegte.

Schwester Doris beneidete die Chirurgin glühend um diese Gunst, und manchmal hasste sie die Ärztin sogar ein bisschen. Doch Letzteres dauerte nie sehr lange, denn Dr. Helma Felten war stets freundlich zum Personal.

Dr. Uwe Martens setzte sich an seinen gewohnten Tisch. Er entschied sich für das Wiener Schnitzel. Doch im Grunde war es ihm gleichgültig, was er aß.

Er war nervös wie schon lange nicht mehr, und jedes Mal, wenn die Tür des Kasinos geöffnet wurde, hob er ruckartig den Kopf.

Seine Enttäuschung wuchs von Minute zu Minute. Sollte Helma sich etwa entschlossen haben, ihre Mittagspause mit diesem Herrn Kandler zu verbringen?

Ich kann es ihr nicht verbieten, dachte er mit einem Anflug von Bitterkeit. Aber es tut verflucht weh, zurückgesetzt zu werden.

Die Bedienung brachte das Essen. Missmutig starrte Uwe auf das Gericht. Er hatte keinen Hunger mehr und gab dem unschuldigen Teller einen kleinen Schups zur Tischmitte hin.

Befreit atmete er auf, als Helma doch noch zum Essen kam. Sie winkte ihm kurz zu, ging zuerst zur Bedienung, gab die Wahl ihres Essens bekannt und kam dann an Uwes Tisch.

»Verzeihen Sie, Uwe, ich habe mich verplauscht«, sagte sie ein wenig außer Atem.

»Schon gut.« Er beobachtete sie scharf. Nein, sie sah nicht anders als sonst aus. Wahrscheinlich habe ich mich selbst verrückt gemacht, warf er sich in Gedanken vor.

»Geht es denn immer noch um die Flugzeugstory?« fragte er. Es sollte beiläufig klingen, doch er fieberte ihrer Antwort nur so entgegen.

»Auch.« Sie trank hastig einen Schluck Mineralwasser. »Stellen Sie sich vor, Herr Kandler will einen Bericht für eine Illustrierte darüber schreiben. Ich habe die ersten Zeilen gelesen und schrecklich darüber gelacht.«

»War's so lustig?«

»Nein, so stümperhaft«, antwortete sie und lehnte sich leicht zurück, da ihr Essen gebracht wurde. Sie griff zum Besteck und fuhr immer noch amüsiert fort:

»Herr Kandler mag ein guter Geschäftsmann sein, aber als Schriftsteller ist er eine absolute Niete.«

Die Kritik an dem vermeintlichen Rivalen ging Uwe runter wie Butter, und seine Laune besserte sich schlagartig. Was hatte er sich nur eingebildet? Dass Helma Mark Kandler lieben könnte? Nein, dann wurde sie nicht so über ihn und seine Unfähigkeit reden.

Die Welt war für den Chefarzt wieder in Ordnung, und freudig griff er zum Besteck, denn auch sein Appetit hatte sich wieder eingestellt.

Dass Helma manchmal verträumt lächelte, entging Dr. Martens. Er dachte wieder an den Abend, den Helma in seinem Haus verbracht hatte. Jeden Tag wartete er auf eine Entscheidung, oder besser ausgedrückt: auf ein kleines Wunder.

»Helma, haben Sie schon über meine Frage nachgedacht?«

Die Ärztin ließ das Besteck sinken, der Bissen quoll ihr plötzlich im Mund. Musste er denn unbedingt jetzt davon anfangen? Es waren doch erst fünf Tage vergangen, seit sie mit ihm zu Abend gegessen hatte?

Glaubte er im Ernst, dass sie sich in so kurzer Zeit schlüssig geworden war?

Sie dachte an Mark. Seltsam, wenn sie in seinem Zimmer war, vergingen die Minuten wie im Flug, wusste sie nie, wo die Zeit geblieben war.

Im Gegensatz zu Uwes Gesellschaft. Da dehnten sich die Minuten, zogen die Stunden sich wie ein Gummiband, herrschte die Langeweile.

Und doch – war ein witziger und charmanter Plauderer alles, was sie verlangte? Waren andere Talente nicht wesentlich wichtiger? Niemand ging nur lachend durchs Leben, und jeder gute Unterhalter wiederholte sich irgendwann einmal.

»Ja, nachgedacht habe ich darüber«, schwindelte

sie, denn sie wollte ihn nicht kränken. »Aber bitte, Uwe, Sie müssen mir noch ein bisschen Zeit lassen. Ich werde zu Ihnen kommen, wenn ich mich entschieden habe. Wie finden Sie diesen Vorschlag?«

»Ich hoffe, Sie finden bald den Weg zu mir«, sagte er zärtlich und griff über den Tisch nach ihrer Hand. In seinen blassblauen Augen lag ein stilles Leuchten. Sekundenlang hatte Dr. Martens vergessen, wo er sich befand.

»Aber Uwe«, mahnte die Ärztin ihn und zog langsam die Hand zurück. »Wir werden beobachtet.«

»Verzeihung«, murmelte er und leichte Röte überzog seine hohe Stirn.

*

Mark Kandler merkte, dass er sich auf dem Weg der Besserung befand, dass es nicht mehr lange dauern würde, bis er entlassen werden konnte.

Seit zwei Tagen war er völlig fieberfrei, und die Schmerzen in seiner Schulter waren kaum noch der Rede wert.

Kandler wurde von Tag zu Tag unruhiger. Er wollte das Martens-Hospital nicht verlassen, ohne sich Helmas Liebe versichert zu haben.

Bis heute hatte sie es verstanden, sich stets geschickt zurückzuziehen, wenn er auch nur annähernd das Thema Liebe gestreift hatte.

Marks freudiges Lächeln erlosch, als Schwester Rosi ins Zimmer kam. Er hatte Dr. Felten erwartet und stieß einen unwilligen Laut aus.

»Haben Sie einen besonderen Wunsch, Herr Kandler?« fragte Rosi einschmeichelnd und blieb neben dem Bett stehen. Mark war ihr heimlicher Schwarm, und irgendwo im Hinterkopf hegte die rundliche Schwester sogar die Hoffnung, er könne auch an ihr Gefallen finden.

Vielleicht, so redete Schwester Rosi sich ein, ist er schüchtern? Oder sollte er es nicht wagen, eine Schwester in die Arme zu nehmen?

»Ich kann mich nicht erinnern, geläutet zu haben«, bemerkte er unwillig. »Oder sollte ich mich nicht erinnern? Hm ... ich habe einen Schuss in die Schulter bekommen und nicht in den Kopf. Komisch, nicht wahr?«

Rosi begriff seinen Sarkasmus zunächst nicht. »Herr Kandler, wir sind immer um unsere Patienten bemüht. Das Martens-Hospital ist bekannt für gute Betreuung.«

Mark Kandler seufzte. Musste er denn noch deutlicher werden, um endlich von diesem anhimmelnden Blick aus den leicht hervorquellenden Augen befreit zu werden?

»Schwester? Tun Sie mir einen Gefallen?« fragte er scheinheilig. Ihn ritt der Teufel.

»Jeden, Herr Kandler«, hauchte sie hingebungsvoll. »Jeden ...

»Dann lassen Sie mich bitte allein. Ich habe rasende Kopfschmerzen«, entgegnete er barsch.

»Also, das ... das ... ist doch ...« Rosi fehlten die Worte, denn mit seiner schroffen Art hatte er sie aus den schönsten Träumen gerissen.

»Das ist die Höhe!« Endlich war es heraus. Ihre Stimme schrillte in seinen Ohren. »Da will man Ihnen etwas Gutes tun, und was ist der Dank? Tja ... Frau Doktor Felten müsste man sein, gell? Da wäre man immer willkommen. Ich werde ...«

»Wenn Sie jetzt nicht auf der Stelle gehen, werde ich mich vergessen!« rief er grimmig aus und setzte sich abrupt auf. Heißer, flammender Schmerz durchzuckte seine Schulter, die Bewegung war zu schnell, zu überhastet durchgeführt worden.

Rosi schaute ihn ängstlich an, als er die Hand an die

Schulter presste. Mark warf ihr einen Blick zu, der ihr durch und durch ging. Der Schmerz machte ihn rasend, und er wusste, dass er sich vergessen würde, wenn sie nicht gleich das Weite suchte.

»Raus«, krächzte er. »Aber schnell.«

Fast fluchtartig stürzte die enttäuschte Schwester zur Tür und riss sie auf. Sie prallte mit Dr. Helma Felten zusammen, die im Begriff gewesen war, das Zimmer zu betreten.

»Nanu? Was ist denn los, Schwester? Sind Sie auf der Flucht?«

»Ja, vor diesem Kerl da drinnen«, kreischte Rosi außer sich und rannte weiter. Mit diesem Rüpel wollte sie nichts mehr zu tun haben. Rosi wollte auch nichts mehr davon wissen, dass er bis vor ein paar Minuten noch ihr Traumprinz gewesen war.

Mark Kandler hielt den Kopf gesenkt. Als er an der Tür ein Geräusch hörte, schaute er wütend auf. Als er jedoch Helma erkannte, entspannten sich seine Gesichtszüge.

»Es tut gut, Sie zu sehen, Frau Doktor«, sagte er und atmete erleichtert auf.

Dr. Felten kam langsam näher. Sie musterte ihn misstrauisch. Helma hatte schon zu viel in der Klinik erlebt, um nicht nachzufragen, was zwischen der Schwester und dem Patienten vorgefallen war.

Allerdings wusste sie jetzt schon, dass sie eine schwere Enttäuschung einstecken müsste, wenn Mark Kandler sich der Schwester genähert hätte.

»Warum war Schwester Rosi so erregt?« fragte sie kühl und ließ keinen Blick von ihm, um seine Reaktion genau einstufen zu können.

Mark winkte unwillig ab. »Vergessen wir es.« Er wollte Rosi nicht bloßstellen.

»Nein, ich muss es wissen, denn Schwester Rosi

wird sich sicher bei mir beschweren, und es ist immer gut, wenn man zwei Glocken läuten hört«, entgegnete sie seltsam hart.

»Sie ... Sie glauben doch nicht etwa, dass ich und diese ... diese ...« Er winkte ab und schüttelte den Kopf. »Nein, Frau Doktor, das habe ich nicht nötig. Aber ich kann Ihnen soviel verraten, ohne die Schwester bloßzustellen: »Ich kann nichts dafür, wenn man mich zum Traumprinzen macht.«

»Oh, ich verstehe ...« Trotzdem blieb sie in einiger Entfernung stehen.

Mark wusste ihren Blick nicht zu deuten. Wie konnte er ahnen, dass sie ihn in diesem Augenblick wieder einmal mit Dr. Uwe Martens verglich?

»Bitte, setzen Sie sich doch«, bat er und klopfte aufs Bett.

Helma zog es vor, sich einen Stuhl zu holen. Es war ihr zu gefährlich, diesem gut aussehenden Burschen zu nahe zu sein, denn sie wusste nicht, ob sie für sich selbst garantieren konnte.

»Ich werde bald entlassen, kann das sein?« fragte er und schaute in ihre intensiv blauen Augen.

»Ich denke schon. Das letzte Wort hat natürlich Doktor Martens, aber ich glaube nicht, dass Sie noch länger als zehn oder vierzehn Tage bei uns sind.«

»Und wie könnte ich meinen Aufenthalt verlängern?« fragte er, und in seiner Stimme lag etwas, das der Ärztin kleine Schauer über die Haut jagte.

»Warum?«

»Wissen Sie das wirklich nicht?« Er streckte die Hand nach ihr aus. »Weil ... weil ich dir nahe sein will. Einmal muss ich es sagen, Helma, ich liebe dich. Ich habe mir zwar geschworen, diese Worte nie wieder in den Mund zu nehmen, aber ich ... ich kann nicht anders. Helma ...«

Er nahm ihre Hand und zog sie zu sich aufs Bett. Helma wehrte sich nicht. Sie hatte das Gefühl, im Banne einer unheimlichen und großartigen Macht zu stehen, die man Liebe nannte.

»Helma, sag ein Wort«, bettelte er und seine Fingerspitzen berührten sanft ihre Wange. »Ich liebe dich, und ich möchte nicht mehr ohne dich sein. Du ... mein Liebling.«

»Ich liebe dich auch«, hörte Helma sich sagen, und sie fragte sich unwillkürlich, ob sie einen wunderschönen Traum durchlebte, oder ob seine Worte Wirklichkeit waren.

Mark lächelte und legte die Hände um ihr Gesicht. Verliebt sah er ihr in die Augen, und als er sich ihrem Mund näherte, lief ein Beben durch ihre Gestalt.

Sein erster Kuss brannte wie Feuer auf ihren Lippen. Ein kleiner glücklicher Laut entschlüpfte ihr, und sie schlang die Arme um seinen Hals.

Ihr Herz klopfte rasend schnell, das Blut rauschte in den Ohren, und Helma hatte das Gefühl, auf einer Wolke zu schweben. Ja, das musste Liebe sein. Die Liebe, von der sie bisher nur in Büchern gelesen hatte.

Mark war ein Mann, der wusste, was Frauen liebten. Und er war verrückt nach Helma. Seine Lippen und seine Hände liebkosten sie, schienen überall gleichzeitig zu sein.

Er flüsterte ihr verrückte kleine Schmeicheleien zu, erfand viele Kosenamen, die er zärtlich und lockend aussprach.

»Mein Engel, ich bin verrückt nach dir«, flüsterte er dicht an ihrem Ohr und knabberte zärtlich am Ohrläppchen. »Du, ich werde jetzt in Windeseile gesund, und dann ...«

Helma lehnte sich leicht zurück und legte die Fingerspitzen auf seine Lippen. Ein weiches Lächeln verklärte ihr Gesicht.

»Mark, du bist ja schon wieder mit Riesenschritten in der Zukunft«, ermahnte sie ihn. »Lass uns doch den Augenblick genießen.«

»Warum soll ich mich nicht mit der Zukunft beschäftigen? Du bist jetzt aus meinem Leben nicht mehr wegzudenken.« Er lachte sie strahlend an. »Oder glaubst du, ich lasse dich je wieder los? Ich liebe dich, Helma, und wenn ich liebe, dann will ich alles.«

Helma lachte über sein Temperament. Liebte sie ihn vielleicht deswegen so? Weil er ein Eroberer war? Weil er ein Mann war, der es verstand, das Glück festzuhalten?

»Du sagst nichts?« Er küsste sie rasch und legte den Kopf ein wenig schief. »Immer noch nichts?« Wieder küsste er sie, und er wiederholte, dieses Spiel so lange, bis sie ihm lachend um den Hals fiel.

»Mark, eines möchte ich noch wissen. Bist du frei? Ich . . . ich meine . . . gibt es eine Bindung an einen anderen Menschen?«

»Hand aufs Herz«, antwortete er und schaute sie betont treuherzig an. »Vor dir sitzt ein Mann, der frei ist wie ein Vogel, der nach nichts und niemanden zu fragen hat.«

»Ich konnte mir das zwar nicht vorstellen, aber jetzt bin ich beruhigt.« Sanft streichelte sie ihm übers Haar, unendliche Zärtlichkeit lag in dieser Geste. »Ich liebe dich, Mark. Ich glaube, ich habe mich schon in dich verliebt, als ich dir im Flugzeug begegnete.«

»Mir erging es nicht anders«, erwiderte er und küsste sie. Wie alle Verliebten, so konnten auch Mark und Helma nicht genug über die erste Begegnung, die ersten Blicke und die ersten Worte reden.

Und immer wieder zog er sie an sich, um diesen

wunderschönen Mund zu küssen, nach dem er sich so sehr gesehnt hatte, und der sich ihm nun willig bot.

*

In den nächsten beiden Tagen hatte Helma das Gefühl, im siebenten Himmel zu schweben. Nur wenn ihr Dr. Uwe Martens begegnete, hatte sie ein schlechtes Gewissen.

Er hatte es nicht verdient, dass sie so lange über ihre Liebe zu Mark Kandler schwieg. Uwe war immer ehrlich zu ihr gewesen, nun war die Reihe an ihr, sich ebenso zu zeigen.

Helma wusste nicht, wie sie beobachtet wurde. Besonders von Schwester Rosi, die die Abfuhr immer noch nicht verkraftet hatte. Je häufiger Helma für Minuten in Marks Zimmer verschwand, desto mehr schürte Rosi die Gerüchteküche.

Auch Dr. Uwe Martens kam diese Neuigkeit zu Ohren, doch er weigerte sich, daran zu glauben.

Als Dr. Helma Felten heute Morgen jedoch in sein Büro kam, um mit ihm zu reden, hatte er ein unangenehmes Kribbeln in der Magengegend.

»Bitte.« Höflich rückte er ihr einen Sessel zurecht. Helma war die einzige Kollegin im Martens-Hospital, die ohne Voranmeldung ins Chefbüro kommen konnte.

Dr. Martens setzte sich ihr gegenüber. Er nahm, die Goldrandbrille ab und putzte sie nervös. Er spürte, dass etwas Unangenehmes in der Luft lag und musste sich auf irgendeine Art und Weise beschäftigen.

Die Ärztin hielt den Kopf gesenkt. Sie zerknüllte ein Taschentuch zwischen den Fingern. Warum fiel es ihr nur so schwer, ihm die Wahrheit zu sagen? Weil sie ihm nicht wehtun wollte? Für Uwe wäre es sicher schmerzhafter, es von einem anderen zu erfahren.

»Uwe, Sie wollten eine Antwort von mir. Sie wissen schon ...« Helma holte tief Luft. »Jetzt kann ich Sie Ihnen geben, denn ich bin mir nun ganz sicher.«

Uwe antwortete nicht, sondern putzte eifrig weiter seine Brille. Sollte an den Gerüchten tatsächlich etwas Wahres sein? fragte er sich. Helma und dieser Kandler? Unmöglich. Sie passten doch gar nicht zusammen.

Helma ist Ärztin mit Leib und Seele, dachte er, und für sie kann doch nur ein Mediziner als Mann in Frage kommen.

»Ich will Ihnen nicht wehtun, Uwe, aber ich habe keine andere Wahl«, nahm Helma nach langem Schweigen das Gespräch wieder auf. »Sie wissen, wie sehr ich Sie schätze, aber ...«

»Das hört sich sehr nach einer Absage an«, bemerkte er und lächelte dünn. Er schob die Brille wieder über die Nase und musterte Helma traurig.

»Ja, das ist es auch.« Sie fühlte sich erleichtert, als sie es ausgesprochen hatte. »Ich habe mich verliebt, Uwe.«

»In diesen Kandler?« fragte er ärgerlich und stand auf. Er legte die Hände auf den Rücken und ging unruhig hin und her. »Sie wissen, dass ich stets Ihr Bestes will, Helma, und Kandler passt nicht zu einer Frau wie Ihnen.«

»Das muss ich doch wohl entscheiden«, Helma runzelte die Stirn. Auch wenn er es gut meinte, so hatte er kein Recht, ihre Wahl zu kritisieren.

»Was weiß man schon, wenn man verliebt ist?« Nachsichtig lächelnd betrachtete er sie. »Wahrscheinlich werden Sie mit Kandler eine heftige, aber kurze Romanze erleben, Helma. Sie werden noch an meine Worte denken. Er ist nicht der Mann, der sich mit einer Frau begnügt. Ein bisschen Menschenkenntnis habe ich auch.«

»Nun, dann werde ich diese bittere Erfahrung eben machen müssen«, antwortete sie und griff nach einer Zigarette.

»Ja, so wird es sein«, entgegnete er ruhig und gab ihr Feuer.

Helma sah ihn ungläubig an. Was war Uwe? Weder Fisch noch Fleisch. Sie erzählte, dass sie einen anderen liebte, und er blieb ruhig, redete von einer Romanze, die bald zerbräche und hatte auch nichts dagegen, sie eine bittere Erfahrung machen zu lassen.

»Uwe, was sind Sie für ein Mensch?« Sie ließ ihre Gedanken laut werden. »Manchmal begreife ich Sie nicht.«

»Möglich.« Er setzte sich wieder und griff nach ihrer Hand. »Ich liebe Sie, Helma, auf eine Art, die ich nicht erklären kann. Und ich habe das sichere Gefühl, dass Sie eines Tages erkennen werden, dass wir füreinander bestimmt sind.«

»Ich weiß nicht, worauf Ihre Sicherheit basiert, Uwe. Ich liebe Sie nicht.«

Helma fühlte sich verzweifelt. Am liebsten wäre sie davongelaufen, doch das brachte sie nicht übers Herz. »Ich respektiere und achte Sie, aber mehr . . . ?«

»Das sind die besten Voraussetzungen für eine Ehe, glauben Sie mir«, antwortete er ernst und betrachtete sie traurig. »Warum erkennen Sie das nicht? Liebe vergeht irgendwann, doch die Achtung voreinander bleibt.«

»Tut mir leid, da kann ich Ihnen nicht folgen, Uwe. Ich stelle mir eine Ehe anders vor. So ohne Liebe . . . ?« Sie schüttelte sich unwillkürlich.

»Liebe kommt mit der Zeit«, erklärte er nachsichtig, und in diesem Augenblick hatte Helma das Gefühl, dass er um Jahrzehnte älter war als sie.

»Uwe, ich möchte das Gespräch beenden.« Sie

drückte die halb gerauchte Zigarette im Ascher aus und stand auf. »Ich bin froh, dass ich dir die Wahrheit gesagt habe, denn ich hatte ein sehr schlechtes Gewissen. Ich hoffe, du bist mir nicht böse?«

»Aber nein«, wehrte er fast gelassen ab und begleitete sie zur Tür. »Zwischen uns wird sich nichts ändern, Helma.«

Als er jedoch die Tür hinter ihr geschlossen hatte, ging er rasch zum Schreibtisch zurück, setzte sich und presste die Fäuste gegen die Augen. Erst jetzt zeigte er sein wahres Gesicht, gab er seinen Schmerz preis.

Und an Mark Kandler durfte er nicht denken, denn er war in erster Linie ein Patient seines Hospitals. Und doch noch nie hatte Dr. Martens einen Mann so gehasst wie Kandler.

*

In den nächsten Tagen mied Dr. Martens die Stationsärztin der Allgemeine Chirurgie. Er ging Helma aus dem Weg, denn er wollte nicht schwach werden und sie anflehen, noch einmal alles gründlich zu überlegen.

Mark Kandler, den er jeden Morgen während der Visite sah, behandelte der Chefarzt kühl und zurückhaltend.

Der Patient achtete nicht darauf. Helma hatte Mark nichts von Dr. Martens Zuneigung erzählt. Sie hielt das für unnötig. Außerdem glaubte sie, Uwe damit gerecht zu werden.

Dr. Martens hingegen konnte seine Abneigung gegen Mark Kandler kaum noch verbergen. Noch nie hatte er einen Patienten so sehr verabscheut und gleichzeitig beneidet, wie diesen Kandler.

Der Chefarzt wusste, dass er nur Ruhe finden konnte, wenn er Mark Kandler so schnell wie möglich entließ. Uwe konnte ihn nicht ertragen. Allein schon der glückliche Ausdruck auf Kandlers Gesicht raubte dem Chefarzt den Schlaf.

Liesel, die Haushälterin des Chefarztes hatte in diesen Tagen nichts zu lachen. Ganz gleich was sie tat, Dr. Martens war nichts recht zu machen. Und da auch Dr. Helma Felten nicht mehr zu Gast in die Villa kam, machte Liesel sich ihre eigenen Gedanken über die üble Laune ihres Brötchengebers.

Die Visite war längst vorüber, als Dr. Uwe Martens noch einmal Zimmer siebzehn betrat.

Mark saß im Bett. Er hielt eine Fotografie in den Händen und sah sehr glücklich aus ... Als der Chefarzt hereinkam, schob Mark das Foto in die Nachttischschublade und sah den Arzt erwartungsvoll an.

Dr. Martens glaubte, das Glück des anderen fast körperlich zu spüren, und biss die Zähne sekundenlang fest aufeinander.

»Doktor?« Mark Kandler konnte sich das lange Schweigen nicht erklären.

Reiß dich zusammen, beschwor Uwe sich in Gedanken. Er soll nicht merken, wie sehr du leidest. Das geht niemand etwas an. Ich allein muss damit fertig werden.

»Tja ... bei der Visite vorhin hatte ich vergessen, Ihnen zu sagen, dass ich mit Ihren Fortschritten mehr als zufrieden bin«, erklärte Dr. Martens, der sich vergeblich um Gelassenheit bemühte. Seine Stimme klang wie berstendes Glas.

»Wer hört das nicht gern?« Mark lachte. »Ich kann es kaum erwarten, Ihre Klinik zu verlassen, obwohl ich hier sehr gut behandelt wurde, Doktor Martens. Aber ich habe so viele neue Pläne im Kopf, dass ich meine Aktivität kaum noch bremsen kann.«

»Das freut mich«, antwortete der Arzt frostig. »Sie können schon alles Nötige in die Wege leiten, denn länger als acht Tage werden Sie nicht mehr hier bleiben müssen.«

»Etwas Schöneres konnten Sie mir nicht mitteilen.« Mark legte sich zurück und schob die Hände hinter den Kopf. Er lächelte verträumt.

»Gut, das war alles. Oder haben Sie noch Fragen?« Dr. Martens brachte es nicht fertig, seinem Rivalen ein freundliches Lächeln zu schenken.

»Nein, habe ich nicht.« Mark Kandler setzte sich auf, und er wusste nicht, welchen Hieb er dem Arzt versetzte, als er hinzufügte: »Oder doch. Können Sie mir sagen, wann Doktor Felten heute Dienstschluss hat? Leider hatte ich noch keine Gelegenheit, sie selbst zu fragen.«

»Darf man erfahren, warum Sie das wissen wollen?« Ein eisiger Blick streifte den Patienten.

»Oooch, Doktor Felten hatte mir versprochen, eine Partie Schach mit mir zu spielen«, schwindelte Mark und grinste verwegen. »Ist das nicht nett von ihr?«

Dr. Martens hatte das Gefühl, als wolle Mark sich über ihn lustig machen. Der Chefarzt ballte die Fäuste in den Kitteltaschen. »So gegen vier Uhr, wenn ich mich nicht irre. Guten Tag, Herr Kandler, meine Pflicht ruft.«

Mark antwortete nichts. Er wunderte sich zwar ein wenig über das frostige Verhalten des Chefarztes, dachte aber nicht weiter darüber nach.

Dr. Uwe Martens stand noch nachdenklich vor Kandlers Zimmer, als er Helma sah, die eilig auf ihn zukam. »Hallo«, sagte sie flach und legte die Hand auf die Klinke.

»Gehen Sie nur hinein, Sie werden schon sehnsüchtig erwartet«, sagte Uwe und ging schnell weiter.

Helma schaute ihm verblüfft nach. War das der ruhige, besonnene Uwe Martens? Er hatte gehässig geklungen, und der Blick, mit dem er sie angesehen hatte, war alles andere als freundschaftlich zu nennen.

Hatten die beiden sich vielleicht gestritten? fragte Helma sich, und der Schreck durchzuckte sie siedend heiß. Jetzt bereute sie es, Mark noch nichts von Dr. Martens' Zuneigung erzählt zu haben.

Rasch betrat sie das Zimmer, und sie wurde sofort ruhiger, als Mark ihr die Arme entgegenstreckte. »Schatz, in acht Tagen werde ich entlassen. Was sagst du dazu? Dann können wir endlich allein und ungestört sein. Ich werde dir meine Villa zeigen und dir die Stadt zu Füßen legen. In den besten Lokalen sollst du wie eine Königin behandelt werden . . .«

»Halt, halt!« unterbrach sie ihn und ließ sich auf dem Bett nieder. Helma umarmte den geliebten Mann und bedeckte sein Gesicht mit zärtlichen Küssen.

»Und dann werde ich bei deiner Mutter um deine Hand anhalten«, erklärte er feierlich.

»Ist das ein Heiratsantrag?« neckte sie ihn.

»Ja.«

»Das muss ich mir noch einmal gründlich durch den Kopf gehen lassen, mein Herr. Eine Entscheidung, die das ganze Leben verändert, trifft man nicht jeden Tag«, erklärte sie, und der Schalk blitzte in ihren wunderschönen blauen Augen.

»Lass mich nicht zu lange warten. Es gibt viele Frauen, die dich um diesen Antrag beneiden« parierte er in gleicher Manier.

»Du . . . !« Sie packte ihn an den Ohren und beutelte ihn liebevoll. »Untersteh dich und schau auch nur eine andere an!«

»Du bist eifersüchtig?« fragte er ungläubig, denn er hatte den ersten Unterton in ihren Worten nicht überhört. »Das gehört zur Liebe, wie das Salz zur Suppe. Frau Doktor, jetzt hast du mich endgültig überzeugt, dass du mich liebst.«

»Ich liebe dich«, sagte sie, jede Silbe einzeln betonend und legte die Arme um seinen Hals. Ihre sehnsüchtigen Küsse machten ihn verrückt, und er flüsterte: »Ich werde den Chefarzt fragen, ob wir die Zeit nicht halbieren können. Mir wäre es lieb, wenn ich in vier Tagen schon gehen könnte.«

»Nichts da, du brauchst noch Schonung«, erklärte sie streng und drückte ihn in die Kissen zurück.

»Ich kann es gar nicht erwarten, dich zu meiner Frau zu machen«, sagte er, und sein Blick ging ihr unter die Haut. »Ich liebe und begehre dich, wie noch nie eine Frau zuvor, Helma.«

Die Ärztin wurde plötzlich Ernst und senkte den Kopf. Bis heute hatte sie es vermieden, über ihren Neffen zu sprechen, den Sohn ihrer toten Schwester.

Helma würde Thomas niemals allein zurücklassen. Eine Ehe kam für sie nur in Frage, wenn sie Thomas mit einbringen durfte, und zwar als ihr Kind, mit allen Rechten, die damit verbunden waren.

»Nanu? Du siehst plötzlich so ernst aus?« Er nahm ihre Hand und küsste die Fingerspitzen. »Willst du deinem zukünftigen Mann nicht sagen, was dich bedrückt?«

»Ich weiß nicht.« Sie zögerte. War jetzt der richtige Augenblick, über ein so heikles Thema zu reden. Sollte sie nicht lieber warten, bis Mark den kleinen Thomas persönlich kennen lernen konnte?

»Liebling, wir wollen doch keine Geheimnisse voreinander haben. Sag mir, was dich bewegt. Vielleicht kann ich dir helfen?« Mark berührte sanft ihr Gesicht, zeichnete die feine Linie ihres Mundes nach und betrachtete sie abwartend.

»Tja ... wie soll ich es dir sagen? Ich würde nicht allein in die Ehe kommen, Mark.«

»Du meinst deine Mutter? In meinem Haus ist Platz genug.« Er winkte großzügig ab. »Außerdem wird ihr genügend Personal zur Verfügung stehen, und sie kann sich einmal so richtig verwöhnen lassen.« Er lachte sie an. »Ist jetzt alles okay?«

»Nein.« Helma holte tief Luft. Selbst auf die Gefahr hin, ihn zu verärgern, musste sie ihm endlich reinen Wein einschenken. »Ich bringe auch noch ein Kind mit in die Ehe.«

»Waaas?« Mark Kandler richtete sich kerzengerade auf und starrte Helma verblüfft an. »Warum hast du mir bis heute nicht gesagt, dass du ein uneheliches Kind hast? Du hast mir soviel aus deiner Vergangenheit erzählt, aber das Kind hast du mir unterschlagen. Das finde ich nicht gut.«

Helma lächelte jetzt sogar ein wenig belustigt. So beleidigt hatte sie ihn noch nie gesehen.

»Möchte wissen, was es da zu lächeln gibt?« murrte er und verschränkte die Arme abwehrend vor der Brust. »Du erzählst mir, dass es außer mir keinen Mann in deinem Leben gegeben hat, der dir wirklich etwas bedeutete? Und plötzlich hast du ein uneheliches Kind!«

Helma legte die Hände an seine Wangen, gab ihm einen Kuss und erklärte: »Thomas ist nicht mein Kind, aber er gehört zu mir. Er ist der Sohn meiner Schwester, die vor vier Jahren mit ihrem Mann tödlich verunglückte. So, bist du jetzt zufrieden?«

Mark war zwar sichtlich erleichtert, doch sein Gesicht hellte sich immer noch nicht auf. »Du willst ihn mit in die Ehe bringen? Dann setzt du sicher auch voraus, dass wir ihn adoptieren?«

»Ja«, erwiderte sie schlicht. Sie wich seinem forschenden Blick nicht aus, und Mark wusste, dass er sie verlieren würde, wenn er nicht zustimmte.

»Was soll ich dazu sagen?« Er grinste schief. »Dann kommen wir eben schneller zu einem Kind, als ich dachte. Wie alt ist das Kerlchen denn?«

»Acht.« Jezt glitt ein strahlendes Lächeln über ihr Gesicht. »Tommy ist ein lieber Bursche. Du wirst ihn mögen. Und er? Er wird furchtbar stolz darauf sein, endlich wieder einen Papa zu haben.«

»Lass mir ein bisschen Zeit, mich mit diesem Gedanken vertraut zu machen«, bat er und schaute grübelnd an ihr vorbei. »Ich versuche gerade, mir vorzustellen, wie das ist, wenn so ein kleines Kerlchen auf mich zukommt und plötzlich Papa zu mir sagt ...«

»Vielleicht will er das gar nicht?« Helma zuckte mit den Achseln. »Es ist durchaus denkbar, dass er wie ein Mann sein und dich beim Vornamen nennen will.« Sie kicherte bei diesem Gedanken und fügte hinzu: »Du musst das verstehen. Tommy war bisher das einzige männliche Wesen in unserem Haus, und er fühlte sich in der Rolle des Beschützers schon sehr erwachsen.«

»Wir werden uns kennen lernen, und ich glaube, wenn er in deine Familie schlägt, werde ich ihn sicher mögen.« Mark zog sie näher an sich und lehnte die Wange an ihr Haar. »Sei ehrlich, Helma, hättest du mich fallen lassen, wenn ich den Jungen abgelehnt hätte?«

»Ja«, erwiderte sie ohne Zögern. »Nicht, weil ich dich weniger geliebt hätte, aber ich habe meiner Schwester, die in meinen Armen gestorben ist, versprochen, mich nie von Thomas zu trennen, für ihn zu sorgen, ganz gleich, was da auch kommen möge.«

Mark war stark beeindruckt von ihrer Festigkeit, und er spürte, dass zu der innigen und leidenschaftlichen Liebe, die er für Helma empfand, auch noch Achtung hinzukam.

»Ich liebe dich, Helma, und ich brauche auch nicht mehr nachzudenken: Der Junge kommt zu uns«, sagte er leise und schaute sie an.

»Mark!« rief sie jubelnd und fiel ihm um den Hals.

»Dafür liebe ich dich noch ein kleines bisschen mehr, wenn das überhaupt möglich ist.«

Nach vielen zärtlichen Küssen trennte Helma sich seufzend von ihm und stand auf. »Ich würde am liebsten den ganzen Tag bei dir verbringen, Mark, aber ich kann nicht. Außerdem muss ich dir sagen, dass ich morgen und übermorgen nicht in der Klinik bin. Ich habe zwei freie Tage und meiner Mutter versprochen, sie endlich zu Tante Frieda zu fahren, einer alten Dame, die im Schwarzwald lebt und noch einmal ihre letzten Verwandten wiedersehen will. Wirst du zwei Tage ohne mich überleben?«

»Nur mit Mühe und Not«, erwiderte er scherzend. »Aber du kommst nachher doch noch einmal zu mir?«

»Glaubst du denn, ich könnte dich zwei Tage entbehren, ohne mir vorher einen kleinen Vorrat an Zärtlichkeit zu holen?« Sie beugte sich noch einmal zu ihm hinunter und küsste ihn leidenschaftlich. »Und vergiss nicht, dass ich dich liebe«, sagte sie und verließ rasch das Zimmer.

Mark legte sich zurück. Er reckte und streckte sich, denn er fühlte sich bereits wieder so stark, dass er hätte Bäume ausreißen können.

*

Kurt Nolte warf ab und zu einen Blick in den Rückspiegel des Wagens. Der Taxifahrer beobachtete die Frau im Fond schon, seit er sie am Flughafen als Fahrgast aufgenommen hatte.

Die Frau war auffallend blass, und der Fahrer vermutete, dass sie sehr krank sein musste. Nicht umsonst ließ sie sich zum Martens-Hospital fahren, überlegte Kurt Nolte.

Heute war ein verregneter grauer Tag, und Tanja

Berger fand das Wetter deprimierend. Es verstärkte ihre Trostlosigkeit.

Auch hatte sie sich das Wiedersehen mit Mark Kandler anders vorgestellt.

Tanja hatte in Marks Villa angerufen, nachdem sie die Zollkontrollen passiert hatte. Als sie gehört hatte, dass Mark im Martens-Hospital lag, hatte eisiger Schrecken sie durchzuckt. War er vielleicht selbst so krank, dass er ihr nicht beistehen könnte?

Diese Ungewissheit war unerträglich für Tanja, und so ließ sie sich vom Flughafen direkt zum Hospital fahren.

Mark, dachte sie, und ein seltsames Lächeln glitt über ihr Gesicht. Erst Monate nach der Trennung von ihm war ihr bewusst geworden, was sie an ihm verloren, was sie aufgegeben hatte.

Doch da war es schon zu spät gewesen. Tanja kannte Mark gut genug, um zu wissen, dass er ihr die Liaison mit Max Insten niemals verzeihen würde.

Mark ... Sie lächelte wehmütig. Ja, die Ehe mit ihm war schön gewesen, doch sie hatte es nicht verstanden, das Glück festzuhalten. Stets hatte sie geglaubt, es müsse noch etwas Größeres, Außergewöhnlicheres geben. Und in Max hatte sie gehofft, das Absolute gefunden zu haben.

»So, wir sind da.«

Tanja Berger schreckte aus ihren Gedanken hoch und schaute sich um. Das Martens-Hospital lag eingebettet in gepflegte Grünanlagen, Blumen leuchteten in den Rabatten, helle Wege durchzogen die ausgedehnten Rasenflächen.

»Macht achtundzwanzigfuffzig«, sagte der Fahrer und stieg aus, um der Frau die Tür zu öffnen.

Sie gab ihm drei Scheine und sagte: »Danke, es stimmt so.«

Der Fahrer tippte mit zwei Fingern an die Mütze und schaute der schmalen, zierlichen Gestalt nach, die auf das Hospital zuging.

Obwohl Tanja über wenig Geld verfügte, hatte sie in alter Gewohnheit Trinkgeld gegeben.

Bitterkeit erfüllte sie, als sie daran dachte, dass Max Insten hart geblieben und ihr kein Geld gegeben hatte. Doch Tanja hatte ihre Idee in die Tat umgesetzt.

Gleich am nächsten Morgen in aller Frühe war sie mit dem gelben Sportwagen ihres Ex-Freundes nach Athen gefahren. Dort hatte sie all ihren Schmuck weit unter Wert verkauft, um das Flugticket und eine Übernachtung im Hotel bezahlen zu können.

Sicher, es war ihr noch etwas Geld geblieben, doch sie würde es bitter nötig haben, wenn Mark Kandler ihr nicht helfen wurde.

Mark . . . Ein weiches Lächeln huschte über ihr Gesicht. Sie konnte es sich nicht vorstellen, dass er sie in der Not im Stich ließe. Er war stets großzügig gewesen, und oft genug hatte sie sich über seine Menschlichkeit gewundert.

An der Rezeption erfuhr Tanja, dass Mark Kandler auf der Allgemeinen Chirurgie, Zimmer siebzehn lag.

Als sie vor der Tür stand, klopfte ihr das Herz bis zum Hals. Ja, Tanja, fürchtete sich vor der Begegnung mit dem Mann, dessen Frau sie einmal gewesen war.

Schwester Rosi kam vorbei und musterte die Fremde kritisch. Da sie Tanja hier noch nie gesehen hatte, brannte Rosi vor Neugierde zu erfahren, wer die hübsche Frau sei.

Natürlich war auch noch ein bisschen Eifersucht im Spiel, denn Rosi hatte sich den gut aussehenden Mark Kandler noch nicht abgeschminkt, obwohl er sehr deutlich geworden war.

Tanja schenkte der jungen Schwester keinerlei Beachtung. Die Hand der Besucherin zitterte stark, als sie an die Tür klopfte.

»Herein, wenn's kein Schneider ist!« hörte sie Mark gut gelaunt rufen.

Tanja musste all ihren Mut zusammennehmen, um die Türklinke herunterzudrücken. Zaghaft betrat sie das Zimmer und blieb in der Nähe der Tür stehen.

Mark Kandler starrte sie wie ein Gespenst an. Er brachte keinen Laut aus der Kehle. Er hätte wohl eher mit Beizebub persönlich gerechnet, aber nicht mit seiner geschiedenen Frau.

»Grüß dich«, sagte sie schüchtern.

»Hey«, würgte er hervor. Mark Kandler war selten um einen Kommentar verlegen, doch jetzt starrte er Tanja nur aus großen Augen an.

»Darf ich näher kommen?« Es klang zaghaft und unsicher.

»Sicher, ich beiße nicht.« Er räusperte sich. Woher wusste sie, dass er im Martens-Hospital lag? Hatte sie es in der Zeitung gelesen? Und wenn ja, was führte sie zu ihm?

Sorgte sie sich um ihn? Kaum hatte er diesen Gedanken formuliert, lächelte er bitter. Nein, das war nicht Tanjas Art. Sie liebte das Leben, die Abwechslung und die Aktivität. Immer musste etwas geschehen, musste Trubel um sie sein, sonst fühlte sie sich nicht wohl.

Wie konnte er ahnen, dass die todbringende Krankheit Tanja völlig verändert hatte? Dass sie nur noch einen ruhigen Platz suchte, um in Ruhe den Tod abzuwarten.

»Nimm dir doch einen Stuhl«, sagte er, als sie neben dem Bett stehen blieb.

Sie kam seiner Aufforderung nach, setzte sich aber nur auf die Stuhlkante. Ihre Hände umkrampften die

Bügel der Handtasche, das Lächeln auf ihrem Gesicht wirkte wie eingefroren.

»Hast du in der Zeitung von mir gelesen?« fragte er neugierig.

»Nein ... Sollte ich das?« fragte sie, und er hatte das Gefühl, sie aus verzweifelten Überlegungen aufgeschreckt zu haben.

»Muss nicht sein«, wehrte er ab, und plötzlich war ihm die Flugzeuggeschichte auch gar nicht mehr wichtig. Instinktiv spürte er, dass Tanja sich verändert hatte.

Sie war nicht mehr die Frau, die unentwegt über Nichtigkeiten plauderte, die lachend über alles, was sie nicht betraf, hinwegging, die nur sich selbst und ihre kleinen Vergnügungen kannte.

»Du hast dich kaum verändert«, sagte sie, und zum ersten Male sah sie ihn offen an. »Du bist immer noch der strahlende, siegessichere Mark von früher.«

Das Kompliment kann ich dir nicht zurückgeben, dachte er und musterte sie. Tanja war auffallend blass, und die Blässe des Gesichts stand im krassen Gegensatz zur Bräune ihrer Schultern und Arme.

»Man tut was man kann«, bemerkte er lakonisch. Er hatte ihren Abgang noch nicht vergessen, obwohl er schon Jahre zurücklag. Sie hatte ihn mit Max Insten betrogen und, sich durch nichts zum Bleiben bewegen lassen. Sie wollte mit Max das Leben genießen.

Es war eine bittere Zeit für Mark gewesen, doch nun, da Jahre vergangen waren, konnte er sie mit Abstand betrachten, ohne Bitterkeit zu empfinden.

Wieder legte sich ungutes Schweigen zwischen sie. Mark spürte, dass sie ihm etwas sagen wollte, doch' noch weigerte er sich, ihr Hilfestellung zu geben.

»Du bist wieder liiert?« fragte sie leise und senkte die Lider.

Hoppla, dachte er, weht daher der Wind? Will Tanja mich wieder zurückerobern? Wenn ja, dann hatte sie aber verlernt, wie man einen Mann für sich begeisterte.

»Noch nicht«, antwortete er und lächelte geheimnisvoll. Er sah keine Notwendigkeit, ihr sofort von Helma zu berichten, von dieser wunderbaren Frau, der sein Herz gehörte.

»Tanja«, sagte er, als sie wieder in Schweigen verfiel. »Willst du mir nicht ehrlich sagen, warum du gekommen bist? Ich bin überzeugt, dass es kein normaler Krankenbesuch ist.«

»Ach, Mark.« Aufweinend legte sie die Hände vors Gesicht. Heftiges Schluchzen ließ sie erbeben.

Der Mann spürte, dass sie ihm kein Theater vorspielte, dass ihre Verzweiflung echt war. Mitleid regte sich in seinem Herzen. Auch wenn es eine Zeit gegeben hatte, in der er sie gehasst hatte, so waren sie auch einmal sehr glücklich gewesen.

»Tanja, du bist am Ende, ich spüre es ganz deutlich. Willst du mir nicht sagen, was dich bedrückt?« Mark beugte sich vor und nahm die Hände von ihrem Gesicht. »Komm, putz dir das Näschen«, forderte er sie auf und gab ihr ein Taschentuch.

»Warum bist du so lieb zu mir?« fragte sie in einem Anflug von Zorn, der sich jedoch gegen sie selbst richtete. »Ich weiß doch, dass ich Güte nicht verdient habe.«

»Lass uns nicht philosophisch werden«, warf er mit leichter Ironie ein. »Ich bin sicher, dass du gekommen bist, weil du etwas von mir willst. Lass mich weiter ausholen. Wahrscheinlich hast du dich mit Max überworfen und weißt jetzt nicht mehr weiter. Und da hast du dich an den guten alten Mark erinnert. Habe ich Recht?«

»Ich kann es dir nicht verübeln, dass du so mit mir

sprichst«, antwortete Tanja und strich sich über das lockige, kastanienrote Haar. »Ja, ich habe dich damals grausam behandelt, aber dafür muss ich auch bezahlen.«

»Tja ... wie das Leben so spielt«, bemerkte er leichthin, doch insgeheim wuchs seine Neugierde. Schließlich hatte er Tanja einmal geliebt, und ihr Schicksal interessierte ihn immer noch.

»Ich muss schlimmer bezahlen, als du es dir in deiner Fantasie vorstellen kannst«, sagte sie leise, nahm seine Hand und presste sie an die Wange. »Aber es tut gut, in deiner Nähe zu sein. Plötzlich fühle ich mich wieder geborgen und ruhig wie früher.«

»Mach die Pferde nicht scheu«, wehrte er verlegen ab und musterte sie unwillig. Was wollte sie? Spielte sie ihm Theater vor, oder war sie tatsächlich so verzweifelt?

»Mark, ich bin hier, weil ich nicht mehr weiß, wo ich bleiben soll«, beichtete sie leise und hielt seine Hand fest umklammert. »Ich habe lange Zeit in Griechenland gelebt und jetzt erfahren, dass ich Leukämie habe.«

»Und ... was ist das?« fragte er erschrocken. Er war ein Laie, doch allein schön das Wort hatte einen bösartigen Klang.

»Im Volksmund nennt man es auch Blutkrebs«, antwortete sie, und wieder wurde sie von heftigem Weinen geschüttelt.

Mark Kandler wurde eine Spur blasser. Blutkrebs? Oh, mein Gott, ganz gleich, wie Tanja sich früher gegen ihn benommen hatte, dieses Schicksal hatte er ihr nicht gewünscht.

»Und ... und Max?« stieß er heiser hervor. Diese Frage konnte er sich nicht verkneifen. Damals, als Tanja sich für diesen Lebemann entschieden hatte,

hatte er, Mark, sie vor ihm gewarnt. Doch sie hatte alle Ratschläge in den Wind geschlagen.

»Er vergnügt sich mit einer jungen Griechin.« Sie lachte böse auf. »Doch das hätte ich ihm nicht mal übelgenommen, denn da wusste ich ja schon, dass mein Leben nur noch ein paar Wochen währt. Nein, Max hat sich auf eine andere Art als schäbig erwiesen. Ich wollte, als ich die Diagnose erfuhr, nur weg von Griechenland, ich wollte nach Hause, nach Deutschland. Ich bat Max, mir das Flugticket zu bezahlen, doch er hat mich nur ausgelacht.«

Tanja unterbrach sich und trocknete ich die Tränen.

»Das sieht ihm ähnlich«, entfuhr es Mark grimmig. »Er ist nur großzügig, wenn er profitieren kann.«

»Ich wollte aber trotzdem nicht bleiben und habe in Athen meinen Schmuck verkauft. Und ... und jetzt bin ich hier und brauche deine Hilfe, Mark. Bitte, bitte, schick mich nicht weg, denn ich weiß nicht, an wen ich mich sonst noch wenden könnte. Ich ... ich habe niemanden mehr auf dieser Welt, Mark, und ich weiß nicht, wo ich meinen Kopf hinlegen soll, um in Ruhe zu sterben.«

Mark Kandler erschrak. So schlimm stand es um sie? Unendliches Mitleid erfasste ihn, und er streichelte ihre Wange. »Arme Tanja«, sagte er leise. »Verzeih, wenn ich jetzt eine Frage stelle, die dir vielleicht wehtut, aber da ich ein blutiger Laie bin ...«

»Frag nur«, unterbrach sie ihn traurig. »Es gibt kaum noch etwas, das mich erschüttern kann.«

»Dieser ... äh ... dieser Blutkrebs. Ist er denn nicht heilbar? Hat die Medizin kein Mittel, ihn zu stoppen?«

»Nein, nur ein paar Medikamente, die das Ende ein bisschen hinauszögern«, antwortete sie, und ihre Trostlosigkeit schnitt ihm ins Herz. »Ich habe nur noch ein paar Wochen zu leben, vielleicht auch ein paar Monate. Aber es kann auch noch viel schneller gehen, wie der Arzt in Griechenland mir anvertraute. Eines ist gut: Ich werde nicht viel leiden müssen. Ach, Mark, ich bin so verzweifelt, dass ich nur noch an einen Menschen denken konnte: an dich. Du warst immer gut zu mir.«

»Und wie stellst du dir das vor?« fragte er, und mit keiner Miene verriet er seine innersten Gedanken. Natürlich hatte er in seiner Villa Platz genug. Und es gab auch genügend Personal, das ihr das Leben erleichtern konnte. Oder sollte er sagen: das Sterben?

Mark schämte sich wegen seines Zynismusses, und so sagte er, ohne viel darüber nachzudenken: »Bei mir ist noch eine Suite frei, Tanja. Dort kannst du bleiben, bis ... bis ...« Er brach ab, denn das Wort Tod wollte nicht über seine Lippen kommen.

»Mark, das würdest du wirklich tun?« fragte sie, und ein kleiner Hoffnungsschimmer glomm in ihren großen blauen Augen auf.

»Nun, beschäme mich bitte nicht«, wehrte er verlegen ab. »Irgendwie finde ich es selbstverständlich, denn immerhin waren wir einmal Mann und Frau.«

Tanja antwortete nicht. Sie dachte daran, dass man wahrscheinlich in der ganzen Stadt über sie lachen würde. Über eine Frau, die nur noch Mitleid zu erwarten hatte.

Ihre Augen wurden plötzlich schmal. Natürlich würde auch Max davon erfahren, und er würde sich darüber amüsieren, dass sie wieder bei Mark Unterschlupf gesucht hatte.

Kandler hatte seine Ex-Frau genau beobachtet. Er sah, dass sie mit seinem Vorschlag nicht restlos einverstanden war. Hatte er etwas falsch gemacht, oder etwas unterlassen?

»Tanja, was ist?« fragte er behutsam. »Hast du noch einen Wunsch? Kann ich dir das Leben noch auf irgendeine Art und Weise erleichtern? Sag es, und wenn es eine finanzielle Angelegenheit ist, so werde ich sie regeln. Du weißt, dass Geld für mich nie eine Rolle gespielt hat.«

»Nein, es ist eine persönliche Sache«, erwiderte sie, und als sie den Kopf hob, sah er Hass in ihrem Blick.

»Max?« fragte er, denn nur ihm konnte dieser Hass gelten.

»Ja, Max«, stieß sie flach hervor, und ihre Stimme zitterte. »Ich hasse ihn, weil er es verstanden hatte, mir etwas vorzugaukeln. Ich bin wie ein dummes Mädchen auf ihn hereingefallen, auf dieses ... dieses Charakterschwein.«

»Dieses Lehrgeld müssen wir alle einmal zahlen«, warf er besänftigend ein. »Fast jeder hat in seinem Leben seinen Max.«

»Wenn er erfährt, dass du mich aus Mitleid aufgenommen hast, wird er Tränen lachen«, sagte sie und grub die Fingernägel in die Unterarme. »Mark, ich möchte nicht, dass jemand erfährt, wie todkrank ich bin. Kannst du das verstehen? Ich will nicht, dass man hinter meinem Rücken tuschelt, wenn ich durch die Stadt gehe. Bitte, Mark, versprich mir, dass du niemandem von meiner Krankheit erzählst. Sage was du willst, aber nicht, dass ich zu dir gekommen bin, weil ich keinen anderen Weg mehr gesehen habe. Bitte, Mark, ich habe nicht mehr lange zu leben, und was du nach meinem Tod erzählst, das interessiert mich nicht mehr. Aber so lange ich unter deinem Dach wohne, setz mich bitte nicht dem Gespött der Leute aus. Bitte ...«

Sie weinte und flehte wie ein kleines Kind, und Mark sah auch keinen Grund, warum er ihre Bitte abschlagen sollte.

»Wenn dir soviel daran liegt, werde ich schweigen wie ein Grab«, sagte er leichthin.

»Schwöre es«, bat sie, und ein düsteres Feuer brannte in ihren Augen. »Erst dann kann ich wieder ruhig sein.«

»Ich schwöre, dass ich niemandem verraten werde, warum du wirklich bei mir bist«, antwortete er gutmütig, und als er sah, wie erleichtert sie war, war er überzeugt, richtig gehandelt zu haben.

»Mark, ich weiß nicht, wie ich dir danken soll«, flüsterte sie. Sie stand auf und setzte sich auf sein Bett. »Obwohl keine Liebe mehr zwischen uns ist, handelst du menschlich und bist gut zu mir. Ich bin so froh, dass ich den Mut aufbrachte und dich besucht habe. Jetzt ... jetzt kann ich den Tod ruhig auf mich zukommen lassen.

Aufschluchzend warf sie sich an seine Brust, und unwillkürlich legte er die Arme um sie. Er streichelte ihre zuckenden Schultern und lehnte die Wange an ihr Haar.

Ein weiches Lächeln lag auf seinem Gesicht. »Wein nicht mehr, mein kleines Mädchen.« Es wurde ihm nicht bewusst, dass er einen früheren Kosenamen benutzte. »Du bist jetzt in guten Händen und brauchst keine Angst mehr zu haben.«

Tanja löste sich von ihm und schaute ihn dankbar an. Sie legte die Hände um sein Gesicht. »Mark, ich möchte dir einen Kuss geben«, sagte sie leise. »Bitte, versteh mich nicht falsch. Es soll nur ein Ausdruck meiner Dankbarkeit sein.«

»Wenn du darauf bestehst«, erwiderte er lächelnd und schloss die Augen.

Sanft legten sich ihre Lippen auf seinen Mund, er spürte einen leichten Druck, und alte Erinnerungen wurden in ihm wach.

Mark Kandler merkte nicht, dass die Tür aufging, und Dr. Martens hereinkam. Der Chefarzt erfasste auf

Anhieb die Situation, und ein grausames Lächeln glitt über sein schmales Gesicht.

Ohne ein Geräusch zu verursachen schloss er die Tür wieder, und ein Gefühl diebischer Freude erfüllte ihn. Sieh an, der Kandler nahm es mit der Treue also nicht genau?

Nun, ihm, Martens, sollte das nur recht sein.

*

Gerda Felten hatte soeben die Reisetasche ausgepackt und den Waldhonig, den sie von ihrer Tante geschenkt bekommen hatte, im Schrank verstaut, als es an der Haustür läutete.

»Heute Abend noch Besuch?« sagte Gerda und schüttelte den Kopf. »Das fehlt mir noch, ich bin hundemüde von der Fahrt.«

Rasch eilte sie zur Tür. Als sie Dr. Uwe Martens davor stehen sah, hatte sie ihren Ärger rasch vergessen. »Herr Doktor, was für eine Überraschung!« rief sie und gab ihm die Hand.

»Ich hoffe, ich komme nicht ungelegen, Frau Felten?« Er küsste ihr formvollendet die Hand. »Es ist nicht meine Art, unangemeldet aufzutauchen, aber ich kam zufällig vorbei, sah Licht und dachte . . .«

»Aber Herr Doktor, Sie brauchen sich doch nicht zu entschuldigen«, unterbrach sie und schenkte ihm ihr schönstes Lächeln.

»Bitte, kommen Sie herein und legen Sie ab.« Gerda Felten nahm ihm den Trenchcoat ab und hängte ihn über einen Bügel in der Garderobe.

Sie führte den Chefarzt des Martens-Hospitals ins Wohnzimmer. Er schaute sich um, und Gerda erriet seine Gedanken.

»Helma nimmt soeben ein Bad, sie wird in zehn Minuten nach unten kommen.« Die Frau strahlte ihn an.

Sie war glücklich, wenn er zu Besuch kam, denn sie hoffte insgeheim immer noch, ihn eines Tages als Schwiegersohn willkommen heißen zu können.

»Bitte, nehmen Sie doch Platz. Darf ich Ihnen eine Erfrischung anbieten? Ein kühles Glas Bier vielleicht?«

»Ja, gern.«

Helmas Mutter ließ ihn allein, und Uwe ging zur offenen Terrassentür hinüber. Thomas war im Garten beschäftigt. Er hatte offensichtlich ein Indianerzelt geschenkt bekommen und versuchte nun, es sachgerecht aufzubauen.

Als der Junge Dr. Martens bemerkte, winkte er ihm zu. »Onkel Uwe, komm doch mal her! Ich werde hier nicht schlau draus.«

Dazu ließ Uwe sich nicht zweimal auffordern, denn im Herzen war er immer noch ein Junge wie Thomas, der ebenso gerne ein Zelt aufbaute und darin spielte.

Der Arzt zog sein Jackett aus, und wenig später kauerten Mann und Kind im Gras und beugten sich über die Gebrauchsanweisung.

»Ich glaube, wir müssen die Stangen hier zusammenfügen«, sagte Uwe und griff nach den Holzstangen, die original nachgebaut waren.

Dr. Martens richtete die Stangen auf, anschließend warf er die Lederimitation darüber und befestigte sie hoch oben am Gestänge. Dann trat er einen Schritt zurück.

»Sieht doch schon ganz gut aus, oder?« Beifall heischend schaute er Thomas an.

Der Junge war aber noch nicht ganz zufrieden. »Da oben schlägt es noch Falten«, kommentierte er und schaute zu, wie der Arzt sich reckte und streckte, um das Malheur zu beheben.

Jetzt tauchte Gerda Felten auf der Terrasse auf.

»Tommy!« rief sie und es klang scharf wie ein Peitschenknall.

»Oh, Herrje«, stöhnte der Junge und verdrehte die Augen. »Jetzt kriege ich wieder was zu hören.«

»Lass nur, ich regele das schon«, sagte Uwe leise zu ihm, bückte sich nach dem Jackett, warf es lässig über eine Schulter und ging zu Gerda zurück.

»Schimpfen Sie nicht mit ihm, ich war schuld an allem«, schwindelte er. »Tommy wollte gar nicht, dass ich mit Hand anlege.«

»So?« Sie schaute ihn misstrauisch an. »Das ist sonst gar nicht seine Art. Im Allgemeinen versteht er es sehr gut, andere für seine Zwecke einzuspannen.«

Gerda ließ die Sache auf sich beruhen, aber nur, weil sie Dr. Martens besonders mochte. Unter anderen Umständen hätte Tommy etwas zu hören bekommen.

Sie komplimentierte den Arzt zu einem Sessel. »Ich habe Helma schon gesagt, dass Sie da sind. Sie wird in ein paar Minuten kommen.«

»Ich bin schon da«, sagte sie von der Tür her. »Ich bin schneller als die Feuerwehr.«

»Entschuldigen Sie mich«, sagte Gerda zu Dr. Martens. »Aber ich habe noch ein paar Taschen auszupacken.« Natürlich zog Helmas Mutter sich absichtlich zurück, und Uwe durchschaute sie auch. Er schmunzelte, denn ihm war es recht, mit Helma allein sein zu können. Das war ja der Zweck seines Besuches.

»Uwe? Was führt Sie so überraschend zu uns?« Die Ärztin setzte sich ihm gegenüber und zündete sich eine Zigarette an.

Uwe konnte kaum einen Blick von ihr wenden. Sie wirkte frisch und erholt, und sie sah glücklich aus. Das sattgrüne Hauskleid, lang und weich fallend, gab ihr eine besondere Note und harmonierte zum Blauschwarz ihrer Locken.

»Tja, ich weiß nicht, wie ich das ausdrücken soll«, antwortete er und betrachtete verlegen seine Fingernägel. »Vielleicht werden Sie es mir als schlechten Charakterzug auslegen, aber irgendwie fühle ich mich dazu verpflichtet.«

Helma sagte nichts, sie hob nur leicht die Augenbrauen. Uwe hatte manchmal eine Art, etwas zu beschreiben, dass man absolut nicht mehr verstand. Doch sie dachte gar nicht daran, auf seine komische Anspielung einzugehen. Wenn er glaubte, ihr etwas Wichtiges zu sagen zu haben, dann sollte er es ordentlich formulieren.

Sie sah, dass eine feine Schweißschicht sein Gesicht bedeckte, wie nervös er die Hände knetete.

Sollte etwas mit Mark geschehen sein? Hatte sich vielleicht doch noch eine Komplikation eingestellt? Helma hatte das Gefühl, als griffe eine eiskalte Hand nach ihrem Herzen.

Alles durfte passieren, aber das nicht. Sie liebte Mark Kandler mit einer Intensität, die sie selbst erschreckte.

»Ist ... ist ... Herrn Kandler etwas zugestoßen?« fragte sie.

»Ja ... so kann man es auch nennen«, antwortete er vorsichtig. »Helma, Sie wissen, wie ich zu Ihnen stehe, und vielleicht werden Sie meine Worte jetzt als Eifersucht oder Ähnliches interpretieren, aber das kann ich nicht ändern. Ich fühle mich verpflichtet, Ihnen die Augen zu öffnen, denn ich möchte nicht, dass Sie zum Gespött werden.«

»So?« Die Ärztin schluckte, doch der Kloß, den sie in der Kehle zu spüren glaubte, wollte sich nicht lockern. »Reden Sie, Uwe, ich weiß, dass Sie niemals aus unlauteren Gefühlen heraus handeln würden.«

So ganz überzeugt war Helma zwar davon nicht,

denn auch der saubere Dr. Uwe Martens war nur ein Mann, der jetzt Qualen der Eifersucht durchlitt. Auch er war dazu fähig, seinen Rivalen in ein schlechtes Licht zu rücken, um selbst besser abzuschneiden. Doch das verschwieg Helma, um Uwe nicht völlig zu verärgern.

»Nun, Herr Kandler hatte Damenbesuch.« Dr. Martens sagte das in einer Art, als spreche er vom Sündenfall.

»Ja ... und?« Helma wurde langsam wütend. Was war denn dabei, wenn Mark Damenbesuch gehabt hatte? Musste er denn wie ein Mönch leben, weil er mit ihr liiert war.

»Und sie hat ihn geküsst!« Wie ein Triumphstoß kamen diese Worte über seine Lippen.

»Geküsst?« wiederholte sie ungläubig. »Aber Uwe, ich habe Ihnen auch schon mal einen Kuss gegeben.«

»Aber nicht so«, trumpfte er weiter auf. »Bitte, wenn Sie wollen, reden wir nicht mehr darüber. Ich dachte, es wäre besser, Sie wüssten, was geschieht, wenn Sie nicht auf der Station sind.«

Dr. Martens stand auf. Er machte ein beleidigtes Gesicht und ging zur offenen Balkontür hinüber. Sie muss wohl blind und taub sein, wenn sie nicht merkt, dass dieser Kandler ein Windhund ist, dachte er und sein Grimm stieg.

Helma legte die Fingerspitzen an die Schläfen und massierte sie leicht. Sie hatte plötzlich wahnsinnige Kopfschmerzen. War es Uwe wirklich zu verdenken, dass er seinen Rivalen beobachtete? Warum hatte Mark nie Damenbesuch, wenn ich anwesend war. Warum ausgerechnet jetzt, da ich zwei Tage frei habe? Kann ich Uwe glauben, wenn er sagt, Mark hätte die Frau geküsst?

Tausend Gedanken wirbelten durch Helmas Kopf,

und ihr Herz tat höllisch weh. Die Eifersucht loderte wie eine Flamme in ihr. Sie konnte sich gut vorstellen, dass Mark von einer Freundin Besuch bekommen hatte. Vielleicht war er vorher eng mit ihr befreundet gewesen? Vielleicht war er es immer noch?

»Es ist wohl besser, wenn ich gehe«, sagte Dr. Martens gepresst und kam zum Tisch zurück.

»Nein, bitte ... Ich möchte mich entschuldigen, Uwe. Sie haben es sicher nur gut gemeint.« Helma wartete, bis er sich gesetzt hatte, dann fragte sie leise: »War sie schön?«

»Sehr schön sogar«, antwortete er mit Nachdruck. »Sie sieht aus wie ... wie ... wie ein Botticelliengel, nur ein bisschen schmaler vielleicht.«

Helma erschrak. Wenn Uwe schon ins Schwärmen geriet, musste diese Frau sehr schön sein, denn der Arzt war so schnell nicht zu beeindrucken.

»Ich danke dir, Uwe, dass du zu mir gekommen bist. Ich möchte jedoch kein Urteil abgeben, sondern selbst mit Mark sprechen. Du verstehst?«

»Nein, das tue ich nicht, aber es ist deine Angelegenheit«, sagte er kühl. »Ich bin überzeugt, dass er sich in alle möglichen Lügen flüchten wird, aber ... Es ist deine Angelegenheit, das sagte ich schon.«

Dr. Martens schaute auf die Uhr. »Jetzt habe ich dich lange genug aufgehalten. Ich möchte mich verabschieden, liebe Helma. Es tut mir Leid, dass du es ausgerechnet von mir erfahren musstest.«

»Schon gut«, wehrte sie ab und erhob sich ebenfalls. Sie brachte ihn zur Tür, und noch bevor ihre Mutter sie mit neugierigen Fragen überfallen konnte, hatte Helma sich in ihr Zimmer zurückgezogen.

Die glückliche Stimmung, die sie in den beiden freien Tagen beherrscht hatte, war von ihr abgefallen. Helma war Ernst und nachdenklich geworden.

Sie war nicht die Frau, die jemanden auf Grund von Gerüchten verurteilte, doch der Stachel des Misstrauens saß bereits tief in ihrem Herzen.

Helma war fest entschlossen, Mark zur Rede zu stellen, und sollte er Ausflüchte machen, so wusste sie, dass Dr. Martens' Verdacht richtig gewesen war.

*

Mark Kandler hingegen ahnte nicht, was auf ihn zukam. Er hatte mit seinem Butler telefoniert und Anweisung gegeben, Tanja eine Suite in der Villa zuzuweisen.

Außerdem hatte er dem Butler Order gegeben, Tanja mit ausgesuchter Gastfreundschaft zu begegnen. Mark Kandler konnte sich nämlich noch sehr gut daran erinnern, dass es zwischen Tanja und dem Butler vor vielen Jahren Scherereien gegeben hatte.

Mark hatte es sich auch nicht nehmen lassen, Tanja einen Scheck auszustellen. Er hasste es, wenn Frauen um Geld bitten mussten.

Als Nächstes hatte Mark Kandler den jungen Assistenzarzt Dr. Bert Zäner zu sich gebeten. Mark wollte alles über die Krankheit seiner Ex-Frau wissen.

Was Dr. Zäner ihm erzählte, erschütterte ihn tief. Entweder hatte Tanja ihm absichtlich nicht alles über diese schreckliche Krankheit gesagt, oder sie wusste selbst nicht, was noch auf sie zukam.

Seit Mark aber wusste, dass Tanja im letzten Stadium der Krankheit unter schweren Blutungen leiden würde, schauderte es ihn.

Ganz gleich was vorgefallen sein mochte, er musste ihr jetzt beistehen, denn es hatte zwischen ihnen auch einmal eine sehr glückliche Zeit gegeben.

Auch Dr. Zäner bestätigte Mark, dass Tanja wahrscheinlich nur noch einige Wochen zu leben hatte, es aber auch möglich sei, dass sie schon in den nächsten Tagen dem Tod ins Auge sehen musste.

Mark war fest entschlossen, Tanjas letzte Tage so schön wie möglich zu gestalten. Sie sollte sein Mitleid nicht spüren. Er wollte sie wie eine gesunde Frau behandeln.

»Doch was soll ich Helma sagen?« fragte er sich halblaut. Dieses Problem tauchte wie eine unüberwindbare Wand vor ihm auf. Er hatte Tanja versprochen, nichts über ihre Krankheit zu erzählen, und Mark war ein Mann, der zu seinem Wort stand.

Er beschloss, im Augenblick noch nichts über Tanjas Auftauchen zu erzählen. Vielleicht wird Helma nie davon erfahren, dachte er, doch sehr wohl war ihm bei diesem Gedanken nicht.

Ungeduldig wartete Mark Kandler auf Helma, die heute wieder Dienst hatte.

Er wunderte sich, dass sie nicht in den frühen Morgenstunden gekommen war, um ihn zu begrüßen. Als auch der Vormittag verstrich und die Ärztin nicht an der Visite teilgenommen hatte, wurde er unruhig.

Mark läutete nach einer Schwester und erkundigte sich nach Dr. Felten. Er hörte, dass sie auf der Station sei, sich aber mit einem schwierigen Fall beschäftigte.

»Ich bin auch ein schwieriger Fall«, murrte er so undeutlich, dass die Schwester ihn nicht verstehen konnte. »Danke, Schwester, ich brauche Sie nicht mehr«, fügte er laut und deutlich hinzu.

Der Patient fühlte sich zurückgesetzt. Auch wenn Helma einen schwierigen Fall zu behandeln hatte. Einen Gutenmorgenkuss hätte sie ihm schon geben können.

Endlich, es war kurz nach dem Mittagessen, kam die Ärztin zu ihm. Mark ahnte nicht, dass sie einen Besuch bei ihm hinausgezögert hatte, weil sie sich bis zum Augenblick nicht schlüssig war, wie sie sich ihm gegenüber verhalten sollte.

Als er sie in die Arme nahm und zärtlich küsste, war Helma sekundenlang bereit, das Thema völlig ad acta zu legen.

»Du hast mich heute sträflich vernachlässigt«, sagte er vorwurfsvoll, als er sie aus den Armen ließ. »Liebst du mich denn nicht mehr?«

»Ich dich schon«, antwortete sie, jedes Wort einzeln betonend.

»Oh ... Wie soll ich das verstehen?« Er lächelte zwar, doch er fühlte sich unbehaglich. Helma war heute anders als sonst, kühler und nachdenklicher.

»Das werde ich dir gleich sagen«, erwiderte sie. Ihr Blick ging an ihm vorbei. »In einem Krankenhaus bleibt selten etwas verborgen. Hier haben die Wände und Türen Augen und Ohren.« Sie lächelte bitter, als sie fortfuhr: »Und man sieht auch, wenn ein Mark Kandler Damenbesuch bekommt und ihn küsst.«

Hoppla, also daher wehte der Wind. Mark schob die Augenbrauen zusammen. Was sollte er tun? Konnte er sein Wort brechen? Nein, er hatte seine Prinzipien.

»Du hast keinen Grund, eifersüchtig zu sein, Helma«, sagte er beschwichtigend.

»Stimmt das, was ich gesagt habe?« Sie war unerbittlich.

»Ja.«

»Und wer ist diese Dame? Warum hast du mir nie etwas erzählt? Mark, ich bin dafür, dass wir zueinander Vertrauen haben sollten, dass es keine Geheimnisse zwischen uns geben sollte. Bitte, erzähle mir von der anderen, ich ...«

»Herrgott, was bedeutet denn schon ein Kuss?« unterbrach er sie ärgerlich.

»Für mich sehr viel.« Helma wollte aufstehen, doch er hielt sie fest.

»Bitte, bleib«, bat er einlenkend. »Ich hatte meine ... meine ... äh ... Ex-Frau zu Besuch. Sie wohnt vorübergehend bei mir. Nun ja ... wie soll ich es dir erklären? Sie gab mir einen Kuss und mehr war nicht.«

»Wie bitte?« Helma glaubte ihren Ohren nicht trauen zu dürfen. »Deine geschiedene Frau wohnt bei dir? Und warum? Gibt es einen triftigen Grund?«

»Oh ... einfach so«, antwortete er, und es ärgerte ihn, dass ihm auf Anhieb keine passende Ausrede einfiel. »Sie hat bis vor kurzem im Ausland gelebt und wohnt nun bei mir, bis sie sich nach einer passenden Bleibe umgesehen hat. Was ist denn schon dabei. Helma, ich schwöre dir, es ist nichts zwischen mir und Tanja.«

Die Ärztin wusste nicht, wie sie reagieren sollte. Was Mark erzählte, klang glaubhaft. Es gab viele Ehepaare, die sich in gegenseitigem Einvernehmen getrennt hatten und heute noch gute Freunde waren.

Und doch – Helmas bohrendes Misstrauen blieb. Plötzlich hatte sie eine Idee. Wenn ihm etwas an ihr lag, wenn er sie wirklich liebte und nicht verlieren wollte, würde er ihr den Vorzug geben.

»Ich glaube dir nicht«, sagte sie härter als beabsichtigt. »Wenn deine Ex-Frau dir wirklich nichts mehr bedeutet, warum habt ihr euch geküsst? Mark, ich will nicht, dass sie mit dir unter einem Dach wohnt. Wenn sie wirklich nur eine passende Wohnung sucht, warum mietest du ihr bis dahin nicht ein Hotelzimmer? Ja, ich bin eifersüchtig, ich gebe es offen zu, und wenn dir etwas an mir liegt, dann erfüllst du mir diese Bitte.«

Mark Kandler senkte die Lider. Verdammt, er saß in einer Zwickmühle. Wie einfach wäre es doch, Helma von Tanjas schwerer Krankheit zu erzählen, doch durfte er sein Versprechen brechen?

»Das geht nicht«, antwortete er zögernd und bedrückt.

Helma prallte zurück, als habe er sie geohrfeigt. Entsetzt sah sie ihn an.

»Und warum nicht?« fragte sie, und ihre Stimme sank zu einem Flüstern herab. »Bitte, nenne mir einen vernünftigen Grund, Mark.«

Sein Herz schlug dumpf und schwer an die Rippen. O ja, einen vernünftigen Grund hatte er, doch den durfte er nicht nennen. Mark spürte, dass Verzweiflung sich seiner bemächtigte, und er begann, zu schwitzen.

»Bitte, Helma, hab doch Vertrauen zu mir«, bat er sie heiser. »Glaub mir, ich empfinde nichts mehr für Tanja. Was ich tue, geschieht aus einem freundschaftlichen Gefühl heraus. Einen anderen Grund kann ich dir nicht nennen. Ich liebe dich, Helma, nur dich ...«

»Warum fällt dir die Entscheidung dann so schwer?« spottete sie, doch in Wirklichkeit war sie den Tränen nahe. Für wie dumm hielt er sie. Glaubte er wirklich, dass sie ihm diese Ausrede abnahm? Sie liebte ihn, doch sie gehörte nicht zu den Frauen, die die Liebe blind und taub machte, die zu jeder Konzession bereit waren, nur um den geliebten Mann nicht zu verlieren.

»Warum stellst du mich vor eine Entscheidung?« stellte er die Gegenfrage. »Willst du mich wirklich erpressen?«

»Jetzt reicht es mir«, fuhr sie ihn böse an. »Ich finde dein Verhalten reichlich seltsam, Mark. Und ich lasse es jetzt wirklich darauf ankommen: sie oder ich. Wenn du dich für sie entscheidest, weiß ich Bescheid. Dann trennen sich unsere Wege.«

Helma ließ keinen Blick von ihm, und das Herz wurde ihr schwer, als sie sah, wie schwer er sich tat, eine Entscheidung zu treffen. Mark Kandler fühlte sich in die Enge getrieben. Da war Tanja, die todkrank war und seine Hilfe brauchte. Sie hatte sich zu ihm geflüchtet, weil sie in den letzten Stunden ihres Lebens mutterseelenallein war.

Und auf der anderen Seite war Helma, die Frau, der sein Herz gehörte, die er heiraten wollte.

Ist es noch gerechtfertigt, mein Wort zu halten? fragte er sich verzweifelt.

»Oh, Mark!« rief Helma, und Tränen kullerten plötzlich über ihre Wangen. »Merkst du denn nicht, wie weh du mir tust?«

»Ich ... ich kann Tanja nicht wegschicken, Helma«, antwortete er schwerfällig. »Eines Tages werde ich dir alles anvertrauen können, doch jetzt kann und darf ich es nicht. Ich bitte dich jedoch inständig: Ziehe keine falschen Schlüsse daraus. Ich liebe dich, mehr kann ich dir nicht sagen.«

»Sie bleibt also?« Helma wurde leichenblass, und sie hatte weiche Knie, als sie aufstand. »Das sagt mir genug, Mark. Von jetzt an sind wir geschiedene Leute. Ich kann einen Mann nicht lieben, den ich mit einer anderen teilen muss.« Überhastet wandte sie sich ab und verließ das Zimmer.

»Helma, bitte, bleib!« rief er ihr verzweifelt nach, doch sie warf die Tür hinter sich ins Schloss.

Tränenblind stürmte Helma über den Flur der Allgemeinen Chirurgie dem Stationsbüro zu. Sie sah und hörte nichts, hatte nur noch den Wunsch, allein zu sein, um sich ausweinen zu können.

Sie sah auch Dr. Uwe Martens nicht, der zufrieden lächelte. Offensichtlich hatten Helma und Mark sich gestritten, und er war der lachende Dritte. Der Chefarzt sah wieder einen Lichtschimmer am Horizont, schöpfte wieder Hoffnung.

Wenn Mark Kandler erst einmal das Martens-Hospital verlassen hatte, wenn Helma und er sich nicht mehr täglich sahen, würde Helma sich vielleicht doch für ihn, den besseren Mann, entscheiden.

Uwe beglückwünschte sich zu der Entscheidung, Helma vom Besuch der schönen Dame zu erzählen.

*

Missmutig warf Mark Kandler seine Kleidungsstücke in die Reisetasche. Heute war der Tag seiner Entlassung, und er hatte Helma noch nicht zu Gesicht bekommen.

Der große blonde Mann war salopp gekleidet. Er trug einen schilfgrünen eleganten Sommeranzug, der erkennen ließ, dass Mark bei einem ausgezeichneten Schneider arbeiten ließ.

Schwestern blieben unwillkürlich stehen und schauten dem großen schlanken Mann bewundernd nach. Rosi seufzte, als er sie flüchtig grüßte.

Mark hingegen hatte kaum einen Blick fürs Personal. Er suchte Dr. Helma Felten, die sich heute wohlweislich frei genommen hatte.

Als Mark dies erfuhr, wusste er, dass Helma nicht aus einer Laune heraus gehandelt hatte. Es war ihr offensichtlich bitter Ernst mit der Trennung.

Insgeheim bereute Mark, dass er Tanja bei sich aufgenommen hatte, denn allmählich begriff er, dass der Preis seiner Menschlichkeit viel zu hoch war. Indem er Tanja half, bezahlte er mit dem Verlust Helmas dafür.

Deprimiert verließ Mark das Martens-Hospital. Er sah nicht, dass Uwe an einem Fenster stand und ihm mit einem zufriedenen Lächeln auf den Lippen nachschaute. Dr. Martens glaubte, das Spiel gegen Mark Kandler gewonnen zu haben. Jetzt war es nur noch eine Frage der Zeit, bis Helma ihren Kummer überwunden und sich wieder ihm, Uwe, zuwandte.

Mark Kandler hingegen schaute sich nicht mehr um, als er ins Taxi stieg und sich nach Hause bringen ließ.

Seine hochherrschaftliche Jungendstilvilla, die ein wenig außerhalb lag, wirkte wie ein kleines Märchenschlösschen, und das Grundstück, das dazugehörte, war riesig.

Die Villa erhob sich am Ufer eines künstlich angelegten Sees und gab Zeugnis von Kandlers Reichtum.

Butler Oskar öffnete dem Hausherrn und hieß ihn nach langer Krankheit herzlich willkommen.

»Wo finde ich Tanja?« fragte Mark, nachdem der Butler ihm die Reisetasche abgenommen hatte.

»Die gnädige Frau ist in ihrer Suite«, antwortete der Butler und verzog keine Miene.

»Danke, Oskar.«

Mark Kandler eilte ins obere Stockwerk hinauf. Und als er kurz darauf seiner Ex-Frau gegenüberstand, erschrak er. Tanja war auffallend bleich, dunkle, fast blauschwarze Ringe lagerten unter ihren Augen, die Haut schimmerte bläulich.

»Grüß dich«, sagte er leise und küsste ihr die Hand. »Wie geht es dir?«

»Bitte, setz dich ein bisschen zu mir«, bat sie schwach. Sie saß in einem Sessel am Fenster und genoss die laue Sommerluft.

Mark kam ihrer Bitte nach. Sie hatte seine Frage nicht beantwortet. War es Absicht? Spürte sie den Tod bereits nahen und wollte nicht darüber sprechen, um ihn nicht zu erschrecken?

»Keine Antwort? Tanja, soll ich vielleicht einen Arzt kommen lassen?« Besorgt musterte er sie. »Du braucht keine Skrupel zu haben, denn du weißt, dass Geld mir nichts bedeutet.«

»Du bist schrecklich lieb.« Sie nahm seine Hand und presste sie kurz an ihre Wange. »Aber wozu brauche ich einen Arzt? Er kann mir doch nicht helfen. Außerdem will ich keine Tabletten nehmen, die mein Leben vielleicht um ein paar Tage verlängern. Wozu soll das gut sein?«

»Du musst es wissen.« Er schaute verlegen aus dem Fenster. Es berührte ihn seltsam, sie so selbstverständlich über den Tod sprechen zu hören.

Hatte sie denn keine Angst vor dieser Stunde, in der Gevatter Hein an ihre Tür klopfte und seine dunkle, kalte Hand nach ihr ausstreckte?

Mark bewunderte sie. Mit welcher Kraft meisterte sie doch das Unabwendbare.

»Mark, du hast einen wunderschönen Besitz«, sagte sie leise. »Ich weiß nicht, warum ich das früher nicht bemerkt oder als selbstverständlich hingenommen habe. Plötzlich betrachte ich meine Umwelt mit ganz anderen Augen. Ich sehe überall pulsierendes Leben. Ich bin plötzlich auf fleißige Bienen neidisch und beneide Fliegen um ihre Lebendigkeit. Schmetterlinge machen mich traurig, denn sie erinnern mich an mein eigenes Leben, das auch einem Taumel von einer Blüte zur anderen glich.«

»Was soll ich dir darauf antworten?« fragte er unbehaglich. »Du willst sicher nicht, dass ich dir zeige, wie sehr ich dein Schicksal bedauere.«

»Du bist ein kluges Kerlchen«, antwortete sie betont lustig. »Ich habe einen Wunsch, Mark. Geh doch morgen mit mir aus. Lade mich zu einem feudalen Essen ein und bummel anschließend mit mir durch die Stadt. Ich möchte, dass du mir zeigst, wie bunt und vielfältig das nächtliche Treiben in der Stadt ist.«

»Wenn's weiter nichts ist«, stimmte er ihr leichthin zu und beobachtete sie scharf. Es war ihm nicht entgangen, dass ihre Heiterkeit nicht echt war. Mit aller Kraft versuchte sie, ihm Gelassenheit vorzugaukeln.

»Da, schau die Rose dort«, sagte sie leise, und es klang, als spräche sie zu sich selbst. »Siehst du, wie sie dahinwelkt. Sie stirbt den sanften Tod einer Blume. Wenn ich das sehe, muss ich immer an ein Gedicht denken, in dem es heißt: Man stirbt nicht den sanften Tod einer Blume, das Menschenherz muss stückweise brechen.«

»Tanja ich möchte dich ein bisschen ablenken. Was hieltest du davon, dass wir einen kleinen Spaziergang durch den Park machen? Ich verspreche dir, dass du dich nicht überanstrengen wirst.«

»Gern.« Sie stand auf, und es entging Mark Kandler nicht, wie viel Kraft sie jede Bewegung kostete.

Seine Ex-Frau schaffte es gerade bis zum Tisch in der Mitte des Zimmers. Ein kleiner, weher Laut kam über ihre Lippen, sie taumelte.

Mark, der sie nicht aus den Augen gelassen hatte, sprang auf und war schnell bei ihr. Noch rechtzeitig genug, um sie aufzufangen und vor einem Sturz zu bewahren.

»Es ist wohl besser, wir verzichten heute auf den Spaziergang, Mark.« Sie sah lächelnd zu ihm auf, und zum ersten Male hatte Mark das Gefühl, dem Tod ins Angesicht zu sehen.

Tanjas Taint schimmerte, bläulich weiß, er konnte die feinen Äderchen unter der Haut erkennen. Ihre Lippen wirkten fahl, und die großen blauen Augen brannten tief in den Höhlen.

»Mark ...« flüsterte sie. »Ich habe schreckliche Angst. Du ... wenn es zu Ende geht, bleibst du bei mir?« Ihre Hände krallten sich in sein Jackett.

»Das verspreche ich dir«, antwortete er und hob sie auf die Arme. Er trug sie zum Diwan hinüber und bettete sie fürsorglich darauf.

»Deck mich bitte zu, ich friere entsetzlich«, bat sie und die Lider senkten sich über die Augen.

»Ja, natürlich«, antwortete er, doch ein seltsamer Blick streifte sie. Draußen herrschten sommerliche Temperaturen, und sie fröstelte?

Mark Kandler wandte sich ab, um eine Decke zu holen. Er presste die Lippen fest aufeinander. Sie war noch so jung ... viel zu jung, um schon ins Schattenreich zu gehen, aus dem es keine Wiederkehr gab.

*

»Bist du immer noch nicht fertig?« fragte Gerda Felten leise, damit Dr. Uwe Martens sie nicht hören konnte. Sie stand vor der Zimmertür ihrer Tochter.

Als die Mutter keine Antwort erhielt, klopfte sie kurz an und betrat Helmas Zimmer.

Die Ärztin saß auf der Bettkante und starrte trostlos vor sich hin.

»Du bist noch nicht fertig?« schimpfte die Mutter, obwohl ihr Helmas Anblick ins Herz schnitt. »Was soll Uwe denn von dir denken. Immerhin wartet er jetzt schon eine halbe Stunde im Wohnzimmer.«

»Das ist mir doch egal«, erwiderte Helma und ließ sich rücklings aufs Bett fallen. »Soll er doch warten ...«

Gerda Felten setzte sich zu ihrer Tochter aufs Bett und musterte sie prüfend. Helma war auffallend blass, selbst die Lippen zeigten kaum Farbe.

»Helma ... Kind, alles geht vorbei, und an Liebeskummer ist noch niemand gestorben. Komm, gib dir einen Ruck. Das Leben geht weiter.«

»Ach, Mama, du weißt nicht, wovon du redest«, entgegnete Helma und schloss die Augen.

»Glaubst du, ich bin nie jung und verliebt gewesen?« Gerda Felten lächelte wehmütig. »Aber als ich deinen

Vater kennen lernte, rückte alles andere in den Hintergrund. Helma, lass dich nicht so gehen. Du musst das Leben beim Schopf packen und dem Schicksal ein kräftiges Kontra geben. Dann sieht die Welt schon wieder anders aus.«

»Du hast ja Recht.« Die Ärztin seufzte und setzte sich auf. Sie lehnte die Stirn an die Schulter der Mutter und fügte traurig hinzu: »Geh schon nach unten und sage Uwe, dass ich gleich komme.«

»Der Mann tut mir Leid«, sagte diese, als sie sich erhob. »Er umwirbt dich mit soviel Liebe und . . .«

»Du meinst wohl Ausdauer«, warf Helma bissig dazwischen.

»Ist das verkehrt?« Die Mutter runzelte die Augenbrauen. »Helma, deine Aggression gefällt mir nicht. Außerdem solltest du gescheit sein. Doktor Martens ist ein Mann, nach dem manche Frau sich die Finger lecken würde. Er hat menschliche Größe, gesellschaftliches Ansehen, und er ist sehr vermögend. Du wärest eine angesehene Frau, wenn du seinem Werben endlich nachgäbest.«

»Warum heiratest du ihn nicht?« entgegnete Helma patzig. Als sie jedoch sah, dass ihre Mutter sich traurig abwandte, ging sie schnell zu ihr und legte die Arme um sie. »Verzeih mir, Mama, ich bin unausstehlich. Das wollte ich gar nicht sagen. Du musst mir in der nächsten Zeit so manches nachsehen.«

»Schon gut.« Gerda war schnell wieder versöhnt. Sie gab ihrer Tochter einen kleinen Klaps auf den verlängerten Rücken. »So, und jetzt beeile dich ein bisschen. Kann ich Doktor Martens sagen, dass du in ein paar Minuten kommst?«

»Ja, ich ziehe mir nur noch rasch das Kleid über«, antwortete Helma und schloss die Tür hinter ihrer Mutter. Die Ärztin lehnte sich mit dem Rücken dagegen. Sie war froh, dass die Mutter endlich gegangen war.

Helma wusste, dass es der Traum ihrer Mutter war, Uwe zum Schwiegersohn zu bekommen.

»Ich kann ihn nicht lieben«, flüsterte Helma verzweifelt, und ihre Gedanken eilten zu Mark Kandler. Sie verwünschte ihre Liebe zu ihm, und insgeheim hatte sie immer noch die Hoffnung, dass er eines Tages zu ihr zurückkehrte.

Ein paar Minuten später kam Dr. Helma Felten ins Wohnzimmer. Sie trug einen saloppen Hosenanzug aus hellgrauen Tuchloden und dazu eine passende Bluse aus moosgrüner Seide.

Dr. Martens stand sofort auf, als sie eintrat. Bewunderung lag in dem Blick, der sie umfing, und galant küsste er ihr die Hand.

»Ich bin heute Abend in Begleitung einer der schönsten Frauen der Stadt«, schmeichelte er und entlockte Helma ein Lachen.

»Uwe, übertreiben Sie nicht so maßlos, das passt nicht zu Ihnen. Kommen Sie, gehen wir, ich habe mittlerweile Hunger bekommen.« Sie hakte sich bei ihm unter, und als sie an der Küche vorbeikamen, warf Helma ihrer Mutter betont heiter eine Kusshand zu.

Die Ärztin wollte den Abend so schnell wie möglich hinter sich bringen, und ihr Plan war es, nach dem Essen mit Uwe, über Kopfschmerzen zu klagen.

Er musste sie nach Hause bringen, und sie hatte ihre Schuldigkeit getan.

Der Abend verlief angenehmer, als Helma erwartet hatte. Uwe zeigte sich von der charmantesten Seite und verstand es, angenehm zu plaudern. Mit keinem Wort streifte er ihre Erfahrung mit Mark Kandler, verzichtete darauf, ihr gute Ratschläge zu geben. Helma war dem Arzt dafür sehr dankbar.

Auch das Essen im Bristol, einem eleganten Restaurant, im Stil eines englischen Pubs gehalten, war ausgezeichnet.

Helma und Uwe hatten sich für Austern als Vorspeise entschieden, anschließend wurden Wachteln in Trüffelsoße serviert. Auf den Nachtisch verzichteten Helma und Uwe.

Als sie beim Mocca saßen, nahm die Ärztin eine Bewegung aus dem Augenwinkel war. Absichtslos wandte sie den Kopf und schaute zur Tür.

Doch dann erstarrte sie.

Dort standen Mark Kandler und eine wunderschöne Frau, die die Blicke der Männer auf sich zog. Ihr kastanienrotes Haar schimmerte geheimnisvoll, die blauen Augen in dem blassen Gesicht wirkten übernatürlich groß. Mund und Wangen waren zart geschminkt, und das pastellfarbene Abendkleid betonte die zierliche Erscheinung der Frau.

Helma konnte keinen Blick von ihr lassen, und das Herz krampfte sich ihr zusammen. Diese Frau war märchenhaft schön, und Helma konnte Mark sogar verstehen, dass er ihr den Vorzug gegeben hatte.

Mit unumstößlicher Sicherheit glaubte die Ärztin plötzlich zu wissen, dass es für sie und Mark keine gemeinsame Zukunft mehr gab.

Jetzt hatte auch Mark Kandler sie entdeckt. Sein Blick saugte sich an Helma fest, er machte einen halbherzigen Schritt auf Helma zu.

Hastig wandte die Ärztin den Kopf ab, und um Mark zu demonstrieren, dass sie nicht mehr an ihm interessiert war, legte sie die Fingerspitzen auf Uwes Hand und lächelte ihn an.

»Es war ein bezaubernder Abend, Uwe, aber nun möchte ich Sie bitten, mich nach Hause zu bringen.«

»Wegen Kandler?« fragte er mit feinem Lächeln,

dann nickte er. »Ich kann Sie verstehen, Helma.« Dr. Martens winkte den Kellner heran.

Er mimte nun den Verständnisvollen, obwohl er innerlich vor Eifersucht fast barst. Doch Uwe wusste, dass er Helma nur mit sehr viel Geduld erobern konnte, und er musste ihr Zeit lassen, über die böse Erfahrung mit Mark Kandler hinwegzukommen.

Als Helma und Uwe kurz darauf das Lokal verließen, waren Mark und seine Begleiterin nirgends mehr zu entdecken. Die Ärztin atmete erleichtert auf.

Zumindest hat er noch Taktgefühl bewiesen, dachte sie und hakte sich bei ihrem Chef unter.

»Es geht alles vorbei, Helma«, sagte er leise und drückte ihren Arm. »Glauben Sie mir, Sie werden bald vergessen. Das Leben bleibt nicht stehen, und mit der Zeit werden aus Wunden Narben, die zwar bleiben, aber nicht mehr schmerzen.«

»Ich hoffe, dass dieser Zustand bald eintritt«, erwiderte sie traurig und schaute zu ihm auf. »Und ... und ich danke Ihnen für Ihr Verständnis, Uwe.«

»Das ist doch selbstverständlich«, antwortete er weich und streichelte flüchtig ihre Wange. Er hatte schon so lange auf sie gewartet, dass es ihm auf ein paar Monate nicht ankam. Doch Dr. Uwe Martens hatte sich seinem Ziel nie so nahe gefühlt wie in den letzten Tagen.

*

Mark Kandler, Besitzer einer Boutiquenkette und Inhaber verschiedener Restaurants in ganz Deutschland, war tagsüber sehr viel unterwegs, führte Verhandlungen und schloss neue Verträge ab.

Die Abende jedoch gehörten Tanja.

Mark hatte seiner Ex-Frau längst verziehen, und über die Zeit ihrer Ehe sprachen sie selten. Auch nicht über ihre Liaison mit Max Insten, der in den Klatschspalten von Illustrierten für Schlagzeilen sorgte.

Mark spielte oft mit dem Gedanken, sich mit Helma in Verbindung zu setzen. Er unterließ es, denn es wäre ein sinnloses Unterfangen gewesen. So lange Tanja in seinem Haus lebte und er Helma nicht über den wahren Sachverhalt aufklären konnte, hatte es keinen Zweck, Verbindung mit der Frau seines Herzens aufzunehmen.

So grausam es klingen mochte, Mark Kandler wartete auf den Tag, an dem Tanja von ihrem Leiden erlöst wurde.

Es blieb ihm nicht verborgen, dass sie mehr und mehr verfiel, immer schwächer und hinfälliger wurde. Häufig geschah es, dass sie einen Abend vorzeitig abbrach, weil sie sich einfach nicht mehr aufrecht halten konnte.

Außerdem erhielt Tanja in den letzten Tagen häufig Besuch von Marks Hausarzt, der ihr Schmerzmittel verschrieb. Der Arzt hatte vor kurzem eine röntgenologische Untersuchung angeordnet und bei Tanja einen Milztumor diagnostiziert, der ihr Schmerzen bereitete.

Gestern Abend hatte Dr. Hansen Mark Kandler beiseite genommen und ihm offen mitgeteilt, dass jeder Tag Tanjas letzter sein konnte. Die Leukämie war schon so weit fortgeschritten, dass der Arzt sich darüber, wunderte, dass Tanja sich überhaupt noch aufrecht halten konnte.

Seit dem Gespräch mit Dr. Hansen verließ Mark seine Villa nur noch in den dringendsten Fällen. Er wollte Tanja nicht allein lassen.

Seiner Ex-Frau entging sein besonders aufmerksames Verhalten nicht. Tanja ahnte, dass Mark mit dem Arzt gesprochen hatte. Angst, wahnsinnige, entsetzliche Angst hielt sie seither in den Klauen. Obwohl Tanja nun schon seit einigen Wochen mit dem Wissen um den Tod lebte, brachte sie jetzt nicht mehr den Mut auf, ihm tapfer ins Gesicht zu sehen.

Heute Morgen, beim gemeinsamen Frühstück auf der Terrasse, war Tanja besonders unruhig und nervös. Sie konnte sich auch nicht wie sonst an dem kleinen See erfreuen, an dessen Ufer sich die Villa erhob.

Sie hatte keinen Blick für das unschuldige Weiß der Seerosen, die in der Morgensonne leicht erröteten, hörte nicht das Jubilieren der Vögel, die ihrem Schöpfer ein Morgenlied darbrachten. Die Strahlen der Sonne, die trotz des frühen Morgens schon sehr kräftig waren, wärmten sie nicht mehr.

Fröstelnd zog Tanja die Schultern hoch und schaute düster in den jungen Tag hinaus, der seine Pracht und Schönheit ankündigte.

»Noch einen Schluck Kaffee?« fragte Mark und griff zur Kanne.

»Ja ... bitte.« Angeekelt schaute Tanja auf die knusprigen Brötchen, auf den reichlich gedeckten Tisch. Allein schon beim Anblick der Speisen wurde ihr speiübel.

Doch sie wollte Mark das Frühstück nicht verderben, denn sie wusste, dass er diese Jahreszeit besonders schätzte.

»Heute wird ein prachtvoller Tag. Wir sollten uns zwei Liegestühle in den Park bringen lassen und einen faulen Tag machen«, sagte Mark leichthin. »Was meinst du dazu?«

»Warum bist du so gut zu mir?« fragte sie. Bis jetzt hatte sie es vermieden, diese Frage zu stellen. »Mark, ich weiß nicht, ob es noch einen Mann gibt, der so handeln würde. Du hast doch weiß Gott keinen Grund, dich so um mich zu bemühen. Schließlich hatte es eine Zeit gegeben, in der ich mich mehr als scheußlich benommen habe.«

»Lass die alten Geschichten ruhen«, ermahnte er sie gutmütig. »Wem bringt es was, wenn wir darüber reden? Es gab eine Zeit, in der ich dich sehr geliebt habe. Und heute brauchst du mich. Ist es nicht selbstverständlich, dass ich für dich da bin?«

»Trotzdem ...« Sie hustete, griff nach einem Taschentuch und presste es an die Lippen. Tanja erschrak zu Tode, als sie einen Blick auf das Taschentuch warf: Es war rot gefärbt. Rasch versteckte sie es unter dem Tisch, sie wollte Mark nicht beunruhigen.

»Trotzdem ... was?« hakte er nach.

»Trotzdem ist es ungewöhnlich.« Tanja unterdrückte den erneuten Hustenreiz. »Du hast Recht: Es ist sinnlos, darüber zu reden, Mark. Aber danken darf ich dir? Du hast mir meine letzten Wochen verschönt, hast mir das Gefühl der Geborgenheit gegeben, das ich in den letzten beiden Jahren nicht mehr gekannt habe.«

»Willst du mich verlegen machen?« fragte er und lachte gekünstelt.

»Ganz gewiss nicht.« Wieder wurde sie von einem Hustenanfall geschüttelt. Als sie sich erholt hatte, fuhr sie fort: »Ich habe aber noch eine Bitte, Mark. Wenn es soweit ist, dass ...«

Weiter kam Tanja nicht. Blut floss aus ihren Mund und ergoss sich auf das helle Sommerkleid. Sie rang nach Luft, die Hände verkrampften sich in der Tischdecke.

»Tanja!«rief Mark entsetzt und sprang auf. Er erreichte sie, bevor sie vom Stuhl kippen konnte. Behutsam ließ er sie auf die Sandsteinplatten gleiten.

»Oskar!« schrie er, und als der Butler nicht sofort auf der Terrasse auftauchte, noch einmal und lauter: »Oskar! Hergott, wo stecken Sie denn?«

»Ja, Herr Kandler?« Ein wenig verstört tauchte der

Mann in der gestreiften Weste in der offenen Terrassentür auf.

»Rufen Sie einen Krankenwagen, aber schnell!« rief Mark ihm zu. »Und sagen Sie dem Arzt, dass es ein dringender Fall ist. Leukämie im letzten Stadium ...«

Oskar warf sich herum. Er vergaß seine steife Würde und rannte zum nächsten Telefonapparat, um Marks Anordnung auszuführen.

Kandler hingegen bettete Tanja in die Seitenlage, wie er es einmal in einem Erste Hilfe Kurs gelernt hatte. Blut floss ihr aus dem Mund und färbte die Sandsteinplatten dunkel.

Mark fühlte sich hilflos. Was sollte er tun? Wie konnte er helfen, bis der Arzt eintraf? Mark sah, dass Tanja, die wohl vorübergehend das Bewusstsein verloren hatte, die Augen aufschlug.

»Bleib ganz ruhig liegen«, bat er aufgeregt. »Es ... es geht sicher gleich vorbei, und ein Arzt ist auch schon unterwegs, Tanja.«

Täuschte er sich, oder lächelte sie tatsächlich ein wenig?

»Es ... es ... geht ... nicht ... vorbei«, antwortete sie abgehackt. »Mark, ich spüre es ...« Sie schloss die Augen und hustete Blut aus.

»Du darfst jetzt nicht reden, Tanja. Es strengt dich zu sehr an.« Mark wusste nicht, was er sonst noch sagen sollte. Hilflos fühlte er sich ihrem Leiden ausgeliefert.

»Mark?« fragte sie nach einer Weile, und ihre Stimme klang so leise, dass er sich zu ihr hinunterbeugen musste, um sie verstehen zu können.

»Mark ... bitte ..., bleib bei mir, wenn ... wenn es zu ... zu Ende geht.« Ihre Hand glitt unruhig durch die Luft. Mark nahm sie und hielt sie fest.

»Was redest du? Der Arzt wird dir helfen und ...«

»Mark, versprich es mir«, bettelte sie. »Lass mich nicht allein, wenn ... wenn ... es dunkel wird. Ich brauche ... dich.«

»Ich bleibe bei dir«, antwortete er heiser. »Das verspreche ich dir.«

Kandler hob den Kopf und schaute zur Einfahrt hinüber. Herrgott, wo blieb nur der Krankenwagen? Sollte Tanja hier hilflos verbluten?

Endlich hörte er von fern das Martinshorn und atmete erleichtert auf.

»Der Arzt kommt gleich«, sagte er zu seiner Ex-Frau, doch er bekam keine Antwort. Prüfend sah er Tanja an. Hatte sie seine Worte gehört? Sie zeigte keine Reaktion.

Wie hypnotisiert starrte er sie an.

Lebte sie noch? Er sah, dass die kleinen schaumigen Blutbläschen am Mundwinkel leicht bewegt wurden.

Sie atmete noch.

Drei Minuten später wurden zwei Sanitäter und ein Notarzt vom Butler auf die Terrasse geführt. Die Sanitäter machten sich sofort an die Arbeit und betteten Tanja auf eine Trage.

»Doktor, kann ich mitkommen?« fragte Mark aufgeregt.

»Tut mir Leid, im Rettungswagen ist kein Platz für Sie«, antwortete der Notarzt und eilte hinter den Sanitätern her. Er wusste, dass er in diesem Stadium der Leukämie nur noch lindern, aber nicht mehr helfen konnte.

»Wohin bringen Sie sie?« rief Mark ihm nach.

»Ins Martens-Hospital«, antwortete der Arzt über die Schulter.

Mark Kandler folgte ihnen langsam bis zur Haustür. Er sah nur noch, wie der Rettungswagen zum Tor raste. Alles hatte sich blitzschnell abgespielt, und Mark strich sich fahrig über die Stirn.

»Martens-Hospital«, sagte er leise und wandte sich um. Der Butler machte ihn darauf aufmerksam, dass sein Anzug verschmutzt war, doch Mark winkte nur ab.

Er beschloss, sofort zum Hospital zu fahren, doch bei diesem Gedanken wurde er unruhig. Würde er Helma wiedersehen? Und wenn ja, würde sie ihm die Gelegenheit geben, ihr alles zu erklären?

Tausend Fragen standen noch offen, doch jetzt war nicht die Zeit, sie zu beantworten.

Zwei Stufen auf einmal nehmend, hetzte Mark Kandler ins obere Stockwerk hinauf und kleidete sich in Windeseile um. Wenig später befand er sich bereits auf dem Weg zu Tanja.

*

Mark Kandler durfte nicht sofort zu Tanja. Die Ärzte bemühten sich um sie, versuchten, die Blutungen zum Stillstand zu bringen.

Unruhig ging er auf dem Flur der Allgemeinen Chirurgie hin und her.

Dr. Uwe Martens, der ihn sah, zuckte wie unter einem Peitschenhieb zusammen. Was wollte Kandler hier? Mit Helma sprechen? Wieder Unruhe in das Leben der Ärztin bringen?

Kalte Wut packte den Chefarzt. Seit vielen Tagen bemühte er sich um Helma, und in den letzten beiden Tagen hatte er das Gefühl gehabt, als sei Helma endlich über den Berg. Ja, manchmal hatte er sie sogar zu einem lustigen Lachen verleiten können.

Und jetzt tauchte Kandler auf, um das mühsam Aufgebaute wieder zu zerstören?

Dr. Martens war fest entschlossen, Mark Kandler nicht mehr in seiner Klinik zu dulden. Er war nicht mehr Patient und kam auch nicht als Besucher in

Frage. Dr. Martens musste ihn im Hospital also nicht mehr dulden.

»Herr Kandler?«

Mark wandte sich sofort um, denn er glaubte, man wolle ihn zu Tanja rufen. »Ja, bitte?« fragte er höflich und musterte den Chefarzt ruhig.

Helma hatte Mark einmal flüchtig angedeutet, dass Dr. Martens um sie geworben hatte, doch das war im Augenblick nicht wichtig für Mark. Er sorgte sich um seine Ex-Frau.

»Verlassen Sie unverzüglich meine Klinik«, schnarrte Dr. Martens und musterte ihn hochmütig. »Sie haben hier nichts zu suchen.«

»So? Meinen Sie?« Mark bekam schmale Augen. Er hatte sofort begriffen, warum Dr. Martens ihn nicht hier haben wollte. »Und mit welcher Begründung weisen Sie mich aus dem Hospital?«

»Das sollten Sie doch zur Genüge wissen«, fuhr Dr. Martens ihn an. Der sonst so ruhige und besonnene Mann kannte sich selbst nicht wieder.

Im Augenblick hasste er Mark Kandler geradezu, und Dr. Martens war bereit, alles zu tun, um eine Begegnung zwischen Mark und Helma zu verhindern.

»Ich bin hier...«, setzte Mark an, doch er wurde heftig unterbrochen.

»Ihre Motivation ist mir klar«, sagte Dr. Martens hart. »Aber ich rate Ihnen, lassen Sie Helma in Ruhe. Es war schwierig genug, sie davon zu überzeugen, dass Sie ihrer Liebe nicht wert sind. Ich werde nicht zulassen, dass Sie ihr wieder die mühsam errungene Ruhe rauben. Und jetzt gehen Sie, ich muss Sie hier nicht dulden. Wenn Sie sich widersetzen, schrecke ich nicht davor zurück, Sie wegen Hausfriedensbruch anzuzeigen. Das ist mein Krankenhaus.«

»Das soll es auch bleiben.« Mark lächelte spöttisch und verschränkte die Arme vor der Brust.

»Reizen Sie mich nicht noch mehr«, drohte der Chefarzt und machte einen Schritt auf ihn zu.

»Machen Sie sich nicht unglücklich, Doktor«, warnte Mark ihn. »Die Kräfteverhältnisse sind zu ungleich verteilt. Außerdem will ich Sie aufklären, dass ich nicht wegen Doktor Felten in der Klinik bin.«

»So?« entschlüpfte es Dr. Martens verblüfft und misstrauisch.

»Meine Ex-Frau ist eingeliefert worden. Sie leidet an einer akuten Leukämie. Und ich werde hier warten, bis ich an ihr Bett darf. Und daran werden Sie mich nicht hindern; Doktor, auch nicht mit Polizeigewalt. Oder wollen Sie, dass ich einen Skandal anzettele, der die ganze Stadt bewegen wird?«

»Ihre Ex-Frau?« Sein Gesichtsausdruck war im Moment nicht gerade intelligent zu nennen.

»Sie haben mich richtig verstanden, Doktor Martens.« Ihre Blicke kreuzten sich wie Klingen. »Haben Sie immer noch den Wunsch, mich hinauswerfen zu lassen?«

Wortlos wandte der Chefarzt sich um und stürmte davon. Er war froh, dass Helma heute Spätdienst hatte. Im Augenblick war keine Begegnung zwischen ihr und Kandler zu befürchten.

Dr. Uwe Martens blieb an einem der Flurfenster stehen und sah hinaus.

Was soll ich tun? fragte er sich, Ich kann Helma doch nicht anrufen und ihr sagen, sie solle zu Hause bleiben? Plötzlich hellte sich sein Gesicht auf.

»Warum eigentlich nicht? Sie hatte noch zwei oder drei freie Tage zu bekommen, denn sie hatte in letzter Zeit viele Überstunden geleistet.

Dr. Martens hatte es plötzlich sehr eilig. Es würde

ein paar Worte mit dem Leiter der Verwaltung kosten, der wiederum Helma anrufen musste, um ihr zu sagen, dass sie die nächsten beiden Tage freinehmen müsste.

Der Chefarzt lächelte, er hatte wieder Hoffnung geschöpft, denn er war felsenfest davon überzeugt, dass Helma Mark Kandler schnell vergessen würde, wenn sie ihn lange genug nicht sähe.

*

Marks Geduld wurde auf eine harte Probe gestellt. Stunden waren vergangen, bis Dr. Zäner, den er noch von seinem Aufenthalt hier kannte, auf ihn zukam.

»Nun, Doktor?«fragte Mark und sein Blick hing an den Lippen des Arztes.

Dr. Zäner zuckte mit den Achseln und wischte sich müde über die Augen. »Es besteht keine Hoffnung mehr, Herr Kandler. Wir haben zwar die Blutung in den Griff bekommen, aber wir haben dadurch den Tod nur um ein paar Stunden hinausgezögert ... wenn überhaupt so lange.«

Mark schwieg betroffen. So schnell? Tanja war noch gar nicht so lange bei ihm. Als sie zu ihm gekommen war, hatte sie von Wochen und Monaten gesprochen. Und nun?

»Es tut mir Leid, Herr Kandler, dass ich keine bessere Nachricht für Sie habe«, sagte der Arzt und schaute auf die Uhr. Er fühlte sich erschöpft und hatte eine kleine Kaffeepause dringend nötig.

»Kann ich zu ihr, Herr Doktor?« fragte Mark. Er bemerkte die Ungeduld des jungen Arztes, doch er nahm sie ihm nicht übel. Sicher wurde Dr. Zäner täglich mit solchen oder ähnlichen Fällen konfrontiert.

»Natürlich.« Der Arzt räusperte sich. »Wir haben Frau Berger in ein Einzelzimmer gelegt. Wie immer in solchen Fällen. Wiedersehen, Herr Kandler.«

»Wiedersehen«, sagte Mark leise. Wie immer in solchen Fällen, hatte der Arzt gesagt. Es klang abgestumpft und gleichgültig.

Mark fuhr sich mit beiden Händen durchs Haar. Er durfte dem Arzt keinen Vorwurf machen. Er hatte keinerlei Beziehung zu Tanja. Für ihn war sie eine Patientin wie alle anderen auch.

Schwerfällig wandte Mark sich um und ging in Tanjas Zimmer. Eine junge Schwester saß am Bett der Patientin.

»Lassen Sie mich mit ihr allein, Schwester«, sagte Mark, und als er sah, dass sie zögerte, fügte er hinzu: »Bitte, Schwester. Ich werde läuten, falls sich ihr Zustand verschlimmern sollte.«

Mark Kandler zog sich einen Stuhl neben das Bett und setzte sich. Nachdenklich betrachtete er Tanja, die die Augen geschlossen hielt.

Ihr Gesicht war wächsern bleich, die Nase ragte seltsam spitz aus dem Gesicht, die Wangen waren eingefallen und blähten sich leicht unter den regelmäßigen Atemzügen.

Der Mann wandte den Kopf und schaute hinaus. Am Himmel ballten sich dunkle Wolken zusammen. Eines der vielen Wärmegewitter war zu erwarten.

Mark fuhr sich mit zwei Fingern zwischen Hals und Hemdkragen. Die Schwüle war unerträglich. Er öffnete den obersten Kragenknopf und lockerte die Krawatte.

Ein ordentlicher Regenguss würde Mensch und Tier von der drückenden Schwüle erlösen.

Dumpfes Donnergrollen klang auf, und in der Ferne zuckte Wetterleuchten über die dunkle Wolkenwand.

»Mark?«

Wie ein Hauch traf ihn der Name. Er wandte rasch den Kopf und schaute in Tanjas übernatürlich große Augen. »Tanja«, sagte er leise, und ein Hauch von

Zärtlichkeit schwang in diesem Wort mit. »Was machst du nur für Geschichten? Du hast mir einen gehörigen Schrecken eingejagt.«

Die junge Frau bewegte die Fingerspitzen der rechten Hand. Die linke lag ruhig, sie war am Bett fixiert, damit die Patientin sich nicht von der Infusion losreißen konnte.

»Mark ... es war doch schön ... mit uns ... nicht wahr?« fragte sie, und ihre Stimme war so leise, dass er genau hinhören musste, um sie verstehen zu können.

»Ja, Tanja, es war eine schöne Zeit«, pflichtete er ihr bei, und er musste nicht einmal lügen, denn bis Max Insten aufgetaucht war, hatte es zwischen ihnen keine Schatten gegeben.

»Irgendwann wird es wieder so sein«, fuhr sie leise fort. »Ich weiß es ...« Sie atmete heftiger, das Sprechen strengte sie offensichtlich sehr an.

»Bitte, Tanja, rede nicht so viel«, bat er sie besorgt. Er strich ihr eine Locke aus der Stirn und erschrak, als er den eiskalten Schweiß an den Fingerspitzen spurte.

»Ich muss ... ich habe nicht mehr viel Zeit«, antwortete sie abgehackt. Ihre Zähne schlugen plötzlich wie im Fieber aufeinander. »Mark, bitte deck mich zu«, bat sie.

Er stand auf und schaute in den Schränken nach. Als er nirgends eine Decke fand, nahm er sein Jackett und legte es über ihre Brust.

»Besser so?« fragte er und beugte sich über sie. »Hast du noch einen Wunsch? Soll ich nach der Schwester läuten?«

»Nein, nein«, wehrte sie ab. Ihre Hand tastete sich über die Bettdecke, schob sich Schutz suchend zwischen seine Finger. »Du ... du bist so warm, Mark, so ... so ... voller Leben.«

Mark setzte sich wieder und hielt ihre Hand. Er

wusste nicht, was er darauf antworten sollte. Ihre Hand ruhte wie ein kleiner müder Vogel in der seinen. Kühl und schlaff, nicht mehr fähig, das Leben zu halten.

Ein mächtiger Donnerschlag erschütterte das Zimmer, die ersten schweren Regentropfen klopften an die Fensterscheiben.

Tanjas Gesichtsausdruck veränderte sich. Sie neigte leicht den Kopf, so als lausche sie. Dann huschte ein winziges Lächeln über ihr abgezehrtes Gesicht, das sich innerhalb weniger Stunden verändert hatte.

»Hörst du es?« fragte sie, und ein überirdisches Leuchten lag in ihren Augen.

»Was?« fragte er heiser und schluckte trocken. Er hatte noch nie einen Menschen sterben sehen, hatte sich der Ewigkeit noch nie so nahe gefühlt.

»Die Melodie«, flüsterte sie. »Die vielen hellen Glöckchen und die leisen Trommeln . . .«

»Es ist der Regen, Tanja«, erwiderte er hilflos. »Nur der Regen . . .«

Ein Blitz tauchte das Zimmer für den Bruchteil einer Sekunde in grelles Licht. Mark ließ keinen Blick von Tanjas Gesicht, und er war sicher, sie noch nie so schön gesehen zu haben. Obwohl sie bleich und die Wangen hohl waren, strahlte sie einen Frieden aus, der ihn seltsam anrührte.

»Es sind so viele Lichter hier, Mark.« Ihr Lächeln vertiefte sich. »Und die Menschen . . . Da . . .«

»Tanja«, sagte er leise, doch er drückte damit nur seine Hilflosigkeit aus. Sie musste sich bereits an der Schwelle zu dem dunklen Reich befinden, in das die Lebenden, die Kräftigen und Gesunden nie einen Blick tun durften.

Der Druck ihrer Finger verstärkte sich leicht, und sie versuchte, sich aufzurichten. Mark beugte sich über sie und drückte sie sanft in die Kissen zurück.

Als er sich wieder hinsetzte und Tanja anschaute, erschrak er zutiefst. Ihre Augen waren weit und gebrochen in unendliche Fernen gerichtet, ein Lächeln des Friedens lag immer noch auf ihrem Gesicht.

»Tanja«, sagte er erschüttert, erhob sich und strich ihr sanft über die Augen. »Jetzt bist du erlöst und lebst in einer anderen, besseren Welt.«

Mark Kandler blieb noch kurze Zeit neben dem Bett stehen und betrachtete das stille Gesicht seiner Ex-Frau. Er hatte ihr nie etwas Böses gewünscht, doch der Tod war eine Erlösung für sie gewesen.

»Es war gut so«, sagte er leise und wandte sich ab.

Mark Kandler verständigte eine Schwester, dass Tanja nicht mehr lebte.

Als er am Stationsbüro vorbeikam, blieb er kurz stehen. Grübelnd betrachtete er die Tür. Nein, jetzt war nicht der Augenblick, um mit Helma zu reden. Morgen, wenn er den Eindruck des Todes ein wenig überwunden hatte, wollte er wiederkommen.

*

Dr. Uwe Martens spürte, wie die Wut wie eine lodernde Flamme nach ihm griff, als er Mark Kandler am nächsten Tag über den Flur der Allgemeinen Chirurgie kommen sah.

Was wollte Kandler denn noch hier? Frau Berger war gestorben. Es gab keinen Grund für ihn, sich weiterhin auf der Station aufzuhalten.

Dr. Martens ging seinem Rivalen entgegen. Der Chefarzt musste all seine Beherrschung aufbieten, um dem Besucher ruhig begegnen zu können.

»Was wollen Sie denn schon wieder hier?«

»Nichts von Ihnen, Doktor Martens«, entgegnete Mark kühl. Er musterte den Arzt mitleidig. Irgendwo konnte er Martens sogar verstehen.

Aber es konnte nur einen Sieger geben. Und das werde ich sein, sagte Mark sich in Gedanken. Ich liebe Helma, und sie liebt mich. Ich lasse mir von niemandem die Frau nehmen, die ich liebe.

»Das kann ich mir vorstellen«, antwortete Dr. Martens heiser. »Aber . . .«

»Hören Sie, Doktor, ich will Ihnen nicht zu nahe treten, aber ich suche Doktor Felten. Ich möchte Sie sprechen, und Sie werden mich nicht davon abhalten.« Mark Kandler musterte den Chefarzt mit einem Blick, der ihm als Warnung dienen sollte.

»Warum lassen Sie Helma nicht in Ruhe?« Jetzt schwang Verzweiflung in der Stimme des Arztes mit. »Sie will nichts mehr mit Ihnen zu tun haben. Sie hat schon genug gelitten.«

»Ja, und das war meine Schuld«, erwiderte Mark ruhig. »Zumindest zum Teil. Und das will ich klären. Sagen Sie mir bitte, wo ich Doktor Felten finden kann.«

»Nein.«

»Seien Sie nicht albern, Doktor.« Mark Kandler wurde langsam wütend. »Sie können mich von meinem Vorhaben nicht abhalten. Ich liebe Helma. Es ist Ihr persönliches Pech, dass Sie sie auch lieben, Doktor. Sie hat ihr Herz an mich verloren. So bitter das für Sie sein mag, es ist eine Tatsache.«

Einen Augenblick lang hatte es den Anschein, als wolle Dr. Uwe Martens sich mit Mark prügeln. Offener Hass lag in den Augen des Chefarztes.

»Gehen Sie«, stieß Dr. Martens hervor, und seine Stimme zitterte. »Verschwinden Sie doch endlich und lassen Sie Helma in Frieden. Sie hat ihn sich mühsam errungen. Warum wollen Sie sie wieder . . .«

»Wenn Sie mir nicht sagen, wo ich Helma finde, dann werde ich eben eine Schwester bemühen, Doktor Martens«, unterbrach Mark ihn hart. Auch er hatte in den letzten Wochen sehr darunter gelitten, dass er Helma nicht über den wahren Sachverhalt hatte aufklären können.

Doch nun war Tanja tot, und er war nicht mehr an sein Versprechen gebunden. Er sehnte sich nach der Frau, der sein Herz gehörte, wollte endlich die klärenden Worte sprechen, die alles Leid aus der Welt schaffen würden, das Helma durch sein Verhalten erduldet hatte.

»Sie hat keinen Dienst«, antwortete Dr. Martens resigniert. Mit hängenden Schultern stand er vor Mark Kandler.

Dr. Uwe Martens wusste in diesem Augenblick, dass er den Kampf um Dr. Helma Felten verloren hatte.

»Lügen Sie mich nicht an, Doktor.« Mark Kandler machte einen Schritt auf ihn zu.

Doch Martens zuckte nicht mal mit einer Wimper. »Glauben Sie doch, was Sie wollen«, sagte er leise zu Mark. »Doktor Felten hat keinen Dienst. Und wenn Sie die ganze Klinik nach ihr absuchen, Sie werden sie hier nicht finden.«

Wortlos drehte Mark Kandler sich um und stürmte davon. Wenn Helma nicht hier war, dann wusste er, wo er sie zu suchen hatte.

Dr. Uwe Martens trat an ein Flurfenster und lehnte die heiße Stirn ans Glas. Er blickte traurig hinaus. Die Sonne spiegelte sich eitel in den kleinen Pfützen, die noch vom gestrigen Unwetter übrig geblieben waren.

Dann sah er Mark Kandler, der schnell zu seinem Sportwagen ging. Martens verzog den Mund zu einem bitteren Lächeln. Dort ging der Mann, der all das bekommen würde, wovon er, Martens, nur träumen durfte.

»Herr Chefarzt, fühlen Sie sich nicht wohl? Kann ich Ihnen helfen?« fragte eine zaghafte Frauenstimme neben ihm.

Wie aus einem bösen Traum erwachend strich Dr. Martens sich über die Stirn und wandte sich um. Schwester Doris stand neben ihm. Ehrliche Sorge war in ihren großen blauen Augen zu lesen.

»Nein, nein, es geht schon wieder.« Er lächelte sie an. Sie war hübsch und gescheit. Es gibt auch noch andere Frauen, sagte er sich, und Helma werde ich vergessen müssen. Es gibt wohl im Leben eines jeden Menschen einen Traum, der sich nie erfüllt. »Aber eine Tasse Kaffee könnte nichts schaden. Was halten Sie davon, Schwester Doris?«

Wieder traf sie sein Lächeln, das wie ein Blitzstrahl ihr Herz erhellte, und als er die Hand unter ihren Arm schob und mit ihr zum Kasino schlenderte, klopfte ihr Herz stürmisch.

Das hatte er noch nie getan, und Schwester Doris begann, an ein kleines Wunder zu glauben.

*

Mark Kandler hingegen fuhr vom Hospital direkt zum ›Rotbusch zwei‹. Stürmisch läutete er an der Tür des Hauses, doch niemand öffnete ihm.

Hatte Helma ihn vielleicht gesehen und weigerte sich, ihn zu empfangen?

»Was möchten Sie denn?« fragte plötzlich eine Jungenstimme hinter ihm.

Mark drehte sich um. Vor ihm stand ein Bub und musterte ihn kritisch. Die dunklen Locken fielen ihm wirr in die Stirn, die blauen Augen ließen ihn nicht los.

Mark setzte sich auf die Treppe, um nicht von oben auf den Jungen herabschauen zu müssen. Er streckte Thomas die Hand entgegen.

»Hallo, ich bin Mark Kandler«, stellte er sich vor. »Und du bist sicher der Thomas. Helma hat mir schon viel von dir erzählt.«

Damit war das Eis gebrochen. Tommy grinste breit und antwortete: »Sicher nix Gutes, oder?«

»Sagen wir: Fifty-fifty«, antwortete Mark grinsend. Der Junge gefiel ihm. »Wo steckt Helma denn? Soweit ich weiß, hat sie heute doch keinen Dienst.«

»Sie ist mit Oma Gerda einkaufen«, erklärte Thomas bereitwillig. »Aber es dauert bestimmt nicht lange. Wir können ja in der Zwischenzeit ein Eis essen gehen. Gar nicht weit von hier ist eine Eisdiele. Da gibt es sagenhaftes . . .« Er brach ab und deutete mit ausgestrecktem Arm die Straße hinunter. »Da kommen sie ja.«

»Dann hat sich mein Eisproblem erledigt«, bemerkte Mark und griff in die Jackentasche. Er drückte dem Jungen ein Geldstück in die Hand. »Und das löst dein Eisproblem. Viel Spaß.«

»Danke.« Der Junge strahlte ihn an und lief davon.

Helma, die soeben aus dem Wagen stieg, schaute ihrem Neffen, der wie ein Wirbelwind an ihr vorbeisauste, verdutzt nach. Dann richtete sich ihr Augenmerk auf das Haus.

Als sie Mark Kandler vor der Tür stehen sah, wollte sie sich sofort wieder in den Wagen setzen, um die Flucht zu ergreifen. Sie entschied sich jedoch dafür, zu bleiben, um ihm wenigstens zu sagen, wie sie über ihn dachte.

»Entschuldige mich einen Augenblick, Mama, ich helfe dir später beim Tragen. Ich habe noch etwas zu erledigen.«

Gerda Felten stieg aus und beobachtete ihre Tochter, die forschen Schrittes auf den hoch gewachsenen blonden Mann zuging.

»Was willst du hier?« fuhr sie Mark schroff an. »Ich will dich nicht mehr sehen. Habe ich das nicht genug zum Ausdruck gebracht? Einen Mark Kandler gibt es nicht mehr in meinem Leben.«

»Ich verstehe deinen Zorn, Helma, aber ich muss dir doch erklären, warum ich dir nichts über Tanja sagen konnte«, antwortete er ruhig.

Helma sah ihn misstrauisch an. Was war geschehen? Hatte seine schöne Freundin ihm den Laufpass gegeben? Brauchte er jetzt einen Lückenbüßer? Oder hatte er sich eine fantastische Lüge zurechtgelegt, um sie wieder an sich zu binden.

Sie verschränkte die Arme vor der Brust. »Ich höre«, sagte sie sarkastisch.

»Tanja ist tot«, sagte er schlicht. »Sie ist von ihrem Leiden erlöst worden. Gestern starb sie im Martens-Hospital.«

»Gestern?« fragte sie ungläubig, und eine Vermutung blitzte in ihrem Kopf auf. Hatte sie vielleicht deshalb die freien Tage nehmen müssen, weil Uwe sie nicht auf der Station haben wollte?

Hatte Uwe damit spekuliert, dass er sie doch noch erringen könnte, wenn sie Mark Kandler nicht mehr sah?

»Bitte, Helma, gib mir wenigstens die Gelegenheit, dir alles zu erklären«, bat er und hob bittend die Hände. »Ich habe nicht eine Sekunde aufgehört, dich zu lieben, aber ...«

Die Ärztin sah, dass ihre Mutter näher kam. Helma lächelte kaum merklich. Mutters Neugier war manchmal ganz schön penetrant.

»Jeder sollte die Gelegenheit bekommen, sich zu rechtfertigen«, erklärte sie. »Das räumt man sogar einem Schwerverbrecher ein.«

»Danke, du bist sehr charmant«, entgegnete er trocken.

Helma antwortete nicht. Da sie nicht wollte, dass ihre Mutter das Gespräch zwischen ihr und Mark mit anhörte, führte sie ihn hinters Haus in den Garten.

Helma setzte sich ins Gras im Schatten eines alten Apfelbaumes, und Mark tat es ihr gleich. Die Ärztin ließ kaum einen Blick von ihm.

Mark hielt den Kopf leicht gesenkt und begann, leise von Tanja Berger, seiner Ex-Frau, zu berichten.

Helma hörte ihm aufmerksam zu, und je länger er redete, desto stürmischer klopfte ihr Herz. Ja, sie glaubte ihm, dass er sie immer noch liebte.

»Hättest du mir nicht wenigstens eine Andeutung machen können?« fragte sie vorwurfsvoll, doch die Härte war aus ihrer Stimme verschwunden.

»Würdest du so ein Versprechen halten?« stellte er die Gegenfrage, und leiser fügte er hinzu: »Außerdem hast du mir kaum Gelegenheit dazu gegeben. Helma, können wir diese Zeit nicht vergessen? Ich war so glücklich mit dir, und dieses Glück möchte ich wiederhaben. Ich liebe dich, und ich bitte dich inständig: Schick mich nicht weg.«

Dunkle Röte überzog ihr Gesicht, sie legte die Hand an seine Wange und antwortete: »Ich werde nie mehr an deiner Zuneigung zweifeln, Mark. Auch ich habe nie aufgehört, dich zu lieben. Und . . . und es war eine schreckliche Zeit ohne dich.«

»Ich muss dir noch etwas sagen.« Verlegen schaute er sie an. »Ich bin mit deinem Chef ganz hübsch aneinander geraten. Eine Zusammenarbeit mit ihm wird kein Zuckerschlecken werden. Du, Helma, willst du deinen Beruf nicht aufgeben? Werde meine Frau . . .« Als sie zögerte, fügte er hastig hinzu: »Deinen Neffen habe ich kennen gelernt. Ein netter Junge. Er und deine Mutter werden selbstverständlich zu uns kommen.«

»Ach, Mark, ich habe das Gefühl zu träumen«, flüsterte sie, und in ihren blauen Augen leuchtete das Glück. »Mark, küss mich endlich, damit ich weiß, dass das alles Wirklichkeit ist.«

Er lachte und nahm sie in die Arme.

Seine Küsse berauschten sie, ließen sie alles Leid der letzten Wochen vergessen. Sie legte die Arme um seinen Hals und erwiderte seine Zärtlichkeiten mit Sehnsucht und Hingabe.

Gerda Felten und Thomas standen auf der Terrasse und schauten zu den beiden hinüber. Gerda begrub nun endlich ihren Traum, den Chefarzt des Martens-Hospitals zum Schwiegersohn zu bekommen.

»Sag mal, Oma Gerda lieben die beiden sich?« fragte Thomas kritisch.

»So nennt man das wohl«, antwortete Helmas Mutter und seufzte. »Komm, Junge, lass uns ins Haus gehen. Liebende darf man nicht stören, denn sie sind im siebenten Himmel.

ENDE

Janine Haller

Liebe war für ihn nur Lüge

Seine Frau verschwieg er mir

»Du warst doch erst vor vier Tagen in London!« rief Angelika aus dem Schlafzimmer. »Musst du denn schon wieder verreisen?«

Harald verzog unmutig das Gesicht, zupfte die Krawatte zurecht und warf seinem Konterfei im Spiegel einen letzten prüfenden Blick zu. Er hielt es für klüger, seiner Frau nicht zu antworten, da er eine Auseinandersetzung vermeiden wollte.

Angelika Krüger tauchte in der Tür zum Badezimmer auf. Sie lehnte mit der Schulter am Türrahmen, und ein wehmütiger Zug lag auf ihrem Gesicht, als sie ihren Mann betrachtete.

»Kannst du mich nicht mitnehmen?« fragte die junge Frau leise. »Salzburg ist eine bezaubernde Stadt, und Ausflüge in die Umgebung lohnen sich.«

Harald Krüger drehte sich um und schaute seine Frau ärgerlich an. Dass Angelika eine Schönheit war, nahm er kaum noch wahr. Seit zehn Jahren war er mit ihr verheiratet. Er liebte seine Frau, jedoch nicht mehr mit jener Leidenschaft der ersten glücklichen Jahre.

»Lass uns doch ehrlich sein, Angelika. Du wärest nur hinderlich für mich. Ich will mir verschiedene Projekte in der Umgebung von Salzburg anschauen und mit Geschäftsleuten verhandeln. Stets hätte ich ein schlechtes Gewissen, wenn ich dich allein lassen müsste.«

Harald ging an ihr vorbei und streichelte flüchtig ihre Wange. Der Duft seines herben Rasierwassers streifte Angelika, und traurig schaute sie ihrem Mann nach. Ihre großen braunen Augen füllten sich mit Tränen.

Die hübsche Frau liebte ihren Mann genauso tief und innig wie am ersten Tag ihrer Beziehung, und sie litt darunter, dass Harald sie kühl, ja häufig sogar gleichgültig behandelte.

»Warum sagst du mir nicht die Wahrheit?« rief sie lauter als beabsichtigt und fing an zu weinen. »Ich bin dir lästig, das ist alles.«

»Hör auf!« schrie er sie plötzlich so zornig an, dass Angelika erschrak. »Ich hasse es, immer wieder über das gleiche Thema zu streiten. Wenn das so weitergeht, komme ich überhaupt nicht mehr nach Hause. Ich höre immer nur Klagen und Vorwürfe. Glaubst du, dass das erheiternd auf mich wirkt?«

Harald Krüger strich eine dunkle Haarsträhne zurück, seine Augen wirkten fast schwarz vor Zorn.

Angelika ließ keinen Blick von ihrem gut aussehenden Mann, und wenn sie sich vorstellte, dass er eine andere Frau in seinen Armen hielt, krampfte sich ihr Herz zusammen.

»Schon gut, ich sage ja nichts mehr.« Angelika wischte sich die Tränen von den Wangen.« Es war ja nur so ein Gedanke von mir.«

Auch Harald bereute bereits, dass er so heftig reagiert hatte. Er ging zu seiner Frau und zog sie behutsam in die Arme. Er lehnte die Wange an ihr Haar und wiegte sie wie ein Kind in seinen Armen.

»Es ist mir zuwider mit dir zu streiten«, sagte er leise, und am Tonfall seiner Stimme merkte seine Frau, dass er es ehrlich meinte.

»Ich ... ich habe Angst, dass ich dich eines Tages an eine andere Frau verlieren könnte.« Angelika Krüger kuschelte sich fester an ihn, und tapfer hielt sie die Tränen zurück.

Harald presste die Lippen an ihr Haar, und seine Frau konnte den bitteren Zug um seinen Mund nicht sehen.

Herr Krüger dachte an die vielen kleinen Amouren und Liebschaften, die er während seiner vielen Geschäftsreisen gehabt hatte, und die er ganz einfach brauchte, um den Alltag seiner Ehe ertragen zu können.

Zehn Jahre Ehe waren eine lange Zeit, und aus der leidenschaftlichen Zuneigung zu Angelika war ein ruhiges und gutes Gefühl geworden. Harald dachte gar nicht daran, sich von seiner Frau zu trennen, denn sie bot ihm ein Zuhause, wie ein Mann es sich wünschte.

»Bleib mir treu«, flüsterte die junge Frau und schlang die Arme fest um seinen Hals. »Ich habe entsetzliche Angst davor, dich eines Tages zu verlieren. Sag nicht, dass das Hirngespinste sind, denn ich weiß genau, was unserer Ehe fehlt.«

»Es nützt niemandem, immer wieder von Dingen zu sprechen, die uns beiden nur wehtun«, sagte er rau und presste sie fester an sich.

Über den Kopf seiner Frau hinweg schaute Harald Krüger sich um. Er war ein erfolgreicher Immobilienmakler und hatte in den letzten zehn Jahren ein riesiges Vermögen verdient. Sein Blick glitt über die Einrichtung des Wohnraumes, und alles was er sah, war gut und teuer.

»Ich weiß nicht, wie ich es dir erklären soll, Harald, aber meine Angst wird von Tag zu Tag größer.« Angelika lehnte sich ein wenig zurück, und ihr Blick durchforschte das Gesicht ihres Mannes. »Doch eins weiß ich ganz sicher: Ich könnte es nicht ertragen, dich zu verlieren, Harald.«

Der Immobilienmakler küsste seine Frau flüchtig auf die Stirn und trat einen Schritt zurück. Unsicherheit lag in seinem Blick, als er sie anschaute. Was sollte er ihr darauf antworten? Dass er sich zu Hause langweilte? Nein, er wollte ihr nicht wehtun, und so drehte er sich schnell um und ging zur Diele.

»Ich rufe dich an, sobald ich in Salzburg angekommen bin.« Dann klappte die Haustür hinter Harald Krüger ins Schloss.

Angelika ging hastig zum Fenster und schaute ihrem Mann nach, der sich hinter das Steuer seines silbergrauen, schnittigen Sportwagens setzte. Harald drückte auf die Dreiklanghupe, wendete den Wagen und fuhr davon.

Die junge Frau lehnte die Stirn ans Fensterglas und schloss die Augen. Harald hatte angedeutet, dass er acht oder mehr Tage wegbleiben wollte. Die Geschäftsreisen ihres Mannes häuften sich, und Angelika verdächtigte ihren Mann der Untreue. Immer seltener geschah es, dass sie zärtliche Abende in trauter Zweisamkeit verbrachten, und die junge Frau spürte fast körperlich, dass sich Unheil anbahnte.

Als Angelika sich umdrehte, lag ein bitteres Lächeln auf ihren Lippen. Sie setzte sich, griff zu einer Illustrierten und blätterte gelangweilt darin. Zufällig fiel ihr Blick auf ein lachendes Kindergesicht, das in Farbe abgebildet war, und hastig legte sie die Zeitung weg.

Tiefe, zitternde Atemzüge dehnten ihre Brust, Tränen schossen in ihre Augen, und ihre Hände umkrampften die Armlehnen des Sessels. Ob sie Kinder auf der Straße spielen sah oder Bilder von ihnen betrachtete – stets erschütterte sie der Anblick dieser kleinen Wesen.

Der Gedanke, keine Kinder bekommen zu können, hatte sich bei Angelika zu einer Angstneurose entwickelt. Mit Freuden hätte sie für ein Kind ihr gesamtes Vermögen hergegeben. Zehn Jahre war sie jetzt verheiratet, und viermal hatte sie eine Fehlgeburt erlitten. Die junge Frau konnte nicht mehr sagen, wie viele Ärzte sie aufgesucht hatte. Alle hatten ihr Hoffnung gemacht und bestätigt, dass sie, wenn sie wollte, auch noch ein Dutzend Kinder bekommen konnte.

Doch von Monat zu Monat, von Jahr zu Jahr wuchs Angelikas Hoffnungslosigkeit. Die junge Frau wusste, wie sehr ihr Mann Kinder liebte, dass er darunter litt, keinen Erben für sein großes Vermögen zu haben.

Angelika Krüger konnte nicht behaupten, dass sie sehr gläubig war, doch bisweilen ertappte sie sich dabei, dass sie Gott – was immer sie sich auch darunter vorstellte – darum bat, ihr ein Kind zu schenken.

»Nur ein Kind kann unsere Ehe noch retten«, flüsterte Angelika verzweifelt. »Ich weiß es, ich fühle es mit jeder Faser meines Herzens.« Die junge Frau beugte sich leicht nach vorn und schlug die Hände vors Gesicht. Heftiges Schluchzen schüttelte sie, und sie haderte mit ihrem Schicksal, das ihr soviel geschenkt hatte, ihr den größten Wunsch jedoch nicht erfüllte.

Tiefblau wie der Sommerhimmel lag der Wolfgangsee in das satte Grün eingebettet, wie Schmetterlinge wirkten die Segel im hellen Sonnenlicht.

Dr. Gaby Merbeck saß am Rande eines Bootssteges, ließ die Beine ins Wasser baumeln und beobachtete einen Wasserskiläufer, der sich immer nur wenige Minuten auf den Brettern hielt und anschließend kopfüber in die Fluten stürzte.

Gaby bewunderte die Ausdauer des athletisch gebauten, braun gebrannten Mannes, der sich trotz der vielen Misserfolge nicht entmutigen ließ.

Die junge Ärztin hatte drei Wochen Urlaub, da sie ihre Stellung an der Städtischen Klinik in München gekündigt hatte.

Ihre Bewerbungen hatte sie an verschiedene Kliniken geschickt und wartete jetzt in Ruhe ab, welche Angebote man ihr machte.

Die junge Frau war Fachärztin für Gynäkologie und wusste, dass ihre Referenzen ausgezeichnet waren. Dank ihrer sehr guten Zeugnisse konnte sie davon ausgehen, dass man ihr mehrere Angebote machen würde.

Gaby, die sich die Post nachsenden ließ, hatte sich vorgenommen, ihren Urlaub abzubrechen, wenn ein günstiges Angebot lockte. Ja, sie konnte es kaum erwarten, sich wieder in die Arbeit zu stürzen.

Die junge Ärztin kniff die Augen leicht zusammen, denn das Boot des mutigen Wasserskiläufers kam direkt auf den Bootssteg zu.

»Du bist ganz schön mutig!« rief der Fahrer des Motorbootes dem Mann im Wasser zu. »Wenn du mir für jeden deiner Stürze eine Mark gibst, können wir heute Abend lässig bummeln gehen!«

Gaby lachte, als sie diese Worte hörte, und ein belustigtes Funkeln trat in ihre graugrünen, leicht schräg geschnittenen Augen.

Der Wasserskiläufer schwamm direkt auf Gaby zu, warf die Skier auf die Bretter des Bootssteges, hielt sich mit den Händen an den Planken fest und lachte die junge Ärztin an.

»Haben Sie nicht Lust, mit uns heute Abend zu bummeln?« fragte er und schaute lachend zu ihr auf. »Ich versichere Ihnen, dass ich auf dem Tanzparkett wesentlich besser als auf dem Wasser bin.«

Der Fremde zog sich mit einem Ruck hoch und setzte sich neben Dr. Gaby Merbeck. Er schüttelte sich ein wenig, Wassertropfen spritzten auf Gabys sonnenwarme Haut.

»Besten Dank, aber ich melde mich schon, wenn ich eine Abkühlung brauche«, bemerkte Gaby spöttisch und fügte hinzu: »Würde es Ihnen gefallen, ohne es zu wollen, abgekühlt zu werden?«

»Ich habe nichts dagegen«, antwortete der Fremde und lachte sie jungenhaft an.

Kaum hatte er diese Worte ausgesprochen, als Gaby

die Hand auf seinen Rücken legte, ihm einen kräftigen Schubs gab, und er kopfüber wieder ins Wasser fiel.

Als er prustend wiederauftauchte und sie verdutzt anschaute, lachte Gaby hellauf.

»Donnerwetter, sind Sie immer so tatkräftig?« staunte der Fremde, doch sein Lachen zeigte ihr, dass er einen Scherz vertragen konnte. Er kletterte zurück auf den Bootssteg, setzte sich, streckte ihr die Hand hin und sagte: »Ich heiße Harald Krüger, und ich freue mich, Ihre Bekanntschaft zu machen.«

»Gaby Merbeck«, stellte die junge Frau sich vor und erwiderte seinen festen Händedruck. »Auch ich kann nicht behaupten, dass Ihre Bekanntschaft mir unangenehm ist.«

»Hallo, Harald, was ist? Kommst du mit?« rief der Bootsfahrer und blieb ein paar Meter von den beiden entfernt abwartend stehen. »Ich habe Lust, eine Kleinigkeit zu essen.«

»Ich komme später nach«, antwortete Harald schnell, und er war froh, dass sein Freund nicht darauf bestand, ihm Gesellschaft zu leisten.

»Was machen Sie hier?« Harald Krüger legte den Kopf ein wenig schief und betrachtete sie eingehend. »Arbeiten Sie hier?«

»Neugierig sind Sie wohl gar nicht?«

»Und ob«, erwiderte Harald. »Ich brenne geradezu darauf, mehr von Ihnen zu erfahren. Spannen Sie mich doch nicht so auf die Folter – bitte.«

Die junge Ärztin schaute Harald nachdenklich an. Sein offenes sympathisches Gesicht gefiel ihr, seine Stimme war angenehm, seine Art war forsch, aber nicht frech.

»Gut, dann werde ich Ihnen zuerst ein wenig von mir erzählen«, begann Harald erneut das Gespräch. »Ich bin ein viel geplagter Geschäftsmann, der zufällig hier in der Gegend zu tun hat und sich ab und zu ein paar Stunden Erholung gönnt. Ich bin weder jung noch alt, wie Sie sehen, bin ein angenehmer und umgänglicher Zeitgenosse, sehe nicht eben hässlich aus, und ich bin davon überzeugt, dass man mit mir ganz gut auskommen kann.«

»Eingebildet sind Sie gar nicht?« Dr. Gaby Merbeck lachte belustigt auf, und sie musste sich eingestehen, dass Harald Krüger ihr von Minute zu Minute besser gefiel.

»Ich weiß mich richtig einzuschätzen, das ist alles.« Harald stand auf, ging zum Motorboot hinüber und kam mit einem Päckchen Zigaretten und einem Feuerzeug zurück. Er setzte sich und bot Gaby eine Zigarette an, die sie jedoch dankend ablehnte.

»Ich gehe meinen Patienten gerne mit gutem Beispiel voran«, erklärte die junge Ärztin. »Ich habe schon zu viele Menschen gesehen, die ihre Krankheit diesem Laster zu verdanken hatten, und wenn ich es könnte, so würde ich den Genuss von Zigaretten verbieten.«

»Wenn Sie erlauben, möchte ich trotzdem weiterrauchen, Frau Doktor«, entgegnete er und grinste sie an. »Ich liege mit meiner Vermutung doch richtig? Sie sind Ärztin, nicht wahr?«

»Sie verfügen über eine erstaunliche Kombinationsgabe«, spöttelte Gaby. Das kleine Wortgeplänkel mit Harald Krüger gefiel ihr, und sie war nicht abgeneigt, einem Rendezvous zuzusagen.

Dr. Gaby Merbeck hatte jedoch bereits genügend Erfahrung mit Männern gesammelt, um zu wissen, dass man ihnen nicht sofort nachgeben durfte. Sie ahnte Haralds Frage bereits im Voraus und nahm sich vor, es ihm nicht leicht zu machen.

»Sie haben gehört, was mein Freund vorhin gesagt hat«, bemerkte Harald Krüger und schaute sie bittend an. »Darf ich Sie heute Abend wiedersehen? Ein Bummel mit Ihnen wäre mir wesentlich angenehmer, als in Begleitung meines Freundes essen zu gehen.«

Die junge Frau stand auf und schlüpfte in den Frotteebademantel, der dicht hinter ihr gelegen hatte. Harald Krüger erhob sich ebenfalls. Blitzschnell glitt sein Blick über ihre tadellose Figur. Offene Bewunderung lag in seinen Augen, als er sie anschaute.

Eine leichte Brise wehte vom See her, der Wind spielte mit Gabys langem blonden Haar, und Harald, Krüger glaubte, noch nie eine schönere Frau gesehen zu haben. Sein Herz schlug plötzlich dumpf und hart gegen die Rippen, und der Wunsch, diese bildschöne Frau näher kennen zu lernen, ließ ihn alles andere vergessen.

Dass er zehn Jahre verheiratet war, dass zu Hause eine hübsche junge Frau auf ihn wartete, war nicht mehr wichtig für ihn. »Bitte, sagen Sie nicht Nein. Leisten Sie mir heute Abend Gesellschaft, Frau Doktor?«

»Ich treffe selten Verabredungen«, erwiderte Gaby leichthin und strich sich ein paar Haarsträhnen aus dem Gesicht. »Überlassen Sie es doch dem Zufall, Herr Krüger. Ich bin sicher, dass wir uns eines Tages wiedersehen, denn ich bin fast noch drei Wochen hier.«

Bevor Harald Krüger einen Einwand anbringen konnte, drehte die junge Ärztin sich um und ging leichtfüßig davon. Einen Augenblick lang war Harald versucht ihr sofort zu folgen, doch er unterdrückte diesen Wunsch. Ein wissendes Lächeln umspielte seine Lippen, als er ihr nachschaute.

Harald war ein erfahrener Mann, und instinktiv hatte er erkannt, dass Gaby zu jenen Frauen gehörte, die man nicht im Sturm erobern konnte. Der Geschäftsmann fühlte sich wie ein Jäger, den die Leidenschaft gepackt hatte, und er nahm sich vor, ein paar

Tage länger hier zu bleiben, um die junge Ärztin umwerben und erobern zu können.

Ellen Hiller, eine hübsche junge Frau, läutete energisch am Eingang der Villa, die der Familie Krüger gehörte. Als ihr niemand öffnete, überlegte sie kurz. Sie eilte die Stufen hinab, lief über den gepflegten Rasen und erreichte kurz darauf die Terrasse, die sich dem hinteren Teil der Villa anschloss.

»Du Faulpelz, so schön wie du möchte ich es auch einmal haben«, sagte Ellen, als sie vor ihrer Freundin Angelika Krüger stehen blieb.

Ellen Hiller atmete tief durch und schaute sich um. Sie war schon häufig hier gewesen, doch immer wieder bezauberten sie die dunkelroten wilden Rosen, die die Brüstung der Terrasse umrankten und ihren süßlichen Duft verschwenderisch verströmten. Das dichte Laub wilden Weines legte sich über ein Holzspalier und überschattete die Terrasse.

Angelika Krüger richtete sich auf und lächelte matt. Sie war auffallend blass, dunkle Ränder zeichneten sich unter ihren Augen ab. Angelika freute sich, ihre Freundin wiederzusehen, doch nur mühsam konnte sie sich ein Lächeln abringen.

»Schön, dass du auch einmal wieder Zeit hast, mich zu besuchen«, sagte Angelika und deutete mit der Hand auf einen Sessel gegenüber der Liege. »Setz dich bitte, ich hole inzwischen einen Campari-Soda. Oder haben sich deine Trinkgewohnheiten geändert?«

»Bitte, warte einen Augenblick«, warf Ellen Hiller hastig ein, und ihre Stimme klang besorgt. »Du siehst furchtbar schlecht aus, Angelika. Bist du krank?«

»Wenn ich das wüsste.« Angelika strich sich ordnend über das haselnussbraune, lockige Haar. Plötzlich presste sie die Lippen aufeinander und beugte sich leicht vor. Wieder durchzuckte sie der heftige, brennende Schmerz, der sie schon seit Stunden quälte.

»Mein Gott, was hast du?« Ellen sprang auf, setzte sich neben die Freundin und legte den Arm um ihre Schultern. »Sag doch was. Vielleicht kann ich dir helfen?«

Angelika Krüger richtete sich langsam auf und atmete tief durch. »Ach, es geht schon wieder. Weißt du, dir kann ich es ja sagen. Ich glaube, ich bekomme meine Periode, aber ich habe diesmal derartige Krämpfe, dass ich schreien könnte.«

»Bist du sicher, dass die Krämpfe mit deiner Periode zusammenhängen?« Ein prüfender Blick aus Ellens eisblauen Augen traf Angelika.

»Ich wüsste nicht, an was es sonst liegen könnte«, antwortete Angelika und runzelte erneut die Stirn. Der Schmerz machte sich wieder leise bemerkbar, und angstvoll erwartete die junge Frau die nächsten Krämpfe.

»Im letzten Monat hatte ich meine Periode nur ganz schwach, und diesmal bin ich schon acht Tage über die Zeit«, erklärte Angelika ihrer Freundin. Unvermittelt presste sie beide Unterarme gegen den Bauch, krümmte sich zusammen, und ein Stöhnen kam über ihre Lippen.

Ellen fühlte sich der Situation hilflos ausgeliefert, gern hätte sie der Freundin geholfen, doch sie wusste nicht wie.

»Du bist wirklich leichtsinnig, Angelika«, schimpfte Ellen, als ihre Freundin sich wieder aufrichtete. »Du solltest mit derartigen Schmerzen nicht spaßen. Gerade du nicht. Weißt du was, ich bringe dich jetzt zu Doktor Lipmann.«

»Doktor Lipmann?« wiederholte Angelika Krüger matt. Verwundert schaute sie die Freundin an. »Wer ist das? Ich lasse mich stets von Dr. Marbert behandeln, und bis jetzt war ich zufrieden. Warum sollte ich den Arzt wechseln?«

Angelikas Gesicht war grau wie ein verwaschenes Laken, feine Schweißperlen bedeckten ihr Gesicht, sie atmete heftig.

»Doktor Lipmann hat sich vor etwa zwei Jahren bei uns in der Stadt niedergelassen«, erklärte Ellen Hiller eifrig. »Er hat in der Mozartstraße eine kleine Frauenklinik, und ich habe bis heute nur Gutes von ihm gehört. Er behandelt Frauen nach den neuesten Erkenntnissen der Wissenschaft, und ich kann ihn dir nur empfehlen.«

Ellen Hiller, die selbst vor einem halben Jahr erst ihr zweites Kind zur Welt gebracht hatte, wusste wovon sie sprach. Sie kannte auch Angelika Krügers Probleme, und ihr war sehr daran gelegen, dass der Freundin geholfen werden konnte.

»Du solltest wirklich einmal den Arzt wechseln«, schlug Ellen vor. Entschlossen stand sie auf, nahm Angelika bei der Hand und führte sie ins Innere der Villa. »Ich dulde jetzt keine Widerrede. Ich bin deine Freundin, und ich bestehe darauf, dass du jetzt zu einem Arzt gehst.«

Angelika fügte sich widerspruchslos Ellens rigorosen Forderungen. Angelika war zwar nicht davon überzeugt, dass ein anderer Arzt ihr helfen konnte, aber die Aussicht, von den krampfartigen Schmerzen befreit zu werden, war angenehm.

Ellen Hiller half der Freundin in den leichten Sommermantel, führte Angelika zum Wagen und fuhr sie zur Mozartstraße. Ab und zu warf Ellen ihrer Freundin einen besorgten Seitenblick zu. Ihrer Ansicht nach bedurfte Angelika dringend der ärztlichen Fürsorge, und Ellen fühlte sich als Freundin verpflichtet, Angelika zum Arzt zu bringen.

»Eigentlich ist es unsinnig, dass du mich zu einem Frauenarzt ſährst«, bemerkte Angelika Krüger, die trostlos vor sich hinstarrte. »Ich hätte mir auch ein Schmerzmittel aus einer Apotheke besorgen können.«

»Man sollte keinen Schmerz bekämpfen, ohne die Ursache zu kennen. Vielleicht bist du auch wieder in anderen Umständen?«

Angelika Krüger lachte kurz und bitter auf. Sie lehnte sich in die Polster des Beifahrersitzes zurück und schloss die Augen. Selbst wenn Ellen Recht hat, dachte sie, was bedeutet das schon? Ist es verwunderlich, wenn man nach vier Fehlgeburten resigniert?

Ellen Hiller war froh, als sie Dr. Martin Lipmanns Klinik erreichten. Inmitten eines großen, parkähnlichen Gartens lag ein weiß getünchter, lang gestreckter Flachbau. Rote Schotterwege durchzogen die grünen Rasenflächen, Blumenrabatten unterstrichen den freundlichen, sauberen Charakter der Klinik.

»Lass mich reden«, bat Ellen Hiller, als sie die Rezeption betraten. »Ich kenne die Schwester, und ich bin sicher, dass Doktor Lipmann dich in ein paar Minuten behandelt, wenn er nicht gerade mit einem schwierigen Fall beschäftigt ist.«

Angelika Krüger setzte sich in einen der Sessel in der Rezeption der Klinik. Rankende Grünpflanzen verschiedener Arten gaben dem kleinen Raum eine freundliche Note, und ohne eine Erklärung dafür zu finden fühlte Angelika sich auf Anhieb hier wohl. Fast gelangweilt beobachtete sie Ellen Hiller, die eifrig auf die Dienst tuende Schwester einredete, kurz darauf zufrieden nickte, sich umdrehte und zu ihr zurückkam.

»Ich habe dich als einen ganz dringenden Notfall geschildert«, sagte Ellen leise und blinzelte ihr vergnügt zu. »Komm, Doktor Lipmann ist noch in seinem Sprechzimmer, und die Schwester hat mir zugesichert, dass wir sofort zu ihm vorgelassen werden. Ich bleibe im Wartezimmer und bringe dich selbstverständlich wieder nach Hause.«

Angelika Krüger warf ihrer Freundin einen bewundernden Blick zu. Ellen Hiller hatte die besondere Gabe, alle Menschen von der Dringlichkeit ihrer Anliegen zu überzeugen. Angelika beneidete Ellen um die Aktivität, die sie entwickeln konnte, wenn sie etwas erreichen wollte.

Als Angelika kurz darauf das Sprechzimmer des Frauenarztes betrat, waren die Schmerzen wie weggeblasen. Die junge Frau schämte sich ein wenig, dem Arzt von ihren Beschwerden zu berichten, denn sie maß ihnen keine große Bedeutung bei.

Dr. Martin Lipmann stand hinter dem Schreibtisch auf, als Frau Krüger eintrat und ging ihr entgegen. Der große schlanke Arzt wirkte noch sehr jung, und nur die silbergrauen Schläfenhaare ließen ahnen, dass er älter war. Sein offenes sympathisches Lächeln und sein fester Händedruck flößten Angelika Vertrauen ein.

»Meine Sprechstundenhelferin sagte mir, dass Sie zum ersten Mal bei uns sind, Frau Krüger«, sagte der Arzt. »Ich bin Doktor Lipmann und hoffe, dass ich Ihnen helfen kann. Bitte, nehmen Sie Platz, und erzählen Sie mir von Ihren Beschwerden.«

Angelika Krüger setzte sich in den Sessel vor dem Schreibtisch und wartete, bis der Arzt ebenfalls Platz genommen hatte. Sie war es nicht gewöhnt, von ihren Beschwerden viel Aufhebens zu machen und erzählte Dr. Lipmann, sich auf das Wesentliche beschränkend, von den krampfartigen Schmerzen, die bereits am frühen Morgen eingesetzt hatten.

Der Arzt hörte seiner neuen Patienten aufmerksam zu. Dann stand er auf und bat: »Gehen Sie bitte hinter den Wandschirm, und entkleiden Sie sich, Frau Krüger.

Es ist durchaus möglich, dass die krampfartigen Schmerzen die Ursache haben, die sie vermuten. Trotzdem möchte ich Sie untersuchen, um völlig sicher zu sein.

Dr. Martin Lipmann wandte sich diskret ab, während Angelika sich entkleidete und auf den gynäkologischen Stuhl legte.

In der Zwischenzeit rief Dr. Lipmann seine Sprechstundenhelferin, Gerda Mohn, herein, ohne deren Beisein er keine Untersuchung durchführte.

Noch bevor Dr. Lipmann sich den üblichen Untersuchungsmethoden zuwendete, tastete er sorgsam den Unterbauch seiner Patientin ab. Die Bauchdecke war hart und gespannt, und wenn der Arzt auf den rechten Unterteil des Bauches drückte, verzog die Patientin schmerzhaft das Gesicht.

Dr. Lipmann trat zurück, ging zum Waschbecken und reinigte sich die Hände. »Ja, Frau Krüger, so wie ich die Sache betrachte, werden Sie ein paar Tage bei uns bleiben müssen. Ich kann Sie natürlich nicht dazu zwingen, aber es wäre ratsam, sich einer gründlichen klinischen Untersuchung zu unterziehen.«

Angelika Krüger war nervös wie selten zuvor, als sie sich hastig ankleidete. Ihre Wangen glühten, und ihr Blick war angstvoll auf den Arzt gerichtet, als sie hinter dem Wandschirm hervortrat und fragte: »Welchen Verdacht haben Sie, Herr Doktor?«

»Ihre krampfartigen Schmerzen, Frau Krüger, sind auf keinen Fall auf die leichte Schulter zu nehmen. Ihre Bauchdecke ist hart und gespannt, und ich kann eine Eileiterschwangerschaft nicht ausschließen. Zumindest muss ich auf einen entzündlichen Herd in Ihrem Körper, beziehungsweise in Ihrem Unterleib schließen und Sie genau untersuchen.« Dr. Lipmann lächelte seine neue Patientin freundlich an und fügte hinzu: »Schauen Sie mich doch nicht so ängstlich an, Frau Krüger. Ich bin nicht der liebe Gott, und ich kann mich durchaus irren.«

»Muss ich denn sofort hier bleiben?«

»Es wäre angebracht, Frau Krüger. Ernst schaute der Arzt die junge Frau an. »Sie können doch sicher zu Hause anrufen, damit man Ihnen die nötigen Utensilien vorbeibringt, nicht wahr?«

»Ja . . . sicher . . . wenn Sie meinen.« Verwirrt verließ Angelika das Sprechzimmer des Arztes und begab sich ins Wartezimmer, in dem ihre Freundin Ellen auf sie wartete. Sie bat Ellen Hiller zur Villa zurückzufahren, um einen kleinen Koffer zu packen, der alle notwendigen Dinge beinhaltete.

Einen Augenblick lang überlegte Angelika ob sie versuchen sollte, ihren Mann telefonisch zu erreichen.

»Ach, warum soll ich ihn beunruhigen?« fragte sie sich halblaut, »ich warte erst ab, was die Untersuchung ergibt.«

✿

Die untergehende Sonne tauchte die Tannenspitzen in glühend rotes Licht, schickte ihre letzten Strahlen über die hügelige Landschaft und ließ die glatte Fläche des Wolfgangsees wie pures Gold schimmern.

Dr. Gaby Merbeck hatte im bekannten und weltberühmten Weißen Rössl kein Zimmer mehr erhalten. Sie wohnte nur wenige hundert Meter von diesem Hotel entfernt in einer hübschen freundlichen Pension, doch die Ruhe, die sie hier zu finden gehofft hatte, war ihr nicht vergönnt.

Vor vier Tagen hatte sie Harald Krüger am Bootssteg kennen gelernt, und bereits tags darauf hatte er sie am Eingang zur Pension erwartet. Gaby hatte sich gewundert, dass er so schnell ihren Aufenthaltsort herausgefunden hatte.

Auf ihre Frage, wie er das bewerkstelligt habe, hatte er lachend geantwortet: »Ich habe einen heißen Draht zum lieben Gott, Fräulein Doktor. Ich benutze ihn äußerst selten, aber wenn mir ein so bildhübsches Wesen, wie Sie es sind, begegnet, lasse ich nichts unversucht, um es wiederzusehen.«

Auch heute Abend wartete Harald Krüger bereits vor der Pension auf sie. Gaby war über seine Hartnäckigkeit teils erstaunt und teils belustigt. Der Geschäftsmann gefiel ihr, doch seine forsche, draufgängerische Art ermahnte sie zur Vorsicht.

Harald Krüger war ein Mann, nach dem sich so manche Frau verstohlen umsah. Er verstand es, sich elegant zu kleiden, seine Redegewandtheit gezielt einzusetzen, und mit seinen leichten, charmanten Plaudereien hatte er schon manches Frauenherz erobert.

Als er Gaby aus dem Haus treten sah, winkte er ihr zu. »Hallo, Fräulein Doktor, womit habe ich es verdient, dass Sie mich heute so lange warten ließen?«

Harald überreichte der jungen Ärztin eine langstielige dunkelrote Rose und verneigte sich leicht. Als er sich wieder aufrichtete und sie anschaute, lag offene Bewunderung in seinem Blick.

Dr. Gaby Merbeck trug ein weißes Kleid aus feinstem Batist, der Ausschnitt gab ihre makellosen, gebräunten Schultern seinen Blicken preis, und der glockige Rock schwang um ihre schlanken Beine. Ein feines Goldkettchen glänzte auf ihrer Haut, und das lange, goldblonde Haar fiel in weichen Wellen weit über ihre Schultern hinab.

»Auch wenn Sie mir jetzt nicht glauben, Fräulein Doktor, ich habe noch nie eine so hübsche junge Frau gesehen wie Sie«, sagte Harald schmeichelnd, legte wie selbstverständlich den Arm um ihre Schultern und führte sie durch enge, winkelige Gassen zu einer Weinstube.

»Nun? Haben Sie sich entschlossen morgen früh abzureisen?« fragte Gaby, nachdem sie in einer Nische Platz genommen und ihre Bestellung aufgegeben hatten.

»Wie können Sie eine solche Frage stellen?« Harald griff über den Tisch nach ihrer Hand und schaute Gaby tief in die Augen. Bisher hatte dieser Blick bei verschiedenen Damen noch nie seine Wirkung verfehlt.

»Ich knüpfe an unser gestriges Gespräch an«, erklärte die junge Ärztin und entzog ihm hastig die Hand.

»Ist es Ihnen unangenehm, wenn ich Ihre Hand nehme?« Es bereitete Harald eine diebische Freude, Gaby durch seine direkte Frage in Verlegenheit zu bringen. Er sah, dass sich ihre Wangen leicht röteten und schmunzelte.

»Das Alter, in dem man Händchen haltend bei einem Glas Wein sitzt, liegt bereits hinter mir«, konterte Gaby geschickt und fügte ernst hinzu: »Vielleicht mögen Sie andere Erfahrungen gemacht haben, aber ich bin nicht hierher gekommen, um irgendeine Bekanntschaft zu suchen. Ich brauche dringend Erholung und Ruhe. In vierzehn Tagen oder drei Wochen werde ich eine neue Stellung antreten, und dazu benötige ich all meine Kraft.«

Harald Krüger wechselte den Platz und setzte sich neben die junge Ärztin. Als Gaby redete, hatte er blitzschnell überlegt, dass er vielleicht die Taktik ändern sollte, denn offensichtlich sprach die junge Ärztin auf die direkte und fordernde Art seiner Werbung nicht an.

Nun gut, dachte Harald, wenn sie Romantik wünscht, bitte sehr.

Der rundliche Wirt, dessen hochrotes Gesicht eine ungesunde Färbung zeigte und auf Bluthochdruck schließen ließ, servierte den Wein, und Harald hob sein Glas.

»Ich trinke auf das Glück, diesen guten Tropfen in Ihrer reizenden Gesellschaft trinken zu dürfen, und ich möchte nicht verhehlen, dass mein Wunsch, Sie näher kennen zu lernen, Fräulein Doktor, von Tag zu Tag größer wird«, sagte Harald Krüger. Seine Stimme und sein Blick warben um eine entsprechende Antwort.

»Ich bin selten so mit Komplimenten überschüttet worden«, erwiderte Gaby, hob ebenfalls ihr Glas und trank ihm zu.

Die Gefühle der Ärztin waren zwiespältig. Einerseits fühlte sie sich durch Haralds beharrliches Werben geschmeichelt, und er war ihr auch sympathisch. Andererseits jedoch war sie sich nicht sicher, ob sie ihm jemals die Zuneigung entgegenbringen konnte, die er sicher hoffte.

»Ich möchte gerne Gaby und du zu Ihnen sagen«, sagte Harald Krüger leise und senkte die Lider. Er spielte den Verlegenen, denn er wusste aus Erfahrung, dass die schüchterne Masche bei Frauen wie Gaby häufig Erfolg hatte.

»Warum nicht?« Was vergebe ich mir, fügte Gaby in Gedanken hinzu. Es ist doch durchaus denkbar, dass aus einer netten Urlaubsbekanntschaft eine tiefere Beziehung entsteht.

Ihr Blick tastete sich über sein Gesicht, und es gab nichts, was ihr nicht gefiel. Wie schon so oft fragte sie sich auch jetzt insgeheim, warum so ein gut aussehender Mann wie Harald Krüger noch nicht gebunden war.

Gaby hatte sich bis jetzt gescheut, ihn direkt zu fragen, ob er verheiratet war. Er trug keinen Ehering, und all ihren versteckten Fragen, die auf sein Privatleben hinzielten, wich er gekonnt aus.

Hell klangen die Gläser aneinander, und nachdem sie einen Schluck getrunken hatten, legte Harald Krüger die Arme um sie und küsste sie behutsam und zärtlich auf den Mund.

»Ich bin überzeugt, Gaby, dass das der Beginn einer wunderschönen Zeit ist«, sagte er leise. In seinen schiefergrauen Augen las die Ärztin unverhohlene Leidenschaft, und sie wandte rasch den Kopf.

»Ich mache mir selten Gedanken über die Zukunft. Sympathie oder Zuneigung lässt sich nicht erzwingen. Sie wächst und wird tiefer, oder sie bleibt auf der Basis der Freundschaft stehen.«

Harald Krüger antwortete nicht, denn er betrachtete sie verliebt. Er war sicher, dass die junge Ärztin sich zierte, und dass es nur eine Frage der Zeit war, bis er Gaby in seinen Armen halten konnte. Haralds Blick verirrte sich in ihr Dekolletee, und sein Herz klopfte plötzlich rasend schnell. Rasch senkte er die Lider, um die Begierde in seinem Blick zu verbergen. Ein siegessicheres Gefühl ließ sein Herz erheben, und am liebsten hätte er Gaby in die Arme gerissen.

Dr. Martin Lipmann war nicht nur eine anerkannte Kapazität auf dem Gebiet der Gynäkologie, sondern auch ein guter Seelenarzt. Intuitiv erfasste er die psychische Struktur jeder seiner Patientinnen, und intuitiv richtete er die seelische Betreuung danach.

Manche seiner Patientinnen konnte er ohne Bedenken während der morgendlichen Visite im Beisein seiner Kollegin über den Gesundheitszustand aufklären, bei anderen Frauen wiederum spürte er genau, dass sie ein Gespräch unter vier Augen bevorzugten.

Zu diesen Frauen gehörte auch Angelika Krüger, die heute den zweiten Tag in der Frauenklinik verbrachte.

Die junge Frau lag in einem hellen, freundlichen Einzelzimmer. Vor dem breiten Fenster wiegten sich die Zweige einer alten Kastanie im Wind, durch das offene Oberlicht drang das Zwitschern der Vögel ins Zimmer, und leise Musik erklang aus dem Lautsprecher über der Tür.

Ungeduldig sah die junge Frau dem Ergebnis der Untersuchung entgegen, und als Dr. Lipmann ihr Zimmer betrat, richtete sie sich hastig auf.

Seit sie in der Behandlung des Frauenarztes war, hatte Angelika keine Schmerzen mehr. Dr. Lipmann hatte ihr heute Morgen bei der Visite erklärt, dass er ihr krampflösende Mittel gab, die den Schmerz ausschalteten.

»Entschuldigen Sie, dass ich Sie solange warten ließ«, sagte der Frauenarzt und setzte sich auf die Bettkante. Routinemäßig legte er Zeige- und Mittelfinger auf ihr Handgelenk und kontrollierte den Puls. »Ich hatte einen dringenden Fall, dessen Behandlung ich persönlich übernehmen musste.«

»Aber ich bitte Sie, Herr Doktor, Sie brauchen sich nicht zu entschuldigen«, entgegnete die junge Frau. Sie sprach schnell, und die Nervosität ließ ihre Stimme hoch und dünn klingen, ihre Hände strichen unruhig über die Bettdecke, ihre Wangen glühten wie im Fieber. Angelikas sanfte braune Augen hingen an den Lippen des Frauenarztes, und plötzlich kicherte sie hysterisch.

»Ich . . . ich bin furchtbar aufgeregt, Herr Doktor.« Sie senkte die Lider und fuhr fort: »Bitte, Sie brauchen auf mich keine Rücksicht nehmen, Herr Doktor, sagen Sie mir die Wahrheit, ich bin auf alles gefasst.«

Dr. Martin Lipmann spürte fast körperlich, wie sie seiner Antwort entgegenfieberte. Aus Erfahrung wusste er, dass viele Frauen während des Aufenthaltes in seiner Klinik plötzlich ein ängstliches Verhalten an den Tag legten, obwohl sie in den besten Händen waren.

»Mein Verdacht hat sich leider bewahrheitet, Frau Krüger«, erklärte der Frauenarzt ruhig und drückte leicht ihre Hand. »Die klinischen Untersuchungen haben bestätigt, dass Sie eine Eileiterschwangerschaft haben und wir Sie, Frau Krüger, operieren müssen. In einer Stunde kommt der Anästhesist, Dr. Rolf Becker, um Sie auf die Operation vorzubereiten. Morgen früh werden wir den Eingriff vornehmen, es bleibt Ihnen also genügend Zeit, Ihren Mann oder Ihre Angehörigen davon zu unterrichten.«

Angelikas Augen weiteten sich ein bisschen, ihre Lippen öffneten sich und zitterten. Sie suchte nach Worten, die ihren Schrecken auszudrücken vermochten. Nur ein heiseres Krächzen drang aus ihrer Kehle, und ihre Hände verkrampften sich in der Bettdecke.

»Liebe Frau Krüger, es besteht kein Grund sich aufzuregen. Der Eingriff ist für Sie absolut ungefährlich. Ihr Allgemeinzustand ist gut, und wenn sich keine postoperativen Komplikationen einstellen, können Sie meine Klinik bereits in vierzehn Tagen wieder verlassen.«

Der Frauenarzt versuchte ihr durch seine ruhigen Worte die Angst zu nehmen. Er erlebte es täglich, dass seine Patientinnen sich vor einem operativen Eingriff fürchteten, und häufig gelang es ihm durch seine bestimmende Art, ihnen die Furcht zu nehmen.

»Sie können sich nicht vorstellen, Herr Doktor, was dieser Befund für mich bedeutet«, flüsterte Angelika Krüger, und ihre sanften braunen Augen füllten sich mit Tränen. »Das ... das ist, wenn man es so bezeichnen kann, meine fünfte Fehlgeburt. Ich bin wahnsinnig enttäuscht und habe das Gefühl, an meiner Hoffnungslosigkeit ersticken zu müssen.«

»Aus Ihren Personalien habe ich ersehen, dass Sie erst zweiunddreißig Jahre alt sind, Frau Krüger«, entgegnete der Frauenarzt und lachte sie an. »Sie können, wenn Sie wollen, noch ein Dutzend Kinder bekommen. Lassen Sie sich durch Fehlgeburten nicht entmutigen, und glauben Sie einem erfahrenen Arzt, dass Sie nicht die einzige Frau sind, die nach vielen Fehlgeburten noch die ersehnten Kinder bekam.«

Angelika Krüger legte sich in die Kissen zurück und schloss die Augen. Sie war auffallend blass, und auf ihren Wangen zeichneten sich kleine, kreisrunde rote Flecken ab, die ihr ein ungesundes Aussehen verliehen. Ihre Brust hob und senkte sich rasch unter heftigen Atemzügen, und sekundenlang vergaß sie, dass der Arzt auf der Bettkante saß.

Ihre Gedanken beschäftigten sich mit Harald, den sie telefonisch von ihrem Krankenhausaufenthalt verständigen musste.

Ein bitteres Lächeln huschte über Angelikas Gesicht, denn sie konnte sich die Enttäuschung ihres Mannes lebhaft vorstellen. Mehr noch, sie hatte regelrecht Angst davor, ihm von der Eileiterschwangerschaft zu berichten. Angelika hatte das Gefühl, dass ihre Ehe mit jedem Kind, das sie verlor oder durch andere Umstände nicht zur Welt bringen konnte, einen immer tieferen Bruch erlitt.

Die junge Frau hatte bereits jetzt schon Angst vor dem Tag, an dem Harald ihr sagen würde, dass er sich scheiden lassen wollte. Und Angelika konnte es ihm nicht einmal verübeln, wenn er eine andere Frau kennen lernen würde, die ihm Kinder schenken konnte.

»Bitte, Herr Doktor, lassen Sie mich jetzt allein.« Die junge Frau sah den Chefarzt der Klinik nicht an. »Und machen Sie sich keine Sorgen, ich habe diese Hiobsbotschaft bereits verkraftet.«

»Dann bin ich zufrieden.« Dr. Martin Lipmann stand auf und tat so, als glaubte er ihren Worten. Er verabschiedete sich von seiner Patientin und verließ nachdenklich das Krankenzimmer. Die Hände in die Taschen des weißen Kittels versenkt, ging er über den breiten Flur zum Aufzug. Seine Gedanken beschäftigten sich mit Angelika Krüger, und er fragte sich, wie er ihr über das seelische Tief hinweghelfen konnte.

Dr. Lipmann wusste, dass bei so sensiblen Frauen wie Angelika Krüger nicht nur die medizinische Behandlung wichtig war, sondern dass er den Schwerpunkt auf die psychische Betreuung legen musste.

»Ja, natürlich, ich komme sofort.« Harald Krüger runzelte unwillig die Stirn, als er den Telefonhörer auf die Gabel zurücklegte. Angelika hatte ihn soeben angerufen und ihm mitgeteilt, dass sie morgen früh operiert werden sollte.

Harald ging zu einem Tisch in der Bauernstube des Hotels zurück, an dem Dr. Gaby Merbeck saß und auf ihn wartete. Obwohl er sich Mühe gab, seinen Unmut zu verbergen, bemerkte Gaby sofort seinen ärgerlichen Gesichtsausdruck.

»Nanu, Harald, so kenne ich dich gar nicht«, bemerkte die junge Ärztin, als er sich zu ihr setzte. »Du siehst aus, als hättest du eine schlechte Nachricht erhalten.«

Harald Krüger hatte Gaby zum Abendessen in seinem Hotel eingeladen, und er hatte sich von dem heutigen Abend sehr viel erhofft. Doch jetzt, da er Gaby sagen musste, dass er morgen früh abreiste, ahnte er, dass sie seinem Wunsch, sie endlich in den Armen halten zu dürfen, heute ganz sicher nicht nachgeben würde.

»Ich bin wirklich ein Glückspilz«, murrte er und spielte nervös mit der Damastserviette. Zwei steile Falten hatten sich über der Nasenwurzel eingegraben, und seine Lippen pressten sich fest aufeinander. »Ich habe mich wahrscheinlich zu sehr auf die nächsten Tage in deiner Gesellschaft gefreut.«

Der junge Mann legte den Arm um Gabys Schultern und drückte sie leicht an sich. Seine Lippen streiften zärtlich ihre Wange, und ihr angenehm herbes Parfüm schmeichelte ihm.

»Vielleicht sehen wir uns bald wieder!« Dr. Gaby Merbeck lächelte geheimnisvoll und fuhrt fort: »Ich habe dir verschwiegen, dass ich heute Morgen die Nachricht erhalten habe, dass eine meiner Bewerbungen angenommen worden ist. In vierzehn Tagen werden wir in der gleichen Stadt leben, und wie ich dich kenne, wirst du mich auch dann mit Einladungen überhäufen.«

Der leichte Spott in der Stimme der Ärztin war nicht zu überhören. Gaby mochte den gut aussehenden Geschäftsmann sehr, aber sie war sich nicht sicher, ob dieses Gefühl tief genug war, um eine Beziehung mit Harald Krüger aufzubauen.

»Das ist ja wunderbar!« rief Harald, legte beide Hände auf ihre Schultern und küsste sie überraschend mitten auf den Mund. »Ich kann dir gar nicht sagen, wie sehr ich mich über diese Nachricht freue, Gaby. Mein Ärger ist verflogen, und die Aussicht, dich bald wiederzusehen, entschädigt mich für alles. Glaub mir, wenn ich könnte, würde ich hier bleiben. Aber der Freund, der mich soeben angerufen hat, sagte mir, dass eine Gruppe junger Leute eines meiner leer stehenden Häuser besetzt hat. Ich muss zurück, um eine Räumungsklage zu beantragen.«

Gaby antwortete nicht. Sie widmete sich ihrem Essen, denn das Chateaubriand, das Harald bestellt hatte, schmeckte vorzüglich. »Vielleicht mache ich jetzt einen Fehler, aber ich muss dir sagen, Gaby, dass ich mich in dich verliebt habe.« Harald ließ keinen Blick von ihrem Gesicht. Die Ärztin hielt ihre Lider gesenkt, und ihre langen seidigen Wimpern warfen leichte Schatten auf ihre Wangen. Sie aß bedächtig, ihr Gesicht zeigte einen nachdenklichen Ausdruck.

»Warum sagst du nichts?« Der Geschäftsmann war leicht verunsichert. »Ich liebe dich, und ich wünsche mir nichts mehr als eine tiefe, innige Beziehung mit dir.«

Die Ärztin hob den Blick und errötete ein bisschen, als sie die unverhohlene Leidenschaft in seinen Augen bemerkte. Gaby legte das Besteck auf den Tellerrand, stützte die Ellenbogen auf den Tisch und legte die Fingerspitzen aneinander.

»Ich bin bisweilen selbstmörderisch ehrlich, Harald«, erklärte die junge Ärztin bedächtig. »Ich will dir nicht verheimlichen, dass meine Gefühle dir gegenüber sehr ambivalent sind. Ich habe dich sehr gern, doch ich bin mir nicht sicher, ob sich aus diesem Gefühl jemals die Zuneigung entwickeln wird, die du dir erhoffst. Wenn du jetzt die Konsequenzen ziehen willst und mir sagst, dass du mich nicht wiedersehen möchtest, bin ich dir nicht böse.«

»Ich bin froh, dass du so ehrlich bist.« Nichts in Haralds Gesicht deutete darauf hin, dass er sich über die Antwort der jungen Ärztin maßlos ärgerte. Seit einer Woche bemühte er sich, keinen Trick außer Acht lassend, Gaby zu erobern.

Harald hatte geglaubt, dass Gaby sich durch ihre Zurückhaltung interessant machen wollte, doch ihre jetzige Reaktion zeigte ihm, dass sie nicht zu den Frauen gehörte, die er auf Anhieb beeindruckte.

»So schnell wirst du mich nicht los«, entgegnete er und lachte sie an. Samtweich, einschmeichelnd und zärtlich fügte er hinzu: »Ich liebe dich so sehr, dass ich bereit bin Wochen und Monate zu warten, bis du meine Gefühle erwiderst. Auch ich will ehrlich zu dir sein und dir sagen, dass mir das noch bei keiner Frau passiert ist.«

»Dann kann ich nur hoffen, dass du eines Tages

nicht sehr enttäuscht sein wirst.« Die junge Ärztin spielte mit offenen Karten, und sie ahnte nicht, dass ihre Zurückhaltung seine Begierde nur noch mehr anstachelte.

Der Wunsch, diese bildhübsche und intelligente Frau einmal in seinen Armen halten zu können, wurde in diesem Augenblick für Harald Krüger zu einer fixen Idee. Er brauchte die Eroberung der jungen Ärztin zur Selbstbestätigung, seine männliche Eitelkeit würde es nicht verkraften, eine Abfuhr zu bekommen. Davon war Harald Krüger felsenfest überzeugt.

Die Tiefstrahler über dem OP-Tisch tauchten Angelika Krüger in gleißendes Licht. Die junge Frau lag bereits in tiefer Bewusstlosigkeit, ihr Körper war mit grünen, sterilen Tüchern abgedeckt, nur das Operationsfeld lag frei und war bereits von der zweiten OP-Schwester desinfiziert worden.

Dr. Martin Lipmann stand links neben dem OP-Tisch, ihm gegenüber auf der rechten Seite stand Dr. Gerd Feld, sein chirurgischer Assistent. Die beiden Ärzte trugen grüne, sterile Kittel, Mundschutz und hauchfeine Gummihandschuhe, die Haare waren mit einer grünen Kappe bedeckt.

Dr. Lipmann warf noch einen letzten prüfenden Blick auf den Instrumententisch. Er wusste, dass er sich auf Schwester Berta verlassen konnte, denn sie war fast zwanzig Jahre lang als OP-Schwester tätig, und bis heute war ihr noch kein Fehler unterlaufen.

Trotzdem vergewisserte sich Dr. Lipmann bei jeder Operation, ob auch nicht ein Instrument fehlte.

Der Chefarzt der Frauenklinik hatte sich bereits bei seinem Anästhesisten erkundigt, ob die physischen Werte der Patientin stabil waren.

Dr. Rolf Becker, der Anästhesist, hatte keine Bedenken. Die Werte, die die technischen Geräte anzeigten, waren zufrieden stellend, und Komplikationen während der Operation waren nicht zu erwarten.

»Skalpell, Schwester Berta«, sagte Dr. Lipmann und streckte die Hand aus. Kühl und schwer lag das chirurgische Messer in seiner Hand. Sicher setzte er es an der linken Seite des Unterleibes der Patientin an und führte einen etwa fünfzehn Zentimeter langen Schnitt quer über die Bauchdecke aus.

Dr. Gerd Feld tupfte das Blut ab, das aus der Operationswunde sickerte, und Dr. Lipmann durchtrennte das Unterhautfettgewebe. Angelika Krüger war eine sehr schlanke Frau, und das Fettgewebe war kaum einen Finger dick. Ein Umstand, den jeder Chirurg zu schätzen wusste.

Als der Chefarzt die Bauchhöhle geöffnet hatte, setzte der chirurgische Assistent die Wundhaken und legte das Absauggerät an.

Der linke Eileiter lag jetzt offen da, und Dr. Lipmann sagte: »Kleines Skalpell, Schwester Berta.«

Die Schwester reichte ihm das gewünschte Instrument, und der Chirurg öffnete den Eileiter, der eine deutliche Verdickung zeigte. Dr. Lipmann entfernte die Frucht, die er in eine Nierenschale gleiten ließ, die die zweite OP-Schwester bereithielt.

Der Chefarzt arbeitete schnell und präzise. Dr. Feld, der chirurgische Assistent, bewunderte immer wieder die traumhafte Sicherheit, die der Gynäkologe Dr. Lipmann bei den Operationen an den Tag legte.

»Catgut«, forderte der Chefarzt kurz, und Schwester Berta reichte ihm das Nahtmaterial. Mit hauchfeinen Stichen vernähte der Chirurg den Längsschnitt am Eileiter und trat dann einen Schritt zurück.

»Schließen Sie bitte die Bauchhöhle«, forderte er seinen Assistenten auf. Dr. Lipmann blieb neben Dr. Feld stehen und beobachtete sorgfältig jeden seiner Handgriffe. Obwohl der Chefarzt wusste, dass er sich auf Dr. Feld verlassen konnte, blieb er neben dem Operationstisch stehen, bis Dr. Feld den letzten Knoten gelegt hatte. Dr. Martin Lipmann ging zum Kopfende des OP-Tisches und warf einen Blick auf den Monitor. »Die Werte haben sich nur minimal verändert. Wir können zufrieden sein, Dr. Becker.«

»O ja, die Patientin hat eine erstaunliche Konstitution«, antwortete der Anästhesist und nickte.

Die zweite OP-Schwester legte eine sterile Mullkompresse über die Operationswunde und befestigte den weißen Mullverband mit schmalen Pflasterstreifen an der Bauchdecke.

Dr. Lipmann drehte sich um und ging zum Waschraum hinüber. Die Operation einer Eileiterschwangerschaft gehörte für den Chirurgen zur Routinearbeit.

»Sie haben Ihre Arbeit gut gemacht«, lobte der Chefarzt seinen chirurgischen Assistenten Dr. Gerd Feld, der sich über Dr. Lipmanns Worte sehr freute. Der Chef der Frauenklinik war dafür bekannt, dass er selten ein Lob aussprach.

Harald Krüger trug einen riesigen Strauß dunkelroter Rosen auf dem Arm, als er die Frauenklinik von Dr. Lipmann betrat. Die Blumen waren weniger eine Liebeserklärung, sondern die Personifizierung seines schlechten Gewissens.

Obwohl Haralds Gedanken sich immer wieder mit der jungen Ärztin beschäftigten, die er am Wolfgangsee kennen gelernt hatte, fühlte er sich mit seiner Frau tief und innig verbunden. Es wäre gelogen, wenn er behauptete, seine Frau noch leidenschaftlich zu lieben, denn zehn Jahre Ehe waren nicht spurlos an ihm vorübergegangen.

Harald Krüger war sicher, dass seine Ehe sich anders entwickelt hätte, wenn Angelika, wie er es sich wünschte, Kinder bekommen hätte.

Vor der Tür des Krankenzimmers seiner Frau blieb er sekundenlang stehen und atmete mehrmals tief durch. Harald ahnte bereits, was ihn erwartete. Er erinnerte sich noch sehr gut daran, dass Angelika nach jeder Fehlgeburt wochenlang depressiv war, häufig geweint hatte und durch nichts aufzuheitern gewesen war.

Harald klopfte und betrat das Zimmer. Zögernd ging er auf das Bett zu und blieb zunächst am Fußende stehen.

Angelika schaute ihn traurig an. Ihre Trostlosigkeit weckte Mitleid in ihm.

»Hallo, Schatz, was machst du nur für Sachen?« Harald setzte sich zu ihr aufs Bett und legte die dunkelroten Rosen in Angelikas Arm. Er beugte sich zu ihr hinunter, und seine Lippen streiften flüchtig ihre Stirn.

»Ach, Harald«, sagte sie und schluchzte. »Ich bin ja so unglücklich.« Angelika schloss die Augen, Tränen quollen unter ihren langen seidigen Wimpern hervor.

Harald streichelte die Wangen seiner Frau, hilflos schaute er sie an. Vergeblich suchte er nach Worten des Trostes, doch er hatte das Gefühl, als sei sein Gehirn leergefegt.

Was sollte er seiner Frau auch sagen? Dass er nichts anderes erwartet hatte? Dass er sich bereits damit abgefunden hatte, dass sie keine Kinder bekommen konnte?

Nein, so grausam konnte er nicht sein.

»Harald, was habe ich getan, was habe ich verbrochen, dass ich so bestraft werde?« Angelika öffnete die Augen und schaute ihn hoffnungslos und tief betrübt an. »Warum kann sich mein Wunsch, endlich Kinder zu bekommen, nicht erfüllen? Warum, Harald, warum?«

Harald Krüger zuckte mit den Achseln. Diese Frage

hatte er sich schon tausendmal gestellt, und auch er wusste keine Antwort darauf.

»Du weißt, dass jeder Arzt dir bisher bestätigt hatte, dass du Kinder bekommen kannst«, sagte Harald, doch seine Worte klangen nicht sehr überzeugend. »Du darfst die Geduld nicht verlieren, Angelika.«

Die junge Frau antwortete nicht, doch ein bitteres Lächeln huschte über ihr Gesicht. Wie sehr sie diese Worte, die sie schon so oft gehört hatte, hasste. Sie klangen wie Hohn in ihren Ohren.

»Was sagt der Arzt, Angelika? Ist er mit dem Verlauf der Operation zufrieden?« Es klang, als redete er über das Wetter, und Harald schämte sich, dass er seiner Frau nicht mehr Anteilnahme entgegenbringen konnte. Doch die Enttäuschung, dass wieder einmal eine Hoffnung zunichte gemacht worden war, war zu groß. Er konnte keine Zuversicht heucheln, auch wenn er es wollte.

»Ja, danke, alles bestens«, antwortete seine Frau müde und zwang sich zu einem Lächeln. Angelikas Blick saugte sich am Gesicht ihres Mannes fest. Wie sehr sie ihn doch liebte, wie sehr sie sich danach sehnte, von ihm in die Arme genommen und getröstet zu werden.

Doch er saß am Bettrand und wirkte wie ein Besucher, der eine leidige Pflicht erledigte.

»Ich habe heute leider nicht sehr viel Zeit mitgebracht, Liebes«, sagte Harald und schaute auf die Armbanduhr. »Ich habe noch ein paar geschäftliche Besprechungen, die keinen Aufschub dulden. Aber ich verspreche dir, dass ich morgen wiederkomme und dass ich dann mehr Zeit für dich haben werde.«

»Schon gut, geh nur«, entgegnete seine Frau, die ihn genau durchschaute. Angelika wusste, dass Harald nur einen Wunsch hatte: So schnell wie möglich das Krankenzimmer wieder zu verlassen. Insgeheim fragte die junge Frau sich, ob Harald überhaupt noch Enttäuschung empfand. Manchmal hatte sie das Gefühl, dass er den Wunsch, ein Kind zu haben längst begraben hatte.

»Bevor du gehst, stell bitte die Rosen in eine Vase«, bat Angelika und schloss schnell die Augen, um die Tränen zu verbergen. »Ich . . . ich bin sehr müde und gar nicht böse, wenn du heute nicht lange bleiben kannst.«

Obwohl die junge Frau sich mit den eigenen Worten verletzte, wollte sie lieber alleine sein, als ihren Mann in der Nähe zu haben und genau zu wissen, dass ihm jede Minute im Krankenzimmer eine Last war.

»Bis morgen dann, mein Schatz, und werde rasch gesund«, sagte Harald hastig, küsste sie flüchtig auf den Mund und ging zur Tür. Er drehte sich noch einmal um, winkte ihr zu, und die Erleichterung, endlich gehen zu können, stand ihm deutlich im Gesicht geschrieben.

Die junge leidgeprüfte Frau war dankbar, als ihr Mann die Tür hinter sich ins Schloss zog.

Kurz darauf klopfte es erneut, und Dr. Martin Lipmann betrat das Krankenzimmer. Als er sah, dass seine Patientin weinte, kam er rasch näher und setzte sich zu ihr.

»Tränen, Frau Krüger?« Besorgt schaute der Frauenarzt sie an. »Was ist passiert? Sie können mir alles erzählen, Frau Krüger, ich habe für die Sorgen meiner Patientinnen stets ein offenes Ohr.«

Angelika sah den gut aussehenden Arzt wie durch einen Nebelschleier, und hastig wischte sie sich mit dem Handrücken aber die Augen. Ihr Schluchzen wurde leiser und verebbte.

»Warum soll ich Ihnen davon erzählen? Auch Sie

können mir nicht helfen, Herr Doktor. Manchmal bin ich so verzweifelt, dass ich mir am liebsten das Leben nehmen möchte.« Erneut schluchzte Angelika tief auf.

»An solche Dinge sollten Sie nicht denken, geschweige denn darüber reden, Frau Krüger«, ermahnte Dr. Lipmann seine Patientin ernst. »Wollen Sie sich mir nicht anvertrauen? Warum reden Sie sich den Kummer nicht von der Seele? Es wird Ihnen gut tun. Glauben Sie mir.«

»Meine Geschichte ist alltäglich, Herr Doktor, und ich bin sicher, dass viele Frauen mein Schicksal teilen.« Angelika holte tief Luft, und ihre Stimme zitterte, als sie weitersprach: »Ich liebe meinen Mann über alles, Herr Doktor, und ich kann mir ein Leben ohne ihn nicht vorstellen. Ich weiß aber auch, dass unsere Beziehung zerbrechen wird, wenn wir keine Kinder bekommen können. Nach zwei Fehlgeburten war Harald immer noch voll Hoffnung und zeigte Verständnis für meine Trauer. Doch heute hat er resigniert. Er glaubt nicht mehr daran, dass wir eines Tages ein Kind haben werden.«

»Ich habe mir Ihre Krankenakte noch einmal genau durchgesehen, Frau Krüger. Nichts spricht dagegen, dass Sie ein Kind bekommen. Allerdings möchte ich Ihnen raten, bei den nächsten Anzeichen einer Schwangerschaft sofort zu mir zu kommen. So früh wie möglich, am besten bereits dann, wenn zum ersten Mal Ihre Periode aussetzt.«

»Und was versprechen Sie sich davon?« fragte Angelika voll Bitterkeit.

»Dass Sie ein Kind bekommen natürlich«, erwiderte der Arzt, als sei dies das Selbstverständlichste der Welt. »Ich bin zu neunundneunzig Prozent sicher, dass Sie, falls Sie wieder in anderen Umständen sind, dass Kind auch austragen werden, wenn Sie während der gesamten Zeit Ihrer Schwangerschaft in meiner Behandlung bleiben.«

»Wissen Sie überhaupt, was Sie da sagen?« Die Stimme der Patientin sank zu einem Flüstern herab. »Herr Doktor, wenn ich noch einmal schwanger bin und das Kind noch einmal verliere, kann ich für nichts mehr garantieren. Ich glaube, ich möchte dann nicht mehr leben.«

»Sie sind nicht die erste Patientin, die mit diesen Schwierigkeiten zu mir gekommen ist«, erwiderte Dr. Lipmann ruhig, und in seiner Stimme lag so viel Zuversicht, dass Angelika unwillkürlich vertrauensvoll lächelte.

»Seltsam«, murmelte die junge Frau. »In diesem Augenblick glaube ich Ihnen sogar, Doktor Lipmann. Ich verspreche Ihnen, dass ich Ihre Worte beherzigen werde.«

»Ich danke Ihnen für Ihr Vertrauen, Frau Krüger«, entgegnete der Chefarzt der Frauenklinik und reichte ihr die Hand. Fest umschloss er ihre kühlen, leicht feuchten Finger, und Angelika Krüger hatte plötzlich das Gefühl, als erhielte sie durch die Berührung seiner Hand Kraft und Mut.

Die junge Frau lächelte den Chefarzt unter Tränen an, und Dr. Martin Lipmann ertappte sich in diesem Augenblick bei dem Gedanken, dass er sich wünschte, der leidgeprüften jungen Frau helfen zu können.

✿

Die erholsamen Tage am Wolfgangsee waren für Dr. Gaby Merbeck wie im Flug vergangen, und heute arbeitete sie bereits eine Woche in Dr. Lipmanns Frauenklinik.

Gaby wusste, welch guten Ruf diese Klinik hatte und freute sich mit einem so hervorragenden Gynäkologen wie Dr. Lipmann zusammenarbeiten zu können.

Noch nicht eine Sekunde hatte es die junge Ärztin bereut, die Anstellung an der Lipmann-Klinik angenommen zu haben. Im Gegenteil, plötzlich ging sie freudiger zur Arbeit, und dieser Umstand war Dr. Lipmanns Verdienst.

Dr. Merbeck stand am Fenster ihres Büros und schaute verträumt lächelnd auf die Grünanlagen hinunter. Dr. Martin Lipmann, dieser Name klang wie Musik in ihren Ohren und ließ ihr Herz ein paar Takte schneller schlagen.

Bereits am ersten Tag, als sie sich vorgestellt hatte und vom Chefarzt der Klinik durch alle Räumlichkeiten geführt worden war, hatte Gaby die seltsame Anziehungskraft gespürt, die von Dr. Lipmann ausging.

Wenn die junge Ärztin die Augen schloss, sah sie das Gesicht ihres Chefs ganz deutlich vor sich. Sie sah das dunkelbraune, krause Haar, das sich eigenwillig in die Stirn ringelte, den schmalen, herrisch wirkenden Mund und seine auffallend blauen Augen.

Harald Krüger war in Vergessenheit geraten, und jetzt, da die junge Ärztin den Chef der Frauenklinik kennen gelernt hatte, konnte sie sich nicht mehr vorstellen, mit Harald eine tiefere Beziehung einzugehen.

Die Tür des Büros war nur angelehnt, und Gaby merkte nicht, dass sie aufgeschoben wurde.

Dr. Martin Lipmann blieb in der offenen Tür stehen, und sein Blick fiel auf den dicken Knoten in Gabys Nacken. Der Chefarzt wusste, welch herrlich langes Haar seine Kollegin hatte, denn beim Vorstellungstermin hatte die junge Ärztin das Haar offen getragen.

Dr. Merbeck ahnte nicht, dass sie beobachtet wurde. Sie dachte im Augenblick an Harald Krüger, der sie gestern Abend angerufen und um ein Wiedersehen gebeten hatte. Im Nachhinein ärgerte Gaby sich darüber, dass sie zugesagt hatte. Sie nahm sich vor, Harald heute deutlich zu sagen, dass sie ihm nur Freundschaft entgegen bringen konnte.

Dr. Lipmann räusperte sich, und Gaby wirbelte herum. Sie wurde rot wie ein Schulmädchen, als sie ihren Chef in der offenen Tür stehen sah.

»Entschuldigen Sie, Doktor Lipmann, ich ... ich war in Gedanken.« Insgeheim ärgerte Gaby sich über ihre Verlegenheit. Was musste der Chefarzt von ihr denken?

»Ich kam zufällig an Ihrem Büro vorbei«, erklärte der Arzt leichthin und lächelte sie an. »Ich weiß, dass Ihr Dienst in wenigen Minuten beendet ist und wollte Sie zu einer Tasse Kaffee im Casino einladen. Es interessiert mich sehr, ob es Ihnen bei uns gefällt oder nicht?«

»Ich kann ...«, Gaby unterbrach ihren Satz und schaute an Dr. Lipmann vorbei. Ihre Gedanken überschlugen sich. Sie konnte ihm doch nicht sagen, dass sie ein Rendezvous hatte.

Die junge Ärztin hatte während der Zusammenarbeit mit ihrem Chef sehr wohl bemerkt, dass sie ihn nicht nur als Kollegin interessierte. Seine Stimme veränderte sich, wenn er mit ihr sprach, und manchmal, wenn er sie anschaute, wurde es ihr heiß und kalt.

Diese kleinen Anzeichen, die alle Verliebten mit fast hellseherischer Fähigkeit registrierten, hatten die junge Ärztin in einen unbeschreiblichen Glückstaumel versetzt. Sie war überzeugt, dass der Chefarzt der Frauenklinik ihre Gefühle erwiderte, und es war bestimmt nur noch eine Frage der Zeit, bis er über seine Zuneigung sprechen würde.

»Wie Sie sich vorstellen können, Herr Chefarzt, stecke ich noch mitten in der Einrichtung meiner neuen Wohnung. Ich würde Ihnen furchtbar gern bei einer Tasse Kaffee Gesellschaft leisten, aber ich habe einige

Termine, die ich nicht aufschieben kann.« Gaby schluckte trocken, denn Lügen waren ihr im Grunde des Herzens zuwider. »Ich würde mich jedoch sehr freuen, wenn wir den Kaffeeplausch morgen nachholen könnten. Ist das möglich?«

»Aber ja«, stimmte Dr. Lipmann ihr sofort zu. »Verzeihen Sie, dass ich nicht daran gedacht habe, wie viel Arbeit Sie im Augenblick haben. Morgen oder übermorgen werde ich sicher wieder ein Stündchen abzweigen können, und wenn Sie erlauben, rufe ich Sie an. Übrigens ein heißer Tipp: Der Kaffee im Casino ist zwar nicht sonderlich gut, aber sehr stark.«

Dr. Gaby Merbeck schlüpfte aus dem weißen Kittel und griff zu dem leichten Sommermantel und legte ihn über den Arm. Der Chefarzt ließ seinen Blick bewundernd über ihre makellose Figur gleiten, und erneut bedauerte er, dass sie das wunderschöne blonde Haar im Nacken zu einem Knoten zusammengebunden hatte. Gemeinsam verließen sie das Büro der jungen Ärztin, und Dr. Martin Lipmann begleitete Gaby, bis er sein Büro erreichte.

Der Gynäkologe reichte seiner Kollegin die Hand und sagte: »Vergessen Sie nicht, sich ein wenig Ruhe zu gönnen, Kollegin Merbeck. Morgen liegt ein anstrengender Tag vor uns. Auf Wiedersehen und viel Spaß.«

»Ich werde Ihren Rat beherzigen«, antwortete Gaby, die sich ungern von ihm trennte. »Auf Wiedersehen, bis morgen.«

Ein versonnenes Lächeln lag auf Dr. Martin Lipmanns Gesicht, als er sein Büro betrat. War es vielleicht eine Fügung des Schicksals, dass er ausgerechnet diese junge Ärztin in seine Klinik geholt hatte? Aus fast einem Dutzend Bewerbungsschreiben hatte er die Unterlagen der jungen Ärztin herausgesucht und sich für sie entschieden.

Der Chefarzt durchquerte das große, schlicht eingerichtete Büro und ging zum Fenster hinüber. Er öffnete es und ließ die warme Sommerluft herein. Tief atmete er durch und tankte Sauerstoff in die Lungen, er fühlte sich frei und glücklich, wie schon lange nicht mehr.

Doch plötzlich stutzte er. Sein Blick fiel auf den Weg, der von der Rezeption zur Straße führte. Er hatte Dr. Gaby Merbeck entdeckt, doch sie war nicht allein.

Martin kniff unwillkürlich die Augen zusammen und beugte sich leicht vor. Den großen dunkelhaarigen, braun gebrannten Mann, der auf Gaby zueilte, kannte er. Nein, eine Täuschung war nicht möglich, es war Harald Krüger, der Mann seiner Patientin.

Interessiert beobachtete Dr. Lipmann, was nun weiter geschah. Es war nicht ungewöhnlich, dass die neue Kollegin den Mann einer Patientin kannte, doch als Harald die Arme ausbreitete und sie um Gaby legte, zuckte der Chefarzt leicht zusammen.

Martin sah deutlich das lachende Gesicht des braun gebrannten Mannes, der Gaby engumschlungen festhielt.

Abrupt drehte der Chefarzt sich vom Fenster weg, ging zum Schreibtisch und ließ sich in den Sessel fallen.

»Tja, wenn man solch wichtige Termine hat, kann man selbstverständlich keine Tasse Kaffee mit mir trinken«, stellte er halblaut voll Bitterkeit fest. Das Glücksgefühl, das ihn noch vor wenigen Minuten beherrscht hatte, war verschwunden.

Der Chefarzt stützte den Kopf schwer in beide Hände und schloss die Augen. In Gedanken machte er sich heftige Vorwürfe und lachte über sich selbst.

»Du Narr, wie konntest du annehmen, dass eine Frau wie die Kollegin Merbeck noch frei ist?« sagte er halblaut vor sich hin.

Dr. Lipmann war fest entschlossen, die Zuneigung,

die er für seine neue Kollegin empfand, zu unterdrücken.

Herbe Enttäuschung breitete sich in Martins Herzen aus, denn so wie Harald Krüger die Kollegin umarmt hatte, musste Dr. Lipmann annehmen, dass die beiden sich sehr nahe standen. Der Chefarzt schüttelte leicht den Kopf. Gaby Merbeck und ein verheirateter Mann? Sie schämte sich nicht, sich mit Harald Krüger vor der Klinik zu treffen, obwohl sie wusste, dass Krügers Frau als Patientin in der Klinik lag?

»Wie kann man sich nur so in einem Menschen täuschen?« fragte Martin sich leise und presste die Fingerspitzen gegen die Schläfen. Das Blut rauschte und pochte durch die Adern, unvermittelt stellten sich heftige Kopfschmerzen ein.

Ich muss sie vergessen, ich muss, hämmerte es ununterbrochen in seinem Kopf. Obwohl dieser Gedanke ihn schmerzte, zwang er sich, ihn immer und immer wieder zu denken.

✿

Drei Wochen waren seither vergangen, und Dr. Gaby Merbeck wartete vergeblich darauf, dass der Chefarzt seine Einladung zu einer Tasse Kaffee wiederholen würde.

Die junge Ärztin konnte nicht ahnen, dass der Chefarzt ihre Begegnung mit Harald Krüger beobachtet hatte und sie deswegen so kühl und abweisend behandelte.

Angelika Krüger war vor acht Tagen entlassen worden, doch ihren Mann schien das nicht sehr zu berühren, denn er versuchte täglich, die Ärztin anzurufen.

Auch heute Morgen, als Dr. Gaby Merbeck mit dem Chefarzt im Vorzimmer des Röntgenraumes stand und eine Aufnahme betrachtete, versuchte Harald Krüger, Gaby telefonisch zu erreichen.

Dr. Martin Lipmann, der in der Nähe des Wandtelefons stand, nahm den Hörer ab.

»Lipmann«, meldete er sich. Sein Gesicht veränderte sich schlagartig, als er den Hörer sinken ließ. Dann wandte er sich Gaby zu. »Für Sie.« Ohne sie weiter zu beachten, verließ er den Röntgenvorraum.

»Doktor Merbeck«, meldete sie sich, als sie den Hörer ans Ohr legte.

»Harald«, stellte eine Männerstimme sich vor. »Himmel, ist das schwierig, dich zu erreichen. Ich habe schon so oft versucht, dich zu ...«

»Herr Krüger«, schnitt Gaby ihm kühl das Wort ab. »Ich habe Ihnen bei unserer letzten Begegnung in aller Deutlichkeit gesagt, dass ich mit Ihnen nichts mehr zu tun haben möchte. Sie gehören zu Ihrer Frau. Aber das begreifen Sie wohl nicht. Ich werde der Rezeption bekannt geben, dass Ihre Gespräche nicht mehr zu mir durchgestellt werden. Guten Tag.«

Verärgert hängte Gaby den Hörer ein. Was bildete Harald Krüger sich eigentlich ein? Dass sie eine Ehe zerstörte?

Obwohl der Gedanke nahe liegend war, dachte Gaby nicht daran, dass Dr. Lipmanns verändertes Verhalten etwas mit Harald Krüger zu tun haben könnte.

Gaby seufzte, als sie den Röntgenraum verließ und zur Wöchnerinnenstation ging. Bis vor kurzem hatte sie es sich nicht vorstellen können, dass sie einmal so unglücklich sein wurde.

Immer wieder fragte Gaby sich, ob ihre Einbildungskraft ihr einen Streich gespielt hatte. War sie einer Täuschung erlegen, als sie geglaubt hatte, in den Augen des Chefarztes Zuneigung zu lesen?

Als die junge Ärztin das Zimmer der Wöchnerin erreichte, schüttelte sie die Gedanken an Dr. Martin Lipmann ab.

»Guten Tag, Frau Müller«, sagte Gaby freundlich, als sie an das Bett der Patientin trat. »Machen Sie sich bitte frei. Haben die Schmerzen nachgelassen, oder glauben Sie, dass es schlimmer geworden ist?«

»Es ist schlimmer geworden, Frau Doktor«, erwiderte Frau Müller und öffnete die Schlafanzugjacke.

Dr. Gaby Merbeck untersuchte die Brust der Wöchnerin. Die Haut war heiß und trocken, die Milchdrüsen leicht geschwollen. Die Ärztin vermutete einen entzündlichen Herd und nahm sich vor, bei der Konferenz darüber zu sprechen.

Das elektronische Rufgerät stieß feine, helle Pieptöne aus.

»Entschuldigen Sie mich bitte einen Augenblick«, bat die junge Ärztin. »Ich komme in ein paar Minuten zu Ihnen zurück.«

Gaby verließ das Krankenzimmer und ging zum nächsten Wandtelefon. Sie wählte die Nummer der Rezeption.

»Dr. Merbeck«, meldete sie sich. »Wo brennt es denn, Schwester Doris?«

»Der Chefarzt wünscht Sie zu sprechen«, antwortete die Schwester freundlich und fügte leiser hinzu: »Er klang recht ärgerlich, Fräulein Doktor. Vielleicht sollten Sie sich beeilen?«

»Danke, Schwester.« Gaby hängte den Telefonhörer wieder ein, und sie spürte plötzlich, dass ihre Knie zitterten. Martin wollte sie sprechen? Und er hatte ärgerlich geklungen, wie die Schwester gesagt hatte? Was mochte das zu bedeuten haben?

Obwohl keine Aussicht bestand ein freundliches Gespräch mit dem Chefarzt der Frauenklinik zu führen, klopfte Gabys Herz unsinnig schnell, als sie zum Chefbüro eilte.

Karin Wilten, Dr. Lipmanns Chefsekretärin, hob

blasiert lächelnd eine Augenbraue, als die junge Ärztin eintrat. Karin Wilten, die sich stets elegant und damenhaft gekleidet, arbeitete seit fünf Jahren mit dem Chefarzt zusammen. Bis heute hatte sie die Hoffnung noch nicht aufgegeben, das Herz des gut aussehenden Arztes zu erobern.

In Dr. Gaby Merbeck sah die Sekretärin mit Recht eine Rivalin, und das wiederum veranlasste sie, die junge Ärztin ausgesprochen feindselig zu behandeln.

»Dr. Lipmann wartet nicht gerne, Fräulein Doktor«, sagte die Sekretärin spitz, und ihre kalten grünen Augen musterten Gaby vom Scheitel bis zur Sohle. »Wenn ich Ihnen einen guten Rat geben darf ...«

»Danke, kein Bedarf«, schnitt die junge Ärztin ihr kühl das Wort ab. Ohne Karin Wilten weiterhin zu beachten ging Gaby auf die gepolsterte Tür des Chefbüros zu. Sie klopfte kurz und trat ein.

Dr. Martin Lipmann stand am Fenster und schaute Gaby, die an der Tür stehen blieb, unwillig an.

»Sie wollten mich sprechen, Herr Chefarzt?« Gabys Stimme klang vor Aufregung heiser.

»Ja, und ich möchte mich auch nicht mit langen Vorreden aufhalten«, antwortete Martin schroff und musterte die junge Ärztin verächtlich. »Es ist im Allgemeinen nicht meine Art, mich in das Privatleben meiner Kollegen einzumischen, Doktor Merbeck. Doch da Frau Krüger bis vor kurzem noch meine Patientin war und es vielleicht auch bald wieder sein wird, möchte ich ein paar Worte dazu sagen. Das Leid dieser jungen Frau rührt mich, und es ist mir unverständlich, Frau Kollegin, dass Sie skrupellos eine Ehe zerstören wollen.«

»Was sagen Sie da?« Gaby schaute den Chefarzt an, als zweifle sie an seinem Verstand. Ihre großen, graugrünen Augen wurden dunkel vor Erregung. Die junge Frau wurde blass bis auf die Lippen.

»Ach, kommen Sie doch bitte etwas näher«, bat er sarkastisch und winkte sie zu sich heran. Ungeduldig wartete Dr. Lipmann bis die junge Ärztin neben ihm stand. Er hob die Hand und deutete zum Klinikparkplatz hinüber. »Sehen Sie den dunkelhaarigen Herrn dort drüben, der so lässig an seinem schnittigen Sportwagen lehnt?«

»Ja ... das ist ... Harald.« Gaby holte tief Luft, und sie nahm allen Mut zusammen, denn sie dachte gar nicht daran sich grundlos beschuldigen zu lassen. »Ich möchte hinzufügen, dass ich nie ein engeres Verhältnis zu Herrn Krüger hatte und es auch nicht haben werde.«

»Ich gebe zu, dass ich mich irren kann. Vielleicht steht Herr Krüger dort drüben, weil ihn meine moderne Klinik, insbesondere die Außenansicht derart fasziniert?« warf der Chefarzt mit beißendem Spott ein. »Verzeihen Sie, Frau Kollegin, dass ich diese Möglichkeit noch nicht in Betracht gezogen habe.«

»Ich habe keine Beweise, aber ...«

Gaby brach hilflos ab und schaute den Chefarzt fassungslos an.

»Wie ich vorhin schon erwähnte, mische ich mich fast nie in das Privatleben meiner Kollegen. Aber in diesem Fall, Frau Kollegin, möchte ich an Ihre Anständigkeit appellieren, und Sie bitten, der Ehe dieser beiden Menschen eine Chance zu geben. Sollten Sie sich aber zu diesem Entschluss nicht durchringen können, muss ich Ihnen nahe legen, sich nicht mehr direkt vor der Klinik mit Herrn Krüger zu treffen. Es besteht die Möglichkeit, dass Frau Krüger in Kürze wieder in unserer Klinik sein wird, und Sie, als Ärztin, muss ich wohl nicht darauf hinweisen, welche verheerenden Folgen ein psychischer Schock mit sich bringen kann.«

Dr. Lipmanns Worte hatten Gaby wie Ohrfeigen getroffen und sie zutiefst verletzt.

Der Chefarzt hatte keinen Hehl daraus gemacht, wie tief er sie verachtete, und jetzt konnte Gaby auch sein kühles, fast verletzendes Verhalten in den letzten Wochen erklären.

Die junge Ärztin ging ein paar Schritte rückwärts, bis sie mit dem Rücken an die Wand stieß. »Denken Sie doch von mir was Sie wollen«, stieß Gaby in höchster Erregung hervor. »Ich allein kenne die Wahrheit, und ich sage Ihnen noch einmal, dass ich niemals ein Verhältnis mit Harald Krüger hatte. Guten Tag, Herr Chefarzt.«

Fluchtartig verließ die junge Ärztin das Chefbüro.

Dr. Martin Lipmanns Blick glitt zwischen der Tür und Harald Krüger hin und her. Sekundenlang war er geneigt, Gabys Worten zu glauben. Doch dann kräuselte ein spöttisches Lächeln seine Lippen. Für wie naiv hielt sie ihn eigentlich?

»Jedenfalls weiß sie jetzt, was ich von ihr denke«, stieß er zwischen den Zähnen hervor. Der junge Frauenarzt wusste genau, dass es ihm noch nicht gelungen war Gabys Bildnis aus seinem Herzen zu vertreiben. Umso mehr klammerte er sich daran, seine bildhübsche Kollegin wegen ihres Verhältnisses mit Harald Krüger verachten zu müssen.

✿

Wieder einmal hatte Harald Krüger vergeblich vor der Klinik auf Dr. Gaby Merbeck gewartet. Er hatte längst begriffen, dass sie ihm auswich, ihn nicht mehr sehen wollte.

Häufig sagte er sich, vergiss sie, es gibt tausend andere schöne Frauen.

Doch die Tatsache, dass er von einer Frau, die er leidenschaftlich begehrte, abgewiesen wurde, ließ seine gekränkte Eitelkeit nicht zur Ruhe kommen.

Stundenlang konnte er sich das Gehirn darüber zermartern, auf welche Weise er Gaby für sich gewinnen konnte.

Angelika Krüger merkte von alldem nichts. Obwohl ihr Mann sie vernachlässigte, bemühte sie sich um seine Zuneigung.

Auch heute stand Angelika an einem der Fenster und schaute in die Dämmerung hinaus. Angelika hatte Hummersalat zubereitet und Champagner kalt gestellt.

Sie wusste, dass Harald sich über diese Aufmerksamkeit freuen würde und hoffte insgeheim, ihn dadurch zu einem Abend in trauter Zweisamkeit bewegen zu können. Die junge Frau hatte ihr haselnussbraunes Haar lange und ausgiebig gebürstet, es glänzte seidig.

Sie trug einen hautengen, lachsfarbenen Hausanzug, der mit Silberfäden durchwirkt war. Frau Krüger hatte sich auch ein neues Parfüm gekauft und hoffte durch all diese Kleinigkeiten das Interesse ihres Mannes wieder auf sich ziehen zu können.

Das Licht zweier Scheinwerfer erhellte das Tor zur Auffahrt, und Angelika presste unwillkürlich beide Hände ans Herz. Sie lief rasch zur Haustür und öffnete sie. Erwartungsvoll schaute sie ihrem Mann entgegen, fast ängstlich hing ihr Blick an seinem Gesicht.

War er guter Laune? Würde er sich zu einem Abend zu zweit überreden lassen? Angelika liebte ihren Mann noch genauso intensiv wie in den ersten Tagen ihrer jungen Liebe.

Selbst nach zehn Ehejahren bekam sie noch Herzklopfen, wenn sie sich vorstellte, dass Harald sie vielleicht in die Arme nehmen würde.

»Donnerwetter Kleines, du siehst zum Anbeißen aus«, sagte Harald und zog sie zur Begrüßung flüchtig in die Arme. Er küsste sie auf die Nasenspitze, schob sie ein wenig von sich und schlüpfte aus dem Trenchcoat. »Warum hast du dich denn heute so hübsch gemacht? Gibt es dazu einen besonderen Anlass?«

»Du bist der Anlass«, erwiderte sie leise und schaute verliebt zu ihm auf. »Komm, du wirst sicher müde und hungrig sein.«

Harald murmelte ein paar unverständliche Worte und folgte seiner Frau ins Wohnzimmer. O ja, er fühlte sich müde und zerschlagen, aber nicht weil er zu viel gearbeitet, sondern weil er drei Stunden vor der Klinik gestanden und auf Dr. Gaby Merbeck gewartet hatte.

Ein helles Feuer loderte im Kamin, und Harald Krüger hob erstaunt die Augenbrauen, als er den appetitlich angerichteten Hummersalat sah. Als sein Blick auch noch auf den silbernen Eiskübel fiel, aus dem der Hals einer Champagnerflasche ragte, lachte er seine Frau verlegen an.

»Das erinnert mich an frühere Zeiten, Angelika«, bemerkte er, legte die Stirn in Falten, dachte nach und fragte: »Ich werde doch nicht unseren Hochzeitstag vergessen haben?«

»Aber nein, Liebling, ich wollte ganz einfach einen netten Abend mit dir verbringen.« Angelika hakte sich bei ihm unter und zog ihn neben sich auf die Couch. Sie schmiegte sich in die Arme ihres Mannes und fügte leise hinzu: »Bleib heute Abend bei mir, Harald, ich habe schreckliche Sehnsucht nach dir.«

»Ich glaube nicht, dass ich dir heute widerstehen kann«, erwiderte er, und Angelika hörte beglückt, wie zärtlich seine Stimme plötzlich klang.

Harald streichelte seiner Frau über das weiche Haar, das ihn in seiner Beschaffenheit an Dr. Gaby Merbeck erinnerte.

»Du bist schön«, flüsterte er, und ein seltener Schimmer trat in seine Augen. »Zum Verlieben schon . . .«

Harald hob seine Frau plötzlich auf die Arme und trug sie ins obere Stockwerk der Villa. Behutsam ließ er sie auf das Bett gleiten und setzte sich neben sie.

Angelika war glücklich wie schon lange nicht mehr, und sehnsüchtig streckte sie die Arme nach Harald aus. Die junge Frau, die nach Zärtlichkeiten hungerte, ahnte nicht, wem sie die Leidenschaft ihres Mannes zu verdanken hatte.

Harald beugte sich über seine Frau, seine Lippen und seine Hände liebkosten sie, doch in Gedanken betrog er seine Frau, denn er dachte an Gaby.

✿

Angelika Krüger blühte in den nächsten Wochen geradezu auf. Harald bemühte sich rührend um sie, und die junge Frau ahnte nicht, dass seine Aufmerksamkeit seinem schlechten Gewissen entsprang.

Angelika merkte zwar, dass ihr Mann an manchen Tagen besonders unruhig und nervös war, doch diesen Umstand brachte sie nicht mit einer anderen Frau in Zusammenhang.

Seit etwa sechs Wochen hatte Harald Krüger keine weitere Geschäftsreise mehr unternommen, und seine Frau freute sich über die ruhigen, stillen Abende, die er an ihrer Seite verbrachte.

Manchmal, wenn Harald abends in einer Fachzeitschrift blätterte, und sein tiefschwarzes Haar im Schein der Stehlampe einen blauen Schimmer zeigte, lächelte seine Frau, wenn sie ihn beobachtete.

Angelika Krüger hatte ihrem Mann verschwiegen, dass die Periode im letzten Monat ausgeblieben war. Ungeduldig erwartete die junge Frau den nächsten Termin, denn sollten die Monatsblutungen erneut ausbleiben, wollte sie sofort Dr. Lipmann aufsuchen.

Die Hoffnung, wieder schwanger zu sein, versetzte

Angelika in eine seltsame Unruhe. Freude und Angst wechselten sich in ihrem Herzen ab.

Wenn Harald tagsüber im Büro war, konnte die junge Frau stundenlang im Garten sitzen und verträumt vor sich hinschauen.

Ja, sie begann sogar bereits einen Geburtstermin zu errechnen. Manchmal, wenn das Glücksgefühl zu mächtig in ihr wurde, rief sie sich zur Ordnung.

Sie dachte an all das Negative, das sie bisher erlebt hatte, und versuchte so ihre Vorfreude einzudämmen. Angelika wollte sich nicht zu sehr freuen, um eine erneute Enttäuschung besser verkraften zu können.

Heute war es endlich soweit. Harald war kaum außer Haus, als die junge Frau den Zweitwagen aus der Garage holte.

Gestern Nachmittag hatte sie mit Dr. Lipmann telefoniert, der sie gebeten hatte, sofort zu ihm zu kommen.

Bleib ruhig, ganz ruhig, sagte Angelika sich immer wieder, als sie im Wartezimmer des Frauenarztes saß.

Als die Sprechstundenhelferin Gerda Mohn die junge Frau zu Dr. Lipmann bat, klopfte Angelikas Herz rasend schnell.

»Guten morgen, Frau Krüger«, sagte Dr. Martin Lipmann freundlich und reichte ihr die Hand. Erstaunt hob er die Augenbrauen und fügte hinzu: »Nanu? Haben Sie Angst vor mir? Ihre Hände sind kalt und feucht.«

»Können Sie das nicht verstehen?« Unruhe und Angst lagen in Angelikas großen braunen Augen, als sie zu dem Arzt aufschaute. »Die Diagnose, die Sie bald stellen werden, bedeutet für mich Himmel oder Hölle. Oder vielleicht beides zugleich.«

»Das Frauen immer zu Übertreibungen neigen müssen«, scherzte der Frauenarzt und deutete mit der

Hand auf den Sessel vor dem Schreibtisch. »Bitte, nehmen Sie Platz, Frau Krüger.«

Dr. Lipmann ging zu einem Glasschrank, der rechts neben dem Fenster stand, nahm eine Einwegspritze, eine Kanüle und eine Gummimanschette heraus. »Streifen Sie bitte den linken Ärmel Ihrer Bluse hoch«, sagte er über die Schulter hinweg zu Angelika.

Die junge Frau merkte, dass ihre Hände zitterten, als sie der Aufforderung des Arztes nachkam.

»So, und jetzt können Sie zu mir kommen«, sagte Dr. Lipmann und deutete auf die Liege hinter dem Wandschirm.

»Wann werde ich es wissen, Herr Doktor?« Gehorsam legte Angelika sich auf die Liege und schaute den Arzt angstvoll an.

»Ausnahmsweise werde ich die Untersuchung sofort durchführen lassen«, erklärte Dr. Lipmann, während er die Gummimanschette um den Oberarm seiner Patientin legte.

Der Arzt desinfizierte die Einstichstelle der Armbeuge und führte die Kanüle geschickt in die Vene ein. Dr. Lipmann zog die nötige Menge Blut in die Spritze auf, zog die Kanüle wieder heraus, löste die Gummimanschette und klebte ein kleines Pflaster über die Einstichstelle.

»Bleiben Sie bitte noch einen Moment liegen, Frau Krüger«, bat der Arzt und stand auf. Er ging in das Vorzimmer, und Angelika hörte ihn leise mit Frau Gerda Mohn sprechen.

Die junge Frau schloss die Augen und leckte sich über die trockenen Lippen. Sie war aufgeregt, und da sie noch nichts gegessen hatte, verspürte sie leichte Übelkeit.

»So, da bin ich wieder.« Dr. Martin Lipmann blieb neben der mit schwarzem Leder bezogenen Liege stehen und schaute lächelnd auf die junge Frau hinab.

»Und jetzt? Was passiert jetzt?« Obwohl Angelika Krüger versuchte, sich zu beherrschen, schossen ihr plötzlich Tränen in die Augen. Sie schluchzte leise und streckte dem Arzt Hilfe suchend die Hand entgegen.

»Bitte, Herr Doktor, helfen Sie mir, ich bin so aufgeregt, dass ich das Gefühl habe, jeden Augenblick umzufallen.«

Der Frauenarzt stützte seine junge hübsche Patientin, als er sie zu einem kleinen Warteraum führte. Er lag direkt neben dem Sprechzimmer und war mit hellen, freundlichen Möbeln ausgestattet. Ein kleiner Tisch und zwei Sessel standen nahe dem Fenster, das mit Blumen geschmückt war. Zeitschriften lagen auf dem Tisch ausgebreitet. Rechts an der Wand stand eine Liege, und Dr. Lipmann deutete mit der Hand darauf.

»Sie können sich ruhig ein wenig hinlegen, Frau Krüger«, sagte der Frauenarzt.« Es wird ein bis zwei Stunden dauern, bis ich Ihnen meine Diagnose mitteilen kann.«

»Danke, Herr Doktor«, flüsterte Angelika, »aber ich möchte zuerst ein wenig in den Zeitschriften blättern. Ich muss meine Gedanken ablenken, sonst werde ich verrückt.«

»Jetzt übertreiben Sie aber schamlos, Frau Krüger«, scherzte der Frauenarzt und wartete, bis Angelika sich gesetzt hatte. »Sollten Sie sich nicht wohl fühlen, dann kommen Sie zu mir. Ich bin gleich nebenan.«

Als Angelika kurz darauf allein war, blätterte sie gelangweilt in den Illustrierten. All die Berichte und Geschichten von oder über die Prominenz interessierten sie nicht.

Schon nach wenigen Minuten legte sie die Zeitschrift auf den Tisch zurück und schaute aus dem Fenster.

Die Grünanlagen der Klinik lagen in hellem Sonnenlicht, und wenn die junge Frau sich vorbeugte, konnte sie einen Ausschnitt des klaren Sommerhimmels sehen.

War dieses Herrgottswetter ein gutes Omen? Durfte sie erneut hoffen? Sollte sich endlich ihr Herzenswunsch erfüllen?

In kurzen Abständen schaute Angelika Krüger auf die Uhr. Die Zeit war scheinbar gegen sie, denn die Minuten dehnten sich zu Ewigkeiten.

Eine Stunde war bereits vergangen, und die Patientin begann, unruhig auf und ab zu gehen.

Frau Krüger knetete die kalten feuchten Finger, blieb vor der Tür zum Sprechzimmer des Arztes stehen und war versucht, zu Dr. Lipmann zu gehen.

»Reiß dich zusammen«, ermahnte sie sich halblaut. »Es kommt, wie es dir bestimmt ist.«

Nach vielen Fehlgeburten hatte Angelika sich eine pessimistische Anschauung zugelegt. Nicht etwa, weil sie an eine Vorsehung glaubte, nein, sie brauchte einen Selbstschutz, um ihre Schuldgefühle nicht allzu groß werden zu lassen.

Angelika glaubte, das Herz müsse ihr stehen bleiben, als sich plötzlich die Tür öffnete, und Dr. Lipmann eintrat.

Die junge Frau starrte den Arzt an, als könne er über Leben und Tod entscheiden. Sie öffnete die Lippen, doch kein Laut drang aus ihrer Kehle.

»Herzlichen Glückwunsch, Frau Krüger«, sagte Dr. Lipmann und nahm ihre Hände. Er drückte sie leicht und fügte hinzu: »Die Untersuchung ist positiv verlaufen, Sie sind in anderen Umständen.«

Ein kleiner Laut, der wie der Ruf eines verschreckten Vogels klang, kam über Angelikas Lippen. Sie glaubte das Glück nicht ertragen zu können und merkte wie ihre Knie zitterten.

Unwillkürlich lehnte sie sich an Dr. Lipmann, und

der Arzt legte beruhigend die Arme um sie. Sanft streichelte er die zuckenden Schultern seiner Patientin.

»Weinen Sie ruhig, Frau Krüger«, sagte er, und seine ruhige, tiefe Stimme hatte eine gute Wirkung auf sie. »Weinen Sie, dass entspannt und macht alles leichter.«

»Ach, Herr Doktor, Sie können sich nicht vorstellen wie glücklich ich bin. Ich bin glücklich, aber ich bin auch gleichzeitig unglücklich. Die Angst, das Kind wieder verlieren zu müssen, sitzt mir im Nacken und nimmt mir fast den Atem.«

»Gerade darüber wollte ich mit Ihnen sprechen, Frau Krüger«, antwortete der Frauenarzt und schaute über Angelikas Kopf hinweg nachdenklich zum Fenster hinaus.

Dr. Lipmanns Gedanken schweiften ab. Er dachte an Dr. Gaby Merbeck und daran, dass sie an der Zerrüttung der Ehe von Angelika Krüger beigetragen hatte.

Wenn sie sehen könnte, wie Frau Krüger leidet, dachte der Arzt, müsste sie vor Scham in den Erdboden versinken.

»Warum machen Sie so ein böses Gesicht, Herr Doktor?« Angelika Krüger war einen Schritt zurückgetreten und schaute den Arzt verwundert an.

»Tue ich das?« warf er leichthin ein und lachte sie an. »Verzeihen Sie, aber ich war soeben in Gedanken bei einem anderen Fall, der mir große Sorgen macht. Aber jetzt kommen wir auf Sie zu sprechen, Frau Krüger. Ich möchte noch einmal meine Bitte wiederholen, die Zeit der Schwangerschaft bei mir in der Klinik zu verbringen. Wenn ich Ihnen helfen soll, Frau Krüger, muss ich Sie Tag und Nacht unter Kontrolle haben.«

»Ich tue alles, wenn ich nur ein Kind bekomme«, erwiderte Angelika ernst. »Sie werden sich wundern, was für eine gehorsame Patientin ich sein kann, Herr Doktor.«

»Ich habe vorausgesetzt, dass Sie sich so entscheiden werden. Ich habe bereits ein Zimmer für Sie herrichten lassen, und Schwester Margarethe muss jeden Augenblick hier sein. Sie wird Sie ins Zimmer begleiten, und all die Dinge, die Sie für einen Klinikaufenthalt benötigen, kann Ihr Mann Ihnen bringen.«

»Harald, mein Gott, wie wird er sich freuen.« Gedankenverloren schaute die junge Frau an dem Arzt vorbei, und sekundenlang vergaß sie, dass sie nicht allein war. Ihre Ehe hatte sich in den letzten Wochen ein wenig gebessert, Harald war aufmerksamer und liebevoller geworden, und jetzt, da sie auch noch ein Kind erwartete, hoffte Angelika, dass das auch für ihre Ehe einen Neubeginn bedeutete.

Es klopfte, und Frau Gerda Mohn, die Sprechstundenhelferin, trat ein.

»Schwester Margarethe wartet draußen, Herr Doktor«, sagte Frau Mohn, und ihre Stimme klang ungeduldig. Noch mehr als ein Dutzend Patientinnen saßen im Wartezimmer, und Frau Mohn wusste, dass die Zeit drängte.

»Wir kommen sofort, Frau Mohn«, antwortete der Frauenarzt und schob die Hand leicht unter Angelikas Arm. »Kommen Sie, Frau Krüger, ich bringe Sie zu Schwester Margarethe.«

»Ich habe das Gefühl, Sie führen mich einem ganz neuen Leben entgegen«, sagte die junge Frau so leise, dass nur der Arzt es verstehen konnte. Sie lächelte vertrauensvoll zu ihm auf, und Dr. Lipmann nahm sich vor, auf diese Patientin besonders zu achten.

✿

Angelika Krügers Zimmer glich einem Blumenladen. Täglich kam Harald und brachte einen Strauß roter Rosen, den er ihr liebevoll in die Arme legte. Harald überhäufte seine Frau geradezu mit Aufmerksamkeiten.

Er konnte es jedoch nicht unterlassen nach Dr. Gaby Merbeck Ausschau zu halten, wenn er die Klinik betrat.

Harald Krüger hatte die junge Ärztin noch nicht vergessen. Er, der stets Erfolg beim schönen Geschlecht hatte, konnte Gabys ablehnende Haltung nicht verwinden.

Manchmal, wenn er abends allein vor dem Kamin saß, sah er Gaby wieder vor sich, wie er sie kennen gelernt hatte.

Harald wurde unruhig, wenn er an ihre verführerische Figur dachte, und er konnte den Wunsch, Gaby eines Tages doch noch in seinen Armen halten zu dürfen, nicht unterdrücken.

Der Immobilienmakler wusste, wie unsinnig sein Begehren war, doch seine Leidenschaft siegte über den Verstand.

Der junge Mann freute sich auf das Kind, das seine Frau unter dem Herzen trug. Doch auch seine Skepsis war nicht auszurotten.

Immer wieder dachte er an die Fehlgeburten und an die Eileiterschwangerschaft. Niemand konnte ihm garantieren, dass Angelika im letzten Augenblick nicht doch noch das Kind verlieren würde.

Als Harald heute, am frühen Nachmittag, die Frauenklinik betrat, begegnete ihm Schwester Ines, die seine Frau betreute.

Die junge Schwester schwärmte für den gut aussehenden Mann ihrer Patientin, und das war Harald nicht entgangen.

»Hallo, Schwesterchen«, sagte er und lachte sie an. »Ist Ihr Dienst schon beendet?«

»Das wäre schön«, entgegnete sie und errötete. Ihr

Traummann blieb stehen und sprach sie an? »Ich muss in den Kreißsaal hinüber. Eine Kollegin ist erkrankt, und Dr. Merbeck hat mich angefordert.«

»Dr. Merbeck?« Harald runzelte die Stirn und tat so, als müsse er angestrengt nachdenken. »Ich glaube, ich kenne die Ärztin. Ich würde ihr gern mal Guten Tag sagen. Wissen Sie, wie lange Dr. Merbeck heute Dienst hat?«

»Darüber bin ich nicht unterrichtet, leider.« Schwester Ines hob bedauernd die Schultern.

»Na, macht ja auch nichts.« Harald zog eine Rose aus dem Strauß und reichte sie ihr. »Für Sie, Schwesterchen.«

Harald lachte, als er sah, dass ihr Gesicht die Farbe einer reifen Tomate annahm. Er deutete eine kleine, Verbeugung an und ging zum Aufzug.

Er drehte sich nicht mehr nach der jungen Schwester um, aber er ahnte, dass sie ihm nachschaute.

Kurz darauf betrat er das Krankenzimmer seiner Frau. Angelika saß aufrecht im Bett, und ihre Augen wurden ein wenig heller, als er sich zu ihr setzte.

»Harald, du verwöhnst mich zu sehr«, sagte sie, als er ihr die Rosen gab. »Abgesehen davon beklagen sich die Schwestern bereits, weil sie kaum noch Vasen haben, um all die Blumen unterzubringen.«

»Ich kann doch nicht mit leeren Händen kommen«, entgegnete er entrüstet.

»Mir genügt es, wenn du da bist. Mehr brauche ich nicht«, erwiderte Angelika und schaute ihren Mann verliebt an. Die junge Frau wartete darauf, dass Harald sich zu einem Kompliment hinreißen lassen würde, denn sie hatte sich heute besonders schön gemacht.

Angelika trug ein hellblaues, mit Spitzen besetztes Nachtgewand, ein Hauch sündhaft teurem Parfüms umgab sie. Das dezente Make-up und das Rouge auf ihren Wangen gaben ihr ein jugendliches frisches Aussehen. Das haselnussbraune Haar ringelte sich in Stirn und Wangen und zeigte einen leichten Goldton.

»Ist Dr. Lipmann mit deinem Zustand zufrieden? Ich meine, was hat er heute Morgen bei der Visite gesagt?« Harald ließ keinen Blick von Angelikas Lippen, denn er rechnete jeden Tag mit einer Hiobsbotschaft.

»Er ist ausgesprochen zufrieden mit mir«, entgegnete die junge Patientin und lachte vergnügt. »Ach, Harald, das Leben ist plötzlich so schön geworden, seit ich weiß, dass wir ein Kind haben werden.«

»Noch haben wir es nicht«, entschlüpfte es ihm, und sofort bereute er diese Worte. »Verzeih, Liebes, ich wollte das nicht so krass sagen, aber meine Skepsis ist wohl verständlich. Man kann es auch anders ausdrücken. Ich habe Angst, dass du das Kind wieder verlieren wirst.«

»Das kann ich verstehen, Harald.« Angelika schob die Finger in seine Hand, so, als suche sie bei ihm Halt. »Trotzdem habe ich diesmal ein gutes Gefühl. Vielleicht liegt es auch daran, dass ich Dr. Lipmann absolut vertraue.«

Harald zog seine Frau behutsam in die Arme und vergrub die Lippen in ihrem weichen, duftenden Haar. »Ich liebe dich sehr«, sagte er leise. Und doch begehre ich auch eine andere Frau, fügte er in Gedanken hinzu.

Harald Krüger war sich durchaus bewusst, wie widersinnig seine Gefühle waren. Er redete sich ein, dass er durchaus normal reagierte. Zehn Jahre Ehe lagen hinter ihm, und seiner Ansicht nach war es nur natürlich, dass die Leidenschaft für die eigene Frau in dieser langen Zeit abflachte.

»Ich liebe dich auch, Harald, mehr als mein Leben«, erwiderte sie, und Harald erschrak ein wenig über den tiefen Ernst ihrer Worte.

»Hast du dir schon einen Namen für den Jungen ausgesucht?« fragte Harald, um ein anderes Thema anzuschneiden.

»Woher weißt du, dass es ein Junge wird?« Angelika lehnte sich in seinen Armen zurück und lachte ihn vergnügt an.

»Frag mich nicht, ich weiß es einfach.« Harald legte den Kopf ein wenig schief und betrachtete sie. »Er wird deine braunen Augen haben, deine Grübchen in den Wangen und dein ansteckendes Lachen.«

»Und was ist, wenn es ein Mädchen wird und dir wie aus dem Gesicht geschnitten ist?« Angelika zerzauste sein dunkles Haar, und Harald glaubte, seine Frau schon seit Jahren nicht mehr so vergnügt gesehen zu haben.

»Darüber diskutiere ich gar nicht. Ich weiß, dass wir einen Stammhalter bekommen werden. Wie heißt es doch so schön? Der Glaube kann Berge versetzen.« Geschickt verbarg Harald seine Gedanken, die sich immer noch mit der Möglichkeit einer Fehlgeburt beschäftigten. Er wollte Angelika nicht beunruhigen und tat so, als sei er felsenfest davon überzeugt, dass sie tatsächlich ein Kind bekommen würde.

»Glaubst du, dass wir wieder wie früher glücklich sein werden?« Angelika lehnte sich in die Kissen zurück und schaute ihren Mann nachdenklich an. »Manchmal glaube ich felsenfest daran, und dann wiederum kommen mir Zweifel. Eigentlich wollte ich nicht darüber reden, aber ...«

»Aber?« hakte Harald sofort nach.

»Du weißt, dass unsere Ehe in den letzten Jahren nicht mehr sehr glücklich war. Ja, manchmal hatte ich sogar das Gefühl, dass du unsere Zweisamkeit als ein Gefängnis betrachtest. Glaubst du, dass sich das ändern wird, wenn wir erst eine kleine Familie sind?«

Angelika ließ keinen Blick vom Gesicht ihres Mannes. Täuschte sie sich, oder huschte tatsächlich im Bruchteil einer Sekunde ein Schatten des Unmutes darüber?

»Müssen wir jetzt über dieses Thema reden? Glaubst du, der Zeitpunkt ist richtig? Schau, Kleines, es liegt wohl in der Natur des Menschen, dass die Liebe im Laufe der Zeit ruhiger und tiefer wird. Ich will damit nicht sagen, weniger, aber das leidenschaftliche Begehren kann nicht ein Leben lang anhalten.«

»Für mich schon«, antwortete die junge Frau ernst. »Meine Liebe zu dir ist immer noch so stark wie zu Beginn unserer Beziehung. Du warst für mich der erste Mann in meinem Leben, und ich bin sicher, dass ich nie wieder einen anderen Mann würde lieben können.«

Harald Krüger fühlte sich unbehaglich, er stand auf und ging zum Fenster hinüber. Angelikas Worte hatten ihn mehr als nachdenklich gestimmt, und unwillkürlich verglich er seine Frau mit Dr. Gaby Merbeck.

Beide Frauen waren, jede auf ihre Art, anziehend und begehrenswert. Mit Angelika verband ihn ein tiefes inniges Gefühl der Vertrautheit, doch jenes Herzklopfen, jene Unruhe im Blut, die ihn erfasste, wenn er Gaby sah, blieb aus, wenn er seine Frau in den Armen hielt.

Der Geschäftsmann wusste nur zu gut, dass die Begierde, die immer wieder in seinem Herzen aufflackerte, wenn er an die junge Ärztin dachte, eine vorübergehende Erscheinung war. Seine Leidenschaft würde ruhiger werden, wenn er Gaby eine gewisse Zeit lang kennen würde.

»Bitte, Harald, komm doch wieder zu mir«, bat seine Frau leise, und Harald ging zum Bett zurück. Er setzte sich auf die Kante und nahm Angelikas Hände.

»Kleines, wir sollten ein derartig kompliziertes Thema auf einen späteren Zeitpunkt verlegen, meinst du nicht auch?« Harald beugte sich vor und küsste sie rasch auf den Mund. »Dr. Lipmann hat mir gesagt, dass du jede Aufregung vermeiden sollst. Angelika, glaube einfach daran, dass es das Schicksal gut mit uns meint. Es wird bestimmt wieder alles gut werden, wenn ...«

Ein bitteres Lächeln kräuselte Angelika Krügers Lippen. Sie wusste, was er hatte sagen wollen, und auch sie war überzeugt, dass nur ein Kind ihre Ehe retten konnte.

»Ja, ich will daran glauben«, entgegnete sie leise und streckte sehnsüchtig die Hände nach ihm aus. »Nimm mich in deine Arme, Harald, und halt mich fest. Ich brauche dich jetzt mehr denn je.«

✿

»So, Frau Kuhn, hier haben Sie Ihren kleinen Sohn.« Dr. Lipmanns Stimme klang weich, als er das Neugeborene der erschöpften Mutter in den Arm legte.

Er blieb neben der jungen Mutter stehen und schaute auf sie herab. Der Chefarzt wunderte sich immer wieder über das Glück, das den jungen Müttern nach der Geburt aus den Augen strahlte. Obwohl das Gebären die letzte Kraft der Frauen forderte, wollte jede von ihnen das kleine Wesen, das ihnen so viel Schmerzen bereitet hatte, sofort in den Armen halten, es liebkosen und küssen.

Ulla Hornung, die Hebamme, wischte sich den Schweiß von der Stirn. Dann winkte sie eine junge Schwester heran.

»Bringen Sie Frau Kuhn auf ihr Zimmer«, ordnete die Hebamme an und wandte sich an den Chefarzt: »Ich glaube, wir haben uns eine Tasse Kaffee verdient, nicht wahr?«

»Und ob«, stimmte Dr. Lipmann ihr zu. Er lachte

die Hebamme, mit der er schon viele Jahre zusammenarbeitete, an.

»Kommen Sie auch mit nach nebenan?« fragte Frau Hornung Dr. Gaby Merbeck, die abwartend neben der Tür stand.

»Warum nicht?« warf Gaby betont gelassen ein. Sie schaute Dr. Lipmann an, doch er tat so, als sei sie gar nicht vorhanden.

Drei Stunden hatten die Hebamme und die beiden Ärzte im Kreißsaal gearbeitet. Frau Kuhn hatte eine schwere Geburt gehabt, und die Helfer fühlten sich fast ebenso erschöpft wie die junge Mutter.

Sie verließen den Kreißsaal und setzten sich in den Aufenthaltsraum.

Schwester Berta hatte schon Kaffee bereitgestellt, drei Gedecke standen auf dem Tisch.

Frau Hornung, der Chefarzt und Gaby setzten sich. Die junge Ärztin suchte in den letzten Wochen immer wieder Dr. Lipmanns Gesellschaft. Sie hatte sich hoffnungslos in den Chefarzt verliebt und glaubte, dass er eines Tages seine Meinung über sie änderte.

Ein kaum merkliches, wehmütiges Lächeln nistete in Gabys Mundwinkeln, als sie daran dachte, dass sie in den letzten Wochen wie eine Einsiedlerin gelebt hatte. Und das nur, weil sie Martin davon überzeugen wollte, dass es keinen Mann in ihrem Leben gab.

»Himmel, ich bin so fertig, wie schon lange nicht mehr«, sagte die Hebamme und seufzte. »Ich dachte schon, das Kind kommt nie zur Welt.«

Ulla Hornung war eine große, robust wirkende Frau, die stets ihre raue Schale zeigte, um ihr viel zu weiches Herz zu verbergen.

»Sie waren wieder einmal großartig, Frau Hornung«, bestätigte der Chefarzt. »Ich wüsste oft gar nicht, was ich ohne Sie tun sollte.«

Die Hebamme schenkte Kaffee ein, und sie tat so, als habe sie den Einwurf des Chefarztes überhört. Frau Hornung hatte längst bemerkt, dass die junge hübsche Ärztin ihr Herz an Dr. Lipmann verloren hatte. Es war der Hebamme aber auch nicht entgangen, wie kühl, ja manchmal sogar verletzend Dr. Lipmann seine Kollegin behandelte.

Ulla Hornung machte sich über das Verhalten ihres Chefs eigene Gedanken. Sie mochte die junge Ärztin sehr, die sich vor keiner Arbeit scheute und häufig auch Überstunden leistete. Umso mehr ärgerte die Hebamme sich über das Verhalten des Chefarztes, und da sie eine ungerechte Behandlung nicht ausstehen konnte, hielt sie es auch jetzt für angebracht, ein lobendes Wort über Dr. Gaby Merbeck auszusprechen.

»Sie haben unser Fräulein Doktor vergessen, Herr Chefarzt«, warf die Hebamme ein, vermied es, Dr. Lipmann anzusehen und fuhr fort: »Doktor Merbeck hat ebenso gut und fleißig gearbeitet wie wir beide. Auch sie hat ein Lob verdient, Herr Chefarzt.«

»Junge Kollegen müssen sich ihre Sporen erst verdienen, Frau Hornung. Deswegen bin ich ihnen gegenüber mit Lob sehr sparsam. Sie, Frau Hornung, arbeiten jetzt schon seit mehreren Jahren an meiner Seite, und ich kann mir keine bessere Hebamme vorstellen.« Dr. Martin Lipmann wandte kurz den Kopf und schaute Gaby an. »Oder sind Sie etwa anderer Meinung, Frau Kollegin?«

Tapfer hielt Gaby dem Blick des Chefarztes stand. Sie glaubte Verachtung und auch Zorn in seinem Blick zu lesen, und sie wünschte sich in diesem Augenblick nichts so sehr, als wieder jenen zärtlichen Schimmer in seinen tiefblauen Augen zu entdecken, den sie vor vielen Wochen einmal darin zu sehen geglaubt hatte.

»Ich gebe mein Bestes, Herr Chefarzt, und ich habe

den Beruf der Ärztin nicht gewählt, um Lob einzuheimsen«, erwiderte Gaby härter als beabsichtigt.

»Nun, dann sind wir ja einer Meinung«, entgegnete er kühl und wandte sich sofort wieder der Hebamme zu: »Frau Hornung, was macht eigentlich Frau Huber? Sollte sie nicht bereits gestern in die Klinik kommen?«

»Daran habe ich auch schon gedacht, Doktor Lipmann.« Die Hebamme warf Gaby einen raschen Blick zu und sah, dass in den Augen der Ärztin Tränen schimmerten. »Vielleicht hat sie es sich anders überlegt und will das Kind zu Hause zur Welt bringen. Sie kennen ja den neuesten Trend, Herr Chefarzt. Die Geburt in den eigenen vier Wänden ist wieder aktuell.«

»Ich kann Frau Huber nicht zwingen, in die Klinik zu kommen, aber ich habe ihr noch vor drei Wochen gesagt, dass Komplikationen zu erwarten sind«, bemerkte der Chefarzt und runzelte die Stirn.

Dr. Gaby Merbeck spürte die Ablehnung des Chefarztes fast körperlich. Sie fühlte, dass er sie absichtlich aus dem Gespräch auszuschließen versuchte. Was sollte sie nur tun? Wie konnte sie ihm erklären, dass es zwischen ihr und Harald Krüger niemals eine Liaison gegeben hatte?

Gaby senkte den Kopf und starrte in die Kaffeetasse. Die Farbe des belebenden Getränkes war so dunkel wie die Trauer in Gabys Herzen, und wieder einmal spielte die junge Frau mit dem Gedanken, die Kündigung einzureichen.

Dr. Gaby Merbeck litt unsagbar unter der Kälte, die der Chefarzt ihr entgegenbrachte. Von Tag zu Tag wurde die Zusammenarbeit mit Dr. Lipmann unerträglicher für sie, und häufig spielte Gaby mit dem Gedanken, ihn einfach noch einmal auf seine Verdächtigungen hin anzusprechen.

Doch es blieb stets nur beim Vorsatz, denn wenn sie

Dr. Martin Lipmann gegenüberstand und die Verachtung in seinem Blick las, verlor sie jeglichen Mut.

✿

Dr. Gaby Merbecks Dienst war beendet, ein freier Nachmittag lag vor ihr. Sie hatte den weißen Kittel mit einem türkisen Hosenanzug vertauscht, der ihre helle, lichte Schönheit betonte.

Die Kollegen, die ihr begegneten, warfen ihr bewundernde Blicke zu, und auch so mancher Besucher drehte sich nach der jungen hübschen Ärztin um.

Nur noch wenige Schritte trennten Gaby von dem großen, rechteckigen Raum der Rezeption. Unwillkürlich blieb sie stehen, denn Dr. Martin Lipmann verließ soeben den Röntgenraum im Erdgeschoss der Klinik und kam ebenfalls zur Rezeption.

Gaby hielt den Atem an. Würde er sie grüßen oder vielleicht ein freundliches Wort für sie haben?

Der Chefarzt warf seiner Kollegin einen kurzen Blick zu, nickte grüßend und ging an ihr vorbei. Gabys Augen füllten sich mit Tränen. Vielleicht war alles ein Irrtum gewesen? Hatte sie es sich nur eingebildet, dass er mehr als nur Sympathie für sie empfand?

»Ich halte das nicht mehr aus«, flüsterte sie und wischte sich verstohlen ein paar Tränen aus den Augenwinkeln. »Ich ertrage es nicht mehr, dass er mich wie eine Aussätzige behandelt. Lieber gehe ich weg.«

Die junge Ärztin sah, dass eine hübsche Frau die Rezeption betrat und lachend auf Dr. Lipmann zuging.

Dr. Gaby Merbeck ging rasch ein paar Schritte zur Seite und stellte sich hinter die mannshohe Birkenfeige. Durch die Zweige hindurch beobachtete sie, wie der Chefarzt die Arme ausbreitete und die Fremde auffing.

Gaby spürte einen feinen Stich in der Herzgegend, und die Eifersucht schoss wie eine Flamme durch ihre

Seele. Obwohl der Anblick der beiden sie schmerzte, konnte sie keinen Blick abwenden.

Dr. Lipmann legte den Arm um die Schultern der hübschen jungen Frau und verließ mit ihr die Rezeption.

Selbstquälerisch lief die junge Ärztin zu der gegenüberliegenden Fensterfront, denn von hier aus konnte sie den Weg übersehen, der zu Dr. Lipmanns Bungalow führte.

Kurz darauf sah sie den Chefarzt und die hübsche junge Frau durch den Park gehen. Dr. Lipmann hatte immer noch den Arm um die Fremde gelegt, und Gaby konnte deutlich sehen, wie vergnügt und heiter er die andere anlachte.

Als der Chefarzt sich zu der hübschen Frau hinunterbeugte und sie auf die Wange küsste, schossen Gaby die Tränen in die Augen. Die junge Ärztin merkte gar nicht, dass sie weinte, sie zuckte erschrocken zusammen, als sich eine Hand auf ihre Schulter legte.

»Nichts fur ungut, Fräulein Doktor, aber warum quälen Sie sich so?« Die dunkle, leicht raue Stimme der Hebamme klang weich und mitfühlend. »Kommen Sie, gehen wir dort drüben ins Bereitschaftszimmer, denn so verweint sollten Sie nicht durch die Rezeption gehen.«

Ulla Hornung wartete die Antwort der jungen Ärztin nicht ab. Sie hakte sich bei Gaby unter und führte diese entschlossen in das Bereitschaftszimmer.

»Bitte, setzen Sie sich«, bat die Hebamme, und als Gaby ihrer Aufforderung nicht sofort nachkam, drückte sie die junge Ärztin mit sanfter Gewalt in einen Sessel.

»Kindchen, so kann das nicht weitergehen«, sagte die Hebamme entschlossen. Ihr rundes Gesicht zeigte einen bekümmerten Ausdruck, und ihre sanften, braunen Augen drückten Mitgefühl aus.

»Ich weiß nicht wovon Sie sprechen«, wehrte Gaby entschieden ab und wischte sich die Tränen von den Wangen. Sie wollte sich vor der Hebamme keine Blöße geben, denn sie war überzeugt, dass der Chefarzt durch Frau Hornung alles erfahren würde.

»Manchmal kann ich auch Gedanken lesen, Fräulein Doktor.« Die Hebamme schmunzelte leicht. »Ich habe Sie nicht angesprochen, um Sie aushorchen zu wollen. Glauben Sie mir, Doktor Lipmann wird kein Wort von dem erfahren, was hier zwischen uns gesprochen wird.«

Die junge Ärztin senkte den Kopf und schwieg. Sie zögerte immer noch, sich der älteren Frau anzuvertrauen. Was sollte sie der Hebamme auch erzählen? Dass sie vor vielen Wochen einmal geglaubt hatte, dass der Chefarzt ihr mehr als nur Sympathie entgegenbrachte?

Nein, Gaby wollte sich nicht lächerlich machen. Sie hatte keinen Beweis für ihre Empfindungen. Vielleicht hatte sie sich geirrt? War es nicht denkbar, dass sie in Dr. Lipmanns Blicke mehr hineininterpretiert hatte als da gewesen war?

»Im Gegensatz zu Ihnen, Fräulein Doktor, bin ich schon eine alte Frau«, begann die Hebamme vorsichtig das Gespräch. »Aber ich sehe und höre noch sehr gut. Glauben Sie, ich habe nicht längst bemerkt, dass Sie Ihr Herz an unseren Chefarzt verloren haben?«

»Und? Was nützt es mir? Ich werde von Tag zu Tag unglücklicher, und ich sehe nur einen Ausweg aus meinem Dilemma.« Dr. Gaby Merbeck hob den Kopf und schaute die Hebamme offen an.

»Sie wollen also weglaufen?«

»Habe ich eine andere Wahl?« hielt Gaby ihr entgegen. »Soll ich ihm vielleicht nachlaufen? Soll ich zu ihm hingehen und sagen, ich liebe dich? Nein, danke, ich habe keinen Bedarf an einer Blamage.«

»Warum kämpfen Sie nicht für Ihre Liebe?« Ulla Hornung schüttelte den Kopf und fügte leise hinzu: »Vielleicht gehört das mit zu den jungen Menschen von heute, dass sie keine Geduld haben?«

»Kämpfen? Womit soll ich kämpfen, Frau Hornung?«

»Auch geduldiges Warten ist Kampf«, stellte die Hebamme ruhig und gelassen fest. »Glauben Sie mir, ich kenne Doktor Lipmann schon ein paar Jahre. Auch mir ist aufgefallen, dass er Sie in einer Art und Weise behandelt, die ich nicht an ihm kenne. Doch eines weiß ich ganz sicher: Sie, Fräulein Doktor, sind ihm nicht gleichgültig.«

»So?« fragte die junge Ärztin gedehnt, und ein spöttisches Lächeln kräuselte ihre Lippen. »Die hübsche junge Frau, die ihn heute besucht hat, ist ihm aber auch nicht gleichgültig. Glauben Sie, ich habe keine Augen im Kopf? Ich habe unseren Chef in den letzten Wochen nicht mehr so vergnügt und heiter gesehen wie vorhin, als er die Fremde begrüßt hatte. Und da soll ich mir noch Hoffnung machen? Nein, ich denke ernsthaft an eine Kündigung, Frau Hornung.«

Wieder füllten Gabys Augen sich mit Tränen, denn der Gedanke, den Chefarzt nie mehr sehen zu dürfen, schmerzte wie ein glühender Dolch in ihrer Seele.

Die junge Ärztin fühlte sich zerrissen, wie noch nie in ihrem Leben. Das Gefühl, weder mit noch ohne den gut aussehenden Arzt leben zu können, ließ sie fast verzweifeln.

»Eine junge Frau? Nanu? Das ist ja etwas ganz Neues. Hören Sie, Fräulein Doktor, ich bin sicher, dass Sie mehr sehen, als in Wirklichkeit da ist. Wenn unser Chef eine Freundin hätte, dann wüsste ich es ganz sicher.«

Dr. Gaby Merbeck beugte sich vor und schlug die

Hände vors Gesicht. Heftiges Schluchzen schüttelte sie, und Frau Hornung erschrak. Sie hatte zwar bemerkt, dass die junge Ärztin Kummer hatte, aber diese Verzweiflung hatte sie nicht erwartet.

»Fräulein Doktor, ich möchte Ihnen nicht zu nahe treten, aber wenn Sie einmal einen Menschen brauchen, bei dem Sie sich aussprechen wollen, dann kommen Sie zu mir«, schlug die ältere Frau vor, und Gaby spürte ganz deutlich, dass reines Mitgefühl aus den Worten der Hebamme sprach.

Ulla Hornung rückte ihren Sessel dicht an Gaby heran, nahm ein Taschentuch und reichte es der jungen Ärztin.

»In mir werden Sie in Zukunft eine Verbündete haben, Fräulein Doktor«, erklärte die Hebamme rigoros. Sie kniff die Augen ein wenig zusammen, zwei Falten glitten über ihre Nasenwurzel, und ein böses Lächeln huschte über ihr Gesicht. »Ich werde es nicht mehr zulassen, dass unser Chef Sie in meiner Gegenwart unfreundlich behandelt.«

»Das ist lieb gemeint, Frau Hornung, aber ich glaube nicht, dass Sie etwas daran ändern können.« Gaby legte eine kleine Pause ein und überlegte, ob sie der Hebamme von Dr. Lipmanns Verdacht erzählen sollte.

Die junge Ärztin warf der Hebamme einen kurzen, prüfenden Blick zu. Gaby war es nicht gewohnt, ihre Probleme mit anderen zuteilen, doch ihr Herz war so voll, dass sie den Wunsch hatte, sich auszusprechen.

»Ich werde Ihnen jetzt eine kleine Geschichte erzählen, Frau Hornung«, sagte die junge Ärztin leise und traurig. »Vielleicht begreifen Sie dann, warum Dr. Lipmann mich verachtet.«

Ausführlich erzählte Dr. Gaby Merbeck, wie sie Harald Krüger am Wolfgangsee kennen gelernt hatte. Sie berichtete von den netten, beschwingten Abenden, die sie an seiner Seite erlebt hatte, aber auch davon, dass er ihr verschwiegen hatte, dass er verheiratet war.

Gaby erzählte auch von ihrer ersten Begegnung mit Dr. Martin Lipmann, von dem beglückenden Gefühl an seiner Seite arbeiten zu dürfen und auch von der Zuneigung, die sie, in seinem ganzen Verhalten ihr gegenüber zu erkennen geglaubt hatte.

Die Hebamme hörte der jungen Ärztin zu, und sie hütete sich davor, Gaby mit einer Frage oder auch nur mit einem Wort zu unterbrechen.

Ulla Hornung wusste, wie gut es für jeden Menschen war, sich Kummer von der Seele reden zu können. Jede Aussprache brachte Erleichterung, selbst wenn sie nicht mit tatkräftiger Hilfe verbunden war.

»Vielleicht verstehen Sie jetzt, Frau Hornung, dass ich mir keinen Rat mehr weiß«, erklärte die junge Ärztin, als sie der Hebamme ihr Herz ausgeschüttet hatte.

»Weglaufen ist aber auch keine Lösung, Fräulein Doktor. Wenn Sie meinen Rat hören wollen, dann bleiben Sie hier. Sie kennen doch das Sprichwort: Nach jedem Regen folgt Sonnenschein. Vielleicht entwickelt sich alles zum Guten? Unser Chefarzt ist sehr tüchtig, und wenn Frau Krüger ein Kind zur Welt bringt, wird ihr Mann vielleicht vernünftig werden.«

»Vernünftig? Sie erlauben, dass ich lache?« Gaby legte den Kopf leicht in den Nacken, und ein bitteres Lachen kam über ihre Lippen. »Harald muss verrückt sein. Anders kann ich mir sein Verhalten nicht erklären. Selbst jetzt, da seine Frau in anderen Umständen ist, ruft er mich privat noch an. Es nutzt auch nichts, dass ich sofort auflege, wenn ich seine Stimme erkenne. Er versucht es immer wieder.«

»Vielleicht sollte ich doch einmal mit Doktor Lipmann . . .«

»Nein, auf keinen Fall«, schnitt die junge Ärztin ihr das Wort ab. »Stellen Sie sich doch vor, was passiert, wenn ich mich geirrt habe. Martin ... Doktor Lipmann würde Sie mit großen Augen anschauen, Frau Hornung und Sie vielleicht fragen, ob Sie noch alle Sinne beisammen haben.«

»Ich kann verstehen, dass Sie leiden, Fräulein Doktor, aber ich möchte Sie um einen Gefallen bitten. Bleiben Sie, bis Frau Krüger ein Kind zur Welt gebracht hat.«

»Wozu?« fragte die junge Ärztin und strich sich mit einer müden Geste über die Augen. »Aber ich will es mir überlegen, Frau Hornung. Zufrieden?«

»Ein bisschen«, antwortete die Hebamme und lächelte schief. »Ich drücke Ihnen jedenfalls ganz fest die Daumen, damit Ihr Wunschtraum in Erfüllung geht.«

Ulla Hornung lächelte die junge Ärztin liebevoll an, und Gaby wusste in diesem Augenblick ganz sicher, dass sie in der Hebamme einen guten Freund gefunden hatte.

✿

Dr. Gaby Merbeck lag im Bett des Bereitschaftszimmers und schlief tief und fest. Ein anstrengender Arbeitstag lag hinter ihr, doch die wohlverdiente Ruhe war bereits zweimal gestört worden.

Als sie zum ersten Mal geweckt worden war, hatte der Rettungswagen ein junges Mädchen eingeliefert, das eine Fehlgeburt erlitten hatte. Dr. Gaby Merbeck hatte das junge Mädchen medizinisch versorgt und eine Ausschabung vorgenommen, um Reste der Plazenta zu entfernen.

Kaum hatte sie wieder im Bett gelegen und versucht einzuschlafen, als erneut die Bereitschaftsklingel geschrillt hatte. Eine Frau Mitte dreißig war eingeliefert worden. Sie war bereits im sechsten Monat schwanger und durch einen Sturz von einer Treppe hatten Blutungen eingesetzt.

Der jungen Ärztin war es gelungen, die Blutungen zu stillen und das werdende Leben zu retten.

Es war bereits kurz nach Mitternacht, als Gaby sich erneut zu Bett legte und hoffte, die Stunden bis zum Morgen ohne Störungen verbringen zu können.

Gaby träumte von einem weißen Haus am Meer, von Palmen und weißem Sandstrand und von Dr. Martin Lipmann, an dessen Seite sie das Südseeparadies erleben durfte.

Hand in Hand sah Gaby sich im Traum mit Dr. Lipmann am Strand spazieren gehen, als das durchdringende Läuten der Bereitschaftsglocke sie aus diesem wunderschönen Traum riss.

Die junge Ärztin setzte sich abrupt auf. Automatisch drückte sie auf den Knopf, der neben dem Bett angebracht war, und schaltete die Klingel ab.

Sekundenlang blieb sie verwirrt im Bett sitzen und stützte den Kopf in beide Hände.

»Nicht schon wieder«, sagte sie und stöhnte leicht auf. Sie fühlte sich müde und zerschlagen und bedauerte in diesem Augenblick, nicht einen anderen Beruf gewählt zu haben.

Die junge Ärztin ließ sich jedoch nur Augenblicke von diesem Gedanken leiten. Ein Mensch brauchte Hilfe, und nur das war im Augenblick entscheidend. Entschlossen schwang Gaby die Beine aus dem Bett, stand auf und schlüpfte in den weißen Kittel.

Wenige Minuten später erschien die junge Ärztin in den Räumen der Ambulanz, die im Erdgeschoss der Klinik lagen.

»Guten Morgen, Frau Kollegin«, sagte Dr. Albert Stein, der Notarzt, der eine junge Frau im Rettungswagen eingeliefert hatte. »Sie müssen einen Kaiserschnitt vornehmen, Fräulein Doktor. Das ist die Diagnose des Hausarztes, und auch ich habe die Frau auf der Fahrt hierher untersucht. Es gibt keine andere Möglichkeit, wenn wir das Kind retten wollen.«

»Ich habe Doktor Becker verständigt«, mischte Schwester Helga sich in das Gespräch ein. »Doktor Becker ist bereits drüben im OP, Fräulein Doktor, ebenso Schwester Doris.«

»Wo ist die Patientin?« fragte Dr. Gaby Merbeck und schaute sich um.

»Doktor Becker hat bereits die nötigen Untersuchungen vorgenommen«, erklärte Schwester Helga, »er hat das kleine Becken ausgemessen und die Diagnose des Notarztes bestätigt. Frau Kolbe, die Patientin, ist drüben im OP.«

»Danke, Schwester Helga. Wenn mich jemand sucht, ich bin im OP.« Die junge Ärztin reichte dem Notarzt die Hand, verabschiedete sich und eilte rasch zum großen OP hinüber.

Als Dr. Gaby Merbeck im Waschraum stand, warf sie einen Blick auf die große Uhr über der Eingangstür. Noch zwei Stunden, dann begann ihr regulärer Dienst. Ein Seufzer entschlüpfte ihr, und sie dachte mit Schaudern an den kommenden Tag und daran, wie sie ihn überstehen sollte.

Die junge Ärztin stand an einem der Waschbecken und desinfizierte sich gründlich Hände und Unterarme. Der Waschraum war nur durch eine Glasscheibe vom OP getrennt, und ab und zu schaute Gaby auf und warf einen Blick in den OP-Raum hinüber. Frau Kolbe, die neue Patientin, lag bereits auf dem OP-Tisch. Dr. Rolf Becker, der Anästhesist leitete soeben die Narkose ein, und Schwester Doris bereitete den Instrumententisch vor.

Genau nach zehn Minuten beendete Dr. Gaby Merbeck die Desinfektion der Hände und Unterarme. Sie schlüpfte in den sterilen Kittel, band sich den Mundschutz um und streifte sich die feinen Gummihandschuhe über. Kurz darauf betrat sie den großen OP.

»Wie ich hörte, haben Sie heute Nacht kaum Schlaf bekommen«, sagte der Anästhesist bedauernd, als die junge Ärztin sich auf die linke Seite des OP-Tisches stellte.

»Bedauerlich, aber nicht zu ändern, Herr Kollege«, erwiderte Dr. Gaby Merbeck müde. »Wie sieht es bei Ihnen aus?«

»Der Blutdruck liegt etwas unter dem Normalwert«, antwortete der Anästhesist. »Ich habe der Frau bereits Kreislaufmittel gegeben, und ich sehe keinen Grund, warum wir nicht anfangen könnten.«

»Gut, dann beginnen wir«, sagte die Ärztin und streckte die Hand aus. »Skalpell bitte, Schwester Doris.«

Die Ärztin durchtrennte mit einem sauberen Querschnitt die Bauchdecke im untersten Bereich des Unterleibes, und Schwester Doris musste diesmal die Wundhaken setzen und halten.

Dr. Gaby Merbeck arbeitete schnell und präzise, denn die Durchführung eines Kaiserschnittes war für sie eine Routinearbeit. Sie durchtrennte die Blasenüberschlagsfalte und klappte sie zurück.

Als die Gebärmutter frei lag, und die junge Ärztin das kleine Skalpell verlangte, betrat Ulla Hornung, die Hebamme, den OP. Auch sie trug sterile Kleidung, Mundschutz und Gummihandschuhe. Ihr oblag die Versorgung des Neugeborenen, sobald Dr. Merbeck das Kind aus der Gebärmutter geholt hatte.

Dr. Gaby Merbeck durchtrennte die Gebärmutter im unteren Bereich mit einem sauberen Querschnitt, griff mit beiden Händen in die Öffnung und brachte das Kind ans Licht der Welt. Rasch und sicher nahm sie die Abnabelung vor und überließ die weitere Betreuung des Kindes der Hebamme.

Nachdem die Ärztin auch den Mutterkuchen, die Plazenta, entfernt hatte, richtete Gaby sich ein wenig auf und bat leise: »Das Nahtmaterial bitte.«

Schwester Doris hatte bereits alles vorbereitet, und die Ärztin vernähte die Gebärmutteröffnung mit feinen Stichen.

In diesem Augenblick hallte ein hoher, dünner Schrei durch den OP-Raum, und die Geburtshelfer schauten sich zufrieden an. Ein neuer Erdenbürger war geboren.

Nachdem Dr. Gaby Merbeck auch die Bauchdecke wieder verschlossen hatte, deckte sie die Operationswunde mit einem sterilen Mullverband ab, den sie mit Pflastern an der Bauchdecke befestigte.

Erleichtert trat Gaby einen Schritt zurück. Sie nickte Schwester Doris zu und sagte: »Sie können die Patientin jetzt auf die Wachstation fahren. Kommen Sie, ich helfe Ihnen, Frau Kolbe auf die Trage zu betten.«

Nachdem Frau Kolbe in die angrenzende Wachstation gefahren worden war, in der sie so lange verblieb, bis sie aus der Narkose erwachte, ging Dr. Gaby Merbeck zum Waschraum hinüber, um sich erneut Hände und Unterarme zu desinfizieren.

Wieder warf sie einen Blick auf die Uhr und stellte müde lächelnd fest, dass es an der Zeit war, im Casino das Frühstück einzunehmen.

Nachdem die junge Ärztin den Waschraum verlassen hatte, begab sie sich zur Wachstation, um sich noch einmal persönlich von dem Befinden der neuen Patientin zu überzeugen.

Gaby erschrak, als sie eintrat und Dr. Martin Lipmann neben der fahrbaren Trage stehen sah. Er zog soeben wieder die Bettdecke über die Patientin, und als er die Tür klappen hörte, drehte er sich um.

»Guten Morgen«, sagte Gaby leise.

»Guten Morgen, Frau Kollegin«, erwiderte der Chefarzt und musterte sie kühl. Er versenkte die Hände in die Taschen des weißen Kittels und bemerkte beiläufig: »Das war gute Arbeit.«

Die junge Ärztin war zunächst versucht, sich für sein Lob zu bedanken, doch dann erinnerte sie sich an ihre letzte Diskussion mit ihm über Lob und Tadel, und ein spöttisches Funkeln trat in ihre Augen.

»Für mich ein Lob, Herr Chefarzt? Ich hoffe, Sie haben sich nicht übernommen«, spöttelte Gaby, ging an ihm vorbei, blieb neben der Trage stehen und kontrollierte den Puls der bewusstlosen Patientin.

»Ich sage und tue stets das, was ich für richtig halte, Frau Kollegin«, entgegnete der Chefarzt schärfer als beabsichtigt. Er ärgerte sich maßlos über Gabys spöttische Art, und er hatte plötzlich den Wunsch, sie zu kränken und sie zu beleidigen.

»Nun, ich gestehe ehrlich ein, dass ich bisher der Ansicht war, dass Ihre Gedanken sich mehr mit angenehmeren Dingen beschäftigen, Frau Kollegin.« Dr. Lipmanns Stimme klirrte vor Kälte, zornig starrte er auf Gabys Rücken, die gar nicht daran dachte, sich umzudrehen.

Die junge Ärztin presste die Lippen fest aufeinander und wurde eine Spur blasser. Nein, dachte sie, ich mache dir nicht die Freude mich weiter mit dir zu streiten.

»Ihr Schweigen sagt mir, dass Sie mit meiner Beurteilung einverstanden sind«, stellte er kühl fest. Der Chefarzt ballte die Hände in den Kitteltaschen zu Fäusten. Ja, er wollte sie verletzen, er wollte ihr wehtun, so, wie sie ihn verletzt hatte, als er feststellen musste, in welchem Verhältnis sie zu dem verheirateten Harald Krüger stand.

Dr. Gaby Merbeck drehte sich langsam um. Sie war auffallend blass, und ihre graugrünen Augen wirkten schwarz.

Wäre Dr. Lipmann nicht so erzürnt gewesen, hätte ihm auffallen müssen, dass die junge Ärztin sich nur mühsam beherrschte.

»Sie denken doch nur das, was Sie wollen, Herr Chefarzt«, erwiderte Dr. Gaby Merbeck resigniert. »Würden Sie einen Einwand meinerseits überhaupt gelten lassen?«

Wie zwei Feinde standen sie sich gegenüber, und ihre Blicke kreuzten sich wie Klingen. Gaby war nicht mehr bereit, sich seine fast an Beleidigung grenzende Art gefallen zu lassen.

Auch wenn sie dadurch Gefahr lief, von Dr. Lipmann noch mehr angefeindet zu werden, wollte sie sich gegen jede ungerechte Behandlung zur Wehr setzen. Was habe ich denn schon zu verlieren? fragte sie sich bitter und senkte die Lider.

Eine scharfe Zurechtweisung lag dem Chefarzt auf den Lippen, doch er beherrschte sich. Nein, mit einer Frau wie Gaby wollte er nur das Notwendigste zu tun haben. Abrupt drehte Dr. Lipmann sich um, und als er die Wachstation verließ, fiel die Tür unsanft hinter ihm ins Schloss.

Gaby lächelte bitter und dachte an die Worte der Hebamme. Nein, sie war nicht überzeugt, dass sich das Verhältnis zu Dr. Lipmann jemals bessern würde. Im Gegenteil, sie hatte den Eindruck, dass sich die Fronten mehr und mehr verhärteten.

✿

Die nächsten Wochen vergingen für die junge Ärztin im eintönigen Gleichmaß, die glühenden Farben des Herbstes lösten den Sommer ab, die ersten Stürme brausten über das Land.

Harald Krüger, der seine Frau fast täglich besuchte, sah die junge Ärztin manchmal von weitem. Immer noch versuchte er, erneut Kontakt mit Gaby aufzunehmen. Doch sobald er sich nur ein paar Schritte auf sie zu bewegte, entfernte sie sich fluchtartig.

Angelika Krüger war jetzt bereits im sechsten Monat schwanger, und die Hoffnung, das Kind auszutragen, war berechtigt.

Auch Harald fühlte langsam Freude in seinem Herzen aufkeimen. Auch er glaubte mittlerweile daran, dass seine Frau diesmal keine Fehlgeburt erleiden würde.

Angelika, die viel Zeit zum Nachdenken hatte, bemerkte, dass ihr Mann häufig zerstreut wirkte und ihren Erzählungen nur mit halbem Ohr folgte.

Die junge Frau kannte ihren Mann lange genug, um zu wissen oder zu ahnen, warum er zerstreut war. Vor etwa drei Jahren hatte sie einmal erfahren, dass Harald eine Geliebte hatte.

Angelika erinnerte sich noch gut an diese Zeit und daran, dass Harald damals die gleichen Verhaltensmuster an den Tag gelegt hatte wie heute.

Angelika Krüger war sehr hellhörig geworden und registrierte jede noch so feine Gefühlsschwankung ihres Mannes. Schon seit Wochen hegte sie den Verdacht, dass Harald, selbst wenn er bei ihr weilte, in Gedanken bei einer anderen Frau war.

Die junge Frau hatte sich vorgenommen heute mit ihrem Mann darüber zu sprechen. Angelika wollte ihn darauf aufmerksam machen, dass sie nicht bereit war, seine Zuneigung mit einer anderen zu teilen. Schon gar nicht, wenn sie ein Kind hatten, das auf keinen Fall unter Streitigkeiten der Eltern leiden sollte.

»Hallo, mein Schatz!« rief Harald, der in diesem Augenblick das Krankenzimmer betrat. Er brachte ihr Pralinen, Obst und Zeitschriften, und nachdem er all diese Aufmerksamkeiten auf den Tisch abgelegt hatte, setzte er sich auf die Bettkante und küsste sie flüchtig auf den Mund.

»Du bist mein Mann und nicht mein Bruder«, stellte Angelika spöttisch fest.

»Wie soll ich das verstehen?« Harald schob die Augenbrauen zusammen und schaute seine Frau verwundert an.

»Dein Kuss war nicht gerade leidenschaftlich zu nennen«, entgegnete Angelika und beobachtete ihn misstrauisch. Sie wusste, dass er aufbrausen würde, wenn er ein schlechtes Gewissen hatte.

»Willst du mich verärgern? Du lieber Himmel, wir sind zehn Jahre verheiratet, ist es da nicht verständlich, dass ...«

»Lass doch diese verflixten zehn Jahre aus dem Spiel«, unterbrach Angelika ihn mürrisch. Ihre braunen Augen blitzten angriffslustig, als sie hinzufügte: »Für wie naiv hältst du mich eigentlich? Glaubst du, ich merke nicht, dass du in Gedanken stets woanders bist?«

»Hört, hört«, spottete Harald getreu dem Motto, dass Angriff immer die beste Verteidigung ist. »Ich glaube, du liest zu viele Geschichten in den Illustrierten und glaubst, dieses Strickmuster auch auf uns anwenden zu müssen. Für wen hältst du mich eigentlich?«

»Harald, ich habe diese Situation bereits einmal erlebt. Ich weiß wovon ich rede, und ich kenne dich.« Angelika legte eine Pause ein und betrachtete ihren Mann nachdenklich. »Harald, ich möchte, dass unser

Kind in einer intakten Familie aufwächst, und dazu gehört für mich auch die Liebe zwischen den Eltern.«

»Angelika, ich liebe dich, bitte glaub mir«, sagte er beschwörend und nahm ihre Hände, die er an die Lippen führte und innig küsste.

»Wie gern würde ich das tun. Aber mein Gefühl sagt mir, dass du häufig an eine andere Frau denkst. Wenn du hier bei mir sitzt, und ich unsere Zukunft in den schönsten Farben ausmale, habe ich häufig das Gefühl, dass du mir gar nicht zuhörst.«

»Das ist nicht wahr«, protestierte er heftig.

Angelikas Blick glitt über sein Gesicht, indem ihr jede Linie, jedes Fältchen vertraut war. Sie liebte sein dunkles, welliges Haar, das sich bisweilen eigenwillig in die Stirn ringelte, seine hellen grauen Augen unter den buschigen Brauen, die so viel Leidenschaft ausdrücken konnten, sein schmales Gesicht und den herrischen Mund.

»Nun gut, Harald, lassen wir es dahingestellt sein«, warf Angelika mit einem Anflug von Resignation ein. »Ich will nicht mit dir streiten. Ich wollte dich nur wissen lassen, dass ich dich liebe und dadurch ein weit größeres Feingefühl entwickele, als du vielleicht annimmst.«

Harald streckte die Hände nach ihr aus und zog seine Frau sanft in die Arme. Er lehnte die Wange an ihr Haar und schaute über ihren Kopf hinweg zum Fenster hinaus.

Er wusste nur zu gut, wie Recht sie hatte, und doch hätte er sich lieber die Zunge abgebissen, als dass ein Wort über seine Lippen gekommen wäre.

Obwohl er die junge, bildschöne Ärztin noch nicht vergessen hatte und Gaby nach wie vor begehrte, hatte sich seine Einstellung zu seiner Ehe und zu seiner Frau wesentlich geändert.

Noch vor ihrer Schwangerschaft war er bereit gewesen, sich von Angelika zu trennen. Doch jetzt, da sie ein Kind von ihm erwartete, dachte er nicht mehr an eine Scheidung.

Harald Krüger wiegte seine Frau wie ein Kind in den Armen und sagte leise: »Auch wenn du an meinen Worten zweifelst, Liebes, ich freue mich sehr auf die Zukunft zu dritt. Du weißt, wie sehr ich Kinder liebe, und vielleicht wäre vieles anders gekommen, wenn mir dieser Wunsch früher erfüllt worden wäre.«

Angelika schmiegte sich fester an ihn und bettete die Wange an seine Schulter. Wie gern hörte sie doch diese Worte aus seinem Mund, und sie wünschte sich sehnlichst ihm glauben zu können.

»Eigentlich sollte es ja eine Überraschung für dich werden, aber um dir zu verdeutlichen, wie ernst ich es meine, möchte ich dir jetzt schon sagen, dass ich das Kinderzimmer bereits völlig neu einrichten ließ. Nichts war mir für unser Kind kostbar genug, und ich habe auch schon eine Annonce aufgegeben, um eine Köchin einzustellen. Ich möchte, dass du dich nur noch mit dem Kind beschäftigst, denn es soll glücklich und zufrieden aufwachsen.«

Harald streichelte beruhigend ihre Schultern und ihren Rücken, er vergrub die Hand in ihrem Haar, und Angelika spürte in diesem Augenblick, dass seine Worte ehrlich gemeint waren.

»Zeig mir, dass du nicht nur unser Kind liebst, sondern auch mich«, bat sie, und ihre Stimme vibrierte leicht.

»Wenn du erst wieder zu Hause bist, werde ich deinen Wunsch ganz bestimmt erfüllen«, versprach Harald und löste sich langsam von ihr. Er tippte mit dem Zeigefinger auf die Armbanduhr und fuhr fort: »Aber leider muss ich dich jetzt allein lassen. Ich muss heute

Nachmittag zu Hause sein, weil noch verschiedenes Zubehör zum Kinderzimmer geliefert wird.«

»Geh nur«, erwiderte sie leise, strich ihm sanft über die Wange und fügte hinzu: »Und vergiss nicht, dass ich dich sehr, sehr lieb habe.«

Harald hielt ihre Hand fest, presste seine Lippen darauf und stand hastig auf. »Bis morgen, Liebes, ich werde pünktlich sein.«

Harald Krüger fühlte sich erleichtert, als er das Krankenzimmer verlassen konnte. Angelikas Vermutungen beunruhigten ihn mehr als er sich eingestehen wollte.

Aus den Augenwinkeln heraus nahm Harald am Ende des Flures eine Bewegung war. Er wandte den Kopf, und das Blut schoss ihm in die Wangen, als er Dr. Gaby Merbeck erkannte.

»Gaby! Gaby, bitte, warte einen Augenblick!« rief er und ging ein paar Schritte auf sie zu.

Die junge Ärztin starrte Harald Krüger sekundenlang an, und er glaubte, Hass in ihren Augen aufblitzen zu sehen. Nein, er musste sich täuschen, das konnte nicht möglich sein. Die bezaubernden Stunden, die sie am Wolfgangsee verbracht hatten, die Küsse, die sie getauscht hatten, waren unvergleichlich schön gewesen.

Fast fluchtartig verließ Dr. Gaby Merbeck den Flur und verschwand aus Haralds Blickfeld. Er wusste, dass es sinnlos war, der jungen Ärztin zu folgen, da es für sie tausend Möglichkeiten gab, sich zu verstecken.

»Es wird auch einmal die Stunde kommen, in der du mir nicht mehr ausweichen kannst«, sagte er halblaut vor sich hin und starrte mit verkniffenem Gesichtsausdruck auf die breite Glastür, durch die Gaby verschwunden war.

✿

»Ich glaube, ich könnte schneller einen Stein erweichen, als Sie zu einem Ausflug zu überreden«, scherzte Dr. Rolf Becker, der Anästhesist, der neben Gaby am Fenster ihres Büros stand. Er war gekommen, um in erster Linie über eine Narkosevorbereitung mit ihr zu sprechen.

Diese Gelegenheit hatte Dr. Becker wahrgenommen, um die hübsche Kollegin zum Wochenende zu einem Ausflug ins Grüne einzuladen.

»Das ist lieb gemeint, aber ich habe keine Zeit.« Während die junge Ärztin sprach, schaute sie ihren Kollegen nicht an. Ihr Blick war auf den breiten Weg zwischen Klinikeingang und Parkplatz gerichtet. Sie hatte Dr. Lipmann entdeckt, der mit einem ihr fremden Mann auf einen Seitenweg im Park zustrebte.

»Natürlich könnte ich jetzt meinen ganzen Charme versprühen oder Sie so lange mit Fragen bombardieren, bis Sie einem Ausflug doch noch zustimmen, aber ich gehöre nicht zu den Männern, die ihre Erfolge ihrer Hartnäckigkeit zuzuschreiben haben«, scherzte der Anästhesist und drehte sich um. Er schlenderte langsam zur Tür und verbarg so die Enttäuschung in seinem Gesicht vor Gabys Augen.

»Sind Sie mir böse?« rief die junge Ärztin ihm nach.

»Wie könnte ich das?« Dr. Becker drehte sich an der Tür noch einmal kurz um und hob grüßend die Hand. »Tschau, bis später.«

Dr. Gaby Merbeck ärgerte sich über sich selbst. Warum hatte sie die Einladung nicht angenommen? Warum vergrub sie sich an ihren freien Wochenenden in ihrer Wohnung? Nur weil sie den Chefarzt nicht vergessen konnte?

Die junge Ärztin war wütend auf sich selbst, und sie wusste, dass es falsch war, sich von anderen Menschen zu distanzieren. Doch Gaby konnte nicht über ihren

Schatten springen, und sie wusste bereits jetzt, dass es nur eine Möglichkeit für sie gab, Dr. Martin Lipmann aus ihrem Leben zu verbannen. Sie musste die Frauenklinik verlassen.

Der junge Frauenarzt, um dessen Gabys Gedanken so häufig kreisten, ahnte nichts von dem Gefühlschaos der unglücklichen Frau.

Dr. Martin Lipmann hatte Besuch. Hans Freudenstett war gekommen, um sich über den Gesundheitszustand seiner Frau zu informieren.

Der Chefarzt bewohnte einen modernen Bungalow, der durch eine hohe Hecke vom Parkgelände der Klinik abgeriegelt war. Er hatte Hans Freudenstett ins Haus gebeten, und die beiden Männer saßen sich jetzt bei einer Tasse Kaffee auf der Terrasse gegenüber.

»Entschuldige bitte, dass ich dich so einfach überfalle, aber ich halte die Ungewissheit einfach nicht mehr aus«, begann Hans Freudenstett das Gespräch. »Weißt du, ich kenne meine Frau, und ich bin sicher, dass sie mir längst nicht alles sagt. Ich musste dich ganz einfach sprechen, um mich zu vergewissern, dass sie mir auch nichts verschweigt.«

»Was sollte sie dir, verschweigen?« fragte der Frauenarzt verwundert. Dr. Martin Lipmann war es gewöhnt mit aufgeregten, werdenden Vätern zu sprechen, doch den Mann seiner Jugendfreundin hatte er anders eingeschätzt. Monika Freudenstett, die der Chefarzt schon sehr viele Jahre kannte, hatte ihn vor kurzem besucht, um sich eine Diagnose stellen zu lassen. Dr. Lipmann hatte sie untersucht und ihr gesagt, dass sie, soweit es bereits abzusehen war, einer normalen Geburt entgegensehen konnte.

»Ach, du weißt doch, wie Monika ist. Sie versucht stets, alle Sorgen von mir abzuwenden, und ich bin sicher, dass sie mir auch eventuelle Komplikationen verschweigen würde, die bei der Geburt, oder besser gesagt, während der Schwangerschaft entstehen könnten.« Hans Freudenstett holte tief Luft. »Ich mache mir Sorgen um Monika.«

»Werde bloß nicht hysterisch«, entgegnete Dr. Lipmann und lachte. »Deiner Frau geht es den Umständen entsprechend ausgezeichnet, und genau das habe ich ihr auch gesagt.«

»Himmel«, stöhnte der Besucher und fuhr sich mit beiden Händen durch das dichte dunkle Haar. »Ich kann dir meinen Zustand nicht beschreiben. Schließlich werde ich zum ersten Mal Vater, und ich habe das Gefühl, meine Frau in Watte packen zu müssen.«

Hans Freudenstett schaute den Frauenarzt prüfend an. Der Arzt hielt dem Blick des Besuchers ruhig stand. Es war Dr. Lipmann nicht anzusehen, dass seine Gedanken sekundenlang vom Thema abschweiften. Er dachte an Dr. Gaby Merbeck und daran, dass es auch für ihn eine Zeit gegeben hatte, in der er geträumt hatte, sie zu seiner Frau zu machen. In diesen Tagen hatte er häufig hier auf der Terrasse gesessen und sich vorgestellt, wie schön es sein müsste, hier mit seiner jungen Kollegin leben zu können.

»So ganz bin ich immer noch nicht beruhigt, aber ich muss wohl annehmen, dass du die Wahrheit sagst.« Hans Freudenstett zündete sich eine Zigarette an. »Bitte, Martin, sagst du mir wirklich die Wahrheit?«

»Du kannst dich auf mich verlassen, Hans. Monika ist gesund und kräftig, und im nächsten Jahr werdet ihr ganz sicher einen kräftigen Stammhalter bekommen«, antwortete der Frauenarzt und schmunzelte. »Und wenn ihr einen Taufpaten sucht, so stelle ich mich gern zur Verfügung.«

»Diesen Vorschlag werde ich Monika unterbreiten«, erwiderte Hans, und es war ihm anzusehen, dass er sich langsam beruhigte. Der junge Mann schaute sich um und fügte hinzu: »Sag mal, warum bist du eigentlich noch nicht verheiratet? Du kannst einer Frau doch alles bieten, wovon sie träumt. Wenn ich mich hier umschaue, muss ich sagen, dass du dir ein kleines Paradies geschaffen hast. Willst du eigentlich als Junggeselle dein Leben beschließen?«

Hans Freudenstett hatte diese Frage betont scherzhaft gestellt, doch der Ernst in seiner Stimme war nicht zu überhören.

»Ich habe keine Zeit, mich nach der richtigen Frau umzusehen«, erwiderte Dr. Martin Lipmann und lächelte schief. »Vielleicht ist es auch mein Schicksal, vielen Frauen helfen zu können, aber keine Frau zu finden, die mich liebt, oder die ich lieben kann.«

»Das kann ich mir nicht vorstellen«, sagte Hans Freudenstett leise, stand auf und ging zur Brüstung der Terrasse. Er stützte beide Hände darauf und schaute in den etwas tiefer gelegenen Garten.

Es grünte und blühte zu seinen Füßen, die beiden Oleanderbüsche rechts und links der Terrassentreppe blühten in verschwenderischer Pracht und verströmten einen süßlichen, betäubenden Duft.

Dr. Martin Lipmanns Blick hing an Hans' Rücken. Im Stillen beneidete er Monikas Mann ein wenig. Hans hatte alles, wovon ein Mann nur träumen konnte. Eine hübsche Frau, die ihn liebte und jetzt ein Kind erwartete, einen Beruf, der ihm Freude machte, und ein kleines Vermögen, das es ihm erlaubte, nicht immer jeden Pfennig umdrehen zu müssen.

Ein kleiner Seufzer entschlüpfte dem Frauenarzt. Im Grunde seines Herzens konnte er Hans verstehen, dass er sich um seine Frau, die er über alles liebte, sorgte. Dr. Lipmann stand auf und trat neben seinen Besucher.

»Ich glaube, Hans, jeder bekommt das vom Schicksal, was ihm zusteht«, sagte der Arzt leise und gedankenverloren. »Vielleicht ist es dir bestimmt, ein glücklicher Familienvater zu werden und mir, den Frauen als Arzt zu helfen.«

»Das klingt gar nicht gut.« Hans wandte den Kopf und schaute den Frauenarzt prüfend an. »Du hörst dich ein wenig verbittert an, Martin. Ich bin zu dir gekommen und habe dich mit Fragen überhäuft, die sich ausschließlich mit meinen Sorgen beschäftigen. Aber im Augenblick kam mir der Gedanke, dass du vielleicht auch einen Menschen brauchst, bei dem du dich einmal aussprechen kannst. Du weißt, Martin, dass ich jederzeit für dich da bin.«

»Wenn ich einen Beichtvater brauche, werde ich mich vertrauensvoll an dich wenden«, spöttelte Dr. Lipmann und drehte sich hastig um. Er ging zum Tisch zurück und setzte sich, er schenkte Kaffee nach und deutete auf den Sessel neben sich. »Komm, setz dich wieder zu mir, ich habe noch eine halbe Stunde Zeit. Plaudern wir über deine Frau, das ist ein wesentlich angenehmeres und realeres Thema.«

Hans Freudenstett kam der Aufforderung des Frauenarztes nach, und er stellte keine weiteren Fragen mehr. Aber er ließ sich auch nicht täuschen, und er war überzeugt, dass Dr. Martin Lipmann Sorgen hatte. Doch Hans kannte den Frauenarzt lange genug, um zu wissen, dass Martin nur über Probleme sprach, wenn es gar keinen anderen Ausweg mehr gab. Doch Hans Freudenstett nahm sich vor, ihn in nächster Zeit anzurufen, um da zu sein, wenn der Arzt eventuell Hilfe brauchte.

✿

Angelika Krügers Zustand war zwar nicht bedenklich, doch laut Anordnung von Dr. Martin Lipmann musste sie den größten Teil des Tages im Bett verbringen.

Der Chefarzt der Frauenklinik wollte keinerlei Risiko eingehen, und er erlaubte der jungen Frau nur ein- bis zweimal am Tag kurz aufzustehen, um sich ein wenig zu bewegen. Am liebsten hätte Dr. Lipmann es gesehen, dass Angelika Krüger ihre Spaziergänge über den Flur der Station in Begleitung einer Schwester unternahm, doch das war nicht möglich.

Das Personal der Klinik war voll ausgelastet und hatte kaum Zeit, jede Patientin, die für kurze Zeit das Bett verließ, zu beaufsichtigen.

Harald Krüger besuchte seine Frau fast täglich in der Frauenklinik von Dr. Lipmann, und je weiter die Zeit fortschritt, desto mehr war er bereit daran zu glauben, dass Angelika diesmal keine Fehlgeburt erleiden würde. Doch ein Rest des Misstrauens blieb in seinem Herzen, denn zu oft war er schon enttäuscht worden.

Auch heute, am frühen Nachmittag, betrat der Immobilienmakler die Rezeption der Frauenklinik. Er war wie immer elegant gekleidet, sein maßgeschneiderter Anzug betonte seine sportliche Figur, und so manche Schwester schaute dem dunkelhaarigen Mann bewundernd nach.

Harald kam heute mit leeren Händen, denn nicht nur die Schwestern der Station, auch seine Frau hatten ihn gebeten, nicht jeden Tag einen Blumenstrauß mitzubringen.

Harald scherzte mit der Schwester an der Rezeption, als er an ihr vorbei zum Aufzug ging. Er wusste, dass die junge blonde Schwester mit der gesunden Gesichtsfarbe eine Schwäche für ihn hatte, und obwohl sie nicht sein Typ war, konnte er es nicht lassen, mit ihr zu flirten.

Als der Geschäftsmann kurz darauf den Aufzug verließ, sah er, dass Dr. Gaby Merbeck in ihr Büro ging.

Harald blieb einen Augenblick lang stehen, zwei steile Falten gruben sich über seine Nasenwurzel ein, und er zupfte sich mit Daumen und Zeigefinger nachdenklich am Ohrläppchen.

Da war es wieder, jenes beunruhigende Gefühl, das sein Herz durchbebte, wenn er Gaby sah. Obwohl die Ärztin ihm in den letzten Wochen deutlich zu verstehen gegeben hatte, dass sie seine Gesellschaft nicht mehr wünschte, zog sie ihn wie ein Magnet an.

Harald Krügers Blick huschte zwischen der Krankenzimmertür seiner Frau und dem Büro der Ärztin hin und her. Er zögerte kurz, dann lenkte er seine Schritte entschlossen auf Dr. Merbecks Büro zu.

Vor der weißlackierten Tür blieb er kurz stehen. Dr. G. Merbeck war in schwarzen Lettern auf ein kleines Schild gedruckt, und Haralds Lippen verzogen sich zu einem verwegenen Lächeln, als er den Namen las.

Kurz entschlossen und ohne anzuklopfen drückte er die Klinke nieder und trat ein.

Die junge Ärztin saß hinter dem Schreibtisch ihres Büros und hielt den Blick gesenkt. Sie erwartete Schwester Berta, die ihr zumeist um diese Zeit eine Tasse Kaffee brachte.

»Dank, Schwester«, sagte Gaby ohne aufzuschauen. »Bereiten Sie Frau Müller bitte auf die Ultraschalluntersuchung vor. Ich komme in etwa einer halben Stunde zu ihr.«

Harald Krüger blieb ein paar Schritte von der Tür entfernt stehen, verschränkte die Arme vor der Brust und grinste, als er die Worte der Ärztin hörte. Es bereitete ihm eine diebische Freude sich vorzustellen, welch überraschtes Gesicht Gaby in wenigen Sekunden machen würde.

»Ist noch etwas, Schwester?« Dr. Gaby Merbeck hob den Kopf, und deutliches Erschrecken huschte über ihr Gesicht, als sie Harald Krüger erkannte.

Sekundenlang starrte sie den Besucher sprachlos an. Tiefe Röte überzog ihr Gesicht, und ihre graugrünen Augen blitzten zornig. Was bildete dieser Mann sich eigentlich ein? Hatte sie ihm nicht deutlich zu verstehen gegeben, dass sie ihn nicht mehr sehen und auch nicht mehr sprechen wollte?

»Ihre Frechheit ist bodenlos«, stieß Gaby erregt hervor. »Verlassen Sie augenblicklich mein Büro, oder ich werfe Sie eigenhändig hinaus.«

Harald Krüger legte den Kopf leicht in den Nacken und lachte schallend. »Sie ... du willst mich hinauswerfen? Übernimmst du dich da nicht ein bisschen?«

»Verlass mein Büro, oder ich vergesse mich«, sagte Gaby gefährlich leise, und ihre Augen wurden schmal. »Ich habe dir mehrmals gesagt, dass ich dich nicht mehr sehen will. Geh zu deiner Frau, sie braucht dich.«

»Es gab eine Zeit, da hast du anders mit mir gesprochen«, entgegnete er hart und ging langsam auf den Schreibtisch zu. »Damals hast du sogar durchblicken lassen, dass ich dir mehr als sympathisch sei und ...«

»Damals wusste ich auch nicht, dass du verheiratet bist«, schnitt Gaby ihm schroff das Wort ab. Mit einer ihr eigenen Kopfbewegung warf sie ruckartig das lange blonde Haar zurück. »Ich gehöre nicht zu den Frauen, die skrupellos eine Ehe zerstören. Was muss ich eigentlich noch tun, um dir deutlich zu machen, dass ich nichts mehr mit dir zu tun haben möchte?«

»Verdammt, was hat denn Liebe mit Ehe zu tun?« rief er aufgebracht.« Ich habe dich nicht einen Tag, nicht eine Stunde vergessen, Gaby. Ich kann die schönen Stunden, die ich mit dir verbracht habe, nicht aus meinem Gedächtnis streichen, verstehst du das nicht?«

Dr. Merbeck stand auf, ging rasch an ihm vorbei und öffnete die Tür. »Hinaus«, sagte sie mühsam beherrscht.

So rasch ließ ein Harald Krüger sich nicht abfertigen. Mit zwei großen Schritten war er bei ihr und legte die Hände auf ihre Schultern. Die Tür schob er mit dem Fuß zu, doch sie schnappte nicht ins Schloss.

»Gaby, was immer du auch sagst, ich liebe und begehre dich nach wie vor«, flüsterte er erregt und versuchte, sie an sich zu ziehen. »Wenn ich dich sehe, werden all meine Wünsche wieder in mir wach, und ich kann dich einfach nicht vergessen. Du redest immer von meiner Frau, aber das, was mich mit Angelika verbindet, ist nicht mit dem Gefühl zu vergleichen, das ich für dich habe.«

Dr. Gaby Merbeck zuckte unter seiner Berührung zusammen, und seine Nähe war ihr unangenehm. Ihre Blicke kreuzten sich wie Klingen, und Gaby war versucht, um Hilfe zu schreien.

Mach dich nicht lächerlich, rügte sie sich in Gedanken. Du wirst doch noch in der Lage sein, einen aufdringlichen Mann abzuweisen?

»Lass mich endlich in Ruhe«, sagte sie, und ihre Stimme klang wie das heisere Krächzen einer Krähe. Gaby löste sich ruckartig aus dem Griff seiner Hände und trat einen Schritt zurück. »Zwinge mich nicht zum Äußersten.«

»Manche Frauen muss man zu ihrem Glück zwingen«, erklärte er, lachte sie verwegen an und streckte die Hände nach ihr aus. »Ich liebe dich, Gaby, und ich träume davon, dich endlich einmal in meinen Armen halten zu dürfen. Ja, ich bin ehrlich genug, um dir zu gestehen, dass ich morgens, wenn ich aufwache, an dich denke und dass mein letzter Gedanke abends dir gilt. Ich liebe dich mehr, als ich in Worten ausdrücken kann.«

Weder der Geschäftsmann, noch die junge Ärztin ahnten, dass Angelika Krüger vor dem Büro der jungen Ärztin stand: Da die Tür nur angelehnt war, hatte Angelika jedes Wort ihres Mannes verstanden.

Die junge Frau, deren Zustand nicht zu übersehen war, lehnte sich an die Wand neben der Tür und schloss die Augen. Heftiges Schwindelgefühl erfasste sie, und sie presste beide Hände fest gegen ihr Herz.

Angelika rang nach Luft, und sie hatte das Gefühl, als lege sich ein eiserner Ring um ihr Herz. Hinter dieser Tür stand ihr Mann und machte einer Frau, wahrscheinlich der jungen Ärztin, eine Liebeserklärung.

Der Schmerz, der wie eine lodernde Flamme Angelikas Seele durchglühte, war unbeschreiblich. Ihr Herz raste zum Zerspringen schnell, sie rang nach Luft, graue Nebelschleier tanzten vor ihren Augen.

»Ich kann dir ein Leben bieten, von dem du jetzt nur träumen kannst«, hörte Angelika ihren Mann beschwörend sagen.

Die junge Frau wollte nichts mehr hören, nichts mehr sehen. Sie stieß sich von der Wand ab und taumelte zur Mitte des Flures. Ihre Knie zitterten, ihr Gesicht war tränenüberströmt, und die dichten Nebelschleier vor ihren Augen verdichteten sich zu dunkler Nacht. Ein kleiner, weher Laut kam über ihre Lippen, die Knie knickten ein, und Angelika Krüger fiel vornüber aufs Gesicht.

In diesem Augenblick betrat Dr. Martin Lipmann den Flur der Station. Mit einem Blick erfasste er, was geschehen war. Im Laufschritt eilte er auf die Patientin zu und kniete sich neben ihr auf den Boden.

Schwester Berta kam aus dem Schwesternzimmer, sie trug eine Kaffeetasse in der Hand.

»Schwester, schnell, bringen Sie eine Trage!« rief Dr. Lipmann laut.

Der Frauenarzt kontrollierte den Puls der Patientin, als sein Blick auf ihr Nachthemd fiel, das sich rot, färbte. »Verdammt, das hat noch gefehlt«, stieß er zwischen schmalen Lippen hervor.

Dr. Gaby Merbeck, die den Ruf des Chefarztes nach einer Trage gehört hatte, öffnete die Tür ihres Büros. Harald Krüger stand immer noch neben ihr.

Dr. Martin Lipmann hob den Kopf, und als er die junge Ärztin und den Mann seiner Patientin nebeneinander stehen sah, bogen sich seine Mundwinkel verächtlich nach unten.

»Dr. Lipmann, lassen Sie mich bitte erklären ...«, begann die junge Ärztin zögernd.

»Dazu ist jetzt keine Zeit, aber ich versichere Ihnen, dass wir darüber noch reden werden«, schnitt der Frauenarzt seiner jungen Kollegin das Wort ab. »Zuerst kümmern wir uns um die Patientin.«

Harald Krüger starrte fassungslos auf seine bewusstlose Frau, kalte Schauer rieselten über seinen Rücken, als er ihr blutdurchtränktes Nachthemd sah. Mit einer verlegenen Geste strich er sich über die Stirn und machte ein paar unsichere Schritte auf den Arzt zu. Es geschah nicht oft, dass der Geschäftsmann einer Situation nicht gewachsen war, aber im Augenblick wusste er nicht, wie er sich verhalten sollte.

»Herr Doktor ... Herr Doktor ... ist ... was ist mit meiner Frau?« stieß Harald unsicher und verlegen hervor.

Schwester Berta schob eine fahrbare Trage heran, und gemeinsam mit Dr. Lipmann hob die Schwester die bewusstlose Patientin auf die Trage.

»Mit Ihnen rede ich später«, sagte der Arzt kühl zu dem Mann seiner Patientin. »Und was ich Ihnen zu sagen habe, wird bestimmt nicht erfreulich sein.«

Der Chefarzt drehte sich um und schob, begleitet von der Schwester, die Trage auf den Aufzug zu.

Dr. Gaby Merbeck beachtete Harald Krüger nicht mehr. Sie folgte Dr. Lipmann, um ihm bei der Betreuung der Patientin behilflich zu sein.

»Ich brauche Sie im Augenblick nicht, Dr. Merbeck«, sagte der Chefarzt, als er auf den Aufzug wartete. »In zwei Stunden erwarte ich Sie in meinem Büro, Kollegin. Ich habe ein paar ernste Worte mit Ihnen zu reden.«

Die Aufzugkabine hielt mit einem kurzen Ruck, und Dr. Lipmann kümmerte sich nicht weiter um seine junge Kollegin. Es war Eile geboten, wenn er die Blutung der jungen Patientin noch zum Stillstand bringen wollte, und die Unterredung mit Gaby hatte Zeit.

✿

In den nächsten zwei Stunden durchlebte Gaby die Hölle. Wieder war sie in eine Situation geraten, die Dr. Martin Lipmann nur missverstehen konnte.

Unruhig ging die Ärztin im Büro des Chefarztes, in dem sie auf ihn wartete, auf und ab.

Gaby konnte sich bereits jetzt lebhaft vorstellen, wie die Unterredung ausfallen würde.

Welche Rechtfertigung sie auch vorbringen würde, der Chefarzt würde ihr nicht glauben. Davon war Gaby überzeugt. Die Minuten dehnten sich zu Ewigkeiten, und Gaby glaubte vor Unruhe zerspringen zu müssen. Sie zitterte und bangte der Unterredung mit dem geliebten Mann entgegen, und sie nahm sich vor, ihm nichts zu verschweigen.

»Er wird mir doch nicht glauben«, sagte sie im Selbstgespräch, als sie am Fenster stehen blieb und in den Park hinausschaute. »Vielleicht will er es auch gar nicht? Er hat mich mit Harald Krüger im Büro gesehen und diese Situation passt sicher zu dem Bild, das er sich von mir gemacht hat.«

Gaby strich sich ein paar blonde Locken aus der Stirn. Es war eine müde Geste, die Resignation ausdrückte. Die junge Ärztin glaubte zu wissen, dass in den nächsten Stunden die Entscheidung fallen würde, die ihr ganzes Leben beeinflussen konnte.

Schon seit geraumer Zeit spielte die junge Ärztin mit dem Gedanken, die Frauenklinik zu verlassen. Von Tag zu Tag wurde es ihr unerträglicher, mit Dr. Martin Lipmann zusammenzuarbeiten und seine Verachtung zu spüren.

Doch würde sie in einer anderen Stadt glücklicher sein? Würde es ihr gelingen, Dr. Martin Lipmann zu vergessen?

Dr. Gaby Merbeck, die am Fenster stand und dem Büro den Rücken zudrehte, hörte ein leises, knarrendes Geräusch hinter sich. Sie wusste, dass der Chefarzt das Büro betreten hatte, und der Gedanke, dass er hinter ihr stand und sie anschaute, nahm ihr fast den Atem.

»Sie können von Glück reden, dass es uns gelungen ist, die Blutung zu stillen. Frau Krüger hat das Kind nicht verloren«, erklärte Dr. Lipmann hart.

»Wieso kann ich von Glück reden?« Dr. Gaby Merbeck drehte sich um. Sie hielt die Hände hinter dem Rücken verborgen, um ihm nicht das nervöse Spiel der Finger zu Zeigen. »Was kann ich dafür, dass Blutungen bei Frau Krüger eingesetzt haben?«

»Für wie naiv halten Sie mich eigentlich?« fragte der Chefarzt lauter als beabsichtigt, und er wurde aschfahl vor Zorn.

»Glauben Sie denn, es ist ein Zufall, dass Frau Krüger ausgerechnet vor Ihrem Büro zusammengebrochen ist? Vor dem Büro, in dem Sie mit Frau Krügers Mann waren?«

»Ich habe Herrn Krüger nicht in mein Büro gebeten«, entgegnete Gaby, und sie gab sich alle Mühe, ihre Stimme klar und sicher klingen zu lassen. »Ich möchte betonen, dass ...

»Es ist mir völlig egal, was Sie sagen möchten!« schrie der Chefarzt sie außer sich vor Zorn an. »Aber ich möchte ein für allemal klarstellen, dass ich es nicht dulde, dass meine Angestellten ihre Amouren innerhalb meiner Klinik austragen. Ganz zu schweigen davon, Kollegin Merbeck, dass Sie sich der Patientin Krüger gegenüber unverantwortlich verhalten haben.«

»Herr Krüger interessiert mich nicht!« rief Dr. Gaby Merbeck und ging ein paar Schritte auf den Chefarzt zu. Ihre graugrünen Augen waren schwarz vor Erregung, ihre Lippen zitterten, und ihre Hände ballten sich zu Fäusten. »Ja, ich habe Herrn Krüger einmal vor Monaten kennen gelernt. Dass er sich jetzt immer noch um mich bemüht, ist nicht meine Schuld.«

»Für wen halten Sie mich eigentlich, Kollegin?« spottete der Chefarzt und schaute sie verächtlich an. »Ich bin kein grüner Junge mehr. Wenn eine Frau einem Mann deutlich zu verstehen gibt, dass er sich auf ihre Person keine Hoffnungen zu machen braucht, wird er sie kaum weiter belästigen. Wenn Sie mit Herrn Krüger angeblich nichts mehr zu tun haben wollen, Kollegin, warum war er in Ihrem Büro?«

Dr. Gaby Merbeck war den Tränen nahe, doch sie beherrschte sich eisern. Er sollte sie nicht weinen sehen. Er glaubte ja doch nur das, was er glauben wollte.

»Ich nehme an, es ist sinnlos, Ihnen die Wahrheit zu sagen«, stellte sie mit müde klingender Stimme fest und senkte den Kopf. »Sie haben sich ein Bild von mir gemacht, und ich kann nicht beweisen, dass es falsch ist.«

Sekundenlang fühlte Dr. Martin Lipmann sich unsicher, und er war fast schon geneigt, ihren traurigen Worten zu glauben. Doch sofort rief er sich wieder zur Ordnung. Er hatte genug gesehen und gehört, und er war nicht bereit, sich von dieser jungen Ärztin zum Narren halten zu lassen.

»Nun, meine liebe Kollegin, ich bin stets bereit, Sie anzuhören. Erzählen Sie mir doch, warum Herr Krüger Sie in Ihrem Büro aufsuchte? Wollte er eventuell etwas über den Gesundheitszustand seiner Frau von Ihnen erfahren?« Dr. Lipmanns Stimme triefte vor Sarkasmus, und er gab ihr dadurch zu verstehen, dass er gar nicht bereit war, ihr zu glauben.

Dr. Gaby Merbeck hob den Kopf, und der Blick, der ihn traf, sprach von Trauer und Leid. Wieder fühlte der Chefarzt sich verunsichert, doch Gabys nächste Worte bestätigten seine Annahme.

»Herr Krüger kam zu mir, um mir zu versichern, dass er mich liebt«, erzählte sie wahrheitsgemäß. »Ich wiederum habe wiederholt, was ich ihm schon mehrmals gesagt habe. Ich liebe ihn nicht, und ich habe ihn zu seiner Frau geschickt, die ihn jetzt mehr braucht, als irgendein anderer Mensch auf dieser Welt.«

»Und das soll ich Ihnen glauben?« Ein böses Lächeln glitt über sein Gesicht. »Rekonstruieren wir doch den Fall. Wenn es tatsächlich so gewesen wäre, wie Sie es schildern, warum ist Frau Krüger ausgerechnet vor der Tür Ihres Büros, die ja nur angelehnt war, zusammengebrochen? Vor Glück? Für wen halten Sie mich eigentlich, Kollegin?«

Dr. Gaby Merbeck begriff, dass es sinnlos war, weiter mit dem Chefarzt über dieses Thema zu reden. Sie ging an ihm vorbei, zur Tür des Büros, legte die Hand auf die Klinke und drehte sich halb zu Dr. Lipmann um.

»Glauben Sie doch, was Sie wollen«, sagte sie resigniert und verließ das Büro.

Dr. Martin Lipmann, der nur selten rauchte, ging zu seinem Schreibtisch und griff mit fahrigen Bewegungen zu einer kleinen, holzgeschnitzten Dose und nahm eine Zigarette heraus. Er rauchte hastig, lehnte sich an den Schreibtisch und starrte vor sich hin.

Nur zu gern würde er Gaby glauben, doch sein Verstand wehrte sich mit aller Macht dagegen. Er war ein Mann, für den nur Fakten zählten, und was er vor wenigen Stunden erlebt hatte, bestätigte nur seine Annahme, dass Gaby ihm Theater vorspielte.

Der Chefarzt drückte die halbgerauchte Zigarette im Ascher aus und setzte sich hinter den Schreibtisch. Er stützte die Ellenbogen auf und vergrub das Gesicht zwischen den Händen. Er fühlte sich zwischen Verstand und Gefühl hin und her gerissen, und wie schon so oft, stellte er sich auch jetzt die Frage, warum er Dr. Gaby Merbeck nicht einfach nahe legte, zu kündigen.

Der Arzt war sicher, dass er erst seine Ruhe wieder finden würde, wenn er Gaby nicht täglich sehen musste.

✿

Zwei Tage waren seither vergangen.

Angelika Krüger hatte Bluttransfusionen bekommen, täglich erhielt sie kreislaufstärkende Mittel, Ärzte und Schwestern bemühten sich in auffallender Sorge um sie.

Angelika Krüger lag apathisch im Bett, den Ärzten und dem Pflegepersonal gab sie einsilbige Antworten, und Dr. Martin Lipmann machte sich ernsthaft Sorgen um seine Patientin.

Der Chefarzt wusste, wie wichtig eine gute seelische Verfassung für das Wohlbefinden der Patientin war.

Die Tatsache, dass sie sich von allen abkapselte beunruhigte ihn stark.

Harald Krüger hatte sich in den letzten beiden Tagen in der Frauenklinik nicht blicken lassen. Seine Frau fragte auch nicht nach ihm.

Dr. Martin Lipmann fühlte einen unbändigen Zorn auf diesen Mann, der seine hübsche junge Frau derart behandelte und vernachlässigte. Mehrmals war der Chefarzt versucht, den Ehemann seiner Patientin anzurufen, um ihn in die Klinik zu bitten, doch Dr. Lipmann war sich nicht sicher, ob er Angelika Krüger damit einen Gefallen tat.

Dr. Gaby Merbeck ging dem Chefarzt seit der letzten Auseinandersetzung aus dem Weg. Begegneten sie sich zufällig, so beschränkte sich die Ärztin darauf, nur das Notwendigste mit dem Arzt zu reden.

Harald Krüger hatte in den letzten beiden Nächten keinen Schlaf gefunden. Er hatte versucht, seine Unruhe und seine Angst mit Alkohol zu betäuben, doch auch das war ihm nicht gelungen.

Dem Immobilienmakler war nach der letzten Auseinandersetzung mit der jungen Ärztin und dem Zusammenbruch seiner Frau schlagartig klar geworden, dass er einem Phantom nachgejagt war, das seine Eitelkeit ihm vorgegaukelt hatte.

Harald wusste, dass es nur einen Weg für ihn gab, seinen Frieden wiederzufinden. Doch er schämte sich entsetzlich, wenn er daran dachte, seiner Frau in die Augen schauen zu müssen.

Der Geschäftsmann betrachtete seine Frau plötzlich mit ganz anderen Augen. In den vielen Jahren der Ehe war sie ihm eine liebevolle und treue Gefährtin gewesen, hatte all seine Launen und Amouren geduldet und ihn nie spüren lassen, dass ihre Liebe auch nur einen Deut weniger geworden war.

Harald Krüger fühlte sich plötzlich wie ein gemeiner Lump, die Angst, dass er die Liebe seiner Frau verlieren könnte, schnürte ihm fast die Kehle zu.

Als er heute Morgen aufwachte, schaute er sich ein wenig verwundert um. Er saß in einem Sessel vor dem Kamin, das Feuer war längst erloschen, und Harald fror leicht.

Er fühlte sich müde und zerschlagen, und als er sich mit der flachen Hand über Kinn und Wangen rieb, schabten die Bartstoppeln.

Harald schaute auf die Flasche Kognak, die halb geleert auf dem Tisch stand, angewidert wandte er sich ab und stand schnell auf. Nein, Alkohol war keine Lösung. Er war sich durchaus bewusst, dass er feige war und Angst davor hatte, sich den Problemen zu stellen.

Nachdem der Geschäftsmann sich geduscht und umgekleidet hatte, fühlte er sich bereits ein wenig wohler. Hunger verspürte er nicht, und so trank er nur eine Tasse Kaffee, bevor er die feudale Villa verließ.

Der Immobilienmakler wusste plötzlich, was er tun musste. Er hatte zwar Angst vor dem Gespräch mit seiner Frau, doch wenn er seinen inneren Frieden wiederfinden wollte, musste er mit seiner Frau reden.

Er wusste auch, dass der Besuch bei seiner Frau ein Bittgang sein würde, und kurz flackerte auch sein Stolz wieder auf, der ihm das Gefühl gab, es nicht nötig zu haben, seine Frau um Verzeihung zu bitten.

Diese Regung gewann jedoch nur für einen kurzen Augenblick die Oberhand. Harald Krüger wusste, dass er zu weit gegangen war, und wenn er seine Frau nicht für immer verlieren wollte, musste er eine Aussöhnung herbeiführen.

Als Harald diesmal die Rezeption der Frauenklinik betrat, hatte er für die hübsche Schwester an der Rezeption keinen Blick, sein Gruß fiel kurz und knapp aus.

Erst vor der Tür des Krankenzimmers fiel Harald ein, dass er nicht einmal daran gedacht hatte, seiner Frau einen Versöhnungsstrauß mitzubringen.

Seine Lippen verzogen sich zu einem bitteren Lächeln. War das jetzt noch wichtig?

Harald schaute sich kurz um. Auf dem langen breiten Flur war niemand zu sehen, und Harald war froh, dass ihm eine Begegnung mit Dr. Gaby Merbeck oder dem Chefarzt erspart blieb.

Harald klopfte an die Tür und wartete. Als niemand antwortete drückte er vorsichtig die Klinke nieder und betrat das Zimmer. Abwartend blieb er am Eingang des Zimmers stehen und schaute zum Bett hinüber.

Seine Frau lag blass mit geschlossenen Augen im Bett, und bei ihrem Anblick klopfte Haralds Herz unwillkürlich schneller.

Auf Zehenspitzen näherte er sich dem Bett und blieb am Fußende stehen. Er ließ keinen Blick vom Gesicht seiner Frau, und ein Gefühl unendlicher Zärtlichkeit für sie erfüllte ihn.

Er räusperte sich leicht, und Angelika öffnete zögernd die Lider.

Ihre Blicke begegneten sich, und Harald las in den sanften braunen Augen seiner Frau nicht nur den leichten Vorwurf, sondern auch tausend Fragen.

»Du . . . du kannst dir sicher denken, warum ich gekommen bin«, sagte Harald heiser, und seine Hände legten sich auf das eiserne Bettgestell.

»Ja – vielleicht.«

»Ich . . . ich will dich nicht aufregen«, fügte Harald hastig hinzu. »Und wenn du willst, dann gehe ich sofort wieder.«

Angelika Krüger verzog keine Miene, und auch der Blick, mit dem sie ihn anschaute, war schwer zu deuten. »Warum bist du gekommen?«

In der vergangenen Nacht hatte Harald Krüger sich tausend gute Worte zurechtgelegt, die er seiner Frau sagen wollte. Doch jetzt hatte er das Gefühl, als sei sein Gehirn leergefegt, er öffnete die Lippen, schloss sie wieder und senkte die Lider.

Er fühlte sich wie ein Angeklagter vor einem Gericht, der dazu aufgefordert war, endlich das Schuldbekenntnis abzulegen.

Er holte sich einen Stuhl, stellte ihn neben das Bett und setzte sich. Sein Blick fiel auf Angelikas Hände, die ruhig auf der Bettdecke lagen, und am liebsten hätte er sein Gesicht darauf gelegt.

»Angelika, ich habe mich sehr dumm verhalten«, begann Harald leise, und er wagte nicht, seine Frau anzusehen. Ich hatte mich in eine fixe Idee verrannt, oder anders gesagt, ich glaubte unbedingt, meine Eitelkeit befriedigen zu müssen.«

Es war Harald anzusehen, dass es ihm schwer fiel diese Worte auszusprechen. Doch Angelika war zutiefst verletzt worden, und sie, die stets bereit gewesen war zu verzeihen und zu vergessen, dachte diesmal nicht daran, ihm in irgendeiner Weise entgegenzukommen. Nein, so leicht wollte sie es ihm nicht machen.

»Du erinnerst dich sicher an meine Geschäftsreise nach Salzburg«, nahm Harald erneut das Gespräch auf. »Damals lernte ich Doktor Gaby Merbeck kennen, die heute als Gynäkologin an dieser Klinik arbeitet. Nun, sie fand mich sehr sympathisch, aber das hätte sich wahrscheinlich schlagartig geändert, wenn ich ihr nicht verschwiegen hätte, dass ich verheiratet bin.«

Harald hielt den Kopf immer noch gesenkt, sein Atem ging tief und schwer, und es war ihm anzusehen, dass ihm das Bekenntnis seiner Schuld nicht leicht fiel.

Angelika spürte einen feinen Stich in der Herzgegend, als ihr Mann den Namen der Ärztin erwähnte. Am liebsten hätte sie die Ohren vor allem verschlossen, denn jedes Wort, das ihr Mann zu ihr sagte, traf ihre Seele wie ein Dolchstoß.

Die junge Frau wusste aber auch, dass sie sich dieser Auseinandersetzung stellen musste, wenn sie ihre Ehe noch retten wollte.

»Als du mich damals angerufen hattest und mir sagtest, dass du in anderen Umständen bist, freute ich mich zwar, aber die Angst und die Zweifel in mir blieben.« Harald holte tief Luft und sprach schnell weiter: »Ich will dir ganz ehrlich sagen, Angelika, dass ich jeden Tag damit gerechnet hatte, dass du erneut eine Fehlgeburt haben wirst. Noch nie in meinem Leben hatte ich einen derartigen Zwiespalt meiner Gefühle erlebt. Heute weiß ich, dass ich Gaby, ich meine Dr. Merbeck, nie geliebt habe. Verstehst du? Ich habe sie begehrt, aber geliebt habe ich sie nicht.«

Angelikas Hand tastete sich langsam und zögernd über die Bettdecke zu ihrem Mann hin, und Harald ergriff sie und hielt sie fest.

»Ich möchte, dass du alles erfährst, Angelika. Was ich dir erzähle ist kein Kompliment für mich, aber du sollst es wissen. Nachdem Doktor Merbeck erfahren hatte, dass ich verheiratet bin, und du als meine Frau hier in der Klinik liegst, hatte sie mir deutlich gesagt, dass sie keinen weiteren Kontakt mit mir wünscht. Doch ich war regelrecht besessen von dem Gedanken, diese schöne und gescheite Frau zu erobern. Je mehr Gaby sich sträubte, desto begehrenswerter wurde sie für mich.«

Harald hob den Kopf und schaute seine Frau bittend an. Mach es mir nicht so schwer, sagte sein Blick, doch Angelika war immer noch nicht bereit, ihm durch ein aufmunterndes Wort oder eine Geste zu sagen, dass sie ihm Verständnis entgegenbrachte oder bereit war, ihm zu verzeihen.

»Vor zwei Tagen war ich bei Doktor Merbeck im Büro«, sprach Harald hastig weiter. Er schaute an seiner Frau vorbei zum Fenster hinaus. »Ich sah Gaby ins Büro gehen und folgte ihr. Da sie mir in den letzten Wochen stets ausgewichen war, wollte ich eine Unterredung mit ihr erzwingen. Ich sagte ihr, dass ich sie begehre und liebe, doch sie wollte mich hinauswerfen. Du hast nur meine Worte gehört.«

Haralds Blick streifte kurz seine Frau. Warum sagte Angelika nichts? Warum gab sie ihm nicht zu verstehen, dass sie bereit war, ihm zu verzeihen?

»Die letzten beiden Tage waren die Hölle für mich«, erklärte Harald ruhig, und der Druck seiner Hand verstärkte sich. »Ich hatte eine wahnsinnige Angst, und ich habe sie immer noch, dich zu verlieren, Angelika. Jetzt weiß ich, was du mir bedeutest, und auch, dass ich mich wie ein Idiot benommen habe. Ich habe eine wunderbare Frau, aber das muss ich wohl eine Zeit lang vergessen haben. Angelika ... ich ... ich bin gekommen, um dich um Verzeihung zu bitten. Ich weiß jetzt, zu wem ich gehöre, und ich begehre auch die Ärztin nicht mehr. Ich möchte wieder glücklich mit dir werden, mit dir und später mit dem Kind, mit unserem Kind.«

Angelika hatte die Augen geschlossen, Tränen quollen unter ihren Wimpern hervor und rollten über die blassen, mageren Wangen. Sie schmeckte das salzige Nass auf ihren Lippen, und im Stillen fragte sie sich, ob sie Harald glauben durfte?

Harald Krüger spürte, wie Verzweiflung in seinem Herzen aufkeimte, er beugte sich vor und lehnte die Wange an ihre Hand.

»Bitte, Angelika, verzeih mir. Gib uns eine Chance.«

In den nächsten Sekunden durchmaß Harald alle Tiefen der Angst denn seine Frau schwieg.

Umso größer war jedoch das beseeligende Glücksgefühl, als er plötzlich die Hand seiner Frau spürte, die sanft und zärtlich sein Haar streichelte. »Angelika«, flüsterte er überwältigt und kämpfte tapfer gegen die Rührung an.

Der Immobilienmakler richtete sich langsam auf und setzte sich auf die Bettkante. Sanft legte er die Arme um seine Frau und zog sie an sich. Er lehnte die Wange an ihr Haar und wiegte sie wie ein Kind in seinen Armen.

»Ich liebe dich, Angelika«, sagte er leise und presste sie fester an sich. »Ich liebe dich mehr als mein Leben, und ich freue mich wahnsinnig auf die Zukunft mit dir und unserem Kind.«

»Das kannst du mir gar nicht oft genug sagen«, erwiderte sie, und leises Schluchzen begleitete ihre Worte. »Ich liebe dich auch, Harald, und ich habe nie aufgehört, dich zu lieben. Auch als ich annehmen musste, dass ich dich für immer verloren habe, gehörte mein Herz immer noch dir. Aber jetzt wollen wir nicht mehr über diese Dinge sprechen. Ich möchte nur noch über uns – über uns drei – reden.«

Angelika lehnte sich in den Armen ihres Mannes zurück, und sie lachte und weinte in einem.

Harald küsste ihre Tränen von den Wangen, und als er sehnsüchtig ihren Mund küsste, empfand er dem Schicksal gegenüber tiefe Dankbarkeit, denn er wusste jetzt, dass es für ihn nur eine Frau gab, mit der er glücklich werden konnte: Angelika.

✿

Karin Wilten, die Sekretärin des Chefarztes, konnte es kaum erwarten, Dr. Martin Lipmann zu sehen. Karin, die die Hoffnung nie aufgegeben hatte, eines Tages doch noch die Aufmerksamkeit des Chefarztes auf sich zu ziehen, strich ab und zu mit den Fingerspitzen über das weiße Kuvert, das vor ihr auf dem Schreibtisch lag.

Dr. Gaby Merbeck war heute Morgen ins Vorzimmer des Chefbüros gekommen und hatte ihr dieses Kuvert übergeben. Die Ärztin hatte der Sekretärin ausdrücklich gesagt, sie solle Dr. Lipmann das Schreiben noch heute übergeben, da es die schriftliche Kündigung beinhalte.

Gaby war der Chefsekretärin von Anfang an ein Dorn im Auge gewesen. Mit dem sicheren Instinkt einer Frau hatte Karin Wilten erfasst, dass die hübsche Ärztin für Dr. Lipmann mehr als nur eine Kollegin war.

Wenn Dr. Gaby Merbeck aus dem Leben des Chefarztes verschwinden würde, stiegen Karin Wiltens Chancen wieder. Zumindest dachte die Chefsekretärin so.

Karin stand auf und ging in den winzigen Nebenraum, in dem ein Waschbecken und ein Spiegel untergebracht waren. Karin wusste nicht mehr zu sagen, wie oft sie heute Morgen schon vor dem Spiegel gestanden und ihr Aussehen überprüft hatte. Sie wollte Dr. Lipmann gefallen, heute mehr denn je.

Die Tür klappte ins Schloss, und die Chefsekretärin drehte sich rasch um und hastete ins Vorzimmer zurück.

»Guten Tag, Fräulein Wilten«, sagte Dr. Lipmann höflich und nickte ihr zu. Es war nur ein flüchtiger Blick, der die Chefsekretärin streifte, als der Frauenarzt auf die Bürotür zuging.

»Einen Augenblick, bitte, Herr Chefarzt«, bat Karin Wilten, und ihre Stimme vibrierte leicht. »Ein Schreiben ist für Sie abgegeben worden.«

»Warum haben Sie es nicht auf meinen Schreibtisch

gelegt?« Dr. Martin Lipmann drehte sich um und schaute seine Sekretärin unwillig an. »Ich habe sehr wenig Zeit, und Sie wissen doch, dass ich die Post meistens abends erledige.«

»Ja, sicher«, entgegnete die junge Frau zögernd, und ihr Blick hing an dem schmalen Gesicht des schlanken, groß gewachsenen Arztes. »Aber Dr. Merbeck hatte mich gebeten, Ihnen das Kündigungsschreiben persönlich zu übergeben.«

Der Chefarzt hob leicht die Augenbrauen, Verwunderung lag in seinen blauen Augen. »Kündigungsschreiben?« fragte er und ging ein paar Schritte auf Karin Wilten zu.

»Ja, hier ist es.« Die Sekretärin nahm das weiße Kuvert vom Schreibtisch und gab es dem Chefarzt.

Dr. Martin Lipmann drehte den Umschlag zwischen den Händen hin und her.

»Vielleicht ist es ganz gut, wenn Dr. Merbeck unsere Klinik verlässt«, sagte Karin Wilten, die glaubte, sich einen Kommentar erlauben zu dürfen. »Soweit ich es miterlebt habe, gab es doch ständig Reibereien mit der jungen Ärztin.«

»Ich glaube nicht, dass es Ihnen zusteht, das zu beurteilen«, entgegnete der Chefarzt schroff, warf seiner Sekretärin einen bösen Blick zu, drehte sich um und ging in sein Büro. Krachend warf er die Tür hinter sich ins Schloss.

Sekundenlang stand die Chefsekretärin wie erstarrt da und schaute auf die gepolsterte Tür zum Chefbüro. In all den Jahren, in denen sie jetzt für Dr. Lipmann arbeitete, hatte sie einen derartigen Ton aus seinem Munde noch nicht gehört.

»Und das muss sich unsereins gefallen lassen«, sagte sie bitterböse und warf den Kopf stolz in den Nacken. »Pah! Erst tut er so, als könnte er die Merbeck nicht ausstehen, und jetzt geht ihm ihr Kündigungsschreiben an die Nieren.«

Karin Wilten setzte sich an den Schreibtisch und stützte den Kopf in die Hände. Wieder einmal hatten sich ihre Träume als Schäume erwiesen, sah sie ihre Felle wegschwimmen, und ein tiefer Seufzer entschlüpfte ihr.

Dr. Martin Lipmann verschwendete keinen Gedanken mehr an seine Sekretärin. Er nahm sich nicht einmal die Zeit, das Kuvert mit dem Brieföffner aufzuschlitzen. Ungeduldig riss er den Umschlag auf und überflog das formell gehaltene Kündigungsschreiben von Dr. Gaby Merbeck.

Als Begründung gab Gaby lediglich an, dass sie ihren Wirkungskreis verändern wollte, da ihr in einer anderen Stadt angeblich bessere Ausbildungsmöglichkeiten geboten werden.

In der ersten Erregung zerknüllte der Chefarzt das Kündigungsschreiben zwischen den Fäusten. Er fühlte sich innerlich zerrissen und beunruhigt, und die Angst, Gaby nie wieder zu sehen, war ebenso groß wie der Wunsch, diese Frau, die in seinen Augen nichts wert war, endlich vergessen zu können.

»Soll sie doch gehen«, stieß er hervor und warf das zerknüllte Kündigungsschreiben auf den Schreibtisch.

Mit zwei Fingern fuhr er sich zwischen Hals und Hemdkragen und zerrte an dem weißen Leinenstoff. Er hatte plötzlich das Gefühl, keine Luft mehr zu bekommen.

Der Chefarzt ging zum Fenster und öffnete es weit. Tief atmete er die frische klare Luft ein.

Der freundliche helle Tag erschien ihm wie Hohn und Spott im Gegensatz zu seinen Gefühlen.

»Soll ich sie zurückhalten?« Der Arzt krauste die Stirn und presste die Lippen fest aufeinander. Er schob die Hände in die Taschen seines weißen Kittels und ballte sie zu Fäusten. Was sollte er tun?

»Nach alldem, was vorgefallen ist, kann es mir doch nur recht sein, wenn sie geht«, sagte er halblaut, doch ohne Überzeugung. »Wenn sie weg ist, werde ich endlich meine Ruhe wiederfinden. O nein, ich werde ihr keinen Stein in den Weg legen.«

So sehr Dr. Lipmann sich auch einzureden versuchte, dass es für seine Seelenruhe nur gut sein musste, wenn Dr. Gaby Merbeck seine Klinik verließ, stimmte der Gedanke daran ihn traurig und unruhig.

Der Chefarzt konnte es sich einfach nicht mehr vorstellen, Gaby nicht mehr zu sehen. Auch wenn sie nur das Allernotwendigste miteinander sprachen, und ihre Unterhaltungen nur sachbezogen waren, musste Dr. Lipmann sich eingestehen, dass die hübsche junge Ärztin ihm fehlen würde.

»Mach dich nicht lächerlich«, murrte er, drehte sich um und ging zum Schreibtisch zurück. Er setzte sich und zog den Stapel Krankenakten, die rechts von ihm auf dem Schreibtisch lagerten, heran. »Arbeit ist die beste Medizin.«

Vergeblich versuchte der Chefarzt sich auf die Arbeit zu konzentrieren. Immer wieder schweiften seine Gedanken zu Gaby ab, und er haderte mit dem Schicksal, das ihm diese Frau über den Weg geschickt hatte. Warum musste er ausgerechnet an eine Frau wie Dr. Gaby Merbeck sein Herz verlieren?

»Ich habe schon Schlimmeres überstanden, warum nicht auch das?« Mit diesen Worten versuchte Dr. Martin Lipmann sich selbst zu beruhigen, und so, als wollte er seine Absicht bekräftigen, drückte er auf die rote Taste der Sprechanlage. »Fräulein Wilten, bitte zum Diktat.«

Der Chefarzt hatte die Absicht, sofort den Eingang

des Kündigungsschreibens zu bestätigen, um nicht doch noch in Versuchung zu kommen, die Ärztin zum Bleiben zu bewegen.

✿

Die nächsten Tage zogen sich für den Chefarzt schleppend dahin. Er war stets schlecht gelaunt und ließ sich sogar zu Ungerechtigkeiten seinen Kollegen gegenüber hinreißen.

Der Klinikklatsch blühte, und man munkelte hinter vorgehaltener Hand und damit des Pudels Kern treffend, dass Dr. Gaby Merbecks Kündigung daran schuld sei.

Nur seinen Patienten gegenüber blieb der Chefarzt gleich bleibend freundlich, er munterte ängstliche Frauen auf, hatte stets Scherzworte für sie und gab sich bei ihnen heiter und freundlich.

An Angelika Krügers Wohlbefinden war dem Chefarzt besonders gelegen. Er war es gewesen, der dieser leidgeprüften Frau Hoffnung gemacht hatte, und seit sie bei ihm in der Klinik lag, kümmerte er sich in rührender Weise um sie.

Obwohl er Angelika Krüger bereits heute Morgen bei der Visite gesprochen hatte, besuchte er sie heute kurz nach dem Mittagstisch wieder. Der Chefarzt hatte bemerkt, dass seine junge Patientin in den letzten Tagen auffallend heiter und gelöst war, und er interessierte sich dafür, was ihren plötzlichen Stimmungswandel hervorgerufen hatte.

Dr. Lipmann war natürlich sehr zufrieden mit seiner Patientin, denn das seelische Gleichgewicht war häufig ausschlaggebend für den Erfolg einer Behandlung.

»Ich habe fünf Minuten Zeit und wollte mich ein wenig mit Ihnen unterhalten, Frau Krüger«, sagte der Chefarzt, als er das Krankenzimmer betrat.

Er zog sich einen Stuhl neben das Bett und setzte sich. Routinemäßig kontrollierte er den Puls und nickte zufrieden. »Sie sehen aus wie das blühende Leben.«

»So fühle ich mich auch, Herr Doktor«, antwortete die junge Frau und lachte ihn strahlend an. Angelika Krüger hatte sich in den letzten Tagen sehr zu ihrem Vorteil verändert. Sie achtete sehr auf ihr Äußeres, ihr halblanges, lockiges Haar schimmerte seidig, der goldfarbene Lidschatten betonte das sanfte Braun ihrer Augen, und um ihre Lippen lag stets ein leichtes Lächeln.

»Frau Krüger, Sie wissen, dass ich nicht gern an Dinge rühre, die Sie beunruhigen könnten«, begann der Chefarzt vorsichtig das Gespräch. »Nach den letzten Vorkommnissen jedoch hatte ich vermutet, dass sich bei Ihnen eine depressive Phase einstellen würde. Sie verstehen sicher, dass ich jetzt erstaunt bin, Sie so gelöst und heiter vorzufinden. Oh, bitte, missverstehen Sie mich nicht falsch, ich bin sehr froh darüber, aber erklären kann ich es mir nicht.«

Angelikas helles Lachen klang durch das Zimmer. »Das ist doch ganz einfach, Herr Doktor, ich bin glücklich.«

»Da Sie mir schon sehr viel von sich erzählt haben, Frau Krüger, kann ich nur annehmen, dass Sie sich mit Ihrem Mann ausgesöhnt haben? Ist das so?« Dr. Lipmann schaute seine Patientin prüfend an. Tausend Gedanken schwirrten durch seinen Kopf, und er überlegte, ob Harald Krüger seiner Frau nicht nur Theater vorgespielt hatte, um sie zu beruhigen.

»Wissen Sie, Herr Doktor, – ich habe lange darüber nachgedacht, und ich glaube, es war eine Fügung des Schicksals, dass ich ausgerechnet in diesem Augenblick vor der Tür des Büros vorbeigehen musste, als mein Mann bei der jungen Ärztin war«, erzählte Angelika und schaute den Arzt ernst und nachdenklich an.

»Dass ich zusammenbrach, dass Blutungen einsetzten und dass erneut die Gefahr bestand, dass ich unser Kind wieder verlieren würde, hat meinen Mann wieder zur Besinnung gebracht. Es mag sich seltsam anhören, ich weiß Herr Doktor. Aber jetzt, da Harald mir alles erzählt hat, muss ich sogar bei Frau Doktor Merbeck Abbitte leisten.«

Die – Augen des Chefarztes weiteten sich ein wenig, als er Angelikas Worte hörte. »Abbitte leisten?« wiederholte er gedehnt und verwundert.

»Ja, stellen Sie sich vor, ich habe dieser jungen Frau Unrecht getan. Ach, Herr Doktor, es ist eine lange Geschichte, und ich weiß gar nicht, ob ich Sie damit belästigen soll. Sie haben so wenig Zeit, und im Grunde ist diese Geschichte, doch nur für mich interessant.«

»Sagen Sie das nicht«, widersprach er ihr heftig, und er schwindelte ein wenig, als er hinzufügte: »Natürlich interessiert es mich zu erfahren, was und welcher Umstand Sie so glücklich macht.«

Dr. Martin Lipmann brannte darauf, mehr über die Geschichte zwischen Dr. Gaby Merbeck und Harald Krüger zu erfahren. Er hatte plötzlich das unbestimmte Gefühl, der jungen Ärztin Unrecht getan zu haben, und das wiederum beunruhigte ihn sehr.

»Harald hat mir erzählt, dass die Ärztin gar nicht wusste, dass er verheiratet ist. Später, als sie es erfahren hatte, hatte sie sich sofort von ihm distanziert. Aber Harald gibt so schnell nicht auf. Ich kenne ihn. Wenn er sich etwas in den Kopf gesetzt hat, dann will er es auch haben. Ja, und so war es auch mit Ihrer jungen Kollegin, Herr Chefarzt. Wie Harald mir erzählte, hat Frau Doktor Merbeck ihm mehrmals und in aller Deutlichkeit zu verstehen gegeben, dass sie nichts von ihm wissen will, aber er gab nicht auf. Nun ja, und als er an dem Tag, als bei mir die Blutungen einsetzten, in

Frau Doktor Merbecks Büro war, hattc er wieder eine Abfuhr bekommen. Leider habe ich nur die Worte meines Mannes gehört und nicht das, was die Ärztin sagte. Aber das ist jetzt alles vorbei, und ich bin froh und glücklich, dass Harald und ich uns wieder ausgesöhnt haben.«

Der Chefarzt hatte seiner Patientin mit wachsendem Erstaunen zugehört. Kalte und heiße Schauer rieselten über seine Haut, und er hatte es plötzlich sehr eilig, das Krankenzimmer zu verlassen.

Demonstrativ schaute er auf seine Armbanduhr, stand auf und sagte: »Ich freue mich ehrlich mit Ihnen, Frau Krüger, und ich hoffe, dass das gute Einvernehmen mit Ihrem Mann auch weiterhin anhält.«

»Ich bin sehr hellhörig, Herr Doktor, und ich weiß, was Sie mit dieser Andeutung sagen wollen«, entgegnete Angelika und lachte ihn an. »Aber Sie vergessen, dass ich meinen Mann sehr, sehr lange und gut kenne. Ich weiß genau, dass Harald es ehrlich gemeint hat, als er mich um Verzeihung gebeten hatte und mir sagte, dass er jetzt endlich wisse, zu wem er gehöre und für wen er leben wollte.«

»Ich wünsche Ihnen von ganzem Herzen, dass Sie glücklich bleiben«, antwortete Dr. Martin Lipmann ruhig und strich ihr über die Wange. »Auf Wiedersehen, Frau Krüger, wir sehen uns morgen bei der Visite.«

Der Chefarzt wusste jetzt, dass er seiner Kollegin Unrecht getan hatte, und er war sofort bereit, sein Unrecht wieder gutzumachen.

»Ist Doktor Merbeck in ihrem Büro?« fragte der Chefarzt Schwester Berta, die ihm auf dem Flur begegnete.

»Die Frau Doktor hat heute ihren freien Nachmittag«, erwiderte Schwester Berta verwundert, denn es war erstaunlich, dass der Chefarzt sich einmal nach der jungen Ärztin erkundigte. »Ich nehme an, dass sie zu Hause ist, Herr Chefarzt.«

»Danke, Schwester«, murmelte Dr. Lipmann und ging rasch weiter. Unruhig und nervös schaute er erneut auf die Armbanduhr. Der Dienst würde ihn noch vier bis fünf Stunden in der Klinik festhalten, er sah auch keine Möglichkeit, Gaby früher besuchen zu können.

An diesem Nachmittag fiel es dem Chefarzt schwer, sich auf die Arbeit zu konzentrieren. Seine Gedanken beschäftigten sich mit der jungen Ärztin, und er hatte sich vorgenommen, sie mit allen Mitteln dazu zu bewegen, die Kündigung rückgängig zu machen.

✿

Die Dämmerung senkte sich über die Dächer der Stadt, und Dr. Gaby Merbeck schaltete die Stehlampe ein. Sie saß in einem Sessel neben der Lampe, ein Buch lag auf ihrem Schoß.

Gaby schaute sich in der kleinen Wohnung, die nahe der Frauenklinik lag, um. Mit wie viel Liebe hatte sie sich ihre kleine Wohnung eingerichtet, und jetzt musste sie erneut umziehen.

Eigentlich hatte sie den freien Nachmittag dafür vorgesehen, Bücher und andere kleine Gegenstände in bereitstehende Kartons zu verpacken. Es blieben ihr nur noch wenige Wochen in der Frauenklinik von Dr. Martin Lipmann, und sie musste wohl oder übel langsam mit den leidlichen Umzugsarbeiten beginnen.

Obwohl Gaby sich vorgenommen hatte, am Nachmittag zu arbeiten, hatte sie nichts getan. Sie hatte nur still dagesessen und über ihr Schicksal nachgedacht.

Vor einer Stunde etwa hatte sie sich ein Fachbuch genommen und zu lesen versucht, um sich von ihren trüben Gedanken abzulenken. Es wollte ihr jedoch nicht gelingen, sich zu konzentrieren.

Das Herz wurde ihr schwer, wenn sie daran dachte, dass der Tag immer näher rückte, an dem sie Abschied von der Frauenklinik nehmen musste.

Dr. Gaby Merbeck war überzeugt, dass die Kündigung das einzig Richtige gewesen war. Sie musste von hier weggehen, wenn sie ihren Seelenfrieden wiederfinden wollte.

Der melodische Gong der Wohnungstür schlug an, und die Ärztin hob erstaunt den Kopf. Nanu? Wer sollte sie besuchen? Sie erwartete niemanden.

Gaby legte das Buch beiseite und stand seufzend auf. Vielleicht ist es die Nachbarin oder ein Vertreter, dachte sie, als sie zur Wohnungstür ging und öffnete.

»Sie?« entschlüpfte es ihr gedehnt und ein wenig erschrocken, als sie Dr. Martin Lipmann vor der Tür stehen sah.

»Ja – ich.« Der Chefarzt überreichte ihr einen Strauß lachsfarbener Rosen und bat: »Kann ich Sie einen Augenblick sprechen?«

»Ja ... natürlich ... kommen Sie herein.« Gaby stotterte ein wenig, denn mit Dr. Lipmanns Besuch hatte sie nicht gerechnet.

Die junge Ärztin ärgerte sich, als sie merkte, dass glühende Röte ihr Gesicht überzog. Sie ging rasch voran und führte den Chefarzt in das behaglich eingerichtete, kleine Wohnzimmer und bot ihm Platz an.

»Darf ich Ihnen etwas anbieten? Einen Kaffee vielleicht?« Gabys Stimme klang brüchig, und es war ihr anzumerken, dass sie sich in dieser Situation äußerst unwohl fühlte.

»Danke, nein«, wehrte Dr. Lipmann hastig ab. Er schaute zu Gaby auf, die vor ihm stand, die Rosen an sich gepresst hielt und ihn unsicher anschaute. »Bitte, setzen Sie sich einen Augenblick zu mir, ich habe mit Ihnen zu reden.«

Die Ärztin war so verwirrt, dass sie völlig vergaß, die Blumen in eine Vase zu stellen. Sie setzte sich ihrem Chef gegenüber auf die Kante eines Sessels und schaute ihn gespannt und erwartungsvoll an. Sie konnte sich nicht vorstellen, was Dr. Lipmann ihr noch zu sagen hatte. Dass es sich eventuell um eine Liebenswürdigkeit handeln könnte lag schon gar nicht im Bereich ihres Vorstellungsvermögens, denn in den letzten Wochen hatte er nur harte und böse Worte für sie gehabt.

Der Arzt räusperte sich. »Tja, ich wollte ... ich wollte Sie bitten, Ihre Kündigung rückgängig zu machen, Doktor Merbeck.«

Gaby war sprachlos. Sie öffnete die Lippen, doch kein Laut drang aus ihrer Kehle. Sie starrte den Chefarzt an, als sei er ein Wesen aus einer anderen Welt.

»Sie sind eine gute und fähige Ärztin, und ich lasse Sie nur ungern gehen«, fügte er hastig hinzu, und im Stillen ärgerte er sich über sich selbst. Das war gar nicht der Grund, warum er sie behalten wollte. Warum sagte er ihr nicht, dass er sie liebte?

»Fähige Ärzte werden auch an anderen Kliniken gesucht«, antwortete Gaby, die ihre Enttäuschung nicht verbergen konnte. »Tut mir Leid, Herr Chefarzt, aber ich habe mich entschlossen, Ihre Klinik zu verlassen.«

Dr. Martin Lipmann legte die Fingerspitzen aneinander und senkte den Kopf. »Ich muss mich für mein ungerechtfertigtes Betragen entschuldigen, Frau Kollegin«, sagte der Arzt leise und wagte nicht, die junge hübsche Frau anzusehen. »Ich habe mittlerweile erfahren, dass alles tatsächlich so war, wie Sie es mir immer dargestellt hatten. Ich habe mich unmöglich benommen, Frau Kollegin, und vielleicht kann ich Sie jetzt, da sich unser Arbeitsverhältnis bessern wird, dazu überreden, in meiner Klinik zu bleiben.«

Gabys Gesichtszüge hellten sich ein wenig auf, doch

auch seine Entschuldigung war für sie kein Grund, weiter mit ihm zusammen zu arbeiten. Sie wollte endlich ihre Ruhe wiederfinden, und das konnte sie nur, wenn sie eine große Entfernung zwischen sich und den Chefarzt brachte.

»Ich nehme Ihre Entschuldigung an, Herr Doktor, aber ich kann trotzdem nicht mehr an Ihrer Klinik arbeiten«, erwiderte sie und stand hastig auf. Sie ging in die Küche hinüber und suchte eine Vase, füllte sie mit Wasser und ordnete die Rosen darin.

Dr. Martin Lipmann stand auf und folgte ihr in die Küche. Er blieb hinter ihr stehen, und Gaby konnte den zärtlichen Ausdruck in seinen Augen nicht sehen.

»Und wenn ich Sie bitte, mir zuliebe zu bleiben?« Seine Stimme klang weich und war wie streicheln auf der Haut, und Gaby hielt unwillkürlich den Atem an. Sie wagte nicht, sich umzudrehen.

»Und ... und warum sollte ich Ihnen zuliebe bleiben?« Die junge hübsche Ärztin schluckte trocken, denn sie war aufgeregt wie selten. Sie wagte kaum daran zu glauben, dass sich ihr Traum doch noch erfüllen könnte.

Er legte die Hände sanft auf ihre Schultern, und Gaby erschauderte unter seiner Berührung.

»Weil ich dich liebe«, sagte er ernst und fügte hinzu: »Ich habe mich sehr dumm benommen, Gaby, denn ich war rasend eifersüchtig. Heute habe ich erfahren, dass ich mir selber das Leben schwer gemacht habe, aber wenn du willst, wird ab jetzt alles anders werden.«

»Ist das wahr?« flüsterte sie kaum hörbar und drehte sich zu ihm um. Gaby musste den Kopf leicht in den Nacken legen, um in sein Gesicht schauen zu können. Liebe und Zärtlichkeit lagen in seinem Blick, und sein verliebtes Lächeln war so, wie sie es sich immer erträumt hatte.

»Ach, Martin, ich liebe dich doch auch«, sagte sie leise, und als er sie an sich zog, bettete sie den Kopf an seine Schulter. »Ich wollte doch nur weggehen, weil ich deine Kälte nicht mehr ertragen konnte. Ich habe mich so sehr nach dir gesehnt, und du hast mich immer nur weggestoßen. Meine Kündigung war ein einziger Hilfeschrei.«

»Den ich nicht verstanden habe«, antwortete er und streichelte sie sanft.

Dr. Gaby Merbeck lehnte sich ein wenig zurück, und ihre Arme schlangen sich um seinen Hals, in ihren großen graugrünen Augen schimmerten Tränen, doch ihr Lächeln sagte ihm, dass sie sehr, sehr glücklich war.

Martin beugte sich zu ihr hinunter, seine Lippen streiften ihre Stirn, ihre Augen, ihre Wangen, und als er Gaby endlich küssen durfte versank für ihn die Welt. Er vergaß Zeit und Raum, und es gab für ihn nur Gaby, die Frau, der sein ganzes Herz gehörte.

Immer wieder versicherte er ihr, wie sehr er sie liebte, und Gaby konnte von seinen Zärtlichkeiten nicht genug bekommen. Die hübsche junge Frau wusste später nicht mehr zu sagen, wie lange sie in seinen Armen gelegen und sich seinen zärtlichen Küssen hingegeben hatte.

Als sie sich aus seinen Armen löste und sich verlegen ein paar Haarsträhnen aus dem glühenden Gesicht strich, schaute sie sich um und lachte. »Ich habe mir deine Liebeserklärung immer romantischer vorgestellt. Dass ich die ersten Küsse einmal hier in der Küche bekommen würde, daran habe ich im Traum nicht gedacht.«

Gaby drehte sich um und ging zum Kühlschrank. Sie holte eine Flasche Champagner heraus, nahm Martin bei der Hand und führte ihn ins Wohnzimmer.

Wenige Minuten später hoben sie die Gläser und tranken sich zu. »Ich verstehe jetzt gar nicht mehr, warum wir uns so gequält haben«, stellte Martin nachdenklich fest. »Wenn ich daran denke, wie viele Monate Glück mir entgangen sind, sträuben sich mir die Nackenhaare.«

»Ich bin sicher, dass wir das alles nachholen werden, Liebling«, erwiderte sie und schmiegte sich in seine Arme. Für Gaby, die heute Nachmittag noch über ihr trauriges Schicksal nachgedacht hatte, war das Leben plötzlich licht und klar. Sie wusste, dass sie mit Martin glücklich werden konnte, und jetzt, da alle Missverständnisse aus dem Weg geräumt waren, konnte sie einer gemeinsamen Zukunft mit ihm freudig entgegensehen.

Auch Martin fühlte sich wie neugeboren. Sein. Herz war übervoll vor Glück, und die Zärtlichkeit und die Liebe, die er für Gaby empfand, drückten sich in seinem Streicheln und in seinen Küssen aus.

Gaby, die sich Wochen und Monate nach seinen Zärtlichkeiten gesehnt hatte, erwiderte diese mit Leidenschaft, und diese Nacht sah die beiden verliebten Menschen nicht getrennt.

Die Wochen gingen ins Land, und Martin und Gaby machten keinen Hehl aus ihrem Glück. Die Ärzte und das Pflegepersonal der Frauenklinik lernten ihren Chefarzt von einer völlig neuen Seite kennen.

Das Glück mit Gaby hatte Dr. Lipmann völlig verändert. Heiter und gelöst hatte er stets ein freundliches Wort für jedermann, und doch galt seine besondere Aufmerksamkeit seiner Patientin Angelika Krüger.

Der Tag der Geburt rückte immer näher.

Dr. Gaby Merbeck hatte sich inzwischen mit ihrer Patientin ausgesprochen. Zu Harald Krüger hatte Gaby immer noch ein kühles, distanziertes Verhältnis.

Sie hatte ihm zwar verziehen, aber vergessen konnte sie nicht.

Angelika Krüger hatte darauf bestanden, dass Dr. Martin Lipmann und Dr. Gaby Merbeck ihr als Geburtshelfer zur Seite standen. Heute, im Morgengrauen, hatten die ersten Wehen eingesetzt, und Dr. Lipmann ließ sein Sorgenkind keinen Augenblick allein.

Als die Presswehen einsetzten, wurde Angelika Krüger in den Kreißsaal gebracht. Dr. Lipmann, Dr. Merbeck und die Hebamme Ulla Hornung umsorgten die junge Frau, die jeden Handgriff der Ärzte angstvoll beobachtete.

Angelika Krüger war eine tapfere junge Frau, und trotz der großen Schmerzen befolgte sie jede Anordnung der Ärzte, und als der Chefarzt ihr Lachgas anbot, um die Schmerzen erträglicher zu machen, lehnte sie strikt ab.

Angelika Krüger wollte jede Phase der Geburt miterleben. Freudig nahm sie die Schmerzen auf sich, denn sie wusste, dass sie notwendig waren, um neues Leben schenken zu können, um einem kleinen, winzigen Menschenkind ans Licht der Welt zu helfen.

Nach knapp einer Stunde war alles vorbei, und Schlag Mittag klang der erste kräftige Schrei des Neugeborenen durch den Kreißsaal.

Angelika Krüger, die nach der Geburt völlig erschöpft und mit geschlossenen Augen dalag, hörte den Schrei ihres Kindes, wandte den Kopf und schaute zur Hebamme hinüber. Ein stilles, glückliches Lächeln lag auf ihrem Gesicht, und matt streckte sie die Hände nach ihrem Kind aus.

Dr. Martin Lipmann nahm den kleinen Erdenbürger und legte ihn der jungen Mutter in den Arm.

»Sie haben einem kräftigen, gesunden Jungen das

Leben geschenkt, Frau Krüger«, sagte er leise, und ehrlichen Herzens teilte er die Freude der Mutter.

Behutsam und sanft drückte Angelika ihr Kind an sich, ihre Lippen streiften den weichen, noch feuchten Flaum des Köpfchens, und Freudentränen rannen über ihre Wangen.

Dr. Lipmann gab Gaby mit einer knappen Kopfbewegung zu verstehen, dass es jetzt angebracht war, die junge Mutter allein zu lassen. Zumindest für ein paar Minuten, damit sie sich ganz ihrem Glück hingeben konnte.

Ulla Hornung, die Hebamme, untersuchte in einem kleinen Nebenraum die Nachgeburt, und Dr. Lipmann und Gaby verließen den Kreißsaal und gingen in den kleinen Aufenthaltsraum, um eine Tasse Kaffee zu trinken. Während Gaby den Kaffee einschenkte trat Dr. Lipmann ans Fenster und schaute hinaus.

»Gaby, komm mal her!«rief er und winkte sie hastig zu sich heran. Als sie neben ihm stand, legte er den Arm um ihre Schultern und deutete mit der anderen Hand auf Harald Krüger hinunter, der im Laufschritt auf die Klinik zurannte.

»Ich glaube, dass das Kind die Ehe der beiden endgültig gefestigt hat«, sagte Dr. Lipmann und schaute Gaby zärtlich an. »Ich freue mich mit den beiden, und vielleicht solltest du jetzt auch vergessen, in welch peinliche Situationen dich Herr Krüger gebracht hat. Man muss nicht nur verzeihen, man muss auch vergessen können, Gaby.«

»Kann ich dir einen Wunsch abschlagen?« Gaby schaute glücklich lächelnd zu ihm auf. »Wenn du es für richtig hältst, will ich es versuchen.«

Martin legte die Hände auf ihr Gesicht und küsste sie sanft auf den Mund. »Du bist die Frau, von der ich immer geträumt habe. Du hast ein großes weites Herz, mitfühlend und verzeihend. Ich liebe dich, meine Gaby, ich liebe dich.«

»Ich liebe dich auch«, erwiderte sie leise und kuschelte sich in seine Arme.

ENDE

Janine Haller

Glaub ich seinem Liebesschwur?

Eine kranke Frau machte eine große Erbschaft

Marina Roteck lenkte den schnittigen knallroten Sportwagen über die Stadtautobahn. Ab und zu wandte sie den Kopf und lachte den Mann neben sich an.

Der Fahrtwind zerzauste Dr. Bernd Stolls Haar, wehte es in die Stirn und gab ihm ein jungenhaftes Aussehen.

»Ich finde es prima, dass du mich zu dem Klassentreffen begleitest!« rief sie ihm zu. »Da kann ich wenigstens ein paar Gläschen Champagner trinken, denn ich habe die Gewissheit, sicher nach Hause chauffiert zu werden.«

Der Arzt erwiderte ihr Lachen und drohte scherzend mit dem Zeigefinger. »Ich hoffe nicht, dass du Kinderliedchen trällerst, wenn ich dich in die heimatlichen Gefilde zurückkutschiere.«

»Bei mir ist alles möglich«, behauptete sie, betätigte den Blinker und bog in eine verkehrsreiche Straße ein. »Wenn ich daran denke, dass Renate Prinz mit von der Partie ist, fallen mir einige wilde Partys ein.«

»Ist das die Renate, mit der du auch aus dem Internat Reißaus genommen hast, um mit deinem Vetter einen Abstecher nach Paris zu machen?« warf er ein und schmunzelte. »Wenn ja, dann kann es mir durchaus passieren, dass ich heute Abend vergeblich vor dem Interkonti stehe und auf dich warte.«

Marina lenkte den Wagen an den Straßenrand, stoppte, zog die Handbremse an und fuhr Bernd mit zehn Fingern durchs Haar. Sie küsste ihren Verlobten stürmisch auf den Mund.

»Du glaubst doch nicht, dass ich dich einen Abend in einer fremden Stadt allein lasse?« rief die hübsche junge Frau und lachte ihn an. »Ich müsste ja befürchten, dass du dich ins Nachtleben stürzt und vielleicht die Frau deines Lebens kennen lernst.«

»Die habe ich schon gefunden«, entgegnete er mit veränderter Stimme, dann tippte er mit dem Zeigefinger auf die Armbanduhr. »Wenn du dich noch lange mit mir unterhältst, kommst du nicht mehr pünktlich ins Interkonti. Du wolltest doch eine kleine Begrüßungsrede halten, oder hast du wieder umdisponiert?«

»Am liebsten würde ich dich ja mitnehmen«, erklärte sie bedauernd und legte den ersten Gang ein. »Aber leider waren wir eine reine Damenklasse, und Herrenbegleitung ist unerwünscht.«

Verliebt schaute sie ihn an, ungern löste sie den Blick von seinem schmalen gebräunten Gesicht, aus dem ein helles graues Augenpaar leuchtete.

Ja, Marina hatte noch nie zuvor einen Mann so sehr geliebt, wie den Chefarzt der Privatklinik für Orthopädische Chirurgie, mit dem sie seit einem knappen halben Jahr verlobt war.

Vor dem Hotel Interkontinental stoppte Marina den Sportwagen, den sie von ihren Eltern zum Geburtstag geschenkt bekommen hatte.

Nachdem sie ausgestiegen waren, gab sie Dr. Bernd Stoll die Wagenschlüssel. Ungeniert legte sie die Arme um seinen Hals und küsste ihn.

»Vergiss mich nicht«, bat sie scherzend, als sie sich von ihm löste. »Ich warte heute Abend im Foyer auf dich.«

»Amüsiere dich gut!« rief er ihr nach und hob grüßend die Hand.

Dr. Bernd Stoll wartete, bis seine Verlobte das Hotel betreten hatte, dann schaute er auf die Wagenschlüssel. Der Arzt beschloss, mit dem Wagen durch die Stadt zu fahren, um nach einem netten Restaurant zu suchen, in dem er zu Mittag essen wollte. Schon nach wenigen Minuten hatte er die Altstadt erreicht, die durch ihre winkeligen Gässchen und alten Fachwerkhäuser bezauberte.

Vor dem Restaurant ›Zum wilden Mann‹ hielt er an. Die Fassade des Hauses machte einen einladenden Eindruck. Geranien blühten vor den blanken Butzenscheiben, die breite Eingangstür war reich an Schnitzwerk, und über der Tür war die Jahreszahl Anno 1806 in den Stein gemeißelt.

Angenehme Kühle schlug Dr. Stoll entgegen, nachdem er den Wagen auf dem Parkplatz abgestellt hatte und das Lokal betrat. Die rustikale Einrichtung war geschmackvoll gewählt. Das Restaurant war in mehrere kleine Räume mit niedrigen Decken aufgeteilt; dunkel gebeizte Balken hoben sich scharf vom weißen Mauerwerk ab.

Das Lokal war um die Mittagszeit gut besucht, und Dr. Stoll nahm an einem der wenigen freien Tische Platz.

Ein Kellner in dunkler Hose, weinroter Weste und weißem Hemd, kam sofort auf den neuen Gast zu. Der Arzt nahm die Speisekarte entgegen und bestellte zunächst einen herben Weißwein.

Dr. Bernd Stoll studierte die Speisekarte, die Gerichte bot, deren Namen mit viel Fantasie ausgesucht worden waren. Er entschied sich für einen Schweinebraten nach Weinbauernart. Als er die Speisekarte zuklappte und den Blick hob, begegnete er einem Augenpaar, das ihm irgendwie bekannt vorkam.

Der Mann am Nachbartisch schaute den Arzt unverwandt an. Plötzlich glitt ein Lächeln über das Gesicht des Fremden. Er stand auf und kam an Bernds Tisch.

»Verzeihen Sie«, sagte der schlanke, mittelblonde Mann. »Sind Sie Bernd Stoll? Vielleicht mittlerweile schon Doktor Bernd Stoll?«

»Ja, der bin ich«, antwortete der Arzt zögernd. Grübelnd schaute er den Fremden an. Bernd war sicher, ihm schon einmal begegnet zu sein – doch wo?

»Mensch, alter Junge, erkennst du mich denn nicht mehr?« fragte der andere lachend. »Denke mal scharf nach. Warte ...«

Als wir uns das letztemal sahen, waren wir zwölf Jahre jünger.«

Bernds Augen weiteten sich unwillkürlich ein wenig, und plötzlich wusste er, wen er vor sich hatte. Natürlich! Wo hatte er nur seine Augen gehabt?

»Jörg«, sagte der Arzt, stand auf und reichte dem anderen die Hand. »Jörg Forenberg, jetzt erinnere ich mich. Sie ... äh ... du hattest damals den Studienplatz gewechselt und mit dem Gedanken gespielt, das Medizinstudium völlig aufzugeben. Komm, setz dich zu mir und erzähle mir ein bisschen von dir.«

Dr. Bernd Stoll deutete mit der Hand auf einen freien Stuhl.

»Gern.« Jörg Forenberg holte das Bierglas vom Nachbartisch und setzte sich zu seinem ehemaligen Kommilitonen. »Das Essen kann ich mir auch hier servieren lassen.«

Jörg Forenberg betrachtete Dr. Stoll abschätzend. Der maßgeschneiderte Anzug und das gepflegte Aussehen des Arztes ließen darauf schließen, dass es ihm finanziell sehr gut gehen musste.

»Erzähle du zuerst«, forderte Jörg ihn neugierig auf. »Was hast du nach dem Studium angefangen?«

»Oh, bei mir gibt es nicht viel zu berichten«, erwiderte Bernd bescheiden. »Nachdem ich meinen Facharzt in Orthopädie gemacht hatte, lachte mir Fortuna. Mein ehemaliger Chefarzt, dem auch die Klinik gehört, hat keine Kinder, und seine Frau hat einen Narren an mir gefressen. Ich mag die beiden auch sehr. Du weißt ja, dass ich bei einem Onkel aufgewachsen bin. Nun, die beiden setzten sich bald darauf zur Ruhe, und der Professor übertrug mir die Leitung der Klinik. Nach seinem Tod werde ich die Klinik einmal erben, das hat er mir jetzt schon anvertraut. Du siehst, das Schicksal hatte es bis jetzt gut mit mir gemeint.«

Jörg Forenberg hatte dem ehemaligen Kommilitonen still zugehört, und wieder einmal bedauerte Jörg insgeheim, dass er das Medizinstudium an den Nagel gehängt hatte.

»Und du?« fragte Bernd. »Was hast du inzwischen gemacht?«

»Oh, es gibt nichts, was ich mittlerweile nicht ausprobiert habe«, erklärte Jörg und lächelte schief. »Jetzt habe ich eine Werbeagentur, mit der ich mich recht und schlecht über Wasser halte.«

»Du hast das Medizinstudium aufgegeben?« Verwunderung lag in Bernds Stimme. »Warum? Du warst doch einer unserer Besten.«

»Ich fühlte mich damals zum Künstler berufen«, antwortete Jörg, und die Bitterkeit war nicht zu überhören. »Ich strebte damals ein Grafikerstudium an, das ich auch mit Auszeichnung beendete. Aber der Teufel steckt bekanntlich im Detail. Was ich nach dem Studium auch anfasste, es ging daneben.«

Der junge Arzt senkte den Kopf, betretenes Schweigen lag zwischen ihnen.

Dr. Stoll, der bisher alles erreicht hatte, was er sich vorgenommen hatte, fühlte sich dem Unglücksraben Jörg gegenüber nicht wohl in seiner Haut. Ja, er bemitleidete seinen ehemaligen Kommilitonen sogar ein wenig.

Der Kellner servierte das Essen, und auch Jörg zeigte jetzt offensichtlich keine Lust mehr, sich zu unterhalten.

Erst als sie die Rechnung beglichen, sagte Jörg:

»Wenn du noch ein bisschen Zeit hast, kannst du den Kaffee bei uns zu Hause trinken. Meine Frau macht den besten Kaffee der Welt.«

Dr. Bernd Stoll war versucht, abzulehnen. Er war jedoch feinfühlig genug, um sich vorstellen zu können, dass Jörg sich gekränkt fühlen würde, wenn er absagte.

»Warum nicht?« Bernd zwang sich zu einem Lachen. »Ich habe noch bis heute Abend Zeit, denn meine Verlobte ist im Interkontinental bei einem Klassentreffen der ehemaligen Internatsgefährtinnen.«

»Gut, was hält uns hier noch?« fragte Jörg gespielt heiter und klopfte dem anderen kameradschaftlich auf die Schulter.

Bernd war diese Berührung unangenehm, und er zuckte kaum merklich zusammen.

Während die beiden Männer zum Parkplatz gingen und Jörg Forenberg vorwegfuhr, um Bernd den Weg anzuzeigen, gingen die Gedanken des Arztes eigene Wege.

Seltsam, früher, als er noch studiert hatte, war es ihm nie aufgefallen, welch unangenehme Ausstrahlung von Jörg ausging. Doch heute war ihm die Gesellschaft des ehemaligen Kommilitonen unangenehm, und er war nicht darauf erpicht, Freundschaft mit ihm zu halten.

Es war von Dr. Stoll eine reine Höflichkeitsgeste, dass er Jörg nach Hause begleitete.

Jörg Forenberg parkte den Wagen vor einem schmucken Einfamilienhaus, und Bernd wunderte sich über das gepflegte Anwesen.

Sofort registrierte Bernd, dass Jörgs Frau einen Sinn für Schönheit haben musste, denn im Vorgarten grünte und blühte es, dass es eine Freude war, den Blick über die Blumenbeete streifen zu lassen.

Katja Forenberg kam den beiden Männern in der geräumigen Diele entgegen. Zunächst sah Bernd nur die Schönheit der jungen Frau, die ihn bezauberte.

Das lange weizenblonde Haar fiel weit über ihre Schultern, und ihre großen veilchenblauen Augen zeigten einen Schimmer mädchenhafter Unschuld. Bernd konnte kaum den Blick von diesem liebreizenden Gesicht lösen.

Doch dann bemerkte er, dass sie das linke Bein nachzog. Tiefes Bedauern erfüllte sein Herz, und am liebsten hätte er sofort nach dem Grund ihres Leidens gefragt, doch er wollte nicht direkt mit der Tür ins Haus fallen.

Jörg Forenberg machte seine Frau Katja und Dr. Stoll miteinander bekannt und führte den Arzt ins Wohnzimmer, während Katja in die Küche ging, um den Kaffee zuzubereiten.

»Entschuldige, Jörg, ich will ja nicht aufdringlich erscheinen, aber als Arzt interessiert es mich natürlich, warum deine Frau ein Beinleiden hat«, sagte Bernd, als er mit Katjas Mann allein war.

»Vor eineinhalb Jahren hatten die Schmerzen begonnen«, erklärte Jörg bereitwillig, und der Arzt wunderte sich über die Gleichgültigkeit, die aus den Worten des Ehemannes sprach. »Katja hatte schon als Kind rheumatische Beschwerden, doch da diese nur in Schüben auftraten, hatte sich niemand sonderlich darum gekümmert.«

»Na, aber heute gibt es doch . . .«

»Bitte, lass mich erst alles erzählen«, schnitt Jörg ihm das Wort ab und strich sich mit fahriger Handbewegung über das mittelblonde glatte Haar. »Wie ich schon sagte: Vor eineinhalb Jahren wurden die Beschwerden sehr schlimm. Eine Hüftgelenksarthrose hatte sich eingestellt, wahrscheinlich durch die Rheumaschübe hervorgerufen. Heute müsste Katja operiert werden, denn die Gelenkpfanne ist völlig deformiert.«

»Und warum ist sie noch hier?« entschlüpfte es Bernd verblüfft. »Verzeih, wenn ich so offen frage, aber...« Der junge Arzt brach leicht verlegen ab. Hatte er denn ein Recht, Jörg diese Fragen zu stellen?

»Tja, jetzt muss ich mea culpa sagen, denn es ist alles meine Schuld«, entgegnete Jörg nach einer kleinen Pause schuldbewusst und senkte den Kopf. »Ich ... ich habe keine Krankenversicherung abgeschlossen, alter Junge.«

Jörg schaute den ehemaligen Kommilitonen betrübt an und hob hilflos lächelnd die Hände.

»Ja, auch ich mache mir heute schwere Vorwürfe, aber ich kann nichts mehr daran ändern«, sagte er leise. »Als ich mich selbstständig machte, musste ich auf jeden Pfennig achten. Wir sind jung, dachte ich damals, so schnell werden wir nicht krank. Ich wollte ein paar Jahre die hohen Prämien der privaten Krankenversicherungen einsparen. Und ... und dann wurde Katja krank. Jetzt weißt du alles. Du, als Arzt bist im Bilde, dass ich eine Operation und den Krankenhausaufenthalt privat nicht bezahlen kann.«

»So, meine Herren, der Kaffee kommt«, sagte Katja in diesem Augenblick, als sie den Servierwagen in das gemütlich eingerichtete Wohnzimmer schob.

Wieder fühlte Bernd einen feinen Stich in der Herzgegend, als er die Schönheit der jungen Frau sah, die durch das Hinken einen bitteren Beigeschmack bekam.

Als der Arzt sich dabei ertappte, dass er die Frau seines ehemaligen Kommilitonen ungewöhnlich lange anschaute, senkte er rasch die Lider.

Katja setzte sich zu ihnen und schenkte den Kaffee ein. Jörg erzählte ihr, dass er Bernd schon seit vielen

Jahren kannte, dass sie zusammen studiert hatten, und dass Bernd jetzt Chefarzt einer Klinik sei.

»Haben Sie sich für ein besonderes Fachgebiet entschieden?« fragte Katja interessiert, und ihre samtweiche Stimme ging Bernd unter die Haut.

»Mein Fachgebiet ist die orthopädische Chirurgie«, erwiderte er und sah, wie ein Schatten über ihr hübsches Gesicht glitt. Er ahnte, mit welchem Problem sich ihre Gedanken beschäftigten und sagte spontan: »Frau Forenberg, Ihr Mann sprach soeben mit mir über ... über Ihr Leiden. Er erzählte mir auch von den Schwierigkeiten, die vorhanden sind, weil er es versäumte, eine private Krankenversicherung abzuschließen. Ich möchte Ihnen eine kostenlose Behandlung in meiner Klinik anbieten.«

Katjas wunderschöne Augen weiteten sich ein wenig, dann schaute sie ihren Mann an, dessen Gesicht Fassungslosigkeit ausdrückte.

»Das ... das würdest du für ... für uns tun?« fragte Jörg und schluckte trocken.

»Ja ... warum denn nicht?« Bernd schaute an den beiden vorbei zum Fenster hinaus. Er fühlte sich verlegen, denn er wollte keinen Dank.

»Kann ich das denn überhaupt annehmen?« fragte Katja, und ihre Stimme zitterte. Der Gedanke an eine baldige Genesung trieb ihr das Blut in die Wangen, ihr Atem ging schnell.

»Ich helfe gern, wenn ich kann«, entgegnete Bernd bescheiden. »Und wenn Sie wollen, können Sie schon morgen in meine Klinik kommen.«

»Das werden wir dir nie vergessen«, warf Jörg heiser ein und streckte dem Arzt die Hand hin. Er drückte sie fest. »Ich glaube, es war Schicksal, dass ich dich getroffen habe, Bernd.«

⌘

Schon am nächsten Tag hatte Jörg Forenberg seine Frau in die Privatklinik Emden gebracht, die noch den Namen von Professor Theodor Emden trug, der seinen Lebensabend mit seiner Frau auf Sizilien verbrachte.

Jörg hatte sich nicht lange bei seiner Frau aufgehalten. Eilige Geschäfte verlangten seine Anwesenheit. Zumindest behauptete er das.

Ohne Umwege fuhr Jörg Forenberg von der Privatklinik wieder zurück. Doch weder sein Heim noch seine Werbeagentur waren sein Ziel.

Er fuhr direkt zu einem mehrstöckigen Haus in der City der Stadt, in dem Ute Baum in einer elegant eingerichteten Vierzimmerwohnung lebte.

Ute Baum war eine junge Frau, deren kühle nordische Schönheit so manchen Mann zum Träumen verleitete. Sie arbeitete in der Kosmetikbranche und träumte davon, sich eines Tages selbstständig zu machen. Und dabei sollte Jörg Forenberg ihr behilflich sein.

Den größten Teil des eleganten und teuren Mobilars hatte Jörg ihr gekauft, und sie war sicher, dass er sie eines Tages auch heiraten würde.

Als Jörg heute unangemeldet vor ihrer Tür stand, kam Ute soeben aus dem Bad. Sie trug ein hauchfeines durchsichtiges Negligé, das die Konturen ihres makellosen Körpers genau erkennen ließ.

»Jörg, Liebling!« rief sie überrascht und erfreut aus, als sie ihm die Tür öffnete. »Heute habe ich dich gar nicht erwartet, aber du bist mir jederzeit willkommen.«

Jörg riss sie in die Arme. Ihr schweres Parfüm umschmeichelte ihn, die Wärme ihres Körpers ließ sein Herz schneller klopfen, jagte das Blut rasch durch seine Adern.

»Ich lebe in einer anderen Welt, wenn ich bei dir bin«, flüsterte er und bedeckte ihr Gesicht mit Küssen. Er liebkoste ihren schlanken Hals, und seine Lippen verirrten sich im tiefen Ausschnitt des Negligés.

»Nicht so stürmisch«, wehrte sie kokett lächelnd ab. »Alles zu seiner Zeit, mein Lieber. Sag mir erst einmal, was dich zu dieser ungewöhnlichen Zeit zu mir führt.«

Ute nahm Jörgs Hand und führte ihn ins Wohnzimmer. Die junge Frau bevorzugte moderne, kühl wirkende Möbel, Glas- und Chrommaterial herrschte vor.

»Darf ich dir einen Drink anbieten?« fragte Ute und ging zur Hausbar.

»Gib mir einen Martini mit Eis«, sagte er, während sein Blick ihr folgte. Er liebte ihren wiegenden Gang, den aufreizenden Schwung ihrer Hüften, und ihr flachsblondes langes Haar, das fast bis an die Hüften reichte und ihr sündiges Aussehen unterstrich.

Jörg setzte sich auf die Couch, und als Ute zurückkam, neben ihm Platz nahm und ihm das Glas reichte, legte er den Arm um sie.

Der junge Mann nippte nachdenklich am Martini, in dem Eiswürfel schwammen, und lächelte siegessicher.

»Nun erzähle doch schon«, forderte sie ihn auf und lehnte den Kopf an seine Schulter.

»Bald werden wir alles erreicht haben, wovon wir träumen, meine Süße«, sagte er und küsste sie auf den Mund. »Katja ist seit heute in der Emden-Klinik und wird kostenlos behandelt.«

Jörg erzählte Ute von seiner Begegnung mit Dr. Bernd Stoll, von dessen Besuch bei Katja und dem Angebot, sie kostenlos zu behandeln und zu operieren.

»Wenn Katja gesund ist, kann ich mich ohne Komplikationen von ihr trennen. Niemand kann mich dann zu einer Unterhaltszahlung verpflichten, denn sie ist dann wieder völlig gesund und kann ihren Beruf als MTA ausüben.«

»Aber ihr gehört doch das Vermögen«, warf Ute nachdenklich ein. »Aber was rede ich von Vermögen? Ihr gehört doch nur euer Haus, aber das ist auch eine Menge Geld wert.«

»Das meine ich auch«, erklärte er, und das siegessichere Lächeln blieb auf seinen Lippen. »Schau, Katja und ich haben ja keine Gütertrennung, und da sie das Haus mit in die Ehe gebracht hat, bekomme ich die Hälfte des Vermögens, wenn ich mich von Katja scheiden lasse. Und damit können wir uns so verwirklichen, wie wir das geplant haben. Du bekommst deinen eigenen Kosmetiksalon, und ich kann meine Werbeagentur vergrößern. Schatz, jetzt können wir endlich das in Angriff nehmen, was wir schon lange vorhatten.«

»Wenn ich dich so reden höre, glaube ich dir fast«, erwiderte sie, und ihre grünen Augen leuchteten, als sie ihn anschaute.

»Verlass dich auf mich«, warf er im Brustton der Überzeugung ein. »Ich weiß, was ich tue.«

Jörg zog seine Geliebte enger an sich, seine Hände streichelten sie wissend, und seine leidenschaftlichen Küsse ließen Ute jede Alltäglichkeit vergessen.

»Ich liebe dich, Jörg, wie noch nie einen Mann zuvor«, flüsterte sie, und ihre dunkle, ein wenig raue Stimme war wie Streicheln auf seiner Haut. »Du bist der Mann, für den ich alles aufgeben könnte. Auf dich habe ich immer gewartet.«

Welcher Mann hörte solche Worte aus dem Mund einer schönen Frau nicht gern? Jörgs Küsse wurden fordernder, leidenschaftlicher, und unvermittelt löste er sich von Ute.

Er hob sie auf die Arme und trug sie ins angrenzende

Schlafzimmer. Sanft ließ er sie auf das runde, mit dunkelrotem Damast bezogene Bett niedergleiten.

Begierde flackerte in seinen graugrünen Augen, als sein Blick auf ihr ruhte.

Ute streckte ihm die Hände entgegen, denn auch sie sehnte sich nach seiner Nähe, nach seiner leidenschaftlichen Umarmung.

Weder Jörg noch seine verführerisch schöne Geliebte verschwendeten einen Gedanken an Katja, die in der Emden-Klinik lag und auf das Gelingen ihrer Operation hoffte.

⌘

Etwa dreihundert Meter hinter der modernen Emden-Klinik lag das Haus des Chefarztes Dr. Bernd Stoll. Das Grundstück wurde von einer mannshohen Taxushecke vom Klinikpark getrennt.

Dr. Stoll liebte es, die Abende vor dem offenen Kamin zu verbringen, und sein Glück war vollkommen, wenn Marina, seine Verlobte, ihm dabei Gesellschaft leistete.

Auch heute Abend besuchte Marina ihn, und Bernd hatte den besten Wein aus dem Keller geholt, den er seiner Verlobten kredenzte.

Der geräumige Wohnraum, dem sich eine große Südterrasse anschloss, lag im Dämmerlicht, nur vom Kaminfeuer erhellt. Der Wein funkelte in den Kristallkelchen, leise Musik erklang aus dem Hintergrund.

Bernd erzählte Marina gerade Katjas Leidensgeschichte, und Marina konnte nicht verhindern, dass ihr Tränen in die Augen stiegen.

»So jung und schon gehbehindert«, sagte sie mit erstickt klingender Stimme, als Bernd seinen Bericht beendet hatte. »Mein Gott, das ist ein schreckliches Schicksal. Ach, Bernd, ich bin froh, dass du so großzügig gehandelt hast. Ist es denn sicher, dass Frau Forenberg wieder völlig gesund ist, wenn du ihr eine künstliche Gelenkpfanne eingesetzt hast?«

»Sicher kann man bei solchen Operationen nie sein«, antwortete er und zuckte mit den Achseln. »Natürlich besteht die Gefahr, dass der Körper das Kunststoffimplantat abstößt. Aber dann müssen wir die Operation eben noch einmal wiederholen. Ich kann dir jedoch versichern, dass ich alles tun werde, was in meiner Macht steht, um Jörgs Frau zu helfen.«

Bernd schaute versonnen lächelnd in die gelbblauen Flammen, die über die trockenen Buchenscheite leckten und einen harzigen Geruch verströmten.

Er glaubte, in den Flammen Katjas reizendes Gesicht mit den großen blauen Augen zu sehen, die an die Farbe wilder Veilchen erinnerten.

»Du warst sicher einmal eng mit diesem Jörg befreundet, weil du dich so für seine Frau einsetzt?« Marina schlug einen leichten Plauderton an, denn um nichts in der Welt wollte sie es Bernd merken lassen, dass sich ein Eifersuchtsschimmer in ihrem Herzen regte.

Marina wusste, dass Bernd einer der begehrtesten Junggesellen in ihrem Bekanntenkreis war. All ihre Freundinnen beneideten sie um die Liebe des jungen, tüchtigen Chefarztes. Bernd war nicht nur eine Kapazität in seinem Beruf, er war auch ein blendend aussehender Mann, dem die Frauen sehnsüchtig nachschauten.

»Ach was.« Bernd winkte ab. »Ich habe Jörg immer für einen unzuverlässigen Menschen gehalten. Für einen Bruder Leichtfuß, der glaubte, dass ihm die gebratenen Tauben in den Mund fliegen.«

»Und trotzdem hilfst du seiner Frau?« Marina stellte

das Weinglas eine Spur zu hart auf den Mahagonitisch vor dem Kamin zurück.

»Ja, trotzdem helfe ich Frau Forenberg.« Bernd wandte sich ihr zu und legte die Hand auf Marinas Schulter. »Schau, sie dauert mich einfach. Jörg ist schuld daran, dass sie keine ärztliche Hilfe in Anspruch nehmen kann. Weil er mit jedem Pfennig geizte und seine Frau nicht versicherte, muss sie jetzt leiden. Ich kann so etwas nicht ertragen. Stell dir vor, Marina, Frau Forenberg ist jetzt achtundzwanzig Jahre alt. Soll sie ihr Leben lang gehbehindert bleiben?«

»Manchmal glaube ich, dass du ein bisschen zu großzügig bist.« Marinas Lachen, das ihren Worten folgte, klang gekünstelt. Wieder regte sich Eifersucht in ihrem Herzen. »Ist Frau Forenberg sehr hübsch?«

Sekundenlang schaute Bernd seine Verlobte verständnislos an. Doch dann verstand er ihre Frage und lachte. »Marina, du bist ja eifersüchtig«, stellte er erstaunt fest.

»Unsinn«, wehrte sie heftig ab. »Aber ich liebe dich, und ich will dich nicht verlieren.«

Bernd rückte seinen Sessel näher an sie heran und legte den Arm um Marina. Liebevoll schaute er sie an.

»Du glaubst doch nicht, dass ich Frau Forenberg in meine Klinik genommen habe, weil ich in sie verliebt bin? Marina, das sind doch alberne Gedanken.«

»Ich weiß«, erwiderte sie und seufzte. »Verzeih, aber allein der Gedanke, dich eines Tages verlieren zu können, bringt mich fast um den Verstand. Ich liebe dich, Bernd.«

»Ich dich auch«, erwiderte er leise. Doch er spürte, dass seine Worte einen schlechten Beigeschmack hatten. Rasch beugte er sich vor und griff nach dem Bastkörbchen, in dem eine Weinflasche lag. Er schenkte nach, und seine Gedanken beschäftigten sich unablässig mit Marinas Eifersucht.

Hatte sie wirklich keinen Grund zur Sorge? Hatte er Katja Forenberg tatsächlich nur aus Mitleid in seiner Klinik aufgenommen? Bernd presste sekundenlang die Lippen fest aufeinander, und unwillig schob er diese Gedanken beiseite.

»Habe ich dir schon erzählt, dass wir in vierzehn Tagen eine Gesellschaft geben?« fragte Marina in seine Gedanken hinein.

»Nein, das ist mir neu.« Bernd lehnte sich wieder in den Sessel zurück und schaute seine Braut interessiert an. »Gibt es einen besonderen Anlass dazu?«

»Wirst du auch kommen?« stellte die junge hübsche Frau die Gegenfrage und runzelte die Stirn. Es geschah häufig, dass sie ohne ihren Verlobten auf Partys oder Gesellschaften gehen musste, weil sein Beruf ihm häufig keine Zeit ließ, Feste zu besuchen.

»Das kann ich dir jetzt noch nicht sagen, Liebes.« Bernd schaute sie bittend an. »Aber ich verspreche dir, nicht bei der Gesellschaft zu fehlen, wenn nicht irgendein Notfall meine Anwesenheit in der Klinik erfordert.«

Die Nacht hatte die Dämmerung verdrängt. Es war dunkel im Raum, nur das Kaminfeuer erhellte einen kleinen Teil des Zimmers.

Bernds Blick glitt über Marinas klares Profil. Das Kaminfeuer zauberte einen blauen Schimmer auf ihre schwarzen Locken, die sich in Stirn und Wangen ringelten.

»Du bist wunderschön, Marina«, sagte er, und seine Stimme hatte einen zärtlichen Klang.

»Da du mit Komplimenten sehr sparsam umgehst, nehme ich deine Aussage sehr gern zur Kenntnis«, erwiderte sie scherzend, wandte ihm das Gesicht zu und lachte ihn an.

»Du hast mir immer noch nicht erzählt, wem zu Ehren deine Eltern die Gesellschaft geben. Warte, lass mich nachdenken ...«, Bernd legte die Stirn in Falten. »Nein, Geburtstage fallen nicht an. Ist es vielleicht ein Jubiläum?«

»Falsch, alles falsch«, erwiderte sie, und ihre hellen blauen Augen funkelten. »Du weißt doch, dass meine Mutter jedes Konzert besucht. Nun, und in den nächsten Wochen gastiert Stefan Welter in unserer Stadt. Du kennst doch den berühmten Pianisten Welter?«

»Deine Frage ist beinahe eine Beleidigung«, stellte er schmunzelnd fest, »Welter nicht zu kennen, ist fast eine Bildungslücke.«

»Schön, Mama hat es jedenfalls geschafft, den Direktor des Schauspielhauses davon zu überzeugen, dass er unbedingt mit Stefan Welter zu unserer Gesellschaft kommen muss«, erzählte Marina. »Du kennst doch Mama. Wenn sie sich etwas in den Kopf gesetzt hat, drückt sie es auch durch.«

»Wenn es meine Zeit erlaubt, werde ich ganz sicher kommen«, entgegnete er. »Auch ich finde es interessant, einen so begnadeten Künstler kennen zu lernen.«

»Entschuldige mich einen Augenblick«, bat Marina und verließ das Wohnzimmer, um das Badezimmer aufzusuchen.

Der Arzt griff zum Weinglas und trank einen Schluck der Beerenauslese. Nachdenklich schaute er vor sich hin. Seltsam, warum schweiften seine Gedanken immer und immer wieder zu Katja Forenberg ab?

Was faszinierte ihn so sehr an Jörgs Frau? Ihr Schicksal? Nein, das konnte es nicht sein, denn er wurde tagtäglich mit fremder Leute Schicksal konfrontiert, und doch beschäftigten sich seine Gedanken nicht so intensiv damit.

Eine seltsame Unruhe erfasste Bernd, und er ertappte sich bei dem Gedanken, dass er sich schon darauf freute, Katja morgen bei der Visite wiederzusehen.

»Du, ich habe mir gerade überlegt, dass du nie ein Geschäftsmann werden wirst«, sagte Marina, als sie zurückkam und sich auf die Armlehne seines Sessels setzte. »Stell dir vor, du lernst noch mehr solche Fälle wie Frau Forenberg kennen und behandelst sie alle kostenlos. Dann kannst du deine Klinik bald schließen.«

»Noch ist es nicht meine Klinik«, erwiderte er und schaute zu ihr auf.

Marina zerzauste sein schwarzes welliges Haar, packte ihn sanft an den Ohren, beugte sich hinunter und küsste ihn zärtlich auf den Mund.

»Eines Tages wird sie dir gehören«, stellte Marina fest, doch es klang so, als redete sie von einem höheren Gehalt, das er eines Tages beziehen würde.

Für Marina Roteck war Geld unwichtig. Ihr Vater war ein reicher Fabrikant, der seiner Tochter jeden Wunsch von den Augen ablas. Sorgen hatte Marina in ihrem jungen Leben noch nicht kennen gelernt.

»Und da ich mich ewig in Professor Emdens Schuld fühlen werde, und ich weiß, dass ich in seinem Sinne handeln würde, wird es immer wieder Patienten geben, denen ich ohne Entgeld helfen werde«, antwortete er ernst.

»Ich liebe dich, Bernd«, sagte sie ruhig. »Du bist der beste und liebste Mensch, den ich je kennen gelernt habe.«

»Ausgenommen deinen Vater«, antwortete er, lachte und zog sie auf seinen Schoß. »Manchmal habe ich sogar den Verdacht, dass du ihn heiraten würdest, wenn die Möglichkeit bestünde.«

»Paps kommt direkt nach dir«, erwiderte sie und legte die Arme um Bernds Hals. »Doch du bist und bleibst die Nummer eins in meinem Leben. Ich kann es gar nicht erwarten, deine Frau zu werden. Müssen wir denn unbedingt bis zum nächsten Frühjahr warten, bis wir heiraten?«

Schmollend schaute sie ihn an, und Bernd war fast versucht, ihr nachzugeben. Doch dann schüttelte er leicht den Kopf.

»Du kannst mir jetzt wieder einmal vorwerfen, dass ich altmodisch bin, aber ich bleibe dabei«, antwortete er bedachtsam. »Schau, wir kennen uns ein Jahr, und seit einem halben Jahr sind wir verlobt. In dieser Beziehung richte ich mich gern nach dem alten Sprichwort: Drum prüfe, was sich ewig bindet.«

»Also, ich für meinen Teil habe mich schon genug geprüft und weiß, dass ich mit dir glücklich sein werde«, entgegnete sie mit Nachdruck und küsste ihn stürmisch. »Ich liebe dich, möchte sofort deine Frau werden, Kinder bekommen und rundherum glücklich sein.«

Bernd lachte, denn manchmal hatte er den Eindruck, dass sie trotz ihrer vierundzwanzig Jahre noch ein kleines Mädchen war.

»Welcher Mann hört das nicht gern?« fragte er, und seine Stimme hatte einen weichen, zärtlichen Klang. »Auch ich stelle mir das Leben an deiner Seite schön vor. Trotzdem möchte ich dieses knappe Jahr noch warten, bis ich mit dir vor den Traualtar gehe.«

»Hach!« rief sie und schlug die Augen nach oben. »Du und deine Prinzipien! Aber vielleicht liebe ich dich gerade deswegen so?«

Bernd zog sie sanft an sich, und als er sie küsste, vergaß sie all ihre Wünsche und Vorstellungen von einem früheren Hochzeitstermin. Sie war glücklich und erwiderte seine Zärtlichkeiten. Wenn sie in seinen Armen lag, versank für sie die Welt um sie herum, war nur noch Bernd und seine Liebe wichtig für sie.

⌘

Dr. Bernd Stoll hatte Katja Forenberg in ein freundliches Einzelzimmer legen lassen. Die Sonne schien nachmittags ins Zimmer, und ein Fernsehapparat vertrieb ihr abends die Langeweile.

Das ausgesuchte Pflegepersonal war liebenswürdig und freundlich zu der jungen Patientin, und Katja konnte oft ihr Glück nicht fassen.

Die junge Frau hatte viel Zeit, um nachzudenken. Immer wieder stellte sie sich die Frage, ob sich mit Dr. Stolls Person auch eine Schicksalswende ankündigte?

Ein herbes Lächeln umspielte Katjas Lippen, als sie die Illustrierte sinken ließ und an Jörg dachte. Acht Tage lag sie jetzt schon in der Emden-Klinik, und er hatte sich nicht ein einziges Mal blicken lassen.

Habe ich etwas anderes erwartet? fragte sie sich bitter.

Katja dachte daran, dass Jörg sie schon lange vernachlässigte. Seit sie gehbehindert war, hatte er sie nie mehr ausgeführt. Theaterbesuche oder ein Abendessen in einem hübschen Lokal hatte er seit dieser Zeit gemieden.

Ein trauriges Lächeln huschte über Katjas Gesicht, als sie an seine fadenscheinigen Ausreden dachte. Nie hatte er Geld, um mit ihr in Urlaub zu fahren, aber für aufwändige Geschäftsreisen, die er selbstverständlich allein unternahm, war immer Geld da gewesen.

Katja spürte genau, dass es nicht das Geld war, was ihren Mann davon abgehalten hatte, sich mit ihr in der Öffentlichkeit zu zeigen. Obwohl sie nie mit Jörg darüber gesprochen hatte, wusste sie, dass er sich ihrer schämte.

Er wollte nicht mit einer gehbehinderten Frau in der Öffentlichkeit gesehen werden.

Ja, früher, als sie das linke Bein noch nicht nachzog, als ihr noch nicht jeder Schritt Schmerzen bereitet hatte, konnte er sich nicht oft genug in ihrer Begleitung bei Freunden sehen lassen. Damals hatte man ihn ja auch noch um seine bezaubernd schöne Frau beneidet.

Es klopfte, und Schwester Monika betrat das Krankenzimmer. Katja mochte die junge Schwester, die stets ein freundliches Lächeln und ein aufmunterndes Wort für sie hatte.

»Besuch für Sie, Frau Forenberg«, sagte Schwester Monika und öffnete die Tür weit. »Ihr Mann ist gekommen.«

Jörg Forenberg kam herein und wickelte dunkelrote, langstielige Rosen aus dem durchsichtigen Papier, die er Katja in die Arme legte.

»Hallo, Liebes«, sagte er leichthin und zog sich einen Stuhl neben das Bett. Er küsste seine Frau flüchtig auf den Mund und setzte sich. »Entschuldige bitte, wenn ich dich vernachlässigt habe. Aber ich habe mit einer großen Firma Verhandlungen aufgenommen, und wenn ich den Auftrag bekomme, werden wir ein hübsches Sümmchen verdienen.«

»Das freut mich für dich.« Katja versteckte das Gesicht zwischen den Blüten, um ihr bitteres Lächeln zu verbergen. Das war wieder einmal typisch für Jörg. Er fragte nicht, wie es ihr ging, oder ob sie sich hier in der Klinik wohlfühlte. Nein, er sprach nur von sich und seinen Geschäften.

»Nanu? Du sagst nichts dazu? Freust du dich denn nicht über meinen Erfolg?«

»Natürlich, Jörg«, erwiderte sie resigniert und gab

ihm die Blumen. »Hinter dem Vorhang unter dem Waschbecken ist eine Blumenvase. Stell die Blumen bitte ins Wasser, damit ich mich recht lange an ihrem Anblick erfreuen kann.«

Jörg Forenberg kam der Bitte seiner Frau nach. Als er vor dem Waschbecken stand und die Blumen in die Vase steckte, schaute er verstohlen auf die Armbanduhr.

Himmel, schon fünf Minuten an Katjas Bett waren unerträglich für ihn, aber er musste wohl oder übel eine halbe Stunde bei ihr verbringen.

»Nun, und wie fühlt man sich als Strohwitwer?« fragte Katja, als er sich wieder neben sie setzte. Sie bemühte sich darum, ihre Stimme scherzend klingen zu lassen. »Bist du mir auch treu?«

»Treu?« wiederholte er gedehnt und schaute sie an, als verlange sie Unmögliches von ihm. »Katja, ich bin dir treu.

»Noch . . .« Jörg legte eine Pause ein, zögerte.

»Noch?« flüsterte sie. Seine Unverfrorenheit nahm ihr fast den Atem. »Wie . . . wie soll ich das verstehen, Jörg?«

»Aber Katja, wir sind doch erwachsene Menschen«, warf er unwillig ein. »Du wirst etliche Wochen im Krankenhaus verbringen müssen, und ich bin ein junger gesunder Mann. Du verstehst, was ich damit sagen will? Bitte, versteh mich nicht falsch. Ich suche keine Abenteuer, aber ob ich garantieren kann, nicht schwach zu werden . . .«

Jörg zuckte mit den Achseln und schaute sie gelassen an. Er sah, dass sie auffallend blass geworden war, aber das rührte ihn nicht.

»Lass uns das Thema wechseln«, bat sie heiser und schloss für einen Moment die Augen. Insgeheim fragte sie sich, ob sie Jörg noch liebte. Er war der erste Mann in ihrem Leben gewesen, und sie hatte geglaubt, dass ihre Liebe zu ihm nie erkalten würde.

Doch Katja war sich heute nicht mehr so sicher, ob ihre Träume mit den Gegebenheiten übereinstimmten. Jörgs Verhalten zu ihr war seit ihrer Krankheit kühl, ja, bisweilen sogar abweisend und schroff geworden.

»Du hast Recht«, warf er gelangweilt ein. »Eine Frau kann sich sowieso nicht in einen Mann hineinversetzen. Sie weiß nicht, wie sehr er sich nach einer jungen und gesunden Frau sehnt.«

Diese Worte waren für Katja wie ein Schlag ins Gesicht, entsetzt schaute sie ihn an, kein Wort kam über ihre Lippen.

»Was schaust du mich so an? Warum soll ich die Dinge beschönigen?« fragte er ungerührt. Er war brutal offen und dachte gar nicht daran, auf ihren Zustand Rücksicht zu nehmen.

»Denkst du ... denkst du vielleicht schon an eine Scheidung?« fragte sie leise und abgehackt. Ihre tiefblauen Augen, die einen violetten Schimmer zeigten, wurden dunkel vor Erregung. Ihre Brust hob und senkte sich schnell unter den heftigen Atemzügen.

»Nein, daran habe ich noch nicht gedacht«, warf er beiläufig ein. »Katja, warum bist du so fassungslos, so entsetzt? Weil ich ehrlich bin? Weil ich sage, was andere vielleicht nur denken würden? Waren wir nicht immer offen und ehrlich zueinander?«

»Bitte, Jörg, ich ... ich kann dich nicht so reden hören. Es tut mir in der Seele weh, denn ich liebe dich. Das ... das heißt, ich glaube, dass ich dich noch liebe!« rief sie aufweinend und schlug die Hände vors Gesicht.

»Bitte, Katja, du weißt, dass ich Szenen hasse.« Er schaute sie unverhohlen widerwillig an. »Ich bin gekommen, um mit dir über die bevorstehende Operation zu reden, über die Zeit nach deiner Genesung. Und du heulst mir was vor.«

»Verzeih, es geht gleich vorbei«, bat sie erstickt, ließ die Hände sinken und suchte nach einem Taschentuch. Sie wischte sich die Tränen ab und schaute ihn aus geröteten Augen an.

»Doktor Stoll hat mir gesagt, dass er jetzt, nach den umfassenden Untersuchungen, keine Bedenken hat«, erzählte Katja leise. Seltsam, sie hatte sich so sehr auf die Zeit nach der Operation gefreut. Sie hatte geglaubt, dass sich danach auch ihre Ehe wieder bessern würde, doch jetzt war sie sich nicht mehr so sicher.

»Und wann ist der Operationstermin angesetzt?« fragte Jörg neugierig. Er interessierte sich im Grunde nur aus Eigennutz dafür. Sobald er wusste, dass Katja wieder völlig hergestellt war, wollte er die Scheidung einreichen.

»Das Kunststoffimplantat wird nach Doktor Stolls genauen Berechnungen angefertigt. Sobald es hier ist, werde ich operiert.« Keine Freude lag in Katjas Stimme, ihr Gesicht zeigte Trauer.

Ja, sie hatte sich wahnsinnig darauf gefreut, wieder ohne Gehbehinderung leben zu können. In Gedanken hatte sie es sich ausgemalt, wie schön es sein würde, wieder mit Jörg zu reisen, Sport zu treiben und das Leben zu genießen.

Doch all diese Vorstellungen und Träume waren auf einmal wie weggeblasen. Sie waren nicht mehr wichtig, seit heute. Katja war überzeugt, dass Jörg niemals so sprechen würde, wenn er sie noch liebte.

»Nun, das ist ja sehr erfreulich.« Jörg räusperte sich und stand auf. »Es tut mir Leid, aber ich habe nicht sehr viel Zeit mitgebracht, Katja. Ich muss mich leider schon verabschieden.«

Jörg wollte sich über sie beugen, um sie zum Abschied zu küssen, doch Katja streckte abwehrend die Hände aus.

»Bitte, lassen wir das«, bat sie schroff. »Ich möchte nicht, dass du dir in irgendeiner Weise Zwang antust. Außerdem möchte ich nicht, dass du mich küsst, weil du mich mit deinen Worten sehr verletzt hast. Ich ... ich muss das alles erst verkraften.«

»Ganz wie du willst«, entgegnete er, seine Erleichterung verbergend. »Ich schaue in den nächsten Tagen wieder einmal vorbei. Wenn du etwas brauchst, kannst du mich ja anrufen. Auf Wiedersehen.«

»Bis dann«, erwiderte sie, und ihre Mundwinkel zuckten. Sie konnte die Tränen kaum zurückhalten, doch sie beherrschte sich eisern.

Kaum hatte ihr Mann die Tür hinter sich geschlossen, warf sie sich herum und vergrub das Gesicht aufweinend in den Kissen, Katja zitterte am ganzen Körper, und das Weh, das ihre Seele durchflutete, war kaum noch zu ertragen.

Gerade jetzt, da sie ihren Mann am dringendsten gebraucht hätte, jetzt, da sie Worte des Trostes hören wollte, fertigte er sie wie eine gute Bekannte ab.

Katja fühlte sich einsam und verlassen, und ihr Weinen hätte einen Stein erweichen können.

Die junge Frau hörte nicht das Klopfen an der Tür, sie merkte auch nicht, dass Dr. Bernd Stoll das Krankenzimmer betrat.

»Frau Forenberg«, sagte der Arzt erschrocken, als er sich auf die Bettkante setzte. »Was ist denn geschehen? Warum weinen Sie?«

Katja konnte nicht antworten, doch ihre Tränen versiegten langsam. Sie setzte sich auf und trocknete sich die Wangen.

Bernd erschrak über die Trostlosigkeit in ihrem

Blick, unwillkürlich nahm er ihre Hand und drückte sie fest.

»Frau Forenberg, Sie können sich mir anvertrauen«, sagte er ernst, und der Blick aus seinen guten grauen Augen flößte ihr Vertrauen ein. »Seelische Erregung vor einer schweren Operation ist nie gut, und im Allgemeinen achte ich darauf, dass meinen Patienten jede Aufregung erspart bleibt. Wollen Sie mir nicht sagen, was Sie bedrückt?«

»Ach, ich weiß nicht«, erwiderte sie zögernd und senkte die Lider. Tiefe Röte überzog ihr Gesicht. »Das ... das sind Dinge, die einen Dritten eigentlich nichts angehen.«

Katja sah nicht, wie liebevoll der Blick des Arztes war, doch sie horchte auf, als sie seine weiche, tröstende Stimme hörte: »Glauben Sie mir, Frau Forenberg, bei mir sind selbst die intimsten Dinge gut aufgehoben. Für viele meiner Patienten bin ich nicht nur Arzt, sondern auch Beichtvater.«

Zögernd hob sie den Kopf und schaute den Arzt an. Hilflos lächelnd antwortete sie: »Vielleicht messe ich allem auch zu viel Gewicht bei, Herr Doktor. Ich bin sehr empfindsam, und wenn ich es mir recht bedenke, kann ich Jörgs Verhalten nicht einmal übel nehmen.«

»Ihr Mann war hier?« fragte er überrascht. Insgeheim hatte Bernd sich schon gefragt, warum Jörg seine Frau noch nicht besucht hatte. Es war jedoch nicht seine Art, Patienten über ihr Privatleben auszufragen. Zumeist wartete er geduldig, bis sie Vertrauen zu ihm fassten, und ihr Herz bei ihm ausschütteten.

»Ja, und er hat mir ohne Umschweife zu verstehen gegeben, dass er nicht die Absicht hat, mir treu zu bleiben«, erwiderte sie, und es war ihr deutlich anzusehen, dass sie sich schämte, weil sie so über ihren Mann sprechen musste.

Zwei steile Falten gruben sich über Bernds Nasenwurzel ein, finster schob er die Augenbrauen zusammen. Zorn wallte in seinem Herzen auf, und am liebsten wäre er umgehend zu seinem ehemaligen Kommilitonen gefahren, um ihm den Kopf zu waschen.

»Sehen Sie, Sie wissen auch nicht, was Sie darauf antworten sollen, Doktor Stoll«, stellte Katja bitter fest.

»Oh, das sehen Sie falsch«, erwiderte Bernd und räusperte sich. »Ich habe mir nur überlegt, ob ich mit Ihrem Mann reden soll. Es ist unverantwortlich von ihm, Sie ausgerechnet jetzt mit solchen Dingen zu belasten.«

»Bitte, machen Sie das nicht!« rief sie entsetzt. »Ich ... ich weiß schon, was ich zu tun habe. Herr Doktor, ich kenne meinen Mann gut genug, um zu wissen, dass er in Gedanken bereits mit einer Scheidung spielt. Unsere Ehe war in den letzten beiden Jahren nicht mehr das, was sie früher einmal war. Ich war für Jörg nur eine Last, ein Klotz am Bein.«

»Frau Forenberg, wie immer Sie sich auch entscheiden werden, möchte ich Ihnen sagen, dass Sie sich jederzeit an mich wenden können, wenn Sie Hilfe brauchen.« Der Druck seiner Finger verstärkte sich und Katja fühlte sich plötzlich in seiner Nähe ruhig und geborgen.

Die junge Frau war, trotz anfänglicher Skepsis, froh, über ihre Probleme reden zu können. Sekundenlang verfingen sich ihre Blicke ineinander, und Katja überlegte unbewusst, wie es wohl sein würde, wenn diese Augen zärtlich und verliebt blickten.

Als diese Gedanken ihr bewusst wurden, fühlte sie heiße und kalte Schauer über ihre Haut rieseln. Mein Gott, wohin verstieg sie sich? Wie konnte sie seine Güte nur auf diese Art auslegen?

»Wissen Sie, ich mache mir Kummer um meine Zukunft«, sagte Katja und schaute geflissentlich an dem Arzt vorbei. »Ich habe medizinisch-technische Assistentin gelernt, aber den Beruf schon viele Jahre nicht mehr ausgeübt. Wenn meine Befürchtungen zutreffen, werde ich wieder arbeiten müssen. Doch wer nimmt mich? Ich brauche Ihnen nicht zu sagen, wie groß die Arbeitslosigkeit ist. Es wird sehr schwierig für mich werden, eine neue Anstellung zu finden.«

»Ich sagte Ihnen bereits, dass Sie jeden Kummer weit von sich schieben sollen. Erstens besteht die Möglichkeit, dass Sie sich wieder mit Ihrem Mann aussöhnen, und zweitens bin ich der Chefarzt einer Klinik. Bei mir finden Sie ganz bestimmt ein neues Betätigungsfeld.«

Katja schaute ihn lange und grübelnd an. »Warum sind Sie so gut zu mir, Herr Doktor? Verzeihen Sie meine Frage, aber ich bin vom Schicksal nicht sehr verwöhnt worden, und man wird argwöhnisch, wenn man einmal Güte und Verständnis findet.«

»Warum machen Sie sich darüber Gedanken?« fragte er, stand auf und ging zum Fenster. »Ich helfe gern, wenn ich kann.«

Bernd vergrub die Hände in die Kitteltaschen und schaute auf die Grünanlagen hinunter, die die Klinik einschlossen. Er spürte, dass er nicht ehrlich war. Nein, es war nicht nur Güte und Hilfsbereitschaft, die ihn dazu drängte, dieser jungen Frau zu helfen.

Er konnte die seltsame Faszination, die von Katja Forenberg ausging, nicht erklären, aber wenn er ehrlich war, so musste er sich eingestehen, dass er es gern sehen würde, wenn sie an seiner Klinik arbeitete.

Bernd ging zum Bett zurück und reichte Katja die Hand. Er wollte sich verabschieden, um weiteren Fragen aus dem Weg zu gehen.

»Für mich als Arzt ist es wichtig, dass Sie sich so kurz vor der Operation nicht aufregen, Frau Forenberg«, sagte er eindringlich. »Das seelische Befinden ist sehr sehr wichtig für die Genesung. Deswegen möchte ich Sie bitten, sich in keiner Weise Sorgen zu machen. Was immer auch kommen mag, ich helfe Ihnen weiter. Haben Sie Vertrauen zu mir.«

»Ich bin froh, dass ich Sie kennen gelernt habe, Herr Doktor«, sagte sie, und das Lächeln auf ihrem Gesicht berührte sein Herz. »Jetzt, da ich mit Ihnen über meine Sorgen gesprochen habe, sieht die Welt schon nicht mehr so grau aus. Danke, Doktor Stoll, tausend Dank.«

»Schon gut«, murmelte er verlegen. »Ich schaue heute am Spätnachmittag noch einmal zu Ihnen herein. Bis später.«

»Ich freue mich schon darauf!« rief sie ihm nach. Erschrocken legte sie die Fingerspitzen auf die Lippen, so, als hätte sie schon zu viel gesagt.

Verträumt lächelnd schaute Katja auf die Tür, die der Arzt hinter sich geschlossen hatte.

»Was für ein Mensch«, flüsterte die junge Frau, und ihre Augen schimmerten feucht. Katja machte sich keine Gedanken über das beglückende Gefühl, das sich in ihrem Herzen ausbreitete. Die Zukunft schreckte sie jetzt nicht mehr, denn sie glaubte fest an Dr. Stoll, der ihr in jeder Beziehung helfen wollte.

Der Chefarzt der Emden-Klinik hingegen suchte, in Gedanken versunken, sein Büro auf. Er setzte sich an den Schreibtisch und betrachtete Marinas Fotografie, die links von ihm in einem Lederrahmen stand.

»Ich liebe dich, Marina«, sagte Bernd leise, doch seine Worte klangen hohl und nichtssagend. Er stützte den Kopf in beide Hände und schloss die Augen.

Er versuchte, sich das Gesicht seiner Verlobten, vorzustellen. Es gelang ihm auch, doch immer wieder drängte sich ein anderes Bild davor.

Er sah Katja Forenberg, deren helle lichte Schönheit ihn bezauberte, deren klares blaues Augenpaar ihm nicht mehr aus dem Sinn gehen wollte.

»Unsinn«, sagte er plötzlich hart und entschlossen. »Wahrscheinlich tut sie mir nur Leid. Deswegen denke ich so oft an sie.«

Der Chefarzt griff zu den Krankenakten, die rechts neben ihm auf dem Schreibtisch lagen. Arbeit war immer noch das beste Mittel, um unliebsame Gedanken zu vertreiben.

⌘

»Hallo! Wo steckst du?« Marinas Stimme schallte durchs Haus. Sie hatte die Tür unverschlossen gefunden und darauf verzichtet, sich durch die Glocke anzumelden.

»Hier bin ich!« rief Dr. Bernd Stoll, und Marina lächelte, als sie die geräumige Küche betrat. Bernd war ein leidenschaftlicher Hobbykoch, und Marina wusste, dass selbst die Köchin in der Villa ihrer Eltern Bernd nur mit Mühe das Wasser reichen konnte.

»Was gibt es denn?« fragte die junge Frau. »Ich hoffe, es reicht für uns beide, denn ich habe Appetit mitgebracht.«

»Lammkotelett mit grünen Bohnen und Butterkartoffeln«, erklärte er, als er sich zu ihr umdrehte.

Der Arzt ließ den Blick bewundernd über seine Braut gleiten. Marina sah bezaubernd aus. Das lindgrüne Kleid aus Seiden-Georgette umschmeichelte ihre knabenhaft schlanke Figur. Der gebräunte Hals war von Rüschen umgeben, die weitgeschnittenen Ärmel wehten wie kleine Schleier, und der glockige Rock schwang um ihre wohlgeformten Beine.

»Du siehst atemberaubend gut aus«, stellte er fest, und Marina freute sich über dieses Kompliment. »Du bist herzlichst zum Essen eingeladen. Allerdings wirst du dich noch eine halbe Stunde gedulden müssen, denn ich habe die Koteletts erst vor einer Minute in den Grill geschoben.«

»Küss mich erst einmal«, sagte sie sehnsüchtig, ging zu ihm und schmiegte sich in seine Arme. Sie bot ihm die Lippen, die er jedoch nur flüchtig streifte.

»Nanu? So kühl heute?« fragte Marina erstaunt und misstrauisch.

»Verzeih, aber ich muss nach den Böhnchen schauen, damit sie nicht anbrennen.« Bernd merkte selbst, wie lapidar seine Antwort klang, drehte sich schnell um und ging zum Herd zurück.

Marina lehnte sich seitlich von ihm mit der Schulter an die Wand, verschränkte die Arme vor der Brust und betrachtete ihn. Sie lächelte, denn sie merkte, dass seine Geschäftigkeit nur gespielt war.

Nimm dich zusammen, ermahnte sie sich in Gedanken. Du bist doch nicht gekommen, um zu streiten? Vielleicht hatte er heute einen anstrengenden Tag in der Klinik?

»Weißt du schon, ob du am Samstag zu uns kommst?« fragte sie.

»Samstag?« wiederholte er gedehnt. »Was ist denn da?« Bernd schmeckte die Bohnen ab, würzte, nach und tat so, als gäbe es nichts Wichtigeres für ihn auf der Welt, als ein schmackhaftes Gericht zuzubereiten.

»Ach, Bernd, jetzt werde ich wirklich ärgerlich«, entgegnete sie schmollend. »Ich habe dir doch vor acht Tagen erzählt, dass wir den Pianisten Stefan Welter zu Gast haben werden. Erinnerst du dich denn nicht mehr? Wir saßen damals vor dem Kamin. Es war der

Tag, an dem du mir von der Patientin erzählt hast, die du kostenlos behandelst.«

Der junge Arzt stellte die Herdplatten auf die kleinste Wärmestufe, drehte sich um, ging zu Marina, legte den Arm um sie und führte sie aus der Küche.

Auf der Terrasse rückte er ihr höflich einen Sessel zurecht und setzte sich zu ihr.

»Jetzt erinnere ich mich«, sagte er, und ein verlorenes Lächeln umspielte seinen gutgeschnittenen Mund. »Ja, ja, der Pianist . . .« Bernd legte eine kleine Pause ein, er suchte nach den richtigen Worten, um seiner Braut eine Absage verständlich zu machen.

»Oh, ich ahne Schlimmes!« rief sie und zog einen Schmollmund. »Bernd, das kannst du mir doch nicht antun! Jeder weiß, dass ich mit dir verlobt bin, doch stets tauche ich allein auf Partys auf. Langsam beginnen die Leute sogar schon über mich zu tuscheln.«

»Na, erlaube mal!« fast ein wenig empört schaute er sie an. »Ich war doch erst letztlich mit dir auf dem Ball der Schönbrunns. Niemand kann behaupten, dass ich dich vernachlässige.«

»Ach?« Ihre Lippen kräuselten sich spöttisch. »Auf dem Ball der Schönbrunns warst du mit mir? Darf ich dich auch daran erinnern, dass das schon acht Wochen zurückliegt?«

»Bitte, Marina, lass uns doch nicht streiten«, bat Bernd, versöhnlich gestimmt. »Schau, wir haben heute einen wunderbaren Sommerabend. Er ist wie geschaffen für uns. Wir werden gleich zu Abend essen, anschließend trinken wir hier auf der Terrasse ein Glas Wein und . . .«

»Bitte, bitte, lass das!« rief sie aufgebracht. »Ich will nicht wie ein kleines Kind behandelt werden. Dein erhabenes Getue geht mir auf die Nerven. Was gibt es denn so Dringendes, dass du mich nicht begleiten kannst?«

Bernd kannte diesen Ton nur zu gut an Marina, und er wusste, dass die Unterhaltung bald in einen handfesten Streit ausarten würde, wenn er nicht einlenken oder versöhnen konnte.

Der junge Arzt hasste Streit und Auseinandersetzungen, und wenn er eine Möglichkeit sah, dann ging er solchen Gesprächen aus dem Weg.

»Hör zu, Marina. Ich erwarte Mitte oder Ende nächster Woche das Implantat für Frau Forenberg, das ich natürlich sofort einsetzen möchte. Zudem habe ich noch zwei Patienten, deren Leben auf des Messers Schneide steht«, erklärte Bernd ihr ehrlich. »Kannst du nicht verstehen, dass ich auf einer Gesellschaft keine Ruhe hätte?«

»Du könntest doch hinterlassen, wo man dich erreichen kann«, bemerkte sie schnippisch.

Marina Roteck war es nicht gewöhnt, dass man ihre Wünsche zurückstellte oder sie gar nicht beachtete. Sie wurde wütend, wenn sie das fünfte Rad am Wagen sein musste.

Bernd legte die Fingerspitzen aneinander und senkte den Kopf. Selbstvorwürfe quälten ihn, denn er war nicht absolut ehrlich zu Marina gewesen.

Ohne, dass er sich an die Gesellschaft erinnert hatte, die bei Marinas Eltern zu Ehren des Pianisten Stefan Welter gegeben werden sollte, hatte er Katja Forenberg versprochen, am Samstagabend eine Partie Schach an ihrem Krankenbett zu spielen. Ist das Wohlbefinden einer Patientin nicht wichtiger als eine Party? rechtfertigte er sich im Stillen. Ich würde mich sowieso nur langweilen, und Katja freut sich, wenn ich ihr Gesellschaft leiste. Ihr Mann kümmert sich kaum um sie.

Marinas hellblaue Augen funkelten wie Gletscher im

Sonnenlicht, als sie ihren Verlobten wütend betrachtete.

»Bernd, kannst du denn nicht verstehen ...«

»Ich bitte dich, mich zu verstehen«, unterbrach er sie scharf und hob den Kopf. Kühl musterte er sie. »Liebe Marina, ich bin Arzt mit Leib und Seele, und meine Patienten sind mir wichtiger als das Blablabla auf Partys oder Bällen. Ich hatte unter Vorbehalt zugesagt, falls du dich genau erinnerst.«

Heftiger als beabsichtigt kamen die Worte über seine Lippen, und im nächsten Augenblick bereute er sie auch schon wieder.

Bernd stand auf und zog Marina in die Arme. »Liebling, ist es denn so wichtig, dass ich mit dabei bin? Bitte, hab doch Verständnis für mich. Schau, wenn wir uns jetzt schon streiten – was soll werden, wenn wir einmal verheiratet sind?«

»Noch sind wir es nicht«, antwortete sie so laut, dass sie selbst erschrak. Sie senkte die Stimme ein bisschen und fuhr fort: »Ich habe manchmal das Gefühl, als bedeuteten dir deine Patienten mehr als ich. Und das ist etwas, was ich nicht vertragen kann, Bernd. Ich will an erster Stelle in deinem Leben stehen.«

»Das tust du doch auch«, antwortete der Arzt müde und ging zur Brüstung der Terrasse. Die Dämmerung senkte sich über das Land, Schatten lagerten unter Bäumen und Büschen, ein paar Vögel, Nachzügler, zwitscherten noch und suchten ein Nest für die Nacht.

Welch ein Frieden umgab ihn hier. Wie schön wäre es, wenn auch eine gute Stimmung zwischen ihm und Marina herrschen würde. Ein kleiner Seufzer entschlüpfte dem Arzt.

Marina Roteck war ein eigenwilliges Persönchen und nicht bereit, die Flinte so schnell ins Korn zu werfen. Sie ging zu Bernd, lehnte die Wange an seinen

Rücken und umschlang den geliebten Mann mit den Armen.

»Bernd, bitte, komm doch mit. Mir zuliebe, denn ich brauche dich«, bettelte sie.

Einen Augenblick lang war der Arzt versucht, ihrer Bitte nachzugeben, doch dann erinnerte er sich an das Versprechen, das er Katja Forenberg gegeben hatte.

Was wusste Marina von fremden Schicksalen? Hatte sie schon einmal erfahren, wie schmerzhaft Einsamkeit sein konnte? Nein, sie war die verwöhnte Tochter eines Fabrikanten, der ihr jeden Wunsch von den Augen ablas.

Bernd wusste, dass seine Braut nur wieder einmal ihren Willen durchsetzen wollte, dass sie einer Laune folgte, die er ihr erfüllen sollte. Der Arzt drehte sich um und legte Marina die Hände auf die Schultern.

»Marina, ich bitte dich um Verständnis, denn ...«

»Ach, du liebst mich einfach nicht genug!« rief sie laut, trat einen Schritt zurück und stampfte mit dem rechten Fuß auf den Boden. Ihre Hände ballten sich zu Fäusten. »Es macht dir nichts aus, dass ich jetzt traurig bin. Du siehst nur dich und deinen Beruf, meine Belange interessieren dich überhaupt nicht.«

Bernds Lächeln erlosch, ein seltsamer Blick traf sie. Marina erschien ihm jetzt wie ein ungezogenes Kind, das vergeblich versucht hatte, seinen Willen durchzusetzen.

»Tut mir Leid, Marina«, sagte er ruhig und beherrscht. »Aber du wirst auf der Party auf meine Gesellschaft verzichten müssen. Ich bleibe bei meinem Entschluss.«

»Vielleicht wirst du eines Tages auf meine Gesellschaft überhaupt verzichten müssen!« rief sie hysterisch aus. Marina zitterte am ganzen Körper. Sie war es nicht gewöhnt, dass man ihre Wünsche missachtete.

»Marina, sei doch vernünftig«, bat Bernd und wollte sie in die Arme nehmen.

Doch die junge Frau war in diesem Augenblick zu keinen klaren Gedanken fähig, keiner Vernunft zugängig.

»Ich habe genug von dieser so genannten Vernunft!« schrie sie ihn an. »Heirate doch deine Klinik, dann brauchst du auf niemanden mehr Rücksicht zu nehmen.« Abrupt warf sie sich herum und verließ im Laufschritt die Terrasse.

Kurz darauf hörte der Arzt den Motor ihres Sportwagens aufheulen. Müde strich Bernd sich über die Augen.

»Und ich habe mich auf einen ruhigen Abend gefreut«, sagte er leise, als er ins Haus zurückging. Aus der Küche kam ein verführerischer Duft, doch dem Arzt war der Appetit vergangen.

Lustlos bereitete er das Abendessen zu, und als er wenig später am gedeckten Tisch saß, musste er sich zwingen, ein paar Bissen zu essen.

Der Streit mit seiner Verlobten beschäftigte ihn sehr. Immer wieder überlegte er, warum Marina ihm kein Verständnis entgegenbringen wollte.

»Sie hat doch gewusst, dass ich nicht der Mann bin, der sich gern auf Gesellschaften tummelt«, sagte er zu sich selbst, als er sich eine Zigarette anzündete.

Bernd rauchte selten, doch wenn er verärgert oder nervös war, griff er schon einmal zu einer Zigarette.

Der junge Arzt dachte über seine Beziehung zu Marina nach. Hatte er sich tatsächlich die Frau ausgesucht, die zu ihm passte? Würde Marina jemals Verständnis für ihn und seinen Beruf aufbringen?

Noch nie waren ihm, seit er Marina kannte, derartige Zweifel gekommen. Doch seit der heutigen Auseinandersetzung betrachtete er seine Verlobte mit anderen Augen.

⌘

»So, in etwa einer halben Stunde wird Schwester Karin Sie in den großen OP bringen«, sagte der Anästhesist Dr. Erwin Brohl, als er sich von Katja Forenberg verabschiedete. »Und haben Sie keine Angst, Frau Forenberg, ich bin sehr zuversichtlich.«

»Ich habe Vertrauen zu Ihnen und Doktor Stoll«, erwiderte die Patientin.

Dr. Brohl hatte sich lange mit Katja unterhalten, denn viele Dinge mussten für die Narkose berücksichtigt werden. Besonders der Alkohol- und Nikotinkonsum musste beachtet werden, da er die Narkose beeinflussen konnte.

Als Dr. Brohl das Zimmer verließ, stand Dr. Bernd Stoll vor der Tür. Auch der Chefarzt, der die Operation selbst durchführte, wollte zuvor noch mit der Patientin reden.

Die Kollegen grüßten sich flüchtig, und Bernd blieb am Fußende des Bettes stehen.

Zehn Tage lag Katja jetzt in der Emden-Klinik, und Bernd hatte das Gefühl, Katja schon sehr lange zu kennen. Jede Linie ihres Gesichtes, jede Geste und Klangfarbe ihrer Stimme war ihm vertraut.

»Nun, Frau Forenberg, wie fühlen Sie sich?« fragte Bernd und legte die Hände auf das eiserne Bettgestell. »Jetzt ist der große Tag gekommen, und es wäre ganz natürlich, wenn Sie nervös und aufgeregt wären.«

»Das habe ich auch erwartet, aber ich bin ganz ruhig«, antwortete die Patientin, und das Vertrauen, das Bernd in ihren wunderschönen Augen las, erschütterte ihn.

»So soll es auch sein.« Bernd kam näher und setzte

sich zu ihr auf die Bettkante. Routinemäßig griff er zu ihrem Handgelenk und kontrollierte den Puls.

»Sie schwindeln ja«, stellte er scherzend fest. »Ihr Herz klopft wie ein Schmiedehammer.«

Katja errötete leicht und senkte die Lider. Woher sollte er auch wissen, dass es seine Anwesenheit war, die ihr Herz schneller schlagen ließ?

Ja, die junge Frau hatte ihr Herz hoffnungslos an den Chefarzt der Klinik verloren. Jede Minute, die er bei ihr verbrachte, war für sie ein Stück Seligkeit. Doch das war ihr Geheimnis, das sie tief in ihrem Herzen bewahrte, von dem nie ein Wort über ihre Lippen kommen sollte.

»Nun ja, wer ist nicht ein bisschen aufgeregt, wenn er operiert wird? Aber ich habe keine Angst, Herr Doktor, ich habe grenzenloses Vertrauen zu Ihnen und weiß, dass Sie mir helfen werden.« Katja wagte wieder, ihn anzusehen. Sie glaubte, sich soweit in der Gewalt zu haben, damit er ihre Gefühle nicht in ihrem Blick lesen konnte.

Bernds Blick tastete sich über das Gesicht seiner Patientin. Ihre Wangen zeigten ein leichtes Rot, ihre feingezeichneten Lippen waren ein wenig geöffnet, und in ihren Augen lag ein Leuchten, das ihn faszinierte.

Unwillkürlich verglich Bernd Marina mit Katja. Die beiden Frauen waren so unterschiedlich wie Tag und Nacht. Marina war von dunkler, rassiger Schönheit, und ihre hellen blauen Augen wirkten oft kalt.

Katja hingegen konnte man mit einem Engel vergleichen. Das weizenblonde Haar harmonierte mit dem sanften Blau ihrer Augen, ihre dunkle weiche Stimme war Musik in seinen Ohren, ihr ruhiges Wesen war wohltuend.

»Warum schauen Sie mich so an?« fragte Katja

ängstlich. Erwarten ... erwarten Sie doch Komplikationen? Verschweigen Sie mir etwas?«

Niemals hätte Katjas Fantasie sich soweit verstiegen, anzunehmen, dass der Chefarzt in ihr nicht nur die Patientin, sondern auch eine schöne Frau sehen könnte.

»Nein, das nicht«, erwiderte Bernd und räusperte sich. Er log, als er hinzufügte: »Ich habe soeben an Jörg gedacht, Frau Forenberg. Ich wundere mich, dass er nicht hier ist.«

»Oh, er ist im Augenblick sehr beschäftigt. Zumindest sagt er das«, erwiderte Katja bitter. »Er rief mich vor zwei Tagen an und sagte mir, er müsse nach London fliegen, um ein Geschäft abzuschließen.«

»Nun ja, er muss schließlich für den Lebensunterhalt sorgen«, warf Bernd leichthin ein. Der Arzt glaubte Katja kein Wort, doch er bewunderte insgeheim ihre Haltung. Obwohl ihr Mann sie vernachlässigte, verteidigte sie ihn noch.

»Tja, dann werde ich Sie wieder verlassen«, sagte Bernd und nahm ihre Hand. Es war angenehm, ihre Haut zu spüren. »Ich muss jetzt in den OP, um mich für die Operation vorzubereiten. Schwester Karin wird in wenigen Minuten kommen, um Sie abzuholen.«

»Werden Sie da sein, wenn ... wenn ich aus der Narkose aufwache?« entschlüpfte es ihr, und ihr Blick hing an seinen Lippen.

»Das werde ich«, versprach der Chefarzt, als er zur Tür ging. Obwohl es ungewöhnlich war, dass er sich direkt nach der Operation ans Bett einer Patientin setzte, um das Erwachen nach der Narkose abzuwarten, sagte er zu.

»Dann bin ich beruhigt«, flüsterte Katja, doch Bernd, der das Zimmer verließ, hörte die Worte der jungen Frau nicht mehr.

Der Chefarzt ging zum Aufzug und fuhr ins Erdgeschoss, in dem die Operationsräume lagen. Im Waschraum standen bereits der Oberarzt Dr. Manfred Rent und der chirurgische Assistent Dr. Kurt Manger an den Waschbecken und desinfizierten Unterarme und Hände.

Auch der Chefarzt Dr. Stoll stellte sich an eines der Wasserbecken, griff zur Wurzelbürste und entnahm einem Spender, der neben dem Becken angebracht war, Desinfektionsmittel.

Ab und zu warf Bernd einen Blick durch die hohe breite Glasscheibe, die den Waschraum vom großen OP trennte.

Katja Forenberg war bereits in den OP gebracht worden, und Dr. Erwin Brohl leitete die Anästhesie ein.

Genau nach Vorschrift säuberten sich die Ärzte zehn Minuten lang. Eine Lernschwester half ihnen in die sterile OP-Kleidung, und kurz darauf betrat Dr. Stoll, gefolgt von seinen beiden Assistenten, den Operationsraum.

Dr. Bernd Stoll blieb kurz neben dem OP-Tisch stehen und schaute auf Katja hinunter, deren Körper, bis auf das Operationsfeld, mit grünen, sterilen Tüchern abgedeckt war.

»Alles in Ordnung, Doktor Brohl?« fragte der Chefarzt den Anästhesisten, der am Kopfende des OP-Tisches saß und die Monitore sowie andere technische Überwachungsgeräte überprüfte.

»Ich habe keine Bedenken anzumelden«, erwiderte Dr. Brohl. »Die Patientin ist jung und kräftig, Herz und Kreislauf sind normal, auch die Blutdruckwerte sind okay.«

»Gut, dann fangen wir an«, sagte der Chefarzt knapp und stellte sich an die linke Seite des OP-Tisches. Dr. Stoll warf einen prüfenden Blick auf den Instrumententisch.

Der Chefarzt wusste zwar, dass er sich auf Schwester Berta, die schon seit fünfzehn Jahren als OP-Schwester arbeitet verlassen konnte, doch nie unterließ er es, sich selbst von der richtigen Anordnung der Instrumente zu überzeugen.

Auch die beiden Assistenzärzte nahmen ihre Plätze ein, und Dr. Stoll streckte die Hand aus.

»Skalpell, Schwester Berta«, bat er leise. Bernd warf noch einen Blick auf die große Normaluhr über dem Eingang zum OP. Es war zehn Uhr morgens. Stunden würden vergehen, bis die komplizierte Operation durchgeführt war.

Die drei Ärzte waren ein eingespieltes Team, sie arbeiteten Hand in Hand, nur selten musste Dr. Stoll eine Anweisung geben. Obwohl der Chefarzt diese Operation schon dutzendmal durchgeführt hatte, zeigte er sich diesmal besonders besorgt um den Allgemeinzustand der Patientin.

Mehr als einmal erkundigte Bernd sich bei seinem Anästhesisten, ob das Herz noch normal arbeitete und der Blutdruck stabil war.

Die Durchtrennung der Haut- und Muskelpartien nahm nicht sehr viel Zeit in Anspruch, und schon bald lagen der Oberschenkelhals und die Gelenkpfanne frei.

Dr. Rent und Dr. Manger setzten Wundhaken, klemmten kleine Blutgefäße ab und befreiten das Operationsfeld von Blut, um dem Chefchirurgen Dr. Stoll eine gute Sicht zu ermöglichen.

Erst jetzt begann der schwierige Teil der Operation, denn der defekte Teil der Gelenkpfanne musste entfernt werden.

Die Stille im OP wurde nur von Dr. Stolls knappen Anweisungen und vom Klappern der Instrumente unterbrochen.

»Säge, Schwester«, bat er kurz.

Schwester Berta hielt das Instrument längst bereit. Auch für sie war dies nicht die erste Operation dieser Art.

Knirschend fraß sich die elektronische Säge durch den Knochen. Dr. Stoll, der zuvor genau errechnet hatte, wie weit der umliegende Knochenteil um die Gelenkpfanne entfernt werden musste, arbeitete schnell und präzise.

Jeder chirurgische Eingriff bedeutete für den menschlichen Körper eine Belastung. Je schneller er abgewickelt wurde, desto besser war die Genesungsaussicht für den Patienten.

Eine Lernschwester hielt eine sterile Schüssel bereit, in die der Chefarzt das entfernte Knochenteil gleiten ließ. Die zweite OP-Schwester gab Dr. Rent das Kunststoffimplantat, das genau nach Dr. Stolls Berechnungen angefertigt worden war.

Der Chefarzt richtete sich kurz auf und beugte die Schultern leicht nach hinten. Seit drei Stunden operierten sie nun schon, und sein Rücken schmerzte.

»Blutdruck leicht unter Normalwert«, meldete Dr. Brohl mit monotoner Stimme. »Kreislauf sinkt ab. Ich gebe Adrenalin.«

Dr. Stoll nickte nur und wartete, bis die Lernschwester ihm den Schweiß von der Stirn getupft hatte, dann beugte er sich wieder über den Operationstisch.

Es war schwierig, das Kunststoffimplantat genau einzupassen, und der Tiefstrahler über dem OP-Tisch, der sein gleißendes schattenloses Licht über Ärzte und Patientin warf, strahlte Hitze aus. Mehrmals musste Dr. Stoll sich abwenden, um sich den Schweiß von der Stirn wischen zu lassen.

Das eingesetzte Kunststoffteil wurde mit Stahlklammern am natürlichen Knochenteil des Beckens befestigt. Wieder waren zwei Stunden vergangen, als Dr.

Stoll vom OP-Tisch zurücktrat und seinem Oberarzt Dr. Rent die anfallende Arbeit überließ.

»Schließen Sie das Operationsfeld, Doktor Rent«, bat der Chefarzt müde. Bernd wusste, dass er sich auf seinen Oberarzt hundertprozentig verlassen konnte und ging zum Anästhesisten hinüber.

»Ich bin zufrieden«, sagte Dr. Brohl und kam somit der Frage des Chefarztes zuvor. »Die Werte sind allgemein leicht abgesunken, aber das ist bei einem solchen schweren Eingriff normal. Wenn sich keine postoperativen Komplikationen einstellen, können wir zufrieden sein.«

»Die Operation selbst hat mir kein Kopfzerbrechen bereitet«, sagte Dr. Stoll, und es klang, als spräche er mit sich selbst. »Die Schwierigkeiten beginnen jetzt erst. Hoffen wir, dass der Körper das Implantat nicht abstößt.«

»Das hoffen wir nach jeder dieser Operationen«, bemerkte Dr. Brohl, der über die offen zur Schau gestellte und für seine Begriffe übertriebene Sorge des Chefarztes leicht erstaunt war.

Dr. Bernd Stoll antwortete darauf nicht, sondern ging zum OP-Tisch zurück. Oberarzt Dr. Rent hatte die riesige Operationswunde fast ganz geschlossen und legte die letzten Nähte.

Bernd ließ seinen Blick unauffällig über das OP-Team schweifen. Ärzte und Schwestern wirkten mitgenommen und erschöpft, und der Chefarzt nahm sich vor, ihnen allen ein Lob auszusprechen.

»So, fertig«, sagte Dr. Rent, als er den letzten Knoten gelegt hatte.

Schwester Berta versorgte die Nahtstellen. Sie legte sterile Kompressen über die blutrote Schnittwunde und befestigte diese mit Heftpflasterstreifen.

»Schwester Berta, sagen Sie auf der Wachstation Bescheid, dass ich über jede Veränderung des Zustandes von Frau Forenberg informiert werden möchte. Egal zu welcher Tageszeit«, sagte Dr. Stoll, bevor er in den Waschraum hinüberging.

Während Bernd Hände und Unterarme desinfizierte, beschäftigten sich seine Gedanken ausschließlich mit Katja Forenberg, und er hoffte inständig, dass sie sich bald wieder als gesunde Frau bewegen konnte.

⌘

Am gleichen Abend war die Villa der Rotecks hell erleuchtet, und auf der Auffahrt zur Prunkvilla parkten teure Limousinen, Chauffeure standen in Gruppen zusammen, rauchten und redeten über das Fest, das der Fabrikant Roteck zu Ehren des Pianisten Stefan Welter gab.

In den Räumen des Erdgeschosses standen illustre Gäste in Gruppen zusammen. Diener in silbergrauer Livree, nur für diesen Abend engagiert, reichten auf silbernen Tabletts Champagner, der in kostbaren Kristallschalen perlte.

Stefan Welter, der begnadete Künstler, war Mittelpunkt dieses Festes, und besonders die jungen Damen der gehobenen Gesellschaftsschicht rissen sich darum, ein paar Worte mit dem Pianisten wechseln oder gar mit ihm tanzen zu können.

Ellen Roteck, die Dame des Hauses, war überglücklich. Sie verehrte den Pianisten schon seit Jahren, und ihn als Gast in ihrem Haus zu wissen, war für Marinas Mutter ein ausgesprochener Glücksfall.

Nur Marina schien sich auf dem Fest zu langweilen. Sie interessierte sich auch nicht für Stefan Welter. Marinas Gedanken beschäftigten sich unablässig mit Dr. Bernd Stoll, der sie, ihrer Meinung nach, zutiefst gekränkt hatte.

Junge Damen in ihrem Alter hatten bereits einige bissig-freundliche Bemerkungen über die einsame Braut fallen lassen. Marina schwor sich an diesem Abend, sich Bernds Verhalten nicht mehr gefallen zu lassen.

Bei allem Verständnis für seinen geliebten Arztberuf konnte sie doch darauf bestehen, dass er sie zu diesem wichtigen gesellschaftlichen Ereignis begleitete.

Marina Roteck lehnte mit der Schulter am Rahmen der breiten Tür, schaute auf die riesige Südterrasse hinaus und drehte den anderen Gästen den Rücken zu.

Die Tochter des Hauses bemerkte nicht, dass Stefan Welter sie bereits seit einiger Zeit beobachtete. Der Pianist, der von jungen Frauen umschwärmt wurde, versuchte mehrmals, sich von seinen Verehrerinnen zu lösen.

Immer wieder suchte sein Blick Marinas grazile Gestalt, bemühte er sich darum, einen Blick aus ihren auffallend hellen blauen Augen zu erhaschen.

Endlich gelang es dem Pianisten, sich, unbemerkt von den Gasten, zur Terrassentür zu bewegen.

»Ich hatte heute Abend leider noch keine Gelegenheit, mich näher mit Ihnen zu unterhalten«, sagte plötzlich eine angenehm tiefe Männerstimme hinter Marina.

Sie drehte sich um und schaute zu Stefan Welter auf, der gut einen Kopf größer als sie war. Sie musterte ihn ohne jegliches Interesse, und das war dem jungen Pianisten mehr als angenehm.

Stefan hasste es, von allen Damen der Gesellschaft angeschwärmt zu werden. Solange sich die Verehrung auf seine künstlerische Begabung erstreckte, hatte er keine Einwände dagegen. Doch die Frauen, die ihn wie Motten das Licht umschwärmten und in ihm eine glänzende Partie sahen, mochte er nicht.

»Sie sind ein großartiger Künstler, und ich bewundere Ihre Begabung«, sagte Marina, doch es war deutlich zu hören, dass diese Worte nur aus Höflichkeit formuliert wurden. »Es war für mich eine Freude, Sie einmal persönlich kennen lernen zu dürfen.«

Marina ging ein paar Schritte auf die Terrasse hinaus. Hier war es angenehm ruhig, da sich die übrigen Gäste gerade am kalten Büfett vergnügten.

»Wollen wir uns nicht einen Moment setzen?« fragte Stefan und deutete mit der Hand auf die weißen zierlichen Gartenmöbel.

»Warum nicht?« Marina bemühte sich, ihm ihre schlechte Laune nicht zu deutlich zu zeigen. Immerhin war er ein Gast ihrer Eltern, den sie höflich zu behandeln hatte.

»Sie haben Kummer, nicht wahr?« Stefan Welter schaute sie offen an. »Wenn ich Sie mit meiner Gesellschaft belästige, so sagen Sie es ruhig. Ich fühle mich dadurch nicht beleidigt.«

Jetzt musterte Marina ihn neugierig. Sie hatte ihn für hochmütig und arrogant gehalten, doch seine bescheidenen Worte lehrten sie eines Besseren.

»Ein bisschen vielleicht«, gestand sie, und zum ersten Mal sah Stefan sie heute Abend lächeln. »Aber das ist nicht so wichtig, Herr Welter.«

»Sagen Sie doch Stefan zu mir.« Der junge Pianist war über seine spontane Aussage selbst überrascht. Im Allgemeinen gab er sich kühl und zurückhaltend, doch bei Marina Roteck war alles anders.

Sie, die ihm offensichtlich nicht das geringste Interesse entgegenbrachte, zog ihn magnetisch an. Stefan hätte viel darum gegeben, diese bildhübsche junge Frau näher kennen lernen zu dürfen.

»Gern ...«, erwiderte sie gedehnt, und ihr Blick glitt forschend über sein schmales Gesicht. Das dunkle glatte Haar war tiefschwarz, seine dunkelbraunen Augen blickten weich, und das energische Kinn zeigte ein kleines Grübchen.

Marina ertappte sich bei dem Gedanken, dass dieser Stefan Welter nicht nur ein großer Künstler, sondern auch ein unverschämt gut aussehender Mann war.

Ein Seufzer entschlüpfte ihr. Welche Bedeutung hatte dies alles gegen die Tatsache, dass sie von dem Mann, den sie liebte, vernachlässigt wurde?

»Fräulein Roteck, ich möchte Sie gern wiedersehen. Allein, ohne diesen Trubel hier«, sagte Stefan und schaute sie bittend an. Er legte die Hand auf ihren Arm, und Marina registrierte leicht erstaunt, dass seine Berührung ihr angenehm war.

»Ich ...« Marina brach ab, ein trotziger Zug legte sich um ihren Mund. Sie war versucht gewesen, seine Bitte abzulehnen, doch sie revidierte ihre Absicht sofort wieder.

Warum sollte sie sich nicht mit Stefan Welter amüsieren? Vielleicht gelang es ihr sogar, Bernd dadurch eifersüchtig zu machen? Ein siegessicheres Lächeln huschte über ihr Gesicht. Ja, das war genau der Weg, den sie einschlagen musste, um Bernds Aufmerksamkeit auf sich zu lenken. »Gern, Herr ... äh ... Stefan. Aber sagen Sie nicht Fräulein Roteck zu mir. Ich heiße Marina.«

»Marina«, wiederholte er, und er ließ die Silben langsam über die Lippen gleiten. »Dieser Name ist wie Musik. Ich freue mich schon unbändig darauf, einen Nachmittag oder einen Abend mit Ihnen zu verbringen. Wann darf ich Sie abholen? Morgen schon?«

Stefan Welter lachte sie, an, und Marina stellte fest, dass er ihr von Minute zu Minute sympathischer wurde. Sie erwiderte sein Lachen und antwortete:

»Warum nicht morgen Nachmittag? Wohin wollen Sie mich denn entführen?«

»Lassen Sie sich überraschen«, erwiderte er, stand auf und bot ihr seinen Arm. »Darf ich Sie zum Tanz bitten, Marina?«

Neidische Blicke folgten Marina, als sie in Stefans Armen über das Parkett schwebte. Es war nicht zu übersehen, dass der gut aussehende Pianist heftig mit der Tochter des Hauses flirtete.

Auch die nächsten Tänze gehörten Marina, und ihre Mutter, die neben ihrem Mann abseits stand und das Paar beobachtete, warf ihm einen seltsam fragenden Blick zu.

»Kannst du dir Marinas Verhalten erklären?« fragte Ellen Roteck leise ihren Mann. »Sie vergisst offensichtlich völlig, dass im nächsten Frühjahr Hochzeit ist.«

»Aber Ellen«, tadelte Franz Roteck seine Frau schmunzelnd. »Marina ist jung, lacht, tanzt und flirtet gern. Das ist doch alles harmlos. Im Grunde ihres Herzens weiß sie ganz genau, zu wem sie gehört.«

»Dein Wort in Gottes Ohr«, entgegnete Ellen und seufzte. »Ich traue Marina alles zu. Sogar, dass sie am Traualtar noch Nein sagt.«

»Mal nicht den Teufel an die Wand«, warf Franz verunsichert ein und zupfte sich nervös am Ohrläppchen. »Aber du kannst beruhigt sein. Sollte Marina sich mit dem Pianisten verabreden, werde ich ein ernstes Wort mit ihr reden.«

»Du?« antwortete sie gedehnt, während ihr Blick Marina und Stefan folgte, die zum kalten Büfett hinübergingen. »Marina kann dich doch um den Finger wickeln.«

»Lass uns erst einmal die Entwicklung der Dinge abwarten«, murrte Franz Roteck. »Vielleicht existieren unsere Befürchtungen nur in unserer Fantasie.«

»Das hoffe ich auch«, entgegnete seine Frau und wandte sich wieder ihren Gästen zu.

⌘

Vierzehn Tage waren seit Katjas Operation vergangen. Seit gestern lag sie nicht mehr auf der Intensivstation, und Dr. Bernd Stoll hatte ihr heute Morgen bei der Visite gesagt, dass kaum noch Komplikationen zu erwarten seien.

Für Katja Forenberg war diese Eröffnung wie ein Volltreffer im Lotto. Sie konnte ihr Glück kaum fassen, und der Gedanke, sich bald wieder ohne Behinderung bewegen zu können, ließ ihr Herz zum Zerspringen schnell schlagen.

Ihr Mann Jörg ließ sich selten bei ihr sehen, und wenn er kam, so blieb er selten länger als eine halbe Stunde. Stets drängten ihn eilige Geschäfte wieder zum Aufbruch.

Katja hatte sich mit Jörgs sporadischen Besuchen bereits abgefunden. Es schmerzte nur noch ein wenig, dass der eigene Mann weniger Zeit für sie hatte, als die Ärzte und Krankenschwestern der Emden-Klinik. Doch Katja hatte sich bereits mit dem Gedanken vertraut gemacht, dass ihre Ehe zerrüttet war.

Was hatte sie von einem Mann noch zu erwarten, der sie in den schwersten Stunden ihres Lebens allein gelassen hatte?

Dr. Bernd Stoll war der einzige Lichtblick für Katja in dieser Zeit, und sie freute sich über jede Minute, die er an ihrem Bett verbrachte.

Seit sie operiert war, kam er fast jeden Abend in ihr Zimmer, plauderte ein wenig oder spielte eine Partie Schach mit ihr. Katja wollte Bernds Besuche nicht mehr missen, und sie weigerte sich, daran zu denken, dass bald der Zeitpunkt kommen würde, an dem sie die Klinik verlassen musste.

Auch heute Abend wartete sie sehnsüchtig darauf, dass es an die Tür ihres Krankenzimmers klopfte, und Dr. Stoll hereinkam. Immer wieder schaute sie auf die Armbanduhr, häufig griff sie zu dem kleinen Handspiegel in der Nachttischschublade und überprüfte ihr Aussehen.

Katja hatte das lange blonde Haar gebürstet, bis es knisterte. Jetzt zeigte es einen goldenen Schimmer, der an reifes Korn erinnerte. Ihre Wangen waren gerötet, ein erwartungsvoller Schimmer lag in ihren tiefblauen Augen.

Die junge Patientin hatte über ihre Gefühle zu dem Chefarzt der Klinik noch nicht nachgedacht. Ebenso wenig hatte sie sich gefragt, ob der gut aussehende Arzt schon in festen Händen war. Sie gab sich ganz einfach der Freude hin, in seiner Nähe sein zu dürfen.

Dr. Bernd Stoll kam heute sehr spät. Er machte einen müden Eindruck, als er sich den Stuhl neben das Bett zog und sich setzte.

»Verzeihen Sie, dass ich Sie so lange warten ließ«, sagte er. »Ich hatte ein wichtiges Telefongespräch zu führen.«

Bernd verriet nicht, dass er mit Marina telefoniert hatte. Seine Verlobte hatte ihn mit heftigen Vorwürfen überschüttet, und Bernd fühlte sich wie ausgelaugt.

Erst jetzt, in Katjas Nähe, fiel aller Ärger von ihm ab, konnte er befreit aufatmen. Bernd ahnte längst, dass mit Katja auch eine Veränderung in sein Leben getreten war.

Marina, die ihm zuvor als das Wichtigste auf dieser Welt erschienen war, hatte plötzlich kaum noch Bedeutung für ihn. Ja, wenn er ehrlich war, so musste er zugeben, dass er jeder Begegnung mit ihr auswich.

»Sie sehen müde aus«, sagte Katja leise, und am liebsten hätte sie ihm über die Stirn gestreichelt, um seine Falten zu glätten. »Sie hatten sicher einen anstrengenden Tag?«

»Ja, das auch«, erwiderte er beiläufig, bückte sich und zog das Schachspiel von der unteren Ablage des Nachttischchens hervor. »Wollen wir eine Partie wagen?«

»Sind Sie mir sehr böse, wenn ich heute ablehne?« fragte sie, und ihre Stimme vibrierte leicht. »Ich möchte nur ein wenig plaudern. Es ist so beruhigend, Ihre Stimme zu hören.«

Kaum war der letzte Satz über ihre Lippen gekommen, überzog glühendes Rot ihr Gesicht. Das hätte sie nicht sagen dürfen, denn jetzt war er sicher in der Lage, bis in den letzten Winkel ihrer Seele zu schauen.

Bernd stellte das Schachspiel zurück, und Katja konnte nicht sehen, dass er lächelte. Auch ihm erging es nicht anders. In ihrer Nähe fühlte er sich unbeschwert. Ja, mehr noch: Er war glücklich.

»Wann rechnen Sie mit meiner Entlassung, Herr Doktor?« fragte Katja überhastet, denn sie wollte rasch ein anderes, unverfänglicheres Thema anschneiden.

»Warum haben Sie es so eilig, Frau Forenberg? Gefällt es Ihnen bei uns nicht?«fragte er scherzend und lachte gekünstelt auf. Der Gedanke, Katja bald nicht mehr zu sehen, machte ihm das Herz schwer.

»Wem gefällt es schon in einem Krankenhaus?« stellte sie die Gegenfrage und wich seinem Blick aus. Unruhig glitten ihre Hände über die Bettdecke. Katja war nervös und verlegen wie selten.

Die junge Frau spürte, dass etwas in der Luft war. Es war nicht zu greifen, doch die Spannung lag fühlbar zwischen ihnen. Katja zwang sich in diesem Augenblick dazu, an ihren Mann zu denken.

Du bist verheiratet, sagte sie sich immer wieder. Doch was nutzte der Verstand, wenn das Herz sprach? Katja wusste nur zu gut, dass sie sich selbst belog, wenn sie sich einredete, dass sie zu ihrem Mann gehörte.

Schweigen lag plötzlich zwischen ihnen, und Bernd hatte das Bedürfnis, eine Zigarette zu rauchen. Er musste darauf verzichten, wenn er das Krankenzimmer nicht verlassen wollte.

Wieder trafen sich ihre Blicke, und beide wussten, dass sie sich zueinander hingezogen fühlten.

Katja presste unwillkürlich beide Hände an ihr wild klopfendes Herz, und sie hatte das Gefühl, an ihrer Zuneigung ersticken zu müssen.

»Ich werde Sie vermissen, wenn Sie nicht mehr in der Klinik sind, Frau Forenberg«, sagte Bernd und räusperte sich. »Die guten Gespräche, die ich mit Ihnen führen durfte, die ruhigen Stunden hier an Ihrem Bett . . . Das alles werde ich sehr vermissen.«

»Ich auch«, erwiderte sie so leise, dass er ihre Worte kaum verstehen konnte.

Es dämmerte, und Katja sah, dass sich die Hand des Arztes zum Schalter der Nachttischbeleuchtung tastete.

»Bitte, nicht«, bat sie. »Ich . . . ich möchte kein Licht. Es . . . es würde nur den Zauber dieser Stunde zerstören. Ich . . .« Katjas Nerven waren der Anspannung nicht mehr gewachsen. Sie brach ab, schluchzte laut auf und schlug die Hände vors Gesicht.

»Aber Frau Forenberg!« rief der Chefarzt erschrocken aus und beugte sich über sie. Behutsam nahm er ihr die Hände vom Gesicht. »Bitte, weinen Sie doch nicht. Es tut mir weh, Sie traurig zu sehen. Wollen Sie mir nicht sagen, was Sie bedrückt?«

»Wie kann ich das?« rief sie erregt aus. »Mein Herz ist übervoll, doch meine Lippen müssen schweigen. Bitte, lassen Sie mich allein. Ich ... ich kann nicht mehr...«

Der Arzt strich sanft mit den Fingerspitzen über ihre Wangen und wischte die Tränen ab. Seine Berührung war unendlich zärtlich, und Katja sehnte sich danach, sich in seine Arme schmiegen zu dürfen.

»Auch ich kann meine Gefühle nicht länger verbergen, Katja«, sagte Bernd leise.»Seit du hier bist, hat sich mein Leben verändert. Glaube nicht, dass ich es mir leicht gemacht habe, aber ich weiß längst, dass ich dich liebe.«

»Du liebst mich?« fragte sie ungläubig, und ihre Augen weiteten sich ein wenig. »Du? Aber... aber ich bin nicht frei ... Bernd.« Zum ersten Mal redete sie ihn beim Vornamen an, und sie sprach ihn fast feierlich aus. »Ach, ich liebe dich doch auch, doch die Hoffnungslosigkeit meiner Gefühle hat mich fast in den Wahnsinn getrieben.«

Bernd legte die Hände um ihr Gesicht, sein Mund verschloss ihre bebenden Lippen, und beglückt fühlte er, dass sie die Arme um seinen Nacken schlang.

Unter Bernds zärtlichen Küssen und seinen Liebkosungen vergaß Katja Zeit und Raum. Sie sah und hörte nichts, sie fühlte nur Bernds Nähe, spürte den kräftigen schnellen Schlag seines Herzens und das Streicheln seiner Hände.

»Denk jetzt über nichts nach, Katja«, bat der Arzt, als er sich wieder aufrichtete. »Lass uns leben, jeden Augenblick, jede Sekunde genießen. Wenn wir füreinander bestimmt sind, wird das Schicksal uns auch zusammenführen.«

Bernd war versucht, ihr von Marina zu berichten. Er unterließ es, denn er wollte Katja, die noch der Ruhe und Schonung bedurfte, nicht unnötig aufregen.

Für den jungen Arzt war es selbstverständlich, dass er in den nächsten Tagen eine klärende Aussprache mit Marina führen musste. Doch damit wollte er Katja nicht belasten.

Es war jetzt fast völlig dunkel im Zimmer, und Katja hatte nichts mehr dagegen, dass Bernd die Nachttischlampe anknipste.

Der Chefarzt hielt unwillkürlich sekundenlang den Atem an, als er seine Patientin, die er über alles liebte, anschaute. Ein überirdisches Leuchten lag in ihren Augen, und das selige Lächeln auf ihren Lippen ließ sie noch schöner erscheinen.

»Katja«, sagte er leise, nahm ihre Hände und küsste sie. »Du bist wunderschön, du siehst wie ein Engel aus. Du, ich kann dir gar nicht sagen, wie sehr ich dich liebe. Ich kann den Tag kaum erwarten, an dem du das Bett verlassen kannst. Ich liebe dich, ich liebe dich . . .«

»Ich liebe dich auch«, erwiderte sie. Wie alle Verliebten, so konnten auch sie es sich nicht häufig genug sagen, wie sehr sie einander zugetan waren.

Obwohl Bernd wusste, dass morgen ein anstrengender Tag auf ihn wartete, konnte er sich nicht von Katja trennen. Sie hatten sich so viel zu sagen, dürsteten beide nach Zärtlichkeiten.

Es war schon weit nach Mitternacht, als Dr. Stoll Katjas Krankenzimmer verließ und zu seinem Haus hinüberging, das ein paar hundert Meter von der Klinik entfernt lag.

Bernd lag noch lange wach, der Schlaf floh ihn. Er verglich das Gefühl, das er einst für Marina empfunden hatte, mit der Liebe, die ihn jetzt mit Katja verband.

Der junge Arzt wusste, dass Marina ein Irrtum gewesen war, denn erst jetzt da er Katja in den Armen gehalten hatte, wurde es ihm bewusst, wie tief er zu lieben vermochte.

Es war Bernd nicht angenehm, eine Aussprache herbeizuführen, denn es widerstrebte ihm, einem Menschen wehtun zu müssen. Doch er hatte keine andere Wahl.

⌘

Jörg Forenberg lebte wie ein Junggeselle. Er hielt sich fast Tag und Nacht bei seiner Geliebten, Ute Baum, auf. Nur ab und zu ging er nach Hause, um die Post durchzusehen.

Jörg dachte gar nicht daran, seine Frau täglich zu besuchen. Wozu auch? Sobald Katja nicht mehr gehbehindert war und wieder arbeiten konnte, wollte er die Scheidung einreichen.

Gewissenlos setzte Jörg sich darüber hinweg, dass er damit spekulierte, seine Frau um die Hälfte ihres Vermögens zu bringen. Er sagte sich, dass ihm die Hälfte des Hauses gesetzlich zustand, die moralische Verpflichtung interessierte ihn absolut nicht.

Der junge Mann pfiff eine Melodie, als er auf das schmucke Einfamilienhaus zuging. Einen Augenblick lang dachte er daran, wie sehr Katja an diesem Haus hing, das sie noch vor ihrer Ehe von ihren Eltern geerbt hatte.

»Na und?« sagte er halblaut, als er die Haustür aufschloss. »Jeder ist sich selbst der Nächste. Wenn ich nicht auf den Anteil poche, der mir gesetzlich zusteht, habe ich gar nichts. Schließlich habe ich lange genug mit einer gehbehinderten Frau gelebt. Dafür kann ich schon eine Entschädigung verlangen.«

Jörg machte sich über seine Skrupellosigkeit keine Gedanken. Ihn interessierte nur Geld – sonst nichts.

Der junge Mann leerte den Briefkasten, setzte sich in der Diele an das Tischchen neben dem Fenster und blätterte die Post durch. Plötzlich hob er erstaunt die Augenbrauen, drehte und wendete ein weißes Kuvert hin und her.

Der Brief war an Katja gerichtet und kam von einem Rechtsanwalt Dr. Wolfgang Fechter. Was hatte ein Rechtsanwalt Katja mitzuteilen?

Jörg wusste, dass seine Frau es hasste, wenn er an sie gerichtete Briefe öffnete, doch darüber setzte er sich einfach hinweg.

Er ging in die Küche und setzte den Wasserkessel auf die Herdplatte. Über Wasserdampf öffnete er das Schreiben des Rechtsanwaltes und überflog die wenigen Zeilen.

Jörg schluckte trocken und bekam plötzlich weiche Knie, denn Dr. Fechter teilte Katja mit, dass ein in Kanada verstorbener Onkel sie als Haupterbin eingesetzt habe.

Der junge Mann setzte sich auf einen Küchenstuhl und leckte sich über die trockenen Lippen. Seine Gedanken arbeiteten fieberhaft. Jörg glaubte, sich daran erinnern zu können, dass Katja vor langer Zeit einmal ganz beiläufig einen Bruder ihrer Mutter erwähnt hatte, der vor mehr als zwei Jahrzehnten nach Kanada ausgewandert war, und von dem sie nie wieder etwas gehört hatten.

Am liebsten hätte Jörg Forenberg sich sofort telefonisch mit dem Rechtsanwalt in Verbindung gesetzt, doch er wusste, dass dieser ihm keinerlei Auskunft erteilen würde.

Der Brief war an Katja gerichtet, und nur ihr allein würde der Anwalt Auskunft über das Vermächtnis geben.

Die Scheidungspläne, mit denen Jörg sich getragen

hatte, waren wie weggeblasen. O nein, wenn Katja vielleicht ein riesiges Vermögen erben sollte, wollte er sich unter keinen Umständen scheiden lassen.

Jörg hatte es plötzlich sehr eilig, zu seiner Geliebten zu fahren. Die Post, die er noch nicht durchgesehen hatte, steckte er achtlos in die Jackentasche.

Knapp zwanzig Minuten später stand er vor Utes Wohnungstür, und seine Wangen waren vor Eifer gerötet, ein Lachen lag auf seinem Gesicht.

»Das ging aber schnell«, staunte Ute und küsste ihn flüchtig auf den Mund.« Entschuldige, aber ich muss rasch in die Küche, denn ich habe das Essen auf dem Herd stehen.«

»Lass es anbrennen!« rief er, umfasste ihre Taille und wirbelte sie im Kreis herum. »Ich habe eine tolle Neuigkeit für dich.«

Jörg wusste sich vor Freude kaum zu halten. Er küsste und herzte seine Geliebte, redete wirr durcheinander und lachte immer wieder laut und schallend auf.

Ute riss sich los und stemmte die Hände in die Hüften. »Hör zu, ich habe den Eindruck, dass dir die Sonne nicht bekommen ist. Ich höre immer nur Brief, Rechtsanwalt, Geld. Was ist geschehen?«

Jörg atmete tief durch, legte den Arm um ihre Taille und führte Ute ins Wohnzimmer. Er zog sie neben sich auf die Couch und legte eine bedeutungsvolle Pause ein.

»Hier, lies das«, sagte er und überreichte ihr das Schreiben von Rechtsanwalt Fechter. »Dann wirst du begreifen, dass ich mich auf keinen Fall von Katja trennen kann.«

Ute Baum warf ihm einen skeptischen Blick zu, bevor sie das Briefpapier auseinanderfaltete. Die schöne junge Frau war nicht so rasch aus der Fassung zu bringen wie Jörg.

»Und? Wer sagt dir denn, dass es ein großes Vermögen ist?« Ute zuckte mit den Achseln. »Vielleicht hat deine Katja nur einen Haufen Schulden geerbt? Warte doch erst einmal ab, was der Anwalt deiner Frau mitzuteilen hat.«

»Himmel, bist du pessimistisch. Du kannst einem die ganze Freude verderben«, entgegnete er mürrisch, nahm ihr den Brief ab und steckte ihn wieder in die Innentasche des Jacketts.

»Hör zu, wir müssen jetzt sehr geschickt vorgehen«, sagte Ute und runzelte die Stirn. »Du wirst von heute an deine Frau täglich besuchen. Du spielst ihr zunächst den reumütigen, später den liebenden Gatten vor.«

»Und weiter?« Es war Jörg anzusehen, dass er von Utes Idee nicht sonderlich begeistert war.

»Acht oder zehn Tage wirst du verstreichen lassen müssen, dann zeigst du deiner Frau den Brief«, erklärte sie bedächtig. »Vielleicht kannst du sie sogar dazu überreden, den Anwalt in die Klinik kommen zu lassen. Wenn du weißt, wie groß das Vermögen ist, das deine Frau erben soll, können wir immer noch disponieren. Auf keinen Fall darfst du jetzt von Scheidung sprechen. Im Gegenteil, du wirst deine Katja umschmeicheln, wie nie zuvor.«

Ute Baum lehnte sich zurück. Ein böses Lächeln huschte über ihr Gesicht, als sie nach einer kurzen Pause hinzufügte: »Wir werden sie ausnehmen wie eine Weihnachtsgans. Wenn wir genug haben, um eine eigene Existenz aufzubauen, kannst du dich scheiden lassen.«

»Du bist teuflisch klug«, stellte Jörg anerkennend fest. »Ich glaube, mit dir zusammen könnte ich die ganze Welt erobern.«

»Ich hoffe, du bist auch noch dieser Ansicht, wenn

deine Frau reich ist«, warf Ute ein und schaute ihn prüfend an.

»Wie meinst du das?« fragte er verwundert.

»Vielleicht lässt du mich fallen, wenn du dich mit deiner reichen Frau ausgesöhnt hast? Du wärest nicht der erste Mann, der seine Frau wieder liebte, wenn er einen Vorteil darin sieht.«

»Ein Leben ohne dich?« fragte er heiser. Er räusperte sich und legte die Hände um ihre Oberarme. »Ute, weißt du denn, was du da sagst? Ich liebe und begehre dich, wie noch nie eine Frau zuvor. Seit ich dich kenne, ist Katja mir nur noch eine Last gewesen. Du, ich möchte nicht, dass du noch einmal so etwas aussprichst. Nicht einmal eine Andeutung möchte ich über diese Dinge hören.«

Ute musterte ihn immer noch kritisch. Nur langsam wich ihr Misstrauen. Sie und Jörg waren aus dem gleichen Holz geschnitzt, und da sie es sich vorstellen konnte, aus finanziellen Gründen bei einem Mann zu bleiben, traute sie Jörg die gleiche Handlungsweise zu.

»Ich liebe dich auch, Jörg«, sagte sie ernst. »Doch ich bin keine Frau, die sich hintergehen lässt. Es wäre gut für dich, bei mir immer mit offenen Karten zu spielen.«

»Verlass dich ruhig auf mich«, erwiderte er und zog sie in die Arme. Seine Lippen liebkosten ihre Wange. »Ich werde dich auf Händen tragen, wenn Katja einmal reich sein sollte. Glaub mir, meine Frau tut alles, wenn ich nur ein bisschen nett zu ihr bin. Sie ist ein Schaf, und ich bin ein Wolf. Du kannst dir ausrechnen, wer zwangsläufig den Kürzeren ziehen muss.«

⌘

Hatte Dr. Bernd Stoll Katja schon früher oft besucht, so nutzte er jetzt jede freie Minute, um die geliebte Frau in die Arme nehmen zu können.

In einer Klinik bleibt selten etwas verborgen, und auch in der Emden-Klinik trieb der Klatsch schon die seltsamsten Blüten. Dem Chefarzt war auch schon einiges über das Verhältnis, das er mit seiner Patientin haben sollte, zugetragen worden.

Bernd hatte sich vorgenommen, morgen Nachmittag mit Marina zu reden. Er musste sowieso in die Stadt fahren, weil er sich jeden Mittwochabend mit anderen Kollegen im Ratskeller zum Stammtisch traf.

Zuvor jedoch wollte er Marina reinen Wein einschenken. Bis jetzt hatte er diese Aussprache vor sich hergeschoben, doch jetzt, da man bereits in der Klinik über ihn und Katja munkelte, musste er handeln.

Kurz nach dem Mittagessen tauchte er in Katjas Zimmer auf. Die junge Frau streckte ihm sehnsüchtig die Arme entgegen. Sie durfte schon aufrecht sitzen, denn gestern Abend hatte sie die ersten Gehversuche im Zimmer gemacht.

»Katja, endlich«, sagte Bernd, als er sie sanft in die Arme nahm. »Ich habe den ganzen Vormittag an dich gedacht, aber keine Möglichkeit gefunden, ein paar Minuten für dich abzuzweigen.«

»Rede nicht so viel«, forderte sie ihn scherzend auf. »Küss mich mich lieber.«

Sein ganzes Verlangen, seine Liebe und seine Sehnsucht nach ihr drückten sich in seinen Küssen aus. Auch Katjas Empfindungen für ihn waren von einer Leidenschaft, die sie bisher nicht an sich gekannt hatte. Ja, manchmal erschrak sie über das Verlangen, das in ihrem Herzen brannte.

»Liebling, auch jetzt habe ich nicht viel Zeit für dich«, sagte er bedauernd. »Heute Nachmittag bin ich mit einigen Kollegen verabredet, und anschließend treffen wir uns am Stammtisch. Ich hoffe, du bist mir deswegen nicht böse?«

»Aber nein«, erwiderte sie und bettete den Kopf an seine Schulter. »Ich liebe dich zwar über alles, aber ich sehe auch ein, dass ich dich nicht absolut an mich binden kann. Jeder Mensch braucht ein bisschen freie Zeit für sich. Ich glaube, man sollte sich stets ein wenig Vernunft bewahren, auch wenn man den geliebten Menschen am liebsten an sich ketten möchte.«

Bewunderung lag in Bernds Blick, als er sie ein bisschen von sich schob und sie anschaute. Unwillkürlich dachte er an Marina. Nein, solche Worte wären niemals über ihre Lippen gekommen.

»Ich bin froh, dass du soviel Verständnis für mich hast«, sagte er und küsste sie rasch auf die Nasenspitze. »Heute Abend wird es wohl auch sehr spät werden. Wir sehen uns erst morgen bei der Visite wieder.«

Ein tiefer Seufzer entschlüpfte ihr, doch ihr nachsichtiges Lächeln sagte ihm, dass sie auch dafür Verständnis aufbrachte.

»Geh ruhig«, sagte sie und strich ihm über das dunkle wellige Haar. »Umso größer ist für mich morgen die Freude, wenn ich dich wiedersehe.«

»Du bist wunderbar«, antwortete er begeistert. »Genau so habe ich mir immer die Frau vorgestellt, mit der ich einmal mein Leben teilen wollte. Ach, Katja, ich kann dir nicht sagen, wie dankbar ich dem Schicksal bin, weil es mich deinen Weg kreuzen ließ. Ich liebe dich, meine süße Katja.«

Wieder bedeckte er ihr Gesicht mit Küssen, suchte ihren Mund, den sie ihm bereitwillig bot.

Katja war die Vernünftigere. Sie löste sich sanft aus seiner Umarmung und deutet auf die Armbanduhr. »Du wirst dich verspäten, Schatz«, sagte sie. »Ich möchte nicht, dass du meinetwegen deine Kollegen verärgerst.«

»Nur noch einen Kuss«, bettelte er. Noch bevor sie sich entscheiden konnte, presste er den Mund auf ihre Lippen. Als er kurz darauf aufstand, schaute er auf sie hinab. Bernd zögerte immer noch. Der Stammtisch, den er bisher sehr zu schätzen gewusst hatte, war ihm plötzlich nicht mehr so wichtig.

Denk an die Aussprache mit Marina, ermahnte er sich in Gedanken. »Bis morgen, Liebling«, sagte er, strich ihr über die Wange, drehte sich schnell um und verließ das Krankenzimmer.

Katja drückte auf einen Hebel rechts neben dem Bett, der Kopfteil senkte sich ein wenig zurück. Sie lehnte sich mit geschlossenen Augen in die Kissen. Ein zärtliches Lächeln umspielte ihren Mund, auf dem sie noch Bernds leidenschaftliche Küsse zu spüren glaubte.

Kurzes, hartes Klopfen an der Tür schreckte sie auf.

»Hallo mein Schatz!« Jörg blieb in der offenen Tür stehen und lachte sie an. Er war mit Päckchen und Tragetaschen beladen, unter den Arm geklemmt hielt er einen Strauß dunkelroter Rosen.

»Du?« fragte Katja gedehnt. Keinerlei Freude lag in ihrer Stimme, ihr Gesicht zeigte einen abweisenden Ausdruck.

»Ja, Darling, ich habe eine tolle Neuigkeit für dich«, erwiderte er. Jörg überging die unfreundliche Miene seiner Frau. Er stellte die Geschenke auf den Tisch neben dem Fenster, legte Katja die Rosen aufs Bett, beugte sich zu ihr hinunter und küsste sie ungeniert auf den Mund.

Katja war ihm so gleichgültig, dass er gar nicht bemerkte, dass sie den Druck seiner Lippen nicht erwiderte.

»Ich habe in den letzten Tagen Schwerstarbeit geleistet«, erzählte er, als er sich neben das Bett auf einen Stuhl setzte. »Du, ich habe einen riesigen Auftrag von der Firma Gebert bekommen. Ich werde eine hübsche Summe dabei verdienen, und wenn du entlassen wirst, werden wir erst einmal eine Erholungsreise unternehmen.«

»Vergreifst du dich nicht ein bisschen im Ton?« Kühl schaute sie ihren Mann an, doch ihr Herz krampfte sich angstvoll zusammen. Jörg sah so hoffnungsvoll aus. Würde sie es über sich bringen, ihm die Wahrheit zu sagen?

»Ja, ich weiß, ich habe eine riesige Eselei begangen«, erwiderte Jörg, und seine Reue war gut gemimt. »Du spielst sicher auf das Gespräch an, in dem ich andeutete, dass ich dir vielleicht nicht treu sein könnte. Bitte, versteh mich, Katja, ich ...«

»Du verlangst von mir Verständnis?« unterbrach sie ihn spöttisch. »Du? Jörg, ich muss mich beherrschen, um dich nicht auszulachen.«

»Ich kann dir keinen Vorwurf daraus machen.« Er senkte tief den Kopf. »Aber vielleicht verstehst du mich, wenn ich dir erzähle, warum ich damals so kaltschnäuzig reagierte.«

»Ich höre«, sagte Katja gepresst, obwohl sie ihm am liebsten die Tür gewiesen hätte. Vor wenigen Minuten war sie noch unendlich glücklich gewesen. Jörgs plötzliches Auftauchen war für Katja wie eine kalte Dusche.

»Als du in die Klinik eingeliefert wurdest, stand uns das Wasser bis zum Hals. Oder sagen wir besser mir. Ich habe dir nichts davon gesagt, weil ich dich nicht auch noch mit meinen Sorgen belasten wollte. Ich habe damals keinen Schlaf mehr gefunden, weil ich damit rechnen musste, Konkurs anzumelden.«

Jörg legte eine Pause ein. Immer noch hielt er den

Kopf gesenkt, wie ein armer Sünder saß er neben ihrem Bett.

Katja fühlte sich verunsichert. Hatte sie Jörg Unrecht getan? Erfuhr sie erst jetzt, welch schlimme Zeit er durchlebt hatte?

»Ja, was soll ich noch dazu sagen?« Mit einer hilflos anmutenden Geste hob er die Hände und lächelte bitter, als er sie anschaute. »Ich war damals nicht ich selbst. Erinnerst du dich daran, dass ich nach London fliegen musste?«

Katja nickte, sprechen konnte sie nicht. Sie hatte das Gefühl, als schnüre ihr eine eiserne Faust die Kehle zu.

»Dieser Auftrag in London war damals meine letzte Rettung. Ich bekam ihn und konnte wieder aufatmen.« Jörg verzog den Mund zu einem schiefen Grinsen. »Tja, wie das Leben so spielt, Katja. Danach ging es plötzlich aufwärts. Ich bekam Aufträge von verschiedenen Firmen, und jetzt habe ich mit der Firma Gebert den Vogel abgeschossen. Deswegen sagte ich ja, dass wir uns, wenn du wieder gesund bist, eine Erholungsreise durchaus leisten können.«

»Ich will aber nicht«, entgegnete sie so heftig, dass er sie verwundert anschaute. »Ich will nicht mehr mit dir leben, Jörg. Was glaubst du eigentlich, wer du bist? Du beleidigst mich, lässt dich kaum bei mir sehen, obwohl ich dich dringend gebraucht hätte, und plötzlich tauchst du hier auf und tust so, als wäre nie etwas zwischen uns vorgefallen.«

»Ich weiß, dass ich dich schlecht behandelt habe.« Jörg setzte sich jetzt auf die Bettkante und ergriff ihre Hände. »Katja, ich bin gekommen, weil ich dich um Verzeihung bitten wollte. Siehst du denn nicht, dass ich am Boden zerstört bin?«

»Trotzdem kann ich deine rüde Art nicht vergessen«,

entgegnete sie schroff. »Du hast mich damals mit deiner kaltschnäuzigen Art bis ins Mark getroffen.«

Jörg senkte den Kopf und schwieg. Seine Gedanken routierten. Was konnte er noch in die Waagschale werfen, um Katja umzustimmen. Er musste es schaffen, denn er wollte sich einen Teil vom großen Kuchen abschneiden.

»Aber ich rede nicht nur von der Zeit hier in der Klinik«, fuhr Katja voll Bitterkeit fort. »Auch vorher, als ich noch zu Hause war, hast du mich schlecht behandelt. Glaubst du, ich habe nicht darunter gelitten? Und ich will nicht mehr leiden, hörst du? Ich will ganz einfach nicht mehr. Bitte geh, und lass mich allein.«

Jörg kaute nervös auf der Unterlippe. War das seine sanfte, liebenswürdige Katja? Jörg kannte seine Frau nicht wieder, und er ahnte nicht, dass ihre neue Liebe zu Dr. Stoll ihr die Kraft zu solchen Worten gab.

»Ich will dich nicht verlieren«, sagte er kleinlaut. »Ich . . . ich liebe dich doch, Katja.«

»Das fällt dir reichlich spät ein.« Katja wollte seinem Drängen nicht nachgeben, sie wehrte sich mit aller Kraft dagegen.

Jörg stand auf und ging zum Fenster hinüber. Er wandte seiner Frau den Rücken zu. Was konnte er denn noch sagen, damit sie sich wieder versöhnlich zeigte? Himmel, sie war doch früher so leicht zu dirigieren gewesen. Was war geschehen, dass sie sich plötzlich so hart zeigte?

Ein Lächeln glitt plötzlich über sein Gesicht, seine graugrünen Augen funkelten, ein guter Gedanke war in seinem Gehirn aufgeblitzt.

»Katja, ich kann nicht glauben, dass du unsere Ehe so leichtfertig aufs Spiel setzen willst«, sagte er traurig, als er zum Bett zurückkam. »Bedeute ich dir denn gar nichts mehr? Hast du unser Eheversprechen vergessen? Machst du es dir so leicht?«

Katja, die ganz auf Kampf eingestellt gewesen war, zuckte kaum merklich zusammen. Er hatte sie an ihrem wundesten Punkt getroffen.

Sie war so erzogen worden, dass eine Frau sich niemals ohne triftigen Grund von ihrem Mann trennen durfte. Deswegen hatte sie auch nie mit dem Gedanken einer Scheidung gespielt.

Erst, als Jörg sie so kalt und herzlos abgefertigt hatte, als er sie in den schwersten Stunden ihres jungen Lebens allein gelassen hatte, war ihr eine Trennung möglich erschienen.

»Warum sagst du nichts, Liebes?« fragte Jörg weich und setzte sich wieder zu ihr. Erneut nahm er ihre Hände und drückte sie leicht. Er hatte Mühe, ein Lächeln zu unterdrücken, denn er wusste genau, in welchen Gewissenskonflikt er sie gestürzt hatte.

»Jörg, du weißt, wie ich über die Ehe denke«, antwortete sie leise. Trauer lag in ihrem Blick, als sie an ihm vorbeischaute. Sie dachte an Bernd, dem ihr ganzes Herz gehörte.

Durfte sie sich jetzt, da Jörg die Hand zur Versöhnung ausstreckte, sich von ihm trennen? Konnte sie das vor ihrem Gewissen verantworten?

»Katja, denk an das Versprechen, das wir uns vor dem Traualtar gegeben haben«, erinnerte Jörg sie. »Wir sollen in guten und in schlechten Zeiten zueinander stehen. Ich hatte ein schlechte Zeit, und ich habe dir gesagt, dass es mir sehr, sehr Leid tut, dass ich so grob zu dir war. Aber jetzt stehe ich vor dir, weil ich mich mit dir aussöhnen will. Ich bitte dich um Verzeihung, Katja, kannst du so hart sein und mich zurückstoßen?«

»Ich . . . ich muss erst darüber nachdenken«, entgegnete sie und presste die Fingerspitzen beider Hände an die Schläfen. Das Blut rauschte und pochte in den Adern, ihr Kopf schmerzte unerträglich.

Katja war nicht in der Lage, sofort eine Entscheidung zutreffen. Sie brauchte Zeit, um über alles nachzudenken. Ihr Herz sehnte sich nach Bernd, doch würde sie mit ihm glücklich leben können, wenn das schlechte Gewissen ihr keine Ruhe ließ?

»Das ist nicht gerade ein Kompliment für mich«, sagte Jörg traurig.

Katjas Blick glitt über sein gebräuntes Gesicht. Wie sehr hatte sie ihn einmal geliebt. War es denn ihre Schuld, dass ihre Gefühle für ihn erkaltet waren?

Sicher, er war ihr nicht fremd, und auf irgendeine Art mochte sie ihn immer noch. Doch Liebe? Dieses berauschende Gefühl hatte sie erst in Bernds Armen kennen gelernt. Gegen die lodernde Flamme, die für Bernd in ihrem Herzen loderte, war das Gefühl, das sie einst für Jörg empfunden hatte, nur ein Funken.

»Jörg, ich kann dir jetzt keine Antwort geben. Du hast mich zu tief verletzt«, sagte Katja entschlossen, und er spürte, dass er sie von dieser Entscheidung jetzt nicht abbringen konnte.

Sofort disponierte Jörg um und spielte den Verständnisvollen.

»Katja«, sagte er und nahm erneut ihre Hände, führte sie an die Lippen und küsste sie sanft. »Denke über alles nach, aber nimm mir nicht jede Hoffung. Sag mir, dass ich noch eine kleine Chance habe.«

O ja, Jörg verstand es, mit schönen Worten umzugehen. Das war von je her seine Stärke gewesen.

»Darf ich morgen wiederkommen?« fragte er, als sie schwieg.

»Nein, nicht schon morgen«, antwortete sie überhastet. »Bitte, ich brauche zwei oder drei Tage. Es ist eine schwere Entscheidung für mich, denn ich war bereits fest entschlossen gewesen, die Scheidung einzureichen.«

»Waaas? Katja, das darfst du mir nicht antun. Ich bitte dich, stoße mich nicht zurück. Ich ... ich kann ohne dich nicht leben. Das habe ich jetzt in den Wochen, in denen ich allein gelebt habe, genau erkannt. Bitte, Liebling, wenn du noch einen Funken Gefühl für mich hast, dann lass es uns noch einmal miteinander versuchen.«

»Ich kann dir keine Antwort darauf geben.« Ein müder Zug lag um ihren Mund. »Lass mich jetzt allein, bitte.«

Zögernd stand Jörg auf und schaute traurig auf sie hinunter. »Habe ich denn eine andere Wahl?« fragte er. »Ich komme übermorgen wieder, Katja. Bis dann.«

Die junge Frau antwortete nicht, und als sie allein war, ließ sie den Tränen freien Lauf. Noch nie in ihrem Leben hatte sie sich in einer derartig schwierigen Situation befunden, sie wusste nicht ein noch aus.

»Bernd«, flüsterte sie. »Oh, Bernd, werde ich dich jemals vergessen können? Ein Leben ohne dich – das muss grauenhaft sein ...«

Katja schloss die Augen, und sie war froh, dass Bernd heute nicht mehr zu ihr kommen wollte. Was sollte sie ihm sagen? Dass sie nicht wusste, wie sie sich entscheiden sollte? Dass sie es für ihre Pflicht hielt, zu ihrem Mann zurückzukehren?

Während Katja sich quälte, während sie unsagbar litt, schlenderte Jörg Forenberg gut gelaunt auf den Wagen zu, den er abseits der Klinik geparkt hatte.

Ute Baum wartete im Auto auf ihn. Neugierig schaute sie ihn an, als er sich hinter das Steuer setzte.

»Erzähle schon«, forderte sie ihn ungeduldig auf. »Wie war es? Hat sie angebissen?«

»Sie ziert sich noch«, sagte er gemein lächelnd. »Aber ich verwette mein gesamtes Vermögen, dass sie sich wieder mit mir versöhnt. Katja kann einfach nicht über ihren Schatten springen, und ihre christliche Erziehung kommt unseren Plänen sehr zugute. Mach dir keine Sorgen, mein Schatz, wir werden das Kind schon schaukeln.«

⌘

Zur gleichen Zeit ging Dr. Bernd Stoll in dem luxuriös eingerichteten kleinen Salon der Villa Roteck unruhig auf und ab.

Es war dem Chefarzt der Emden-Klinik sehr angenehm, dass Marinas Eltern nicht zu Hause waren. Marina hatte ihm durch den Butler ausrichten lassen, dass er sich noch ein paar Minuten gedulden sollte.

Marina war erst vor wenigen Minuten aus dem Tennisclub gekommen und duschte im Augenblick.

Tausendmal hatte Bernd sich bereits die Worte überlegt, mit denen er seiner Verlobten verständlich machen wollte, dass er eine andere Frau liebte.

Als Marina jedoch den kleinen Salon betrat, war sein Kopf wie leergefegt, wusste er nichts mehr von all den vorsichtigen tröstenden Worten, die er sich zurechtgelegt hatte.

Sie sah bezaubernd aus. Die dunklen kurzen Locken waren noch feucht von der Dusche, ihre hellen blauen Augen leuchteten aus dem gebräunten Gesicht, und das weiße, bis zum Boden fallende Hauskleid betonte ihre dunkle, rassige Schönheit.

»Nanu, Fremdling? Was suchst du hier im Heiligtum?« spottete Marina und blieb abwartend an der Tür stehen.

O nein, leicht wollte sie es ihm nicht machen. Er hatte sie sträflich vernachlässigt. Ja, bisweilen hatte sie sogar den Eindruck gehabt, dass er ihr aus dem Weg gegangen war.

Dass sie sich mittlerweile sehr gut mit Stefan Welter amüsiert hatte, fiel für Marina nicht ins Gewicht.

»Ich bin gekommen, weil ich mit dir reden muss, Marina«, sagte er, und seine Stimme klang seltsam heiser und gepresst. Kein Lächeln erhellte sein Gesicht, denn er verabscheute es im Grunde seines Herzens, einem Menschen wehtun zu müssen.

»Du wolltest sagen, um dich zu entschuldigen, nicht wahr?« warf sie kühl ein und deutete mit unnachahmlicher Grazie auf eine Sitzgruppe. »Setzen wir uns doch. Ich bin ein bisschen erschöpft, denn ich habe drei Stunden Tennis gespielt. Möchtest du etwas trinken?«

Marina ging zur Hausbar hinüber, die in einer alten, mit herrlichen Schnitzereien versehenen Vitrine untergebracht war. Sie wandte ihm den Rücken zu, Bernd hörte Eiswürfel in Gläser klirren.

»Ich nehme einen Campari mit Soda«, sagte er und setzte sich auf die Kante eines Sessels.

Verflixt, dachte er, warum ist es nur so schwierig, einem Menschen die Wahrheit zu sagen? Ist man schuldig, weil man einen anderen liebte? Konnte man seinem Herzen denn befehlen?

»Bitte.« Marina reichte ihm das Glas und setzte sich ihm gegenüber. Sie spielte die Unnahbare, obwohl sie im Grunde ihres Herzens nur darauf wartete, Bernd großzügig verzeihen zu können.

»Wie geht es dir so?« fragte Bernd, und im nächsten Augenblick hätte er sich deswegen ohrfeigen können. Wie konnte er sich nur zu solch einer lapidaren Aussage hinreißen lassen?

»Danke, wenn ich davon absehe, dass ich mich solo fühle, ganz gut«, bemerkte sie sarkastisch. »In den letzten drei oder vier Wochen hatte ich nicht das Gefühl, einen Verlobten zu haben. Du hast dich sehr rar gemacht.«

»Verzeih, aber ich ... ich hatte meine Gründe dafür«, entgegnete der Arzt und stand auf. Er konnte einfach nicht ruhig sitzen bleiben, während in seinem Herzen Aufruhr herrschte.

»Das habe ich mir auch schon gedacht«, antwortete Marina wütend. Sie konnte sich nicht mehr beherrschen. »Was hast du dir eigentlich dabei gedacht? Meine Eltern glauben bereits, dass wir uns trennen wollen.«

Jetzt war das Wort gefallen, das Bernd aussprechen musste.

»Deswegen bin ich gekommen«, sagte der Arzt schwerfällig. Er lehnte sich mit dem Rücken an die Wand und schaute sie offen an. »Ja, Marina, es fällt mir zwar schwer, dir weh zu tun, aber einmal muss ich es dir ja sagen. Ich habe mich in eine andere Frau verliebt.«

Es war totenstill im Zimmer. Nur das Ticken der alten Standuhr und Marinas heftiges Atmen war zu hören.

Marina schaute Bernd an, als zweifle sie an seinem Verstand. Sie weigerte sich einfach, diese Worte zu begreifen. »Sag ... sag ... das bitte noch einmal.« Ihre Stimme war nur noch ein heiseres Krächzen.

»Ich habe es die ganze Zeit über vor mir hergeschoben«, sagte Bernd leise. »Ich hatte Angst vor diesem Gespräch, weil ich dir wehtun muss. Aber ich kann es nicht ändern. Ich bin gekommen, um unsere Verlobung zu lösen, Marina.«

»Nein!« schrie sie und sprang auf. »Ich ... ich gebe dich nicht her, Bernd. Ich liebe dich!«

Marinas Gesicht verzog sich zu einer hässlichen Grimasse, in ihren hellen Augen tanzten Irrlichter, als sie langsam auf ihn zukam. Mit dem Instinkt einer Frau wusste sie plötzlich, wer ihre Rivalin war.

»Oh, ich weiß schon, in wen du dich verliebt hast!« schrie sie unbeherrscht. In dieses hilflose Geschöpf, das du kostenlos behandelt hast! Wahrscheinlich hat sie dich angebetet, und du bist darauf hereingefallen. Bernd, wach doch auf! Du liebst mich, ich weiß es.«

Marina stand jetzt dicht vor ihm, und ihre Hände verkrallten sich in den Aufschlägen seines Jacketts. Bernd spürte, dass sie am ganzen Körper zitterte, doch er konnte ihr nicht helfen.

»Bitte, Marina, ich will nicht, dass wir als Feinde auseinander gehen«, sagte er ruhig und schaute sie bittend an. »Ja, ich habe mich in Katja Forenberg verliebt. Nein, das ist nicht der richtige Ausdruck. Ich liebe sie, Marina. Bitte, versteh mich doch. Ich kann meinem Herzen nicht befehlen.«

»Weißt du überhaupt, was du mir antust?« fragte sie gefährlich leise und ruhig.

Doch es war die Ruhe vor einem Sturm. »Ganz abgesehen davon, dass ich dich liebe, machst du mich in der ganzen Stadt lächerlich. Marina Roteck hat den Laufpass bekommen wird man munkeln und mich mitleidig belächeln.«

Marina riss an seinen Rockaufschlägen, sie schüttelte ihn und schrie weinend: »Das kannst du mir nicht antun, Bernd! Bitte, ich flehe dich an, bleib bei mir.«

Bernds Hände legten sich um ihre Handgelenke, behutsam befreite er sich von ihrem Griff und trat einen Schritt zurück. Ernst schaute er sie an, und Marina wusste plötzlich, dass sie ihn für immer verloren hatte.

Doch Marina war eine temperamentvolle, eigensinnige Frau, die sich nie etwas kampflos wegnehmen ließ.

»Ich werde mich immer an dich gebunden fühlen!« kreischte sie plötzlich hysterisch, griff nach einer kostbaren Vase, die auf einem Sockel postiert war und warf sie zu Boden. Das Porzellan splitterte und klirrte, Marina trat mit den Fußen darauf. »Ich liebe dich. Was hat die andere dir zu bieten, was ich nicht habe? Was willst du denn? Ich bin schön, reich und man kann sich mit mir gut unterhalten. Sag mir, was die andere, diese Katja, mir voraus hat?«

»Nichts, Marina«, erwiderte er. »Ich liebe sie einfach, das ist alles.«

Bernd fühlte leichten Widerwillen in sich aufkeimen, als er Marina betrachtete, deren Gesicht zu einer hasserfüllten Grimasse verzerrt war. So hatte er sie noch nie gesehen, und er erschrak über die grenzenlose Wut, die in ihren hellen Augen loderte.

Marina wandte sich um, ging zum Sofa und warf sich darauf. Sie wurde, von einem Weinkrampf geschüttelt, stieß abgehackte, unzusammenhängende Worte hervor, drohte und flehte gleichzeitig.

Der Arzt glaubte, ein paar gute Worte sagen zu müssen. Er ging zu ihr hin und legte die Hand auf ihre Schulter.

»Marina, bitte glaube mir, dass ich mich selbst verabscheue, weil ich dir so wehtun muss«, sagte er ruhig. »Aber ich hätte anders nicht weiterleben können. Sollte ich vielleicht unsere Verlobung aufrecht erhalten und dich mit jedem Kuss, mit jeder Zärtlichkeit belügen? Nein, das kann ich nicht. Vielleicht war es ein Fingerzeig des Schicksals, dass ich Katja, begegnet bin?«

Wie eine Wildkatze warf Marina sich herum und schüttelte seine Hand ab. Hasserfüllt schaute sie ihn an.

»Fass mich nicht an, du ... du ... Lügner. Mir hast

du Arbeit vorgetäuscht, während du mit der anderen geturtelt hast. Aber wir haben noch nicht das letzte Wort miteinander gesprochen, Bernd, das schwöre ich dir. Du vergisst, dass mein Vater ein sehr einflussreicher Mann ist. Er wird es nicht zulassen, dass du seine einzige Tochter ungestraft bloßstellen kannst. Paps wird sich schon etwas einfallen lassen, um ...«

»Genug«, schnitt er ihr hart das Wort ab. »Was glaubst du wohl, wer du bist? Eine kleine Göttin, die mit Geld und Einfluss alles erreichen kann? Du irrst dich, Marina.«

Bernd wandte sich um und ging zur Tür.

»Bernd, bitte, geh nicht!« rief sie ihm flehend nach. »Ich liebe dich! Bedeute ich dir denn gar nichts mehr?«

Der Arzt hatte die Türklinke bereits in der Hand, als er sich noch einmal halb zu ihr umdrehte.

»Ich habe dich sehr gern, Marina, und wenn dir daran gelegen ist, können wir Freunde bleiben«, sagte Bernd und wich ihrem Blick nicht aus. »Aber mein Herz gehört einer anderen Frau. Vielleicht wirst du eines Tages auch so tief und innig lieben wie ich. Ich bin sicher, dass du mich dann verstehen wirst.«

Bernds gut gemeinte Worte klangen in Marinas Ohren wie Hohn und Spott. Sie griff nach dem schweren Kristallaschenbecher vor ihr auf dem Tisch und warf ihn mit aller Kraft nach Bernd.

Der Arzt duckte sich im letzten Augenblick, krachend schlug der Ascher gegen die Tür und grub eine tiefe Scharte ins Holz.

Bernd wusste nun, dass eine gütliche Trennung von Marina nicht möglich sein würde. Rasch drehte er sich um und verließ wortlos den kleinen Salon. Er war sicher, dass er die Villa der Rotecks nie wieder betreten würde.

Marina hingegen wusste sich vor Zorn und Hass

nicht zu beherrschen. Sie weinte und schrie, stieß wüste Drohungen aus, und der Butler, der einen Blick in den kleinen Salon warf, zog sich hastig wieder zurück.

Marina beruhigte sich nach geraumer Zeit wieder, doch ihr Herz war angefüllt mit Rachegedanken. Sie gönnte keiner anderen Frau, mit Bernd glücklich zu sein.

Ruhig saß Marina da und starrte vor sich hin. Ihre Gedanken bewegten sich im Kreis. Wie konnte sie Katja Forenberg schädigen? Hatte Bernd ihr nicht damals erzählt, dass seine Patientin verheiratet war?

Marina sprang plötzlich wie elektrisiert auf.

Heute war Mittwoch, und Bernd war sicher zum Ratskeller gefahren, um sich mit seinen Kollegen am Stammtisch zu treffen.

»Man soll das Eisen schmieden, solange es heiß ist«, stieß Marina gehässig hervor, und ihre Augen verengten sich zu schmalen Schlitzen. Ein böses Lächeln kräuselte ihre Lippen, als sie kurz darauf zu ihrem roten Sportwagen ging.

⌘

Schwester Monika stützte Katja vorsichtig, als sie die Patientin durchs Zimmer führte.

»Ach, Schwester, ich bin ja so glücklich«, sagte Katja, die sich über jede Bewegungsübung freute. »Jeden Tag ein paar Schritte mehr – Sie können sich gar nicht vorstellen, was das für mich bedeutet.«

»Ich freue mich mit Ihnen«, antwortete die Schwester, deren frisches Gesicht leicht gerötet war. »Wissen Sie, ich stelle es mir schrecklich vor, behindert zu sein. Man muss auf so viele schöne Dinge im Leben verzichten.«

»Wem sagen Sie das?« Katja seufzte, als sie sich vorsichtig aufs Bett setzte.

Schwester Monika nahm behutsam Katjas Beine und legte sie aufs Bett. Fürsorglich deckte die Schwester die junge Frau zu.

»Haben Sie noch einen Wunsch, Frau Forenberg? Soll ich Ihnen vielleicht eine Tasse Tee bringen? Oder eine kleine Schale Obst?«

»Das ist lieb gemeint, aber im Augenblick möchte ich nichts«, lehnte Katja ab.

Eine angenehme Patientin, dachte Schwester Monika, als sie das Krankenzimmer verließ. Katja läutete selten nach einer Schwester, sie ließ sich nur helfen, wenn es unumgänglich war.

Die Schwestern der Allgemeinen Chirurgie wussten das sehr zu schätzen, denn es gab auch andere Patienten, die nichts anderes zu tun hatten, als das Pflegepersonal auf Trab zu halten.

Kaum hatte die junge freundliche Schwester das Zimmer verlassen, erlosch auch Katjas Lächeln. Jetzt, da sie allein war, hatte sie es nicht mehr nötig, sich zu verstellen, konnte sie ihre Trauer offen zeigen.

Sie schaute auf die Uhr und dachte an Bernd, der jetzt vielleicht schon mit Kollegen zusammensaß und fachsimpelte. Zwei Tränen lösten sich von ihren Wimpern und rollten über die Wangen. Sie schmeckten salzig und bitter.

»Was soll ich nur tun?« flüsterte die junge Frau. »Jörg ist mein Mann. Er braucht mich, hat er gesagt ...«

Lautes, qualvolles Stöhnen kam über ihre Lippen. Sie hatte sich alles so einfach vorgestellt. Jörg liebte sie nicht mehr. Davon war sie überzeugt gewesen.

Doch jetzt, nach seinem Besuch, sah alles ganz anders aus. Jörg war als Bittender zu ihr gekommen. Konnte sie ihn zurückweisen? Durfte sie das überhaupt?

»Aber ich liebe Bernd«, flüsterte sie und wischte sich mit dem Handrücken über die Augen. »Ich liebe ihn mehr als mein Leben . . .«

Die Tür wurde plötzlich aufgerissen, und eine hübsche junge Frau kam herein. Mit Nachdruck schloss sie die Tür hinter sich, blieb stehen und verschränkte die Arme vor der Brust.

Erstaunt schaute Katja die Fremde an. Sie hatte sich bestimmt in der Zimmertür geirrt. Aber warum sagte sie nichts? Warum stand sie nur da und starrte sie hasserfüllt an?

»Was kann ich für Sie tun?« fragte Katja, und ihre Stimme zitterte immer noch ein wenig.

»Das fragen Sie noch?« rief Marina Roteck höhnisch. »Sie sind doch Katja Forenberg? Oder habe ich mich in der Zimmernummer geirrt?«

»Nein, ich bin Frau Forenberg«, erwiderte Katja und zog unwillkürlich die Bettdecke bis ans Kinn. Sie fürchtete sich vor der Fremden, die langsam näher kam.

»Ich bin Marina Roteck«, sagte die dunkelhaarige Frau. »Sagt Ihnen der Name etwas?«

»Nein, es tut mir Leid, aber ich bin sicher, dass wir uns nicht kennen«, antwortete die Patientin.

»Aha, feige ist er also auch noch«, stellte Marina zynisch lächelnd fest.

»Verzeihen Sie, aber wollen Sie mir nicht sagen, von was oder wem Sie sprechen?« Katjas Verwunderung wuchs von Minute zu Minute. Dass Marina Roteck nicht gekommen war, um ihr nette Dinge zu sagen, hatte Katja erfasst. Aber was hatte sie ihr vorzuwerfen?

»Der Name Doktor Bernd Stoll ist Ihnen doch sicher ein Begriff?« fragte Marina, die neben dem Bett stehen blieb und auf Katja verächtlich hinabschaute.

»Ja, sicher.« Tiefes Rot überzog Katjas Wangen, ihre Stimme klang weich und zärtlich, als sie Marinas Frage bestätigte.

»Dann wissen Sie sicher auch, dass er mit mir verlobt ist?« warf Marina lauernd ein. »Oder soll ich besser sagen – war?«

»Ich . . . ich verstehe nicht . . .« stammelte die Patientin. Sie schluckte trocken, Übelkeit überkam sie plötzlich. Nein, die Frau neben ihrem Bett sah nicht so aus, als wollte sie sich einen Scherz erlauben.

Bernd war verlobt? Warum hatte er ihr nie etwas davon gesagt? Hatte er kein Vertrauen zu ihr?

»Oh, ich sehe, Sie sind erstaunt.« Marinas Lachen tat Katja in den Ohren weh. Es war laut und schrill. »Nun, jedenfalls haben Sie es geschafft, mir den Mann zu nehmen, den ich liebe. Schämen Sie sich eigentlich nicht? Sie sind doch eine verheiratete Frau!«

»Ich . . . ich wusste davon nichts«, würgte Katja hervor. Unwillkürlich presste sie beide Hände ans Herz. Sie glaubte, den Schmerz, der sie durchglühte, nicht mehr ertragen zu können.

»Dann sind Sie ja jetzt informiert«, stellte Marina kalt fest. »Vielleicht sind Sie gewissenlos genug, Ihr Glück auf meinem Unglück aufzubauen, aber das soll Ihnen keinen Segen bringen. Ich wünsche Ihnen die Pest an den Hals, wenn Sie es genau wissen wollen. Sie haben mir alles genommen, was mir wichtig gewesen war. Wenn Sie noch einen Funken Anstand im Leib haben, dann trennen Sie sich von Bernd. Sind Sie sensibel genug, um sich in mich hineinversetzen zu können?«

Marina hatte schnell und abgehackt gesprochen, sie musste eine kleine Atempause einlegen.

»Im nächsten Frühjahr wollten wir heiraten«, sprach Marina weiter. »Ich wäre Bernds Frau geworden, wenn es Sie nicht gäbe. Haben Sie denn gar kein Gewissen? Sie lassen sich nicht nur kostenlos behandeln, Sie spannen mir auch noch den Verlobten aus. Pfui Teufel, da kann man doch nur ausspucken!«

»Ich habe das nicht gewusst!« rief Katja und setzte sich so abrupt auf, dass die Operationsnarbe schmerzte. Stöhnend ließ sie sich wieder zurückgleiten, und ihre Stimme klang wie das Wimmern eines verängstigten Kindes, als sie wiederholte: »Ich habe das doch alles nicht gewusst ...«

»Entweder sind Sie eine gute Schauspielerin, oder Sie sagen die Wahrheit«, stellte Marina stirnrunzelnd fest. »Wie dem auch sei, meine Liebe, Sie sollten einmal Ihr Gewissen zu Rate ziehen, ob das, was Sie getan haben, auch zu verantworten ist.«

»Bitte, gehen Sie«, bat Katja, die am liebsten fluchtartig die Klinik verlassen hätte. Doch sie war ans Bett gefesselt und gezwungen, Bernd morgen wiederzusehen.

»Noch nicht.« Marina beugte sich tiefer zu Katja hinunter, und die Blicke, die die Patientin trafen, waren wie Dolche. »Eines schwöre ich Ihnen, meine Liebe, wenn Sie Bernds Frau werden, werde ich ihn ruinieren. Mein Vater ist ein reicher Mann. Er wird Mittel und Wege finden, den sauberen Doktor Stoll unmöglich zu machen.«

»Das ist nicht nötig«, antwortete Katja bitter. Sie hatte sich jetzt ein wenig gefasst, und sie wusste was sie zu tun hatte, »Ich werde Doktor Stoll nie heiraten. Sobald ich die Klinik verlassen habe, werde ich jedes Wiedersehen vermeiden. Das kann ich Ihnen versprechen.«

Marina legte den Kopf schief und betrachtete die blasse Frau misstrauisch. Sagte Katja die Wahrheit, oder benutzte sie eine Finte, um die lästige Rivalin loszuwerden?

»Bernd mag ja auf Ihre schönen blauen Augen und Ihr unschuldiges Engelsgesicht hereingefallen sein, Frau Forenberg – ich tue das nicht«, entgegnete Marina nach kurzem Nachdenken kalt. »Ich bin sogar davon überzeugt, dass Sie in Bernd nur eine gute Partie sehen.«

Katja fühlte sich Marinas Attacken hilflos ausgesetzt, sie war nicht fähig, sich zu wehren. Sie schlug die Hände vors Gesicht und weinte so verzweifelt, dass es einen Stein hätte erweichen können.

Doch Marina blieb hart. Genugtuung blitzte in ihren kühlen hellblauen Augen auf. Sie hatte erreicht, was sie wollte. Bernd würde alle Hände voll zu tun haben, um diese Katja wieder für sich zu gewinnen.

Sie soll ihn auch nicht haben, schoss es Marina durch den Kopf. Laut jedoch sagte sie: »Tränen kann jeder vergießen. Ich habe heute Nachmittag auch geweint, Frau Forenberg. Aber ich glaube, ich habe Ihnen jetzt genug gesagt.«

»Womit habe ich das verdient?« stammelte Katja weinend. Sie hielt die Hände immer noch vor dem Gesicht, sie wollte nicht, dass die Fremde sie so aufgelöst sah. »Was habe ich getan, dass ich so gestraft werde? Ich verstehe das alles nicht . . . Oh, mein Gott, hilf mir, ich halte diesen Schmerz nicht mehr aus . . .«

Ein nachdenklicher Zug legte sich auf Marinas Gesicht. Abrupt drehte sie sich um und verließ schnell das Krankenzimmer. Erst, als sie wieder hinter dem Steuer ihres Wagens saß und sich eine Zigarette anzündete, kühlte ihr Zorn langsam ab.

Marina war kein schlechter Mensch, sie konnte sich jedoch nicht mehr kontrollieren, wenn der Jähzorn sie packte.

Tief inhalierte sie den Rauch und starrte verbissen vor sich hin. Sie ärgerte sich über sich selbst, denn immer wieder drängte sich ihr die Frage auf, ob sie richtig gehandelt hatte.

Je länger Marina über Katja Forenberg nachdachte, desto mehr kam sie zu der Überzeugung, dass der Schmerz der jungen Frau echt gewesen war.

Sie nagte nervös an der Unterlippe. Was hatte sie jetzt eigentlich erreicht? Dass Katja sich von Bernd trennte? Vielleicht. Aber Bernd hatte sie damit nicht zurückgewonnen.

Marina drehte sich halb um und schaute zum Klinikgebäude zurück. Sie war versucht, noch einmal zu Katja zu gehen, um ihr zu sagen, dass sie, Marina, aus reiner Rachsucht gehandelt hatte.

Mit einer eigenwilligen Bewegung warf sie den Kopf leicht in den Nacken, Zorn und Selbstmitleid packten sie.

»Wer bedauert denn mich?« fragte Marina sich halblaut und warf die Zigarette achtlos auf den Parkplatz. »Warum soll sie nicht ebenso leiden wie ich? Sie soll am eigenen Körper erfahren, wie es ist, wenn das Herz so wehtut, dass man vor Schmerz schreien möchte.«

Sie drehte den Zündschlüssel im Schloss und ließ den Motor aufheulen. Ungute Gedanken beherrschten sie, als sie das Klinikgelände verließ.

⌘

Dr. Bernd Stoll summte eine Melodie, als er sich mit der flachen Hand über die Wangen strich, um die frische Rasur zu überprüfen. Er wollte heute schon eine halbe Stunde früher als üblich zur Klinik hinübergehen, um Katja noch einmal in die Arme nehmen zu können, bevor der anstrengende Klinikbetrieb begann.

Obwohl Bernd es aufrichtig bedauerte, dass er sich

im Bösen von Marina getrennt hatte, fühlte er sich nach der Aussprache mit ihr unendlich erleichtert.

Jetzt konnte er auch Katja von Marina erzählen, denn jetzt war er frei.

Als der Chefarzt zur Klinik hinüberging, erschien ihm der neue Tag heller und freundlicher als je zuvor. Er bewunderte die Blütenpracht der Ziersträucher, blieb manchmal stehen und lauschte dem Jubilieren der Vögel.

Fast überschwänglich freundlich begrüßte er die Schwester in der Rezeption, verzichtete auf den Fahrstuhl und sprang, zwei Stufen auf einmal nehmend, die Treppe zum ersten Stockwerk hinauf.

Einen Abend hatte Bernd die geliebte Frau nicht besucht, doch die Zeit, die zwischen gestern und heute lag, erschien ihm wie eine Ewigkeit.

Der Chefarzt wusste, dass das Frühstück der Patienten um diese Zeit bereits abserviert war. Er stürmte ohne anzuklopfen in Katjas Zimmer.

In seiner Freude bemerkte Bernd zunächst nicht, wie blass Katja war. Er setzte sich zu ihr und nahm sie in die Arme.

Katja Forenberg hatte sich vorgenommen, dies nicht mehr geschehen zu lassen. Doch ihn jetzt zurückzustoßen, ging über ihre Kraft. Sie schlang die Arme um seinen Hals und erwiderte seine Küsse mit einer Leidenschaft, die ihn fast ein wenig erschreckte.

»Na, na, so lange war ich ja nun auch nicht weg«, scherzte er ausgelassen, als er sich von ihren Lippen löste. »Aber ich muss gestehen, dass ich es kaum erwarten konnte, dich wieder in die Arme nehmen zu dürfen. Weißt du, wenn ich bei dir bin, fühle ich mich so rundherum wohl. In deiner Nähe könnte ich sogar vergessen, dass ich Patienten habe, die auf mich warten.«

Katja lehnte sich mit dem Rücken an den hochgestellten Kopfteil des Bettes, ihr Blick hing an seinem Gesicht.

Erst jetzt, da für sie die Stunde des Abschieds gekommen war, merkte Katja, wie sehr sie ihn liebte. Jede Linie in seinem Gesicht war ihr vertraut, sie liebte das helle Grau seiner Augen, sein jungenhaftes Lachen, die Grübchen in seinen Wangen.

»Warum schaust du mich so ernst an?« fragte er. »Gefalle ich dir heute nicht?« Bernd ahnte noch nicht, dass seine Freude bald in Trauer und Enttäuschung umschlagen würde. Er war so glücklich, dass er am liebsten die ganze Welt umarmt hätte.

»Jörg war gestern hier«, sagte Katja, und ihre Stimme schwankte leicht.

»Ach, und was hat ihn dazu veranlasst, wieder einmal nach dir zu schauen?« Bernds feine Ironie war nicht zu überhören. »Verzeih, aber er hat sich doch während der letzten Wochen nicht um dich gekümmert. Was wollte er denn von dir?«

Bernd war nicht der Mann, der sich leichtfertig zwischen eine Beziehung drängte und eine Ehe zerstören wollte. Doch so, wie Jörg seine Frau behandelte, konnte er sie auch nicht mehr lieben.

Der Chefarzt der Klinik hatte keinerlei Gewissensbisse, weil er sich in eine verheiratete Frau verliebt hatte. Er wusste, dass diese Ehe schon zerrüttet gewesen war, bevor er Katja kennen lernte.

»Sich mit ... mit mir aussöhnen«, antwortete sie stockend. Ihre wunderschönen blauen Augen füllten sich mit Tränen. »Er hat mich um Verzeihung gebeten.«

»Und?« fragte Bernd. Angst erfüllte plötzlich sein Herz, denn Katjas ernstes Gesicht ließ ihn Schlimmes ahnen.

Die junge Frau war versucht, ihm von Marinas Besuch zu erzählen. Sie unterließ es, weil es keinen Einfluss mehr auf ihre Entscheidung hatte.

»Jörg ist mein Mann«, sagte Katja und senkte die Lider. Sie konnte seinen Blick nicht mehr ertragen. Den erwachenden Schmerz, die Enttäuschung in seinen Augen ...

Ich darf nicht schwach werden, redete die Frau sich ununterbrochen ein. Jörg braucht mich, und vielleicht wird auch Marina wieder mit Bernd glücklich, wenn ich aus seinem Leben gegangen bin.

»Das weiß ich«, stieß er erregt hervor. »Warum betonst du das so nachdrücklich? Was willst du mir damit zu verstehen geben.«

»Jörg hat mich an mein Eheversprechen erinnert. In guten und in schlechten Zeiten sollen wir zueinander stehen, hat der Pastor damals zu uns gesagt. Jörg ... Jörg hat mich überzeugt. Ich werde zu ihm zurückkehren und einen neuen Anfang mit ihm versuchen.«

Katja wagte immer noch nicht, die Lider zu heben. Leichenblass saß sie im Bett, ihre Lippen zitterten, ihre Finger verkrampften sich in der Bettdecke.

»Du liebst ihn doch nicht mehr«, kam es nach langem Schweigen über Bernds Lippen. »Oder ... oder hast du mich angelogen?«

Dich anlügen? wollte sie laut ausrufen. Doch sie presste die Lippen fest aufeinander. Nein, sie musste es sich und Bernd leicht machen.

Der Arzt packte sie an den Oberarmen, sein Griff war härter als beabsichtigt.

»Antworte mir«, herrschte er sie an. Bernd war wie von Sinnen. Er wollte einfach nicht begreifen, dass all sein Glück mit einem Schlag vorbei sein sollte.

»Jörg ist mein Mann, und ich gehe wieder zu ihm zurück«, wiederholte Katja kaum noch Herr ihrer Stimme.

»Schau mich an, wenn du mir so etwas sagst«, antwortete er erregt. »Katja, schau mir in die Augen, denn ich kann und will dir nicht glauben. Du liebst mich, hast du gesagt. Warum dieser plötzliche Sinneswandel! Warum?«

Das letzte Wort schrie Bernd heraus. All sein Schmerz, seine Fassungslosigkeit drückten sich darin aus. Der Arzt glaubte, noch niemals einen derartigen Schmerz verspürt zu haben.

Katja schaute ihn an. Tränen schwammen in ihren Augen.

Bernd war zu sehr vom eigenen Schmerz geblendet, um ihr Leid und ihren Kummer in ihrem Blick lesen zu können. Er sah nur ihr Augenpaar, den violetten Schimmer darin und dachte daran, dass sie ihn nie wieder verliebt anschauen würden. »Es ist die Wahrheit, Bernd«, sagte sie schluchzend. »Ich kann einfach nicht über meinen Schatten springen. Frage mich nichts mehr, ich will nicht mehr mit dir darüber reden. Vergiss mich. Ich bin sicher, dass du auch eines Tages die Frau finden wirst, die zu dir gehört.«

Der Arzt stand auf und versenkte die Fäuste in den Kitteltaschen. Den Blick, mit dem er sie anschaute, würde Katja nie vergessen. Das wusste sie.

»Wenn du glaubst, das Richtige zu tun, werde ich dich nicht daran hindern«, sagte er, und seine Stimme klang frostig. »Ich hätte mich auch niemals zwischen euch gedrängt, wenn du mir nicht zu verstehen gegeben hättest, dass du mit Jörg nicht mehr zusammenleben möchtest. Du warst eben ein Irrtum, und damit werde ich leben müssen.«

»Bernd, ich . . .«

»Bitte, lass uns nicht sentimental werden«, unterbrach er sie mit einer Härte in der Stimme, die ihr kalte Schauer über die Haut jagte. »Wenn du glaubst, dass du zu deinem Mann gehörst, dann bin ich der Letzte, der dich davon abhält. Ich zerstöre keine Ehe.«

Ein letzter Blick aus seinen grauen Augen, die jetzt dunkel wirkten, traf sie, dann drehte er sich um und verließ rasch das Zimmer.

Katja presste beide Hände gegen den Mund, und der gehende Schrei, der sich über die Lippen drängen wollte, klang nur noch wie ein dumpfes Gurgeln.

Jetzt, nachdem sie es ausgesprochen hatte, war Katja sich nicht mehr sicher, ob sie richtig gehandelt hatte. Sie schloss die Augen.

Sie sah sich wieder als strahlende Braut ganz in Weiß mit Jörg vor dem Traualtar stehen, glaubte, die Worte des Geistlichen noch jetzt in ihren Ohren klingen zu hören.

Langsam ließ sie die Hände sinken, endlose Leere lag in ihrem Blick, ein bitterer Zug hatte sich um ihre Lippen eingegraben.

»Ich kann Jörg nicht zurückstoßen«, sagte sie und versuchte, ihrer Stimme Festigkeit zu geben. »Ihm habe ich geschworen, eine gute Frau zu sein, und das will ich auch halten.«

Sehnsüchtig schaute Katja zur Tür. Nie wieder würde Bernd lachend hereinkommen, nie wieder würde sie seine Zärtlichkeiten spüren.

Katja schüttelte heftig den Kopf, so, als wollte sie all diese Gedanken vertreiben.

»Ich darf nicht mehr an ihn denken«, flüsterte sie unter Tränen.

»Nur so wird die Zukunft erträglich für mich sein.«

⌘

Stefan Welters Gastspielzeit in der Stadt war abgelaufen. Der Pianist wollte jedoch nicht abreisen. Er konnte es sich erlauben, angebotene Konzerte auszuschlagen, denn er war weit über die Grenzen Deutschlands hinaus bekannt und berühmt.

Viele junge Damen aus der oberen Gesellschaftsschicht beneideten Marina Roteck um das Interesse, das der gut aussehende Pianist ihr entgegenbrachte.

Doch Marina zeigte sich gleichgültig. Sie hatte gerade eine große Enttäuschung hinter sich, war ein gebranntes Kind und scheute das Feuer.

Stefan Welter war ein hartnäckiger junger Mann, und wenn er sich etwas in den Kopf gesetzt hatte, konnte er eine erstaunliche Beharrlichkeit an den Tag legen.

Fast jeden Tag kam er zu Marina, lud sie zu Ausflügen in die Umgebung ein, spielte Tennis mit ihr und führte sie abends in exklusive Nachtbars, um mit ihr zu tanzen.

Insgeheim war Marina froh, dass Stefan Welter sich so um sie bemühte, denn er machte es ihr leichter, Dr. Bernd Stoll zu vergessen.

Marina hatte ihren ehemaligen Verlobten schon drei Wochen nicht mehr gesehen. Sie wusste nicht, ob Katja und er noch ein Paar waren, und sie wollte es auch gar nicht wissen.

In der Villa der Rotecks wurde Bernds Name nicht mehr erwähnt, und auch Marinas Freunde sprachen nicht mehr über den Arzt, denn Marina sah rot, wenn sie nur den Namen Dr. Stoll hörte.

Auch heute Nachmittag parkte Stefan Welters teurer Sportwagen vor der Villa der Rotecks.

Der Pianist hatte sich mit Marina in den weitläufigen Park zurückgezogen. Sie hatten sich, wenige Schritte vom Rechteck des Swimming-Pools entfernt, im Schatten eines Kastanienbaumes niedergelassen.

Neben ihnen, auf einem zierlichen weißen Tischchen, standen eisgekühlte Getränke zur Erfrischung bereit.

Stefan Welter lag rücklings im Gras und schaute zu den weitausladenden Ästen des Baumes hinauf. Das Sonnenlicht durchbrach das Laub in feinen Lichtbündeln und malte helle Tupfen ins Gras.

»Ich liebe diesen Frieden«, sagte Stefan und wandte ihr das Gesicht zu. »Sie haben hier ein wunderschönes Zuhause, Marina.«

»Na, Sie haben es nötig, von unserer Villa zu schwärmen«, bemerkte sie. Marina saß neben ihm und schaute auf ihn hinab. »Sie haben ein Landhaus in Südfrankreich, eine Villa in der Schweiz und wollen sich, wie Sie mir erzählten, noch ein Feriendomizil auf Sizilien kaufen.«

»Stimmt, aber ich bin nirgends zu Hause«, antwortete er ein wenig traurig.

»Das liegt an Ihnen.«

»Nein, das sehe ich anders«, widersprach er ihr und setzte sich auf. »Ein geliebter Mensch kann für mich ein Zuhause sein, niemals aber ein Haus oder anderer Besitz.«

Aufmerksam schaute Stefan sie an. Hatte sie seine versteckte Andeutung verstanden?

Stefan liebte Marina, und er wusste mehr über ihre Vergangenheit, über ihre Enttäuschung und ihre Ängste, als sie glaubte. Ihm gegenüber gab sie sich stets gut gelaunt, lachte viel und oft und tat so, als sei die Welt für sie in Ordnung.

Doch der junge Mann schaute hinter die Fassade der Heiterkeit, die Marina künstlich errichtet hatte.

Marina konnte Stefans fragenden Blick nicht mehr ertragen. Sie stand auf, brach eine Blüte vom Rhododendronstrauch und steckte sie Stefan hinters Ohr.

»Hübsch sehen Sie aus, wie ein feuriger Südländer«, stellte sie fest und lachte ihn an.

Der Pianist griff nach ihrer Hand und zog Marina wieder neben sich ins Gras. Er erwiderte ihr Lachen nicht, ernst schaute er sie an.

»Marina, Sie wissen, was ich für Sie empfinde«, sagte er. »Ich war vom ersten Augenblick an von Ihnen fasziniert.«

Stefan sah, dass sie eine abweisende Erwiderung auf der Zunge hatte und hob die Hand.

»Nein, bitte unterbrechen Sie mich jetzt nicht, Marina. Ich weiß, dass Sie von einem Mann tief enttäuscht worden sind«, sagte er. Stefan merkte, dass sie ihm die Hand entziehen wollte, doch er hielt sie gegen ihren Willen fest.

»Du lieber Himmel. Stefan, Sie werden mir doch nicht eine Liebeserklärung machen wollen?« Marina lachte spöttisch. »Da muss ich Sie aber furchtbar enttäuschen. Gegen schöne Worte über Liebe und Treue bin ich immun.«

»Nur weil Ihnen ein Mann wehgetan hat?« Stefan sah, dass es in ihren Augen wetterleuchtete, doch er war bereit, alles zu riskieren. Sollte sie ihm ruhig die Tür weisen. Morgen würde er Marina erneut besuchen.

»Lassen wir dieses Thema«, warf sie brüsk ein. »Stefan, ich warne Sie, wenn Sie meine Freundschaft nicht verlieren wollen, dann sprechen Sie nicht mehr über meine Verlobung.«

»Warum laufen Sie vor sich selbst davon?« stellte er ruhig die Gegenfrage.

»Das geht Sie nichts an«, entgegnete sie patzig.

Stefan lockerte seinen Griff nur einen Augenblick. Diese Gelegenheit nutzte Marina, um sich loszureißen und aufzuspringen. Wütend schaute sie auf ihn hinab und sagte: »Ich wünsche, dass Sie meine Ansicht respektieren, Stefan. Wenn das zu viel verlangt ist, müssen sich unsere Wege trennen. Habe ich mich deutlich genug ausgedrückt?«

Der junge Mann antwortete nicht. Er senkte den Kopf und schwieg. Er war versucht, einfach wegzugehen. Hatte sie ihm jetzt nicht deutlich genug zu verstehen gegeben, dass sie ihn nur als Freund duldete?

Habe ich es nötig, um die Liebe einer Frau zu betteln? fragte er sich nicht ohne Bitterkeit. Musste er sich ausgerechnet in Marina verlieben? Es gab Dutzende von jungen und schönen Frauen, nach denen er nur die Hand auszustrecken brauchte. Doch nein, er musste sich ja eine Frau aussuchen, die gerade eine große Enttäuschung hinter sich hatte.

Stefan Welter stand auf und reichte Marina die Hand. »Vielleicht ist es wirklich besser, wenn ich mich für heute verabschiede, Marina. Es tut mir weh, wenn Sie auf diese Weise mit mir reden, und ich will auch nicht mit Ihnen streiten. Bis dann.«

Unsicher durchforschte Marinas Blick sein Gesicht, das ihr sehr vertraut geworden war. Seine samtdunklen Augen schauten traurig, ein undefinierbares Lächeln umspielte seinen sensiblen Mund.

»Sehe ich Sie morgen wieder?« fragte sie, und eine unerklärliche Angst nahm von ihrem Herzen Besitz. Marina machte sich keine Gedanken darüber, doch die Vorstellung, ihn nicht mehr wiederzusehen, bereitete ihr Unbehagen.

»Vielleicht«, antwortete er lakonisch, zog hastig die Hand zurück und ging quer über den Rasen zu seinem Wagen.

Marina folgte ihm ein paar Schritte, blieb dann jedoch stehen und presste die Lippen fest aufeinander.

Nein, sie hatte es nicht nötig, einem Mann hinterherzulaufen. Bitte, wenn er unbedingt gehen wollte – sollte er doch.

Sie flüchtete sich in eine Trotzreaktion und handelte bewusst gegen ihre Empfindungen. Sie ging zum Swimming-Pool zurück, setzte sich an den Beckenrand, streifte die Sandaletten ab und ließ die Füße ins Wasser hängen.

Die Sonne spiegelte sich eitel in der glatten Fläche des Schwimmbeckens, eine Libelle schwirrte dicht über das Wasser.

Missmutig schaute sie vor sich hin. Sie stellte sich die Frage, warum sie Stefan häufig so ungerecht behandelte. Was hatte er ihr getan? Er war stets ruhig und liebenswert, las ihr jeden Wunsch von den Augen ab und gab ihr durch tausend versteckte Gesten zu verstehen, dass er sie liebte.

Marina zog die Beine an und stützte das Kinn auf die Knie. Tausend Fragen beschäftigten sie, doch sie hatte nicht den Mut, sie sich zu beantworten.

Zu groß war ihre Angst vor einer erneuten Enttäuschung. Sie hörte, dass Stefan den Motor seines Wagens startete, und am liebsten wäre sie aufgesprungen, um ihn zurückzuhalten.

Marina zwang sich zur Ruhe und wandte nicht einmal den Kopf, als Stefans Wagen das Grundstück der Villa verließ. »Eine Enttäuschung genügt«, sagte sie mit Nachdruck, doch die Tränen, die auf ihre Knie tropften, redeten eine andere Sprache.

⌘

Seit der Aussprache mit Bernd schleppten sich für Katja die Stunden und Tage nur so dahin. Täglich sah sie den Chefarzt bei der Visite.

Bernd behandelte Katja höflich, doch wenn er mit ihr sprach, glitt sein Blick an ihr vorbei, als sei sie gar nicht vorhanden. Sein Verhalten schmerzte die junge Frau, doch sie konnte ihm keinen Vorwurf machen.

Fast drei Wochen waren vergangen, seit sie Bernd gesagt hatte, dass sie sich für ihren Mann entschieden hatte. Katjas Allgemeinbefinden hatte sich verschlechtert.

Sie aß nur sehr wenig. Ihre Wangen waren schmal geworden, ihre Augen wirkten dadurch noch größer.

Jörg, der seine Frau täglich besuchte, schenkte dem schlechten Aussehen seiner Frau keine Beachtung. Er war stets guter Dinge, wenn er zu ihr kam, plauderte über dieses oder jenes, hatte immer einen Scherz auf den Lippen und malte Katja die Zukunft in den herrlichsten Farben aus.

Dass seine Frau ihm kaum zuhörte, einsilbig antwortete und sich mühsam jedes Lächeln abrang, berührte ihn nicht. Er hatte nur die Erbschaft im Auge, die Katja zu erwarten hatte.

Heute hatten Jörg und Ute beschlossen, Katja den Brief des Rechtsanwaltes zu geben. Gemeinsam hatten sie den Brief wieder sorgfältig verschlossen, und Ute hatte, mit dem Bügeleisen das Papier geglättet, das sich über dem Wasserdampf gewellt hatte.

Jörg Forenberg kam heute Nachmittag, pünktlich wie immer, zu seiner Frau, und legte ihr achtlos den Brief auf die Bettdecke.

»Für dich«, sagte er und fügte mit gespieltem Erstaunen hinzu:

»Seit wann hast du Verbindung mit einem Rechtsanwalt?«.

Katja nahm den Brief in die Hand, desinteressiert las sie den Absender. Jörg hingegen zeigte sich plötzlich furchtsam.

»Katja, hast du es dir doch noch anders überlegt?« fragte er beklommen.

»Was?« Fragend schaute sie ihn an.

»Nun, ein Brief vom Rechtsanwalt hat für mich nur eine Bedeutung: Du willst dich von mir scheiden lassen. Bitte, Katja, du hast mir doch versprochen, dass du es noch einmal mit mir versuchen willst«, redete er eifrig auf sie ein. »Warum hast du . . .«

»Wovon redest du?« Ein unwilliger Blick traf ihn. »Ich habe, die Scheidung nicht eingereicht.«

Katja schüttelte den Kopf und riss das Kuvert auf. Sie überflog das Schreiben von Rechtsanwalt Fechter, Staunen breitete sich auf ihrem Gesicht aus.

»Das ist ein Witz«, stellte sie bitter fest. »Jörg, ich soll eine Erbschaft antreten. Dabei habe ich geglaubt, dass Onkel Rudolf, den ich nur von den Erzählungen meiner Mutter her kenne, längst nicht mehr unter den Lebenden weilt. Und jetzt setzt er mich als Alleinerbin ein. Seltsam, woher mag er gewusst haben, dass es mich gibt? Er kennt mich doch gar nicht.«

»Erstens kann es durchaus möglich sein, dass er dir nur Schulden hinterlassen hat, und zweitens wird er keinen Erben hinterlassen haben«, erklärte Jörg gleichgültig. »Unter solchen Umständen stellen Behörden Nachforschungen an.«

»Neugierig bin ich schon«, sagte Katja. Der Brief hatte sie ein wenig aus ihrer Lethargie gerissen. »Was meinst du, ob ich diesen Doktor Fechter einmal anrufen soll? Vielleicht kommt er mit dem Testament hierher? Für mich ist es ja noch nicht absehbar, wann ich die Klinik verlassen kann.«

»Liebes, du solltest dir nicht zu viel Hoffnung machen«, ermahnte Jörg seine Frau, obwohl er darauf brannte, zu erfahren, was sie geerbt hatte. Jörg lachte, als er fortfuhr: »Vielleicht hast du ein einsames Blockhaus in Kanadas riesigen Wäldern geerbt?«

»Bitte, geh zur Schwester und sage ihr, dass ich telefonieren möchte«, forderte Katja ihn auf. »Sie bringt den Apparat, den man neben dem Bett anschließen kann.«

Jörg legte die Hände auf ihre Schultern. »Katja, das hat doch noch Zeit. Wer weiß, vielleicht regst du dich zu sehr auf und ...«

»Ach was«, wehrte sie ab. Schnell lehnte sie sich zurück, denn Jörgs Berührung war ihr unangenehm. »Bitte, geh doch zur Schwester.«

»Na schön, wie du willst«, erwiderte er, seufzte und verließ das Zimmer. Auf dem Flur blieb er erst ein paar Sekunden lang stehen und stieß hörbar den Atem aus.

Puh, das war geschafft. Katja hatte keinen Verdacht geschöpft. Jörg ging zum Schwesternzimmer, und Schwester Ute, die Katja Forenberg sehr sympathisch fand, kam Jörgs Bitte sofort nach.

Das Gespräch dauerte nur wenige Minuten, und als Katja den Hörer auf die Gabel zurücklegte, lächelte sie zufrieden.

»Doktor Fechter kommt am Anfang nächster Woche. Er fragte mich, warum ich mich jetzt erst gemeldet habe. Liegt der Brief denn schon länger zu Hause?«

»Wahrscheinlich«, antwortete er schuldbewusst. »Ich habe mir immer nur die Geschäftsbriefe herausgefischt, um sie mit in die Firma zu nehmen. Es tut mir Leid, aber es war purer Zufall, dass ich gestern einmal die private Post durchblätterte. Bist du mir jetzt sehr böse?«

»Aber nein«, wehrte sie ab. Jörgs anbiedernde Art stieß Katja ab. Als sie sich dieses Gedankens bewusst wurde, ermahnte sie sich sofort zur Nachsicht.

Warum machte sie es ihrem Mann zum Vorwurf, dass er rücksichtsvoll war? Zeigte er damit nicht, dass er guten Willens war, die zerrüttete Beziehung wieder zu kitten?

Katja seufzte, denn sie wusste mittlerweile längst, dass sie sich eine schwere Last aufgebürdet hatte.

»Und? Was sagte der Anwalt noch? Was hast du geerbt? Eine Blockhütte oder eine Goldmine?« fragte er scherzend und senkte die Lider, um sich nicht durch die Gier in seinen Augen zu verraten.

»Das wird er mir erst hier sagen«, erwiderte sie wahrheitsgemäß. »Doktor Fechter sagte, dass er am Telefon keine Auskunft über die Erbschaft geben darf.«

Jörg Forenberg zog Katja in die Arme und küsste sie zärtlich.

»Ich werde mit dir auch in einer Blockhütte wohnen, wenn du nach Kanada reisen willst«, flüsterte er dicht vor ihren Lippen. Er streichelte ihre Wange, ihren Hals, und seine Hand verirrte sich im Dekolletee ihres Nachthemdes.

»Lass das, bitte«, sagte sie abweisend und stieß ihn hart zurück.

»Verzeih, ich hatte angenommen, dass wir uns ausgesöhnt haben und du meine Frau bist«, antwortete Jörg beleidigt und stand auf. Unruhig ging er hin und her.

Katja lächelte bitter. Wie konnte Jörg ahnen, dass sie bei jeder seiner Berührungen an Bernd dachte? War sie es nicht gewesen, die Jörg die Hand zur Versöhnung gereicht hatte? Durfte sie ihn jetzt zurückstoßen?

»Verzeih, Jörg, das war nicht recht von mir«, sagte sie und streckte ihm die Hand entgegen. »Du . . . du musst mir ein bisschen Zeit lassen. Ich habe dir verziehen, aber ich kann nicht so schnell vergessen.«

Sofort war Jörg bei ihr, denn eine Versöhnung war ihm jetzt wichtiger denn je. »Ich muss dich um Verzeihung bitten«, erwiderte er, und er trieb seine Schmierenkomödie soweit, dass er sich sogar ein paar Tränen aus – den Augenwinkeln wischte. »Ich werde Geduld haben, das verspreche ich dir, Katja. Ich will alles tun, damit ich dich nicht verliere.«

Jörg beugte sich über ihre Hand und küsste sie innig. Katja schaute auf seinen gesenkten Kopf, dann strich sie ihm sanft übers Haar.

Einem aufmerksamen Beobachter wäre es nicht entgangen, dass es nicht die Geste einer liebenden Frau, sondern die einer Mutter oder Schwester war.

⌘

Dr. Bernd Stoll hatte es in seinem Haus nicht mehr ausgehalten. Er musste unter Menschen gehen, um sich abzulenken, denn seine Gedanken beschäftigten sich unablässig mit Katja.

Mit Gewalt versuchte er, die geliebte Frau zu vergessen. Er wollte sie so gründlich aus seinem Leben streichen, als hätte es sie nie gegeben.

Doch es blieb bei der kläglichen Absicht, denn es war ihm unmöglich, Katja zu vergessen, wenn er ihr jeden Morgen bei der Visite begegnete.

Es war Sonntagnachmittag, und das Herrgottswetter lockte die Menschen in Scharen auf die Straßen.

Dr. Bernd Stoll saß im Cafe Frankenthal, das für seine ruhige, gediegene Atmosphäre bekannt war. Gelangweilt blätterte er in einer Illustrierten, ab und zu hob er den Kopf und betrachtete die Gäste des Cafes.

Eine junge, elegant gekleidete Frau erschien in der Eingangstür, und Bernd ließ unwillkürlich die Zeitung sinken.

Es war Marina Roteck.

Ihre Blicke kreuzten sich, und Marina wandte sich halb um, so, als wollte sie das Cafe sofort wieder verlassen. Doch dann besann sie sich und kam auf ihn zu.

»Hallo, ist es erlaubt, dir Gesellschaft zu leisten?« fragte sie. Es gelang ihr kaum, ihre Verlegenheit zu verbergen.

»Aber ja«, antwortete Bernd ehrlich erfreut. »Bitte, setz dich. Darf ich dich einladen?«

»Warum nicht? Ich möchte ein Kännchen Kaffee, bitte.« Marina wunderte sich, dass ihr Herz nicht schneller schlug, als sie neben dem Mann saß, der für sie einmal die Welt bedeutet hatte.

Bernd winkte die Serviererin heran und gab die Bestellung auf. Dann wandte er sich sofort wieder Marina zu. »Ich freue mich, dass du an meinen Tisch gekommen bist. Es hat mich sehr belastet, dass wir als Feinde auseinander gegangen waren.«

Marina runzelte die Augenbrauen. Warum war er so freundlich zu ihr? Hatte der denn die Szene, die sie Katja Forenberg gemacht hatte, schon vergessen?

»Wie geht es Katja?« fragte Marina vorsichtig, und sie bereitete sich innerlich bereits darauf vor, heftige Vorwürfe zu hören zu bekommen.

»Gut«, erwiderte er kurz, und sein Gesichtsausdruck veränderte sich schlagartig. »Sie wird in ein paar Tagen entlassen.« Bernds Gesicht wirkte hart und kantig, sein Mund verkniffen.

»Du bist mir also doch böse«, stellte Marina fest, die seine Mimik völlig falsch deutete.

»Warum sollte ich auf dich böse sein?« wiederholte er überrascht. »Ich bitte dich, Marina, du bringst wohl die Begebenheiten durcheinander. Schließlich war ich es doch gewesen, der dir sehr wehgetan hat.«

»Und mein Auftritt bei Frau Forenberg? Hast du den vergessen?« warf sie beschämt ein. »Es war nicht gut von mir, zu ihr zu gehen und sie mit Vorwürfen zu überhäufen. Heute weiß ich, dass man Liebe nicht erzwingen kann. Doch damals war ich so besessen von meinen Rachegefühlen, dass ich nicht mehr wusste, was ich tat und sagte.«

»Du warst bei Katja? Davon hat sie mir nie etwas gesagt«, bemerkte der Arzt nachdenklich. Doch dann wischte er mit der Hand ärgerlich durch die Luft. »Aber das spielt jetzt auch keine Rolle mehr. Katja hat sich für ihren Mann entschieden. Sie will es noch einmal mit ihm versuchen.«

Marina hielt kurz den Atem an. Bernd war wieder frei ...

Hatte Marina geglaubt, sie müsste jetzt vor unbändiger Freude erbeben, so sah sie sich getäuscht. Forschend schaute sie Bernd an. Sein Gesicht war ihr vertraut, wie das eines guten Freundes. Aber Liebe empfand sie nicht mehr für ihn.

»Warum schaust du mich so an?« fragte er bitter. »Schadenfreude könnte dir niemand verübeln, Marina. Ich habe jetzt am eigenen Leib erfahren müssen, wie schmerzhaft es ist, wenn der Mensch, den man liebt, sich einem anderen zuwendet.«

»Ich kann dir den Verdacht nicht verübeln, Bernd.« Marinas Hand berührte flüchtig seine Wange. »Aber ich empfinde keine Schadenfreude: Ich kann dir jetzt auch sagen, dass ich froh bin, zu dir an den Tisch gekommen zu sein. Ich weiß nun, dass ich dich nicht mehr liebe. Ich kann ganz ruhig neben dir sitzen und plaudern, als wären wir alte Freunde.«

»Liebst du einen anderen?« fragte Bernd, froh darüber, sich von seinen trüben Gedanken ablenken zu können.

»Ich habe mich lange dagegen gesträubt, irgendeinem Menschen wieder Gefühl entgegenzubringen«, erwiderte sie, und ein glückliches Lächeln verschönte ihr Gesicht. »Doch jetzt habe ich das sichere Gespür, dass ich weiß, wohin und zu wem ich gehöre.«

»Ich wünsche es dir«, antwortete er schlicht, und dass er es ehrlich meinte, las Marina in seinen Augen.

⌘

Seit acht Tagen durfte Katja sich schon allein durchs Zimmer bewegen. Das Gehen bereitete ihr keine Schwierigkeiten mehr, und wenn Bernds Prognosen eintrafen, würde sie in einem Jahr bereits vergessen haben, dass sie einmal gehbehindert gewesen war.

Obwohl Katja sich nur quälte, wenn sie Bernd sah, freute sie sich jeden Morgen auf die Visite. Es waren die einzigen Minuten am Tag, in denen sie Bernd sehen und sprechen hören konnte.

Katja legte sehr viel Wert auf ihr Äußeres, und die blassen Wangen verbarg sie unter leichtem Rouge.

Pünktlich um neun Uhr morgens betrat Dr. Bernd Stoll in Begleitung seines Ärztestabes und einer Oberschwester das Krankenzimmer.

»Guten Morgen«, grüßte er höflich und ging auf Katja zu, die am Tisch saß und ihn erwartungsvoll anschaute. »Nun? Wie fühlen Sie sich heute, Frau Forenberg?«

»Gut, sehr gut sogar«, antwortete sie und suchte seinen Blick.

Bernd schaute über sie hinweg, als er sagte: »Ich habe eine gute Nachricht für Sie, Frau Forenberg. Die letzten Untersuchungen fielen positiv aus. Es besteht keine Veranlassung mehr, Sie hierzubehalten. Morgen können Sie die Klinik verlassen.«

Die Blicke der Ärzte waren auf die junge Patientin gerichtet, alle erwarteten, dass Katja Freude zeigte und äußerte. Doch sie verzog die Lippen nur zu einem müden Lächeln.

»Ich danke Ihnen, Doktor Stoll, und selbstverständlich auch Ihren Kollegen für Ihre Bemühungen«, sagte Katja freudlos.

»Ich bitte Sie, das bedarf keines Dankes, Frau Forenberg«, entgegnete Bernd kühl. »Wir tun für unsere Patienten alles, damit sie sich wieder des Lebens freuen können. Tja, dann benachrichtigen Sie heute Ihre Verwandten, damit man Sie morgen abholen kann.«

Der Chefarzt wandte sich zu seinen Kollegen um. »Kommen Sie, meine Herren, wir haben noch viel zu tun.«

Die Ärzte hatten das Krankenzimmer bereits verlassen, als Katja rief: »Einen Augenblick bitte, Herr Chefarzt.«

»Jaa?« fragte er gedehnt und wandte sich halb zu ihr um.

»Kann ich Sie einen Moment allein sprechen?« Katja sah, dass er zögerte und erklärte hastig: »Ich möchte mit Ihnen über einige finanzielle Dinge sprechen.«

Bernds Lippen kräuselten sich spöttisch, als er die Tür hinter sich schloss, die Arme vor die Brust verschränkte und Katja abwartend anschaute.

Der junge Arzt war überzeugt, dass Katja sich bei ihm für die kostenlose Behandlung bedanken wollte.

»Ich möchte Sie bitten, mir die Rechnung für die private Behandlung zuzusenden«, sagte sie. Katja ließ keinen Blick von ihm, und der Gedanke, dass sie ihn jetzt zum letzten Mal sah, brach ihr fast das Herz.

»Wie du möchtest«, sagte er. Jetzt, da Bernd mit ihr allein war, duzte er sie wieder. »Du willst mir wohl nichts schuldig bleiben, nicht wahr?«

Komm, nimm mich in die Arme, schrie ihr Herz, doch ihre Lippen formten kühle, sachliche Worte: »Ich habe eine kleine Erbschaft gemacht, die es mir ermöglicht, die Behandlung zu bezahlen. Das ist alles.«

»Ich werde deiner Bitte entsprechen. Guten Tag.«

Auch Bernd fiel der Abschied schwer, doch er wollte keine Schwäche zeigen und ließ sie schnell allein.

Katja legte die Arme auf den Tisch und bettete das Gesicht darauf. Trostlos schaute sie zum Bett hinüber.

Aus, vorbei, dachte sie. Es muss ein Traum für mich bleiben. Ich bin Jörgs Frau, und mein Platz ist an seiner Seite.

Katja lachte kurz und hart auf, als sie an die Erbschaft dachte. Sie hatte Bernd nicht die Wahrheit gesagt. Ihr Onkel hatte ihr ein Millionenvermögen hinterlassen. Sie war jetzt eine reiche Frau, die todunglücklich war.

Katja richtete sich auf und nahm das Foto in die Hand, das vor ihr auf dem Tisch lag. Es zeigte eine große Berghütte, die wie ein Falkennest an einem Steilhang klebte.

Jörg hatte diese Hütte gekauft, um dort mit ihr ruhige Wochenenden verbringen au können.

»Jörg«, murmelte sie gedankenverloren und stützte den Kopf in die Hand. Ihr Mann war in letzter Zeit völlig verändert. Er las ihr jeden Wunsch von den Augen ab und träumte von einer großen Werbeagentur, die er sich jetzt leisten konnte.

Katja lächelte bitter, als sie daran dachte. Jörg hatte es nicht einmal für nötig befunden, sie um Erlaubnis zu bitten, über ihr Geld verfügen zu können. Er kaufte, teilte ein und kalkulierte.

Genauso war es früher gewesen. Nichts hatte sich zwischen ihnen geändert.

»Du hast es nicht anders gewollt«, sagte sie leise zu sich selbst. »Jetzt trage dein Schicksal und klage nicht.«

⌘

Georg Wendelin, der Manager des Pianisten Stefan Welter, leerte das Whiskyglas in einem Zug. Hart stellte er es auf den Tisch zurück.

»Stefan, so kann es nicht weitergehen«, sagte der rundliche Mittfünfziger und strich sich nervös über das volle eisgraue Haar.

»Du wiederholst dich«, antwortete Stefan gelangweilt. »Außerdem gehst du mir auf die Nerven. Ich will und ich kann jetzt keine Konzerte geben.«

Georg nahm Stefans Worte nicht übel. Die beiden Menschen waren es gewohnt, niemals ein Blatt vor den Mund zu nehmen, wenn sie allein waren.

»Als dein Manager muss ich dir sagen, dass du ...«

»Verdammt, sitzt du auf deinen Ohren?« unterbrach der Jüngere ihn wütend. »Ich sagte, ich kann nicht spielen. Du weißt, dass man mit Herz und Seele dabei sein muss, wenn man gut sein will. Ich jedoch bin nervös und gereizt. Soll ich mich von den Kritikern zerreißen lassen?«

»Musst du dich denn ausgerechnet in diese Frau verlieben?« Der Manager schlug die Hände zusammen und warf einen verzweifelten Blick zur Zimmerdecke. »Die Frauen liegen dir zu Füßen, du brauchst nur zu wählen. Aber nein, masochistisch wie du nun mal bist, musst du dir eine Blume aussuchen, die nicht für dich blüht.«

»Abwarten.« Stefan stand auf, schob die Hände in die Hosentaschen und lief wie ein gefangenes Tier hin und her. »Ich liebe sie, Georg. Ja, zum ersten Mal in meinem Leben liebe ich so tief, dass ich Tag und Nacht nur einen Gedanken habe: Marina.«

»Denke lieber an deine Karriere«, warf der Manager lakonisch ein.

»Ach, das ist im Moment nicht wichtig«, tat Stefan ab.

»Das Publikum ist launisch wie eine schöne Frau«, philosophierte Wendelin. »Es verschenkt seine Gunst heute an den, morgen an einen anderen.«

»Ich ... «, Stefan brach ab, denn es klopfte an die Tür des Hotelzimmers. Der Pianist runzelte die Stirn, dann flüsterte er: »Geh du hin, und merk dir: Ich bin für niemanden zu sprechen.«

Georg Wendelin wuchtete seine massige Gestalt aus dem Sessel und ging zur Tür. Sein Gesichtsausdruck verhieß nichts Gutes, als er öffnete.

»Aha, Sie kommen mir gerade recht«, fauchte er Marina an. »Sie sollten Stefan mal den Kopf zurechtrücken. Er muss wieder Konzerte geben, und nur Sie können ihn dazu bringen.«

Der Manager hatte so leise gesprochen, dass Stefan ihn nicht verstehen konnte. Wendelins kleine schwarze Augen, die fast ganz hinter den Fettpolstern verschwanden, funkelten die hübsche Frau zornig an.

»Haben Sie verstanden, was ich gesagt habe?« zischte der Manager. Seine wuchtige Gestalt versperrte Marina den Weg.

»Ich werde mein Möglichstes versuchen, mein Herr«, erwiderte Marina und lächelte ihn entwaffnend an. »Aber dazu müssen Sie mich erst einmal hinein lassen.«

Wortlos schob Georg Wendelin sich an ihr vorbei, wartete, bis sie im Zimmer war und schloss die Tür von außen. Auf dem Flur zündete er sich eine Havanna an und ging unruhig auf und ab.

Stefan Welter stand an der Hausbar und drehte Marina den Rücken zu. Er glaubte, sein Manager stünde hinter ihm.

»Na, wer war es denn?« fragte Stefan, ohne sich umzudrehen.

»Ich.«

Stefan, der das Glas an die Lippen führen wollte, merkte, wie seine Hand leicht bebte. Diese Stimme hätte er unter tausend anderen erkannt.

»Sie kommen zu mir?« fragte er, als er sich umdrehte. Stefan sah sie unsicher an. Was bedeutete Marinas überraschender Besuch. Wollte sie vielleicht ergründen, ob sie noch Macht über ihn hatte?

Stefan, der die hübsche Frau wochenlang umworben hatte, war auf dem seelischen Nullpunkt angelangt. Die Hoffnung, Marinas Zuneigung doch noch erringen zu können, war täglich geringer geworden.

»Sie haben sich in den letzten Tagen sehr rar gemacht, Stefan«, antwortete sie und stellte sich neben ihn an die Hausbar. »Ich habe Sie vermisst.«

Marina betrachtete auffallend aufmerksam die Ansammlung der Flaschen, griff nach einem Pikkolo und schaute sich nach einem Glas um.

»Darf ich Ihnen einschenken?« fragte Stefan, nahm ihr das Fläschchen aus der Hand und füllte einen Sektkelch. »Cheers.«

Stefan verbarg geschickt, dass er aufgeregt war. Er ging zum Sofa, setzte sich und blätterte geschäftig in Unterlagen. »Ich werde mich bald von Ihnen verabschieden müssen«, sagte er und warf ihr einen prüfenden Blick zu.

»Muss das sein? Ich könnte Sie doch begleiten«, schlug Marina vor, und in ihren Augen lag ein seltsamer Glanz. Sie setzte sich neben ihn. »Oder wäre Ihnen das unangenehm?«

»Warum wollen Sie mich begleiten?« Stefans Herz schlug wie ein Schmiedehammer gegen die Rippen, sein Blick hing an ihrem herzförmigen Gesicht, und als er ihren Mund anschaute, wurde die Sehnsucht nach ihr übermächtig in ihm.

»Ist das so schwer zu erraten?« Marinas weiches,

zärtliches Lächeln versetzte Stefan in einen unbeschreiblichen Glückstaumel. Nein, diesmal konnte er sich nicht irren. Marina war gekommen, weil auch sie sich nach ihm sehnte.

»Marina«, flüsterte er, und seine dunklen Augen funkelten wie Sterne. »Meine süße Marina, mein Engel, mein Leben ...« Behutsam nahm er ihr Gesicht in die Hände und streifte sanft ihre Lippen. »Ich liebe dich, Marina. Ich war krank vor Sehnsucht nach dir, und jetzt bin ich der glücklichste Mann unter der Sonne.«

»Ich liebe dich auch«, erwiderte sie ernst. »Ich weiß jetzt, dass ich zu dir gehöre, und ich war dumm, denn ich hätte schon viel früher glücklich sein können.«

Stefan riss sie an sich, seine Arme hielten sie so fest, dass ihr ein kleiner Schmerzenslaut entschlüpfte. Doch sie beklagte sich nicht, im Gegenteil. »Küss mich«, flüsterte sie und bot ihm willig die Lippen.

Stefan glaubte zu träumen, als er spürte, wie sehr sie seine Küsse erwiderte. Er hatte das Gefühl, auf einer Wolke zu schweben.

Vergessen war die Zeit der Verzweiflung. Jetzt erschien ihm das Leben wieder in hellem freundlichen Licht.

Doch plötzlich löste er sich abrupt von ihr, schaute sie misstrauisch an und fragte: »Und ... und der andere? Empfindest du denn nichts mehr für ihn?«

»Wäre ich sonst hier?« fragte sie, und ihre weiche Stimme überzeugte ihn davon, dass sie die Wahrheit sagte.

»Meine Marina.« Andächtig kamen die Worte über seine Lippen. »Du machst mich rasend glücklich, und ich werde dich jetzt nie mehr aus den Augen lassen. Du, willst du meine Frau werden?«

»Ich will«, erwiderte sie und küsste ihn stürmisch.

Marina hatte endlich das Glück gefunden, nach dem sie sich gesehnt hatte.

⌘

Die Morgensonne schien durchs Fenster und schaute neugierig auf den Frühstückstisch, an dem Jörg und Katja saßen.

Jörg aß hastig und schaute immer wieder auf die Uhr. Katja wollte ihm noch Kaffee nachschenken, doch er winkte ab.

»Das ist lieb gemeint, Katja-Schatz«, sagte er, neigte sich zu ihr hinüber und küsste sie flüchtig auf die Wange. »Aber so viel Zeit habe ich nicht mehr. Du weißt, wie wichtig es für mich ist, das Objekt zu kaufen. Und ich möchte der Erste sein, der es mit dem Makler besichtigt. Wenn es mir gefällt und nicht zu teuer ist, werde ich es sofort kaufen. Du, ich garantiere dir, in ein oder zwei Jahren haben wir die größte Werbeagentur Deutschlands.«

»Du bist fast jeden Tag unterwegs.« Ein leichter Vorwurf lag in ihrer Stimme. »Und jeden Tag hoffst du, ein geeignetes Objekt zu finden.«

»Was lange währt, wird endlich gut«, erwiderte er und lachte sie an. »Komm, sei nicht böse, Schatz, ich tue es doch für uns.«

Schamlos belog Jörg seine Frau, denn er hatte nicht die Absicht, eine gemeinsame Zukunft aufzubauen. Da Katja ihn großzügig über ihr Konto verfügen ließ, schaffte Jörg sich nach und nach Geld beiseite, um eines Tages mit seiner Geliebten ein neues Leben beginnen zu können.

Jörg tupfte sich mit der Serviette über die Lippen und stand auf.

»Ich bin abends wieder zurück«, sagte er und strich ihr übers Haar. »Ich muss nachmittags noch eine Verhandlung mit der Firma Ulmen führen. Ich verspreche mir sehr viel von dem Auftrag. Und was wirst du heute unternehmen?«

»Nichts Besonderes. Lesen, im Liegestuhl liegen, ruhen . . .«

»Dann bis heute Abend.« Er strich ihr wie einem artigen Kind über die Wange und verließ das Speisezimmer. Katja räumte den Tisch ab, nahm sich ein Buch und legte sich im Garten in einen Liegestuhl.

Die Lektüre langweilte sie, und schon bald legte sie das Buch beiseite und träumte mit geschlossenen Augen von dem Mann, den sie nicht eine Minute vergessen hatte.

Katja rief sich die glücklichen Stunden mit Bernd in Erinnerung. Sie betrog ihren Mann in Gedanken mit dem Arzt, der ihr die schönsten Stunden ihres Lebens geschenkt hatte. Die Zweifel, sich richtig entschieden zuhaben, wurden täglich größer. Doch ein Zurück gab es nicht mehr.

Katja konnte Jörg nichts vorwerfen. Er war ein vorbildlicher Ehemann. Sicher, er war tagsüber fast immer unterwegs, doch daraus konnte sie ihm keinen Vorwurf machen, denn ein Mann brauchte eine Aufgabe.

Als die Sonne höher kletterte und die Wärme unerträglich wurde, stand sie auf, um den Liegestuhl in den Schatten zu rücken. Ihr Blick fiel zufällig auf das Nachbargrundstück, auf dem ein winziges Blockhaus stand, das ihr Nachbar als Geräteschuppen benutzte.

Ein Lächeln glitt über ihr Gesicht. Warum sollte sie den ganzen Tag zu Hause verbringen? Sie hatte die Jagdhütte, die Jörg gekauft hatte und die noch renoviert werden musste, noch nicht gesehen. Sie kannte sie nur von einer Fotografie her.

Kurz entschlossen setzte sie sich wenig später hinter

das Steuer ihres Kleinwagens, den sie sich erst vor wenigen Tagen gekauft hatte.

Der Gedanke, einen kleinen Ausflug auf eigene Faust zu unternehmen, beschwingte die junge Frau, denn es war schön, einmal der Eintönigkeit entfliehen zu können.

Die Berghütte lag eine gute Autostunde von der Stadt entfernt. Die Landstraße führte durch idyllisch gelegene Dörfer, durch hügeliges Land und schattige Wälder.

Etwa einen Kilometer unterhalb der Berghütte endete die ausgebaute Straße, und Katja fragte einen kleinen Jungen nach dem Weg zur Hütte.

Sie schritt kräftig bergan, und es war für sie eine Freude, ohne Behinderung und ohne Schmerzen den sanft ansteigenden Berg zu erklimmen.

Manchmal legte sie eine Pause ein, überschattete die Augen mit der Hand und hielt nach der Jagdhütte Ausschau. Sie wusste nicht, dass es noch einen Feldweg zur Hütte gab, der bis vor die Tür führte.

Dunkle Tannen durchschnitten die Wiesen, die mit Blumen übersät waren, und als sie aus dem Schatten der Bäume trat, konnte sie bereits das Dach der Jagdhütte sehen.

Begeistert schaute sie sich um. Zu ihren Füßen erstreckte sich fruchtbares Land, Wälder hoben sich dunkel vom helleren Grün der Wiesen und Felder ab.

Katja freute sich schon auf den Ausblick, den man von der Hütte aus haben musste.

Ihre Freude verflog schlagartig, als sie vor der Hütte Jörgs Wagen parken sah. Jörg war viel zu unruhig, zu hektisch, um sich an der Natur erfreuen zu können.

»Aber warum ist er hier?« fragte sich die junge Frau und schaute auf die Armbanduhr. Um diese Zeit müsste er doch längst mit der Firma Ulmen verhandeln!

Als sie am Auto ihres Mannes vorbeiging, warf sie zufällig einen Blick ins Wageninnere. Auf dem Beifahrersitz lag eine Damenhandtasche aus feinem Leder.

Katja verzog den Mund zu einem verächtlichen Lächeln. Sie ahnte, wie Jörgs wichtigen Verhandlungen aussahen, doch sie wollte sich selbst davon überzeugen.

Langsam schlenderte sie auf die Hütte zu. Eines der Fenster war nur angelehnt, helles Frauenlachen erklang aus dem Innern. Katja schirmte die Augen seitlich gegen das helle Tageslicht mit den Händen ab, und ihre Nasenspitze berührte das staubige Fensterglas.

Jörg saß neben einer flachsblonden Frau, die rücklings auf dem Bett lag und neckend Jörgs Hände abwehrte, die versuchten, die Blusenknöpfe zu öffnen.

Katjas Mundwinkel bogen sich verächtlich nach unten. Die beiden mussten sich ja sehr sicher fühlen, denn sie schenkten dem Fenster, an dem sie stand, keinerlei Beachtung.

Katja trat einen Schritt zurück. Angeekelt wandte sie sich ab und wollte ins Tal zurückgehen. Doch bereits nach ein paar Metern blieb sie stehen und warf einen nachdenklichen Blick zur Hütte hinüber.

Warum hatte Jörg so sehr auf eine Versöhnung mit ihr gedrängt, wenn er eine andere Frau liebte?

Wie Schuppen fiel es Katja plötzlich von den Augen, sie schlug sich mit der flachen Hand an die Stirn. Natürlich, er hatte mit einer großen Erbschaft spekuliert.

Sie erinnerte sich jetzt auch an seine seltsame Ausrede, als sie ihn gefragt hatte, warum sie den Brief des Rechtsanwaltes so spät erhalten hatte.

O nein, er hatte die private Post nicht vergessen. Sie

ahnte, dass Jörg den Brief geöffnet und gelesen hatte, bevor er ihn ihr in die Emden-Klinik gebracht hatte.

Heilloser Zorn packte sie, als sie daran dachte, dass sie auf seine schönen, aber verlogenen Worte hereingefallen war. Und wegen so einem Lügner hatte sie Bernd aufgegeben?

Katjas Schultern strafften sich. Ihre Hand umklammerte den Riemen der Umhängetasche, entschlossenen Schrittes ging sie auf die Hütte zu.

Jetzt war das Maß endgültig voll, und sie wollte ihrem Mann zeigen, wie sehr sie ihn verachtete. Mit einem kräftigen Ruck stieß sie die Tür auf.

»Wie ich sehe, fuhrst du sehr angenehme Verhandlungen«, stellte sie verächtlich fest, als Jörgs Kopf herumruckte.

Jörg, der sich für schlau und gerissen hielt, starrte seine Frau an, als sehe er ein Gespenst. Er war so entsetzt über ihr unverhofftes Auftauchen, dass er kein Wort über die Lippen brachte.

Ute Baum knöpfte hastig ihre Bluse zu und schaute Katja frech lächelnd an.

Katja schenkte Jörgs Geliebten keinerlei Beachtung. Sie hatte nur Augen für ihren Mann. »Ich kann dir zwar nichts beweisen, Jörg, aber meine kleinen grauen Zellen funktionieren sehr gut. Ich weiß jetzt, warum du unbedingt eine Versöhnung erreichen wolltest. Aber dein Plan wird nicht aufgehen. Ich fühle mich nicht mehr an dich gebunden, und wage es nie mehr, mich an mein Versprechen zu erinnern, das ich dir vor dem Traualtar gegeben habe.«

»Katja, ich . . .«

»Halt den Mund!« unterbrach sie ihn kalt. »Du lügst ja doch nur! Mein Gott, und wegen dir habe ich . . .« Sie brach ab. Sie wollte nicht vor diesen beiden Menschen über ihre Liebe zu Bernd sprechen.

Katja wusste, dass Jörg ihr tiefes, reines Gefühl für den Arzt nur in den Schmutz ziehen würde.

»Wenn du bis heute Abend nicht deine Sachen gepackt hast, stelle ich sie vor die Haustür«, erklärte sie rigoros. »Beeile dich, wenn du . . .«

»Das dürfen Sie gar nicht!« schrie Ute aufgebracht dazwischen. »Sie haben das Haus mit in die Ehe gebracht, und da Sie keine Gütertrennung haben, gehört Jörg die Hälfte des Hauses.«

»Oh, wie ich sehe, sind Sie ja bestens informiert«, stellte Katja ironisch fest. »Doch ich muss Sie korrigieren, Fräulein. Sie wissen noch nicht, zu was ich fähig bin. Zur Not engagiere ich mir zwei Leibwächter, aber Jörg kommt mir nicht mehr über die Schwelle. Sie können ihn geschenkt haben, Fräulein, auf einen Lügner lege ich keinen Wert.«

Katja wuchs über sich selbst hinaus. Sie, die stets ein sanftes und nachgiebiges Wesen an den Tag gelegt hatte, zeigte plötzlich eine Härte, die niemand an ihr vermutet hätte.

Sie maß ihren Mann und dessen Geliebte mit einem verächtlichen Blick, drehte sich um und verließ die Jagdhütte.

Jetzt kam Leben in Jörg. Er sprang auf und rannte hinter seiner Frau her. Er packte sie am Arm und hielt sie fest.

»Bitte, Katja, hör mich erst an, bevor du mich verurteilst«, bettelte er. Er deutete mit dem Daumen über die Schulter zur Hütte. »Das wäre niemals passiert, wenn wir eine richtige Ehe geführt hätten. Glaub es mir. Du hast mich immer wieder zurückgewiesen, wenn ich dich in die Arme nehmen wollte. Ich sollte dir Zeit lassen, hast du gesagt. Verdammt, ich bin ein Mann in den besten Jahren, und . . .«

»Das Liedchen hast du schon einmal gesungen«, entgegnete sie, blass vor Zorn. »Und ich war dumm genug gewesen, es dir auch zu glauben. Nein, Jörg, du kannst bei mir keinen Zentimeter mehr an Boden gewinnen. Für dich habe ich nur noch Verachtung.«

Katja versuchte sich loszureißen, rückwärts ging sie auf den Steilhang zu.

Jörg hielt seine Frau eisern fest. Er musste sie jetzt umstimmen, sonst lösten sich all seine Pläne in Luft auf.

»Katja, ich beschwöre dich, miss diesem kleinen Seitensprung keine Bedeutung bei. Ich liebe nur dich, glaub es mir.« Fieberhaft suchte Jörgs Gehirn nach schlagkräftigeren Argumenten. »Ich gebe zu, dass ich einen unverzeihlichen Fehler gemacht habe, aber ich kann dich auch nicht ganz von Schuld freisprechen. Bitte, lass uns in aller Ruhe noch einmal über alles sprechen. Bitte, Katja.«

Je mehr Jörg bettelte, desto stärker verabscheute seine Frau ihn. Sie wich seinem Blick nicht aus, und Jörg erschrak über die Kälte in ihren Augen. Das war nicht die Katja, die er kannte, die er nach Belieben dirigieren konnte.

Jörg glaubte, einer völlig fremden Frau gegenüberzustehen, trotzdem wollte er nichts unversucht lassen. Er riss sie an sich und versuchte, sie zu küssen.

Ekel würgte Katja, und sie mobilisierte all ihre Kräfte, um sich von Jörg loszureißen. Sie schaffte es, doch sie taumelte rückwärts.

Katja spürte, dass sie das Gleichgewicht verlor und ruderte mit den Armen. Ein gellender Schrei löste sich von ihren Lippen, als sie rücklings den Steilhang hinunterstürzte.

Jörg stand wie gelähmt da. Erst als Ute Baum neben ihm auftauchte, erwachte er aus seiner Erstarrung.

»Wer hat denn da so geschrien?« fragte Ute entsetzt. »Hast du . . . hast du sie geschlagen?«

»Bist du verrückt?« schrie er sie an. »Ich habe versucht, sie festzuhalten. Sie . . . sie hat sich losgerissen und den Halt verloren.« Jörg deutete mit zitternder Hand auf den Steilhang. »Sie . . . sie ist abgestürzt.«

Der junge Mann ging zum Rand des Abhanges und ließ sich auf die Knie nieder. Weit beugte er sich vor, doch von Katja war nichts zu sehen.

Ute kauerte sich neben ihn. Jörg wandte den Kopf - er war kreidebleich, als er stammelte: »Das habe ich nicht gewollt. Ute, ich schwöre es, ich habe keine Schuld an diesem Unglück.«

Die rassige, schöne Frau antwortete nicht. Grübelnd schaute sie den Steilhang hinab, der mit Geröll übersät war. Ute zuckte gleichgültig mit den Achseln.

»Was willst du eigentlich?« fragte sie gefühllos. »Konnte denn etwas Besseres passieren? Mit ein bisschen Glück bist du bald der Erbe deiner Frau.«

»Das kann ich doch nicht machen«, stieß er hervor und leckte sich blitzschnell über die Lippen. »Ich muss doch versuchen, Katja zu retten.«

»Sooo? Musst du?« Ute lächelte zynisch. »Bitte, dann tu es.« Sie stand auf und ging zur Hütte zurück.

Jörg sprang auf und rannte ihr nach. »Und wenn Katja gefunden wird? Wenn sie uns wegen unterlassener Hilfeleistung anzeigt? Ich habe keine Lust, im Gefängnis zu schmoren.«

»Mann, reiß dich zusammen«, schimpfte sie. »Benimm dich wie ein Kerl und nicht wie eine Memme. Wir waren niemals in der Hütte, falls sie den Absturz doch noch überlebt. Hast du mich verstanden? Wenn du gefragt wirst, warst du bei mir in der Wohnung.«

Jörg rieb sich mit der flachen Hand übers Kinn. Lauernd schaute er Ute an. Wenn er ihrem Plan zustimmte, hatte sie ihn für alle Zeiten in der Hand.

»Hast du denn eine andere Wahl?« fragte sie spöttisch. »Du kannst nur dabei gewinnen. Wird sie gerettet, trennt sie sich von dir. Aus der Traum vom reichen Mann. Stirbt sie ...« Ute vollendete den Satz nicht, doch Jörg wusste auch ohne Worte, was sie ihm andeuten wollte.

»Komm, gehen wir«, sagte er heiser. Er warf noch einen letzten Blick zum Abgrund, und kalte Schauer rieselten über seine Haut.

⌘

»Ho, Blesse, vorwärts!« rief der zwölfjährige Blondschopf, der eine Herde Kühe nach Hause trieb. »Lissy, beeile dich, Ruta, du alte Trödeltante, mach vorwärts!«

Hansi Maierhoff hatte sich alle Kommandos von seinem Vater abgeguckt, und er war stolz darauf, dass die Kühe ihm ebenso gehorchten, wie seinem Vater.

Hansi trieb die Kühe an einem kleinen Bachlauf entlang. Blesse senkte den Kopf und tauchte das Maul in das klare kalte Wasser.

Während der blonde Bub sich gegen die Kuh stemmte und schimpfend versuchte, Blesse vom Bach wegzutreiben, ging Ruta ihre eigenen Wege.

Sie hatte ein paar saftige Grasbüschel entdeckt und stieg immer weiter den Hang hinauf.

Blesse ließ sich endlich dazu bewegen, den Weg fortzusetzen, da entdeckte Hansi die schwarzweiß gefleckte Ruta, die sich schon gut zweihundert Meter von ihm entfernt hatte.

»Kruzitürken«, schimpfte der Bub, dem es die Zornröte ins Gesicht trieb. Sein Vater, der Maierhoff-Bauer, hatte seinem Sohn erzählt, dass er es schon als achtjähriger Bub geschafft hatte, die Kühe allein in die heimatlichen Stallungen zu treiben.

Hansis ganzer Stolz war es, es seinem Vater gleichzutun. Seine braungebrannten Beine wirbelten nur so durch die Luft, als er zu Ruta hinaufrannte.

Die Kühe mussten noch gemolken werden, und Hansis Vater legte Wert darauf, die Tiere rechtzeitig im Stall zu wissen.

Nur noch etwa fünfzig Meter trennten den Jungen von der unternehmungslustigen Kuh, als er sah, dass sie in einer kleinen Senke verschwand.

»Na, warte nur!« rief er und schwang drohend die Weidengerte. »Dir werde ich die Abenteuerlust schon noch austreiben, du Rindvieh, du miserables.«

Als Hansi Ruta endlich erreichte, vergaß er, dass er sie mit Elan ins Tal hinuntertreiben wollte. Ruta stand neben einem mächtigen Schlehenbusch und beäugte eine blonde Frau, die reglos zwischen dem dichten Gestrüpp hing.

Hansi bekreuzigte sich, als er das blutverschmierte Gesicht der Fremden sah. Zögernd näherte sich der Junge der Verletzten. Im Fernsehen hatte er einmal gesehen, dass man das Ohr an die Brust legen musste, um festzustellen, ob das Herz noch schlug.

Ein erleichterter Seufzer entschlüpfte dem Jungen, als er den leisen Herzschlag der Fremden hörte. Die Kühe interessierten ihn jetzt nicht mehr.

So schnell er konnte, rannte er zum nächsten Haus und bat, einen Krankenwagen zu benachrichtigen.

Hansi Maierhoff war der Held des kleinen Dörfchens, denn die Neuigkeit hatte sich wie ein Lauffeuer herumgesprochen, und bis der Rettungswagen eintraf, hatten sich viele Schaulustige eingefunden, um die Bergung der Verletzten genau verfolgen zu können.

Da es nicht möglich war, mit dem Notarztwagen bis

zur Unglücksstelle zu fahren, eilten die Sanitäter und der Notarzt im Laufschritt zum Steilhang.

Die Dorfbewohner waren insgeheim ein bisschen enttäuscht, besonders die Sensationslüsternen unter ihnen, denn die Rettungsaktion dauerte nur wenige Minuten.

Mit Blaulicht und Martinshorn bahnte sich der Rettungswagen den Weg über die Landstraße, und knapp zwanzig Minuten später wurde die Bewusstlose im Kreiskrankenhaus von Anwegen gründlich untersucht.

Dr. Lorenz Kramer, der Chefarzt der Klinik, war ein tüchtiger Arzt, doch nachdem er die noch feuchten Röntgenaufnahmen betrachtet hatte, wusste er, dass das ein Fall für einen Spezialisten war.

»Holen Sie, Doktor Dahlen«, sagte er zu seinem Oberarzt, als dieser den Röntgenraum betrat. »Die Frau hat vor kurzem erst ein Hüftgelenksimplantat eingesetzt bekommen. Es ist beim Sturz zerstört worden. Wir werden die Frau mit einem Hubschrauber zur Emden-Klinik bringen lassen. Doktor Stoll ist der beste orthopädische Chirurg, den ich kenne. Bitte, erledigen Sie die nötigen Vorbereitungen.«

»Wird sofort erledigt, Chef.« Dr. Norbert Dahlen ging zum Wandtelefon hinüber.

»Haben Sie die Personalien der Frau feststellen können?« rief der Chefarzt ihm nach.

»In der Handtasche, die wir bei der Patientin gefunden haben, war ein Ausweis. Sie heißt Katja Forenberg. Sobald ich den Transport eingeleitet habe, werde ich die Angehörigen verständigen.«

Der Chefarzt nickte zufrieden. Sein Oberarzt war ein Mann, auf den man sich hundertprozentig verlassen konnte.

⌘

Als Katja die Augen aufschlug, schaute sie in Bernds Gesicht. Die Erinnerung an die letzten Stunden erreichten ihr Bewusstsein noch nicht.

Sie fühlte sich seltsam leicht und beschwingt, fast wie betrunken. Sie wusste nicht, dass sie starke Schmerzmittel bekommen hatte. Sie schaute Bernd nur verwundert an und lächelte.

Warum Bernd neben ihr stand, konnte sie sich nicht erklären, doch sie fühlte sich in seiner Nähe in Sicherheit.

Der Gedanke an Sicherheit war das auslösende Signal für Katjas Unterbewusstsein, das jetzt die Erinnerung an die Vorgänge vor der Jagdhütte freigab.

»Nein«, flüsterte sie entsetzt. »Nein, ich will ... ich will nicht sterben ...«

»Ganz ruhig«, sagte Bernd und strich ihr sanft übers Haar. »Ruhig, Katja, es geschieht dir nichts Böses. Was machst du nur für Sachen? Ich habe einen Schrecken bekommen, als du hier eingeliefert wurdest.«

»Ich brauche eine Vollmacht«, stieß Katja hervor. Sie hatte Bernds Worten kaum Beachtung geschenkt. »Ist ... ist Jörg noch hier?«

»Deinen Mann habe ich nicht gesehen«, antwortete Bernd. Der Arzt zwang sich, ruhig zu bleiben. Katja war jetzt nur Patientin, und ihr musste auf schnellstem Weg geholfen werden.

»Bitte ... ich ... ich brauche ... ich muss mein Konto sperren lassen«, sagte sie so leise, dass Bernd es nicht verstand. Er brachte ein Ohr dicht vor ihre Lippen und bat sie, die Worte noch einmal zu wiederholen.

Der Chefarzt glaubte zunächst, dass sie wirr redete, weil sie eine Gehirnerschütterung hatte. Doch Katja wiederholte immer wieder ihre Bitte.

»Ich kann mir zwar etwas Wichtigeres vorstellen, als

dein Konto zu sperren, aber wenn du beruhigt bist, rufe ich sofort bei deiner Bank an«, sagte er.

Ihr Mund war ihm so nahe wie lange nicht mehr, und Bernd war versucht, sie zu küssen.

»Das Implantat wird morgen früh geliefert«, sagte Dr. Rent, der unbemerkt den Röntgenvorraum betreten hatte. »Soll ich die Operation für zehn Uhr morgens ansetzen?«

»Ja, ich bitte darum«, erwiderte Bernd, ohne aufzuschauen.

Katja hatte die Worte deutlich gehört. Obwohl ihre Lider bleischwer waren, öffnete sie die Augen. Angst flackerte in ihrem Blick, und Bernd verstand sie auch ohne Worte.

»Wir haben keine andere Wahl, Katja«, erklärte er. »Wir müssen noch einmal operieren, denn das erste Implantat ist gesplittert. Hab keine Angst, es wird schon gut gehen.«

»Rufe ... rufe die Bank an«, bat sie. »Jörg darf nicht ... Ich will nicht, dass er über mein Erbe verfügt.«

»Nun gut, du Quälgeist«, bemerkte er scherzend und winkte eine Lernschwester heran. »Bringen Sie Frau Forenberg auf Zimmer vier, Schwester. Ich komme in ein paar Minuten nach.«

Der Chefarzt nahm Katjas Handtasche, suchte das Scheckheft und notierte sich das Geldinstitut. Dann ging er in sein Büro und rief die Bank an.

Es bedurfte einiger Erklärungen, bevor man der Bitte des Arztes nachgab. Bernd konnte dem Bankangestellten keine Auskunft geben, doch er bestand darauf, dass Katjas Wunsch entsprochen wurde. Wenn eine schwer verletzte Frau eine solche Bitte mehrmals vorbrachte, musste sie triftige Gründe haben, das Konto sperren zu lassen.

Warum? fragte der Chefarzt sich wiederholt. Warum will sie nicht, dass ihr Mann über ihr Konto verfügt? Was war vorgefallen? Bernd hielt es nicht länger in seinem Büro. Er musste zu Katja gehen. Er hatte geglaubt, die geliebte Frau im Laufe der Zeit vergessen zu können.

Bernd belächelte sich selbst. Kaum hatte er Katja wiedergesehen, brachen die alten Wunden auf.

Schwester Lore legte den Zeigefinger auf die Lippen, als er ins Krankenzimmer kam.

»Sie schläft, Herr Chefarzt«, flüsterte die Schwester.

»Danke, Sie können jetzt gehen«, erwiderte er ebenso leise. »Ich rufe Sie, wenn ich die Patientin verlasse. Ich wünsche, dass Frau Forenberg keinen Augenblick allein ist. Ihr Zustand ist bedenklich.«

»Ich werde es der Stationsschwester ausrichten.« Die hübsche junge Schwester errötete leicht, als Bernd sie anlächelte.

Sie war nicht die Einzige, die den gut aussehenden Arzt heimlich verehrte. Doch Schwester Lore war, wie ihre Kolleginnen auch, zu realistisch, um sich ernsthaft Hoffnungen zu machen, dass Dr. Stoll sich ihr zuwenden könnte.

Bernd schenkte der jungen Schwester keine Beachtung mehr. Auf Zehenspitzen näherte er sich dem Bett. Hoch an der Stirn, dicht unterhalb des Haaransatzes, klebte ein breites Pflaster. Katja hatte sich eine kleine, sehr stark blutende Platzwunde zugezogen.

Selbst im Schlaf schien Katja die Anwesenheit des Arztes zu spüren. Ein Zucken lief über ihr blasses Gesicht, die Augenlider flatterten.

Bernd setzte sich aufs Bett, legte Zeige- und Mittelfinger auf die Pulsschlagader am Handgelenk und zählte die Herzschläge.

Als Katja die Augen aufschlug, spürte er einen feinen

Stich in der Herzgegend. Ihre sanften Augen faszinierten ihn nach wie vor, und er war versucht, sie zu küssen.

»Bernd«, flüsterte sie. So, wie sie seinen Namen aussprach, klang er wie eine Liebeserklärung.

»Ganz ruhig, Katja, ich bin bei dir. Es kann dir nichts geschehen«, sagte er, und strich ihr eine blonde Locke aus der Stirn. »Du wirst tief und ruhig schlafen. Rund um die Uhr wird eine Schwester neben deinem Bett sitzen, die mich sofort verständigt, wenn du mich sehen willst.«

Katja lächelte, und der Arzt spürte, dass ihr Vertrauen zu ihm grenzenlos war. Zu gern hätte er sie gefragt, warum sie ihr Konto hatte sperren lassen. Doch er bezähmte seine Neugierde, um die schwer Verletzte nicht aufzuregen.

Er sah, wie ihre Augenlider sich wieder senkten. Ihre Lippen bewegten sich kaum merklich, sie wollte ihm noch etwas sagen. Er beugte sich tief über ihr Gesicht.

»Ich liebe dich«, kam es wie ein Hauch von ihren Lippen.

Abrupt richtete Bernd sich auf und schaute sie prüfend an. Waren diese Worte für ihn bestimmt, oder waren sie an ihren Mann gerichtet?

»Ich liebe dich auch, Katja«, sagte er leise und streichelte ihre Wange. Täuschte er sich, oder lächelte sie tatsächlich bei seiner Berührung? Bittersüßer Schmerz erfüllte sein Herz, als er Katja betrachtete, und jetzt, da er ihr nach Wochen wieder nahe sein durfte, wusste er, dass er diese Frau niemals vergessen konnte.

Die Begegnung mit ihr war für ihn schicksalhaft gewesen. Bernd konnte es sich nicht vorstellen, jemals wieder so tief und innig lieben zu können.

⌘

Jörg Forenberg war von Dr. Dahlen, dem Oberarzt des Kreiskrankenhauses in Anwegen, von Katjas Unfall verständigt worden. Dr. Dahlen teilte ihm auch gleichzeitig mit, dass Katja in die Emden-Klinik gebracht worden war.

Jörg wusste nicht, wie er sich verhalten sollte. Durfte er es wagen, Katja zu besuchen? Wusste sie bereits, dass er einen Rettungsversuch unterlassen hatte?

Er fuhr zuerst zu Ute Baum, um sich bei ihr Rat zu holen. Seine Geliebte hatte nur eines im Sinn: Geld. Sie riet ihm, sofort auf die Bank zu gehen und eine größere Summe von Katjas Konto abzuheben.

Jörg Forenberg wurde bleich vor Zorn und Enttäuschung, als er hörte, dass das Konto seiner Frau bis auf Widerruf gesperrt sei. Vergeblich grübelte er darüber nach, wann Katja diesen Auftrag erteilt hatte.

Gestern Morgen hatte er noch ein paar tausend Mark abgehoben, weil er Ute einen Diamantring kaufen wollte. Nachmittags war das Unglück passiert.

Hatte Katja noch vor ihrem Ausflug zur Jagdhütte das Konto sperren lassen? Hatte sie gewusst, dass er sich dort mit Ute aufhielt? Tausend Fragen gingen ihm durch den Kopf, auf die er keine Antwort wusste.

Ute riet ihm, sofort zur Emden-Klinik zu fahren, um seine Frau zu besuchen.

Doch auch hier erlebte er eine Enttäuschung. Die Schwester in der Rezeption teilte ihm mit, dass Katja soeben operiert wurde. Außerdem hatte die Schwester Order, in den nächsten Tagen niemanden zu Katja vorzulassen.

Jörg musste sich fügen, doch jeden Tag kam er wieder zur Klinik und fragte, ob er endlich seine Frau besuchen könne.

Nach vierzehn Tagen riss ihm die Geduld. Lauthals beschwerte er sich über die unmöglichen Anordnungen des Chefarztes. Er bestand darauf, Dr. Stoll persönlich zu sprechen.

Bernd dachte gar nicht daran, einer Begegnung mit Jörg auszuweichen. Im Gegenteil, er hatte ihm ein paar Takte zu sagen, denn Katja hatte ihm anvertraut, dass Jörg eine Geliebte hatte.

Das Büro des Chefarztes bestach durch seine schlichte Eleganz. Die Wände waren mit Holz verkleidet, Grünpflanzen rankten vor dem breiten Panoramafenster.

»Hübsch hast du es hier«, bemerkte Jörg betont lässig, als er eintrat und sich umschaute.

»Du bist doch sicher nicht gekommen, um mir Komplimente über mein Büro zu machen«, entgegnete Bernd sarkastisch. Er machte keinen Hehl daraus, dass er für seinen ehemaligen Kommilitonen keine Sympathie mehr hegte.

»Nein, ich bin hier, um dich zu fragen, was du dir eigentlich dabei denkst, mich nicht zu Katja vorzulassen?« rief Jörg wütend. »Ich bin Katjas Mann und ...«

»Und ich bin ihr behandelnder Arzt und bestimme, wann deine Frau deinen Anblick ertragen kann«, antwortete Bernd. Er saß am Schreibtisch und hielt die Hände vor der Brust verschränkt. Seine Haltung drückte Abwehr aus, und er dachte auch gar nicht daran, Jörg Platz anzubieten.

»Das hört sich sehr feindselig an«, stellte Jörg fest, Misstrauen lag in seinem Blick. »Sind wir nicht Freunde?«

»Das ganz sicher nicht«, entgegnete Bernd, und es bereitete ihm Genugtuung, zu sehen, dass Jörg sich nur noch beherrschte, weil er unbedingt etwas erreichen wollte.

»Schön, dann kennen wir uns eben schon lange«, antwortete Jörg gereizt. »Hör zu, alter Junge, ich muss mit Katja sprechen, weil ich eine Bankvollmacht brauche. Himmel, schau mich nicht so an, als wäre das etwas Ungewöhnliches. Ich will ein gutes Geschäft abwickeln, doch dazu brauche ich Kapital. Verdammt noch mal, ich bin Katjas Mann, und was ihr gehört, ist auch mein.«

»Ich mische mich nicht in die Vermögensverhältnisse meiner Patienten«, antwortete Bernd kühl, stand auf und ging zur Tür. Er legte die Hand auf die Klinke. Das war eine eindeutige Geste. »Außerdem wird deine Frau schon ihre Gründe haben, wenn sie ihr Konto sperren lässt.«

»Ach, schau mal einer an. Du weißt davon?« Lauernd beobachtete Jörg den ehemaligen Studienkollegen. »Du scheinst mit meiner Frau ja sehr vertraut zu sein.«

»Hör zu, ich will es kurz machen, denn ich habe keine Zeit, um mit dir hier Katz und Maus zu spielen. Als deine Frau hier eingeliefert wurde, flehte sie mich an, ihr Konto sperren zu lassen. Nun, ich habe ihr diesen Wunsch erfüllt. Weiterhin sagte sie mir, dass sie dich nicht zu sehen wünscht. Zumindest jetzt nicht. Sie lässt es dich wissen, wenn du kommen sollst. Ansonsten, sagt deine Frau, solltest du dich weiterhin mit deiner Geliebten amüsieren.«

Jörg biss die Zähne so fest aufeinander, dass es leicht knirschte. Am liebsten hätte er zugeschlagen, denn Bernds kühles Lächeln brachte ihn zur Weißglut.

»Na schön, dann werde ich eben warten«, entgegnete er und musterte den Chefarzt eindringlich. Instinktiv spürte er, dass Katja für Bernd mehr als nur eine Patientin war.

Der Chefarzt drückte die Türklinke nieder, doch Jörg hob rasch die Hand.

»Einen Augenblick, Bernd.« Jörg blieb dicht vor ihm

stehen und betrachtete ihn aus schmalen Augen. »Nur eine Frage noch. Liebst du Katja?«

Ihre Blicke kreuzten sich wie messerscharfe Klingen, beide erkannten in diesem Augenblick, dass sie Feinde waren.

»Ja, ich liebe Katja«, antwortete der Chefarzt ruhig.

»Nun, dann bereite dich schon mal auf eine herbe Enttäuschung vor.« Jörg stieß ein hähmisches Lachen aus. »Katja liebt mich, und wenn ich sie vor die Wahl stelle, wird sie sich für mich entscheiden. Ich kenne sie besser als du.«

Bernds Fäuste zuckten hoch, er ließ sie jedoch sofort wieder sinken. Nein, an Jörg wollte er sich nicht die Hände schmutzig machen.

»Warten wir es ab«, sagte der Arzt kühl und öffnete die Tür. Mit einer knappen, herrischen Handbewegung deutete er Jörg an, das Büro zu verlassen.

Jörg Forenberg lachte spöttisch, verneigte sich übertrieben tief und schlenderte lässig durch das Vorzimmer. Als er sich jedoch unbeobachtet wusste, fiel die Miene des Siegers von ihm ab.

Vor dem Eingang der Klinik zündete er sich eine Zigarette an, verkniffen schaute er vor sich hin.

»Ich werde sie schon weich kochen, und wenn ich mit Selbstmord drohen muss«, stieß er zwischen den Zähnen hervor und ging rasch zum Wagen. Er hatte es eilig, zu Ute Baum zu kommen, um ihr die Neuigkeiten zu berichten.

⌘

Katja Forenberg konnte es kaum erwarten, auf die Allgemeine Chirurgie verlegt zu werden. Auf dieser Station wurden die Patienten behandelt, deren Befinden eine deutliche Besserung zeigte.

Katja hatte Bernd noch nichts von dem erzählt, was

sie in der Berghütte erlebt hatte. Sie hatte erfahren, dass ein Bauernjunge sie gefunden hatte, und sie schämte sich für ihren Mann, der es nicht für nötig gefunden hatte, sich um sie zu kümmern.

Die junge Frau hatte aus diesem Vorfall gelernt, und sie war fest entschlossen, keine einzige Stunde mehr mit Jörg unter einem Dach zu verbringen. Sie musste ja um ihr Leben bangen.

Katja lag erst den zweiten Tag auf der Allgemeinen Chirurgie, als sie von einem Rechtsanwalt Besuch erhielt.

Als Dr. Jochen Tauber das Krankenzimmer betrat, läutete Katja nach einer Schwester und bat diese, Jörg anzurufen, um ihm zu sagen, dass sie ihn in zwei Stunden zu sprechen wünschte.

Rechtsanwalt Tauber war bereits telefonisch über Katjas Anliegen informiert worden, und er hatte den Scheidungsantrag mitgebracht.

Dr. Tauber war ein sympathischer Mann Mitte dreißig, und er hatte als Scheidungsanwalt einen ausgezeichneten Ruf.

Nach der Begrüßung zog er sich einen Stuhl neben Katjas Bett und legte die Aktenmappe auf das Nachttischchen.

»Ich habe alles vorbereitet, Frau Forenberg. Sie wissen ja, dass es das Schuldprinzip in diesem Sinne nicht mehr gibt, und wenn Sie angeben, dass Ihre Ehe zerrüttet ist, sehe ich keine Schwierigkeiten. Frühestens in einem Jahr kann die Scheidung ausgesprochen werden. Wir müssen allerdings noch die Vermögenslage klären.«

»Ein Jahr?« fragte sie enttäuscht. »Das ist ja eine Ewigkeit, Doktor Tauber.«

»Ich habe die Gesetze nicht gemacht, Frau Forenberg«, erwiderte er und zuckte mit den Achseln. »Aber ich billige sie. Wer weiß, vielleicht überlegen Sie es sich noch einmal und versuchen einen Neuanfang mit Ihrem Mann?«

Dr. Tauber senkte den Kopf ein wenig. Über den Rand der Brille hinweg beobachtete er Katja genau.

»Niemals«, entschied Katja sich spontan. ›Danke, Herr Doktor, ich habe genug von der Ehe mit Jörg. Ich habe ihm einmal die Hand zur Versöhnung gereicht – nie wieder.«

»Hm . . .« Der Rechtsanwalt rieb sich nachdenklich übers Kinn. »Aber Sie haben doch vor ein paar Minuten die Schwester gebeten, Ihren Mann zu benachrichtigen. Darf ich fragen warum?«

»Oh, ich möchte diesen grandiosen Schauspieler noch einmal erleben«, warf Katja sarkastisch ein. Sie hatte keinen Funken Gefühl mehr für ihren Mann. »Wenn er sein Sprüchlein aufgesagt hat, werde ich ihm mitteilen, dass ich die Scheidung eingereicht habe.«

»Sie hassen Ihren Mann, nicht wahr?« warf er sachlich ein.

»Ich weiß nicht, ob es Hass ist, Doktor Tauber«, erwiderte die Patientin nachdenklich und runzelte die Augenbrauen. »Vielleicht brauche ich nur ein wenig Genugtuung? Er hat mich belogen und betrogen und wollte nur mein Geld. Zudem hätte er mich . . .«

Katja presste die Lippen aufeinander. Zudem hätte er mich eiskalt sterben lassen, hatte sie sagen wollen, doch da sie ihre Behauptung nicht beweisen konnte, schwieg sie lieber darüber.

»Nun, Sie müssen wissen, was Sie tun«, warf er gleichgültig ein. Der Anwalt wurde tagtäglich mit Menschen konfrontiert, die sich manchmal bis aufs Messer bekriegten, obwohl sie sich einmal geliebt hatten.

Für Dr. Tauber war Katjas Einstellung nichts

Neues. Rasch klärte er die Vermögensverhältnisse, dann ließ er Katja den Scheidungsantrag unterschreiben.

Der Anwalt war ein viel beschäftigter Mann und verabschiedete sich sofort von seiner Klientin, nachdem alle Formalitäten erledigt waren.

Katja schaute auf die Uhr. In etwa zehn Minuten musste Jörg kommen, wenn die Schwester ihn telefonisch erreicht hatte. Sie richtete sich ein wenig auf und bürstete ihr langes, weizenblondes Haar, legte Rouge auf die Wangen und lehnte sich dann in die Kissen zurück.

In gespannter Erwartung schaute sie zur Tür. Katja wusste nicht, dass Jörg bereits seit einer halben Stunde vor der Klinik gewartet hatte, um auf die Minute pünktlich das Krankenzimmer seiner Frau betreten zu können.

Er war überzeugt, dass Katjas Anruf nur eines bedeuten konnte: Sie wollte sich mit ihm aussprechen, um ihm vielleicht die Hand zur Versöhnung zu reichen.

Jörg war elegant gekleidet. Der dunkelgrüne Anzug aus Rohseide betonte seine sportliche Figur, der weiße Hemdkragen unterstrich die gesunde Bräune seines Gesichtes.

So manche Schwester schaute sich bewundernd nach ihm um, als er, einen Strauß dunkelroter Rosen im Arm, über den Flur der Allgemeinen Chirurgie schlenderte.

Jörg hatte Katjas Zimmer noch nicht erreicht, als Dr. Bernd Stoll aus dem Arzneimittelzimmer kam.

Beide Männer blieben stehen und musterten sich feindselig.

»Tja, mein Bester, ich sagte es dir schon einmal, gegen mich hast du keine Chance«, bemerkte Jörg und grinste schadenfroh. »Katja hat mich angerufen, und da sie mich bat, ihr rote Rosen mitzubringen, dürfte sie sich wohl entschieden haben.«

Jörg registrierte schadenfroh, dass seine Lüge ein Volltreffer war, denn Bernd wurde eine Spur blasser.

»Trag es wie ein Mann«, riet Jörg ihm, gemein grinsend, ließ den Arzt einfach stehen und ging geradewegs auf Katjas Zimmer zu.

Bernd starrte auf die weißlackierte Tür, die sich hinter Jörg schloss. In den letzten Tagen hatte Bernd geglaubt, sich berechtigt Hoffnung machen zu können. Doch jetzt schalt er sich einen Narren.

Obwohl Bernd wusste, dass sich die Krankenakten, die er bearbeiten musste, auf seinem Schreibtisch stapelten, ging er nicht in sein Büro. Er wollte Jörgs Gesicht sehen, wenn er Katja verließ.

Der Arzt hielt sich zwar selbst für verrückt, aber er hatte noch die winzige Hoffnung, dass Katja sich nicht mehr von Jörg blenden ließ.

Er hätte sicher einen Freudenruf ausgestoßen, wenn er Jörgs Gesicht in diesem Augenblick hätte sehen können.

Jörg Forenberg blieb an der Tür stehen und schaute seine Frau zerknirscht an. »Ich bin froh, dass du mir die Gelegenheit zur Rechtfertigung gibst, Katja«, sagte er leise. »Darf ich dir die Blumen geben?«

»Stell sie in eine Vase, dort sind sie besser aufgehoben«, antwortete sie gleichgültig. Katja lächelte kühl, als sie sah, wie er sich beeilte, ihre Bitte zu erfüllen.

Als er die Vase auf den Tisch gestellt hatte, wollte er sich zu ihr aufs Bett setzen.

»Komm mir nicht zu nahe!« rief sie und streckte abwehrend die Hände aus. »Ich habe nicht die Absicht, es dir leicht zu machen.«

Jörg unterdrückte ein Lächeln. War das nicht bereits

eine versteckte Andeutung? Wollte sie damit sagen, dass sie zur Versöhnung bereit war?

»Katja, bitte glaube mir, die Frau in der Hütte – sie bedeutet mir nichts«, beteuerte er. »Sie war ein flüchtiges Abenteuer. Warum willst du aus einem harmlosen Seitensprung eine Staatsaffäre machen? Für mich gibt es nur eine Frau, die mir wirklich etwas bedeutet. Das bist du.«

Als Katja nicht antwortete, wurde Jörg unsicher. Seine Kehle war wie ausgetrocknet, und er warf einen Blick auf das Glas mit Fruchtsaft, das auf dem Nachttisch stand.

»Darf ich einen Schluck trinken?« fragte er bescheiden. Gierig schüttete er die Flüssigkeit in sich hinein, als Katja zustimmend nickte.

»Katja, ich habe in den letzten vierzehn Tagen kaum ein Auge zugetan, weil ich Angst hatte, dich zu verlieren«, redete er hastig weiter, nachdem er seinen Durst gestillt hatte. »Ich ... ich weiß nicht, was ich tun soll, wenn du mir nicht verzeihst.«

Jörg legte eine bedeutungsvolle Pause ein und fügte düster hinzu: »Vielleicht erschieße ich mich.«

»Warum springst du nicht die Steilwand bei der Jagdhütte hinunter?« spottete sie. Jetzt, da sie seine Winkelzüge durchschaute, konnte sie sich über seine Schmierenkomödie nur noch amüsieren.

»Ich weiß, worauf du anspielst«, entgegnete er. »Ich habe dich gesucht. Ich bin wie ein Irrer durch die Gegend gelaufen, aber ich habe dich nicht entdeckt. Ich hatte das Gefühl, als habe sich alles gegen mich verschworen.«

»Nun, da war eine Kuh, die hatte bessere Augen als du«, bemerkte Katja. »Sie und ein kleiner Junge haben mir das Leben gerettet, während du wahrscheinlich gehofft hattest, dass ich tot sei.«

»Katja!« rief er entsetzt und legte die linke Hand aufs Herz. Treuherzig schaute er sie an. »Das traust du mir zu? Ich kann ohne dich nicht leben, und du behauptest, dass ... «, Jörg schüttelte den Kopf, er konnte scheinbar nicht weiter sprechen.

»Schluss jetzt mit deinem Gerede«, sagte Katja plötzlich mit völlig veränderter Stimme und richtete sich halb auf. »Glaubst du denn, ich habe dich mittlerweile nicht durchschaut? Deine billige Komödie findet kein Publikum mehr. Ich habe dich nur aus einem Grund hierher gebeten: Um dir zu sagen, dass ich dich abgrundtief verabscheue. Du widerst mich an. Geh zu deinem Liebchen, und lass dich bei mir nie wieder blicken!«

»Katja, ich ...«

»Ich will nichts mehr hören!« unterbrach sie ihn scharf. »Bevor du kamst, war Doktor Tauber hier. Ich habe die Scheidung beantragt. Ich hoffe, das überzeugt dich endgültig davon, dass ich kuriert bin. Und versuche nicht, mich noch einmal an das Eheversprechen zu erinnern. Einem Mann, der mich elend sterben lassen wollte, bin ich nichts mehr schuldig.«

Jörgs Teint zeigte plötzlich einen Stich ins Grünliche, in seinen graugrünen Augen tanzten gelbe Punkte. Er ballte die Fäuste, doch Katja ließ sich nicht von ihm einschüchtern.

»Wenn ich schreie, ist sofort jemand hier«, konstatierte sie kühl. »Möchtest du vielleicht noch eine Anzeige wegen Körperverletzung und Hausfriedensbruch bekommen?«

Ein irres Flackern lag in seinen Augen, doch Katja wich seinem Blick nicht aus. Jetzt, da sie wusste, wie skrupellos er sein konnte, hegte sie nur Verachtung für ihn.

»Wir haben noch nicht das letzte Wort miteinander

gesprochen!« schrie er sie an, doch Katja spürte ganz deutlich, dass das nur eine leere Drohung war.

Sie atmete jedoch erleichtert auf, als er aus dem Zimmer stürmte. Katja fühlte sich wie von einer Zentnerlast befreit, als er die Tür hinter sich zuschmetterte. Endlich hatte sie sich von ihm befreit.

Dr. Bernd Stoll hob erstaunt die Augenbrauen, als Jörg aus dem Zimmer stürmte. Sein Gesicht war wutverzerrt.

»Du siehst sehr glücklich aus«, sagte Bernd, der sich diese Bemerkung nicht verkneifen konnte.

Jörg Forenberg wollte sich auf Bernd stürzen, denn er hasste den Arzt, der den Kampf um Katja gewonnen hatte. Nur zwei Krankenpfleger, die gerade den Aufzug verließen, hielten Jörg davon ab.

Doch irgendwie musste Jörg sich abreagieren. Er spuckte dem Chefarzt vor die Füße und verließ dann im Laufschritt die Station.

Jörg konnte Bernd damit nicht beleidigen. Der Arzt schüttelte nur den Kopf über dieses rüde Benehmen, drehte sich um und ging zu Katjas Zimmer.

Ein strahlendes Lächeln glitt über Katjas Gesicht, als er sich zu ihr aufs Bett setzte und ihre Hände ergriff.

»Katja, meine geliebte Katja«, sagte Bernd, und das Glück strahlte ihm nur so aus den Augen. »Ich sah ihn mit dem Rosenstrauß kommen und glaubte schon, dich ein zweites Mal an ihn zu verlieren. Doch wenn ich dich anschaue, weiß ich, dass du dich jetzt endgültig für mich entschieden hast.«

Katja schwieg, denn das Glücksgefühl in ihrem Herzen war so übermächtig, dass sie nicht reden konnte.

»Liebes, so sag doch etwas«, bat er sie und küsste zärtlich ihre Hände.

»Ich bin froh, dass alles vorbei ist«, erwiderte sie stockend. »Dir kann ich es ja anvertrauen, Liebster.

Jörg liebt das Geld so sehr, dass er mich unterhalb des Steilhanges liegen ließ, in der Hoffnung, dass man mich nur noch tot bergen würde. Auch wenn man wie ich die Ehe als wertvolles Band betrachtet, kann man mit so einem Mann nicht mehr leben.«

Bernd legte behutsam die Arme um sie. »Denk nicht mehr daran, Katja, denn jetzt beginnt ein neues, schöneres Leben für dich. Unser Leben, mein geliebter Engel.«

»Willst du mich denn noch, nachdem ich dich so enttäuscht habe?« fragte sie und lehnte den Kopf an seine Schulter.

»Wie kannst du nur so fragen?« Bernd lehnte den Kopf ein wenig zurück und schaute sie vorwurfsvoll an. »Ich liebe dich, Katja, und ich weiß, dass ich an deiner Seite alt werden möchte.«

»Das war die schönste Liebeserklärung, die ich je gehört habe«, erwiderte sie glücklich.

Bernds Hände vergruben sich in ihrer weizenblonden Haarpracht, und als er sie küsste, versank für ihn Zeit und Raum. Die Vergangenheit rückte weit von ihm ab. Katjas Nähe berauschte ihn, ihre Zärtlichkeit war süßer als Wein, und die scheuen Worte, die sie ihm zwischen den Küssen zuflüsterte, waren Musik in seinen Ohren.

»Vielleicht ist das jetzt nicht der richtige Augenblick«, sagte er, als er ihr eine Atempause gönnte. »Aber ich muss es wissen, Katja, willst du meine Frau werden? Willst du mich heiraten, sobald du frei bist?«

»Ja, ich will«, erwiderte sie. »Ich möchte keinen Tag mehr ohne dich sein, denn erst durch dich habe ich erfahren, wie schön Liebe sein kann.«

Sehnsüchtig fanden sich ihre Lippen, und zum ersten Mal in seiner Laufbahn als Arzt vergaß Bernd seine Patienten. Er stahl sich eine Stunde Glück, denn er konnte sich nicht von Katja trennen.

Auch Katja verschwendete keinen Gedanken mehr an die Vergangenheit, die wie ein böser Traum hinter ihr lag. Sie, die jahrelang vom Schicksal als Stiefkind behandelt worden war, trug die unumstößliche Gewissheit in ihrem Herzen, dass sie an Bernds Seite endlich glücklich werden würde.

ENDE